현대
소설

교재 개발에 도움을 주신 모든 선생님들께 깊이 감사드립니다.

검토진

강수진 전남 목포	강영애 경기 일산	고경은 일산	국찬영 광주	김건용 서울 종로
김경주 순천, 여수	김광철 광주	김미란 경남 김해	김민석 창원	김선황 창원
김예사 제주	김옥경 세종	김용호 울산	김유석 대구 달서	김은영 경북 칠곡
김은옥 서울 강남	김은지 서울 강북	김정옥 전남 남악	김정욱 용인 수지	김종덕 광주
김 현 분당	김현철 경기 수원	김형섭 경기 용인	김혜리 경기 안산	마 미 경기 화성
명가은 서울 강서	문경희 대구	문소영 경남 김해	박경미 인천	박석희 전북 군산
박수영 서울 은평	박윤선 광주	박지연 용인	박하섬 경남 양산	박현정 경기 오산
박혜선 경북 안동	백덕현 대전	백승재 경남 김해	성부경 울산	성태진 강원 태백
송화진 김해 장유	신영수 서울 광진	신혜영 부산	신혜원 경기 군포	안보람 서울
안재현 인천	안정광 순천, 광양	안혜지 부산	우제성 경기 오산	유진아 대구 달서
유현주 부산	윤성은 서울	윤인희 서울	윤장원 충북 청주	이경원 충북 청주
이근배 대전	이기연 강원 원주	이성우 경기 일산	이성훈 마석	이애리 경남 거제
이영지 경기 안양	이윤지 경기 의정부	이정선 서울	이지영 속초	이지은 부산
이지훈 전북 전주	이지희 서울	이흥중 부산 사하	임지혜 경남 거제	장기윤 경북 구미
장수진 충북 청주	장연희 대구	장지연 강원 원주	전정훈 울산	정미정 경기 고양
정미정 대구	정서은 부산 동래	정세영 베트남 호찌민	정지윤 전북 전주	정필모 서울 서대문
정해연 전남 순천	정희숙 서울	조동윤 경북	조은예 전남 순천	조혜정 대치, 구성
조효준 충남 천안	지상훈 대구	채송화 제주	최보나 서울 은평	최보린 은평 구파발
최선희 대구	최인실 서울 강동	최 후 경기	표윤경 서울	하 랑 서울 송파
하영아 김해, 창원	한광희 세종	한정원 울산	함영훈 경북 구미	홍선희 부평 산곡
황동현 대전 서구	황미선 부산 해운대	황성원 경기 부천		

명강

현대소설

특징과 활용법

유형 학습과 실전 학습으로 완성하는
'수능 국어 현대 소설' 맞춤 전략
명강 현대 소설!

1 유형 학습

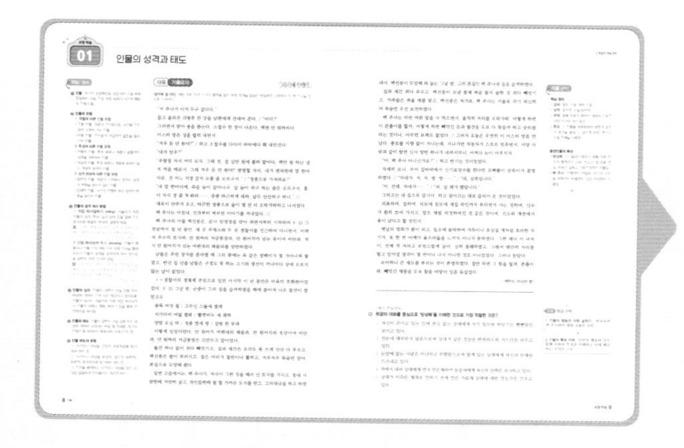

수능 필수 출제 유형 학습

- 수능 현대 소설 영역에서는 작품의 내용, 인물, 서술상의 특징 등 다양한 부분에서 출제가 이루어진다. 이중에서 자주 출제되는 유형들을 파악하고 작품 감상에 꼭 필요한 기본 개념, 감상 원리를 효과적으로 익힌다.
- 출제 유형과 연관된 핵심 이론을 정리하여, 문제 해결의 바탕이 되는 기본 개념을 충실히 익힐 수 있도록 한다.

기출 문제를 통한 필수 유형 완벽 학습

- 기출 문제를 통해 수능에 출제되는 유형이 어떻게 문제화되었는지를 파악하고, 그 해결 전략을 이해함으로써 수능 필수 유형을 완벽하게 정복할 수 있도록 한다.
- 실제 출제되었던 발문과 선택지를 통해 실전감을 키운다.

2 작품 학습

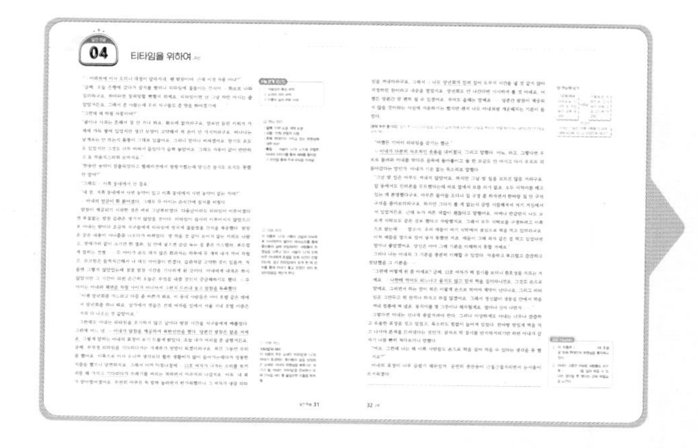

작품의 내용 파악과 이해

- 현대 소설의 경우 낯선 작품도 자주 출제되기 때문에 모든 현대 소설 작품을 미리 공부한다는 것은 어려운 일이다.
- 교과서 수록 작품과 수능, 모의평가에 출제된 작품 등 필수 현대 소설 작품을 기초 국어 개념을 바탕으로 꼼꼼하게 공부해 둔다면 작품 이해와 문제 해결의 토대가 될 것이다.

작품 분석을 통한 쉬운 감상

- 작품의 이해를 돕는 해제, 주제, 특징 등의 기본적인 내용들을 정리하고, 작품 핵심, 한눈에 보기 등을 통해 작품 하나하나를 완벽하게 익힌다.
- 지문 Master와 같이 간단한 내용 확인 문제를 풀어 봄으로써 작품 내용 이해를 완벽 마스터한다.

수능에 꼭 나오는 필수 출제 유형을 최근 기출 문제를 통해 익히면서 **현대 소설 감상 기량을 강화!**

현대 소설 필수 주요 작품 및 출제 가능성이 높은 **수능 실전 문제를 엄선!**

작품과 실전 문제의 체계적인 분석과 쉬운 해설로 현대 소설 **문제 해결 능력을 향상!**

3 실전 문제 학습

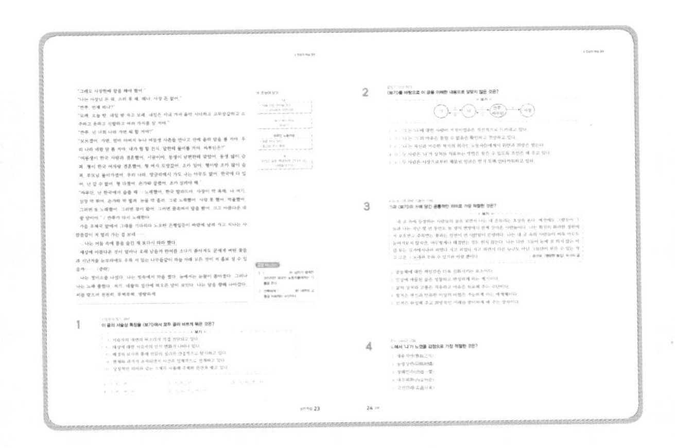

1등급 도달을 위한 실전 문제

- 유형 학습 속 개념들이 문제에 어떻게 활용되는지 확인하며 문제를 풀어 본다.
- 수능형 문항을 풀어 보면서 수능 출제 유형에 대한 적응력을 높이고 실전 감각을 키울 수 있도록 한다.

수능형 문제는 시험을 보듯 풀고 반드시 채점하기

- 처음 문제를 풀 때는 시험을 보듯 시간을 정해 빠르게 문제를 풀고 반드시 채점을 한다.
- 정답의 근거는 지문, 문제의 발문, 〈보기〉, 선택지 안에 있다. 특히 문제의 〈보기〉에는 작품 이해를 돕는 중요한 단서들이 제시되는 경우가 많음을 기억하자.

4 '정답과 해설' 활용 및 복습

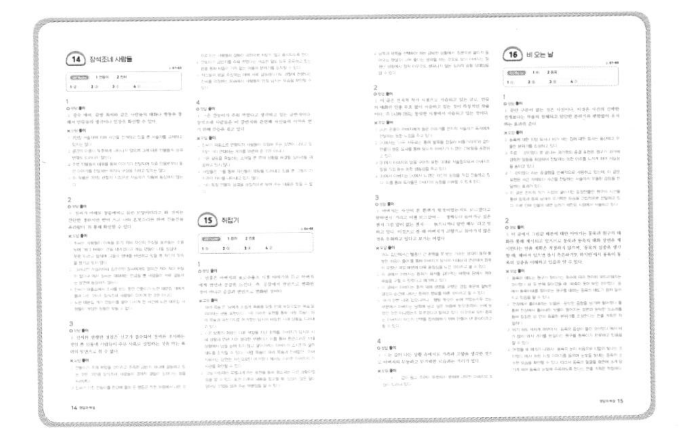

'정답과 해설'을 잘 활용하기

- 문제를 풀고 채점을 한 후, 틀린 문제와 맞았지만 헷갈렸던 문제에 대해서는 스스로 다시 한 번 답을 찾아보도록 노력한다.
- '정답과 해설'의 자세한 풀이를 읽어 정답인 이유와 오답인 이유를 반드시 확인하도록 한다.

문제를 틀렸다면 왜 틀렸는지를 꼭 확인하기

- 문제를 틀렸다는 것은 작품을 잘못 해석했거나, 문제의 발문이나 선택지를 잘못 이해했다는 뜻이다. 혹은 제시된 어휘나 문학 용어를 몰랐을 수도 있다.
- 틀린 문제를 다시 살펴보고 자신이 왜 이 문제를 틀렸는지 그 이유를 찾아보자. 맞았지만 헷갈렸던 문제도 반드시 다시 풀어 보자.

이 책의 차례

1부 유형 학습

2부 실전 학습

유형 학습

인물의 성격과 태도

핵심 개념

❶ **인물**: 작가의 상상력으로 창조되어 소설 속에 등장하는 사람. 주로 작품 속에서 사건과 행동의 주체가 됨

❷ **인물의 유형**

① 역할에 따른 인물 유형
- 주동 인물: 작품의 주인공으로, 사건을 주도하여 이끌어 가는 인물
- 반동 인물: 주인공과 대립하며 갈등을 일으키는 인물

② 특성에 따른 인물 유형
- 전형적 인물: 특정 부류나 계층의 공통적인 성격을 대표하는 인물
- 개성적 인물: 특정 부류나 계층에 속하지 않는 개성적 성격의 인물

③ 성격 변화에 따른 인물 유형
- 평면적 인물: 작품의 시작부터 끝까지 성격의 변화를 보이지 않는 인물
- 입체적 인물: 사건의 진행에 따라 성격의 변화를 보이는 인물

❸ **인물의 성격 제시 방법**

① 직접 제시(말하기, telling): 서술자가 직접 인물의 성격, 특성, 심리 상태 등을 말해 주는 방식으로 해설적, 분석적, 설명적 방법

예 구 씨는 본래 활발하고 거칠 것 없이 수작하는 사람이라 옥련이를 물끄러미 보더니,
— 이인직, 〈혈의 누〉

② 간접 제시(보여 주기, showing): 인물의 행동이나 인물 간의 대화 혹은 외양 묘사를 통해 독자가 인물의 성격을 짐작하게 하는 방식으로 장면적, 극적, 묘사적 방법

예 나의 머리는 더욱 숙여졌다. 떨거니 뜬 눈에서는 눈물이 나오려 하였다. 나는 그것을 막으려고 눈을 힘껏 감았다.
— 김동인, 〈태형〉

❹ **인물의 심리**: 인물이 당면한 현실 상황 또는 대상에 대하여 갖게 되는 마음이나 생각으로, 인물의 심리는 서술자에 의해 직접 제시되거나 인물의 대화나 행동, 분위기 등을 통해 간접적으로 제시됨

❺ **인물의 태도**: 인물이 당면한 현실 상황 또는 대상에 대하여 나타내는 반응 및 자세로, 작가의 인생관 및 세계관이 투영되어 나타나기도 함

❻ **인물 태도의 유형**

① 사건이나 대상을 긍정적, 우호적으로 평가하는 태도 등

② 사건이나 대상을 부정적, 냉소적, 비판적, 비관적, 회의적으로 평가하는 태도 등

③ 주관을 배제하고 사건이나 대상을 있는 그대로 담담하게 받아들이는 객관적 태도

대표 기출문제

2023 6월 모의평가

[앞부분 줄거리] 해방 직후, 미군 소위의 통역을 맡아 부정 축재를 일삼던 방삼복은 고향에서 온 백 주사를 집으로 초대한다.

"서 주사가 이거 두구 갑디다."

들고 올라온 각봉투 한 장을 남편에게 건네어 준다. / "어디?"

그러면서 받아 봉을 뜯는다. 소절수 한 장이 나온다. 액면 만 원짜리다.

미스터 방은 성을 벌컥 내면서

"겨우 둔 만 원야?" / 하고 소절수를 다다미 바닥에다 홱 내던진다.

"내가 알우?"

"우랄질 자식 어디 보자. 그래 전, 걸 십만 원에 불하 맡아다, 백만 원 하난 냉겨 먹을 테문서, 그래 겨우 둔 만 원야? 엠병헐 자식, 내가 엠피헌테 말 한마디문, 전 어느 지경 갈지 모를 줄 모르구서." / "정종으루 가져와요?"

"내 말 한마디에, 죽을 눔이 살아나구, 살 눔이 죽구 허는 줄은 모르구서. 흥, 이 자식 경 좀 쳐 봐라……. 증종 따근허게 데와. 날두 산산허구 허니." //

새로이 안주가 오고, 따끈한 정종으로 술이 몇 잔 더 오락가락하고 나서였다.

백 주사는 마침내, 진작부터 벼르던 이야기를 꺼내었다. //

백 주사의 아들 백선봉은, 순사 임명장을 받아 쥐면서부터 시작하여 8·15 그 전날까지 칠 년 동안, 세 곳 주재소와 두 곳 경찰서를 전근하여 다니면서, 이백 석 추수의 토지와, 만 원짜리 저금통장과, 만 원어치가 넘는 옷이며 비단과, 역시 만 원어치가 넘는 여편네의 패물과를 장만하였다.

남들은 주린 창자를 졸라맬 때 그의 광에는 옥 같은 정백미가 몇 가마니씩 쌓였고, 반년 일 년을 남들은 구경도 못 하는 고기와 생선이 끼니마다 상에 오르지 않는 날이 없었다.

××경찰서의 경제계 주임으로 있던 마지막 이 년 동안은 더욱더 호화판이었었다. 8·15 그날 밤, 군중이 그의 집을 습격하였을 때에 쏟아져 나온 물건이 쌀 말고도

광목 여섯 필 / 고무신 스물세 켤레

지카다비 여덟 켤레 / 빨랫비누 세 궤짝

양말 오십 타 / 정종 열세 병 / 설탕 한 부대

이렇게 있었더란다. 만 원어치 여편네의 패물과, 만 원어치의 옷감이며 비단과, 만 원짜리 저금통장은 고만두고 말이었다.

물건 하나 없이 죄다 빼앗기고, 집과 세간은 조각도 못 쓰게 산산 다 부수고, 백선봉은 팔이 부러지고, 첩은 머리가 절반이나 뽑히고, 겨우겨우 목숨만 살아, 본집으로 도망해 왔다.

일변 고을에서는, 백 주사가, 자식이 그런 짓을 해서 산 토지를 가지고, 동네 사람한테 거만히 굴고, 작인들한테 팔 할 가까운 도지를 받고, 고리대금을 하고 하였

대서, 백선봉이 도망해 와 눕는 그날 밤, 그의 본집인 백 주사네 집을 습격하였다.

집과 세간 죄다 부수고, 백선봉이 보낸 통제 배급 물자 숱한 것 죄다 빼앗기고, 가족들은 죽을 매를 맞고, 백선봉은 처가로, 백 주사는 서울로 각기 피신하여 목숨만 우선 보전하였다.

백 주사는 비싼 여관 밥을 사 먹으면서, 울적히 거리를 오락가락, 어떻게 하면 이 분풀이를 할까, 어떻게 하면 빼앗긴 돈과 물건을 도로 다 찾을까 하고 궁리를 하는 것이나, 아무런 묘책도 없었다. / 그러자 오늘은 우연히 이 미스터 방을 만났다. 종로를 지향 없이 거니는데, 지나가던 자동차가 스르르 멈추면서, 서양 사람과 같이 탔던 신사 양반 하나가 내려서더니, 어쩌다 눈이 마주치자

"아, 백 주사 아니신가요?" / 하고 반기는 것이었었다.

자세히 보니, 무어 길바닥에서 신기료장수를 한다던 코삐뚤이 삼복이가 분명하였다. / "자네가, 저, 저, 방, 방……." / "네, 삼복입니다."

"아, 건데, 자네가……." / "허, 살 때가 됐답니다."

그러고는 내 집으루 갑시다, 하고 잡아끄는 대로 끌리어 온 것이었었다.

의표하며, 집하며, 식모에 침모에 계집 하인까지 부리면서 사는 것하며, 신수가 훤히 트여 가지고, 말도 제법 의젓하여진 것 같은 것이며, 진소위 개천에서 용이 났다고 할 것인지.

옛날의 영화가 꿈이 되고, 일조에 몰락하여 가뜩이나 초상집 개처럼 초라한 자기가, 또 한 번 어깨가 옴츠러듦을 느끼지 아니치 못하였다. 그런 데다 이 녀석이, 언제 적 저라고 무엄스럽게 굴어, 심히 불쾌하였고, 그래서 엔간히 자리를 털고 일어설 생각이 몇 번이나 나지 아니한 것도 아니었었다. 그러나 참았다.

보아하니 큰 세도를 부리는 것이 분명하였다. 잘만 하면 그 힘을 빌려, 분풀이와, 빼앗긴 재물을 도로 찾을 여망이 있을 듯싶었다.

– 채만식, 〈미스터 방〉

작품 분석

핵심 정리
- **갈래**: 풍자 소설, 세태 소설
- **성격**: 풍자적, 현실 비판적
- **주제**: 광복 직후의 혼란한 세태와 기회주의적 인간에 대한 풍자
- **특징**: ① 인물을 희화화하여 해학과 풍자의 효과를 높임 ② 냉소적 어조, 판소리 사설 문체를 사용함

등장인물의 특성
- **방삼복**: 신기료장수였으나 광복 직후 미군의 통역관이 되어 '미스터 방'으로 불림. 허세가 심하고 기회주의적인 인물임
- **백 주사**: 전형적인 친일파. 자신의 이익을 위해서는 비굴함도 참고 아첨하는 인물임

인물의 특징 파악

윗글의 대화를 중심으로 '방삼복'을 이해한 것으로 가장 적절한 것은?

① 자신이 꾸미고 있는 일에 관심 없는 상대에게 자기 업무를 떠넘기는 뻔뻔함을 보이고 있다.
② 질문에 대꾸하지 않음으로써 상대가 같은 질문을 반복하도록 거드름을 피우고 있다.
③ 눈앞에 없는 사람을 비난하고 위협함으로써 함께 있는 상대에게 자신의 위세를 드러내고 있다.
④ 차에서 내려 상대에게 먼저 알은체하며 동승자에게 자신의 인맥을 과시하고 있다.
⑤ 상대가 이름을 제대로 말하기 전에 말을 가로채 상대에 대한 열등감을 감추고 있다.

유형 해결 전략

1. 인물의 행동과 대화 살피기: 방삼복과 백 주사와의 대화 내용을 살핌

↓

2. 인물의 특징 이해: 인물의 행동과 말을 통해 인물의 특징을 이해하고 이에 해당하는 선지를 고름

시점과 서술상의 특징

핵심 개념

❶ **시점**: 서술자가 소설에서 이야기를 이끌어 가면서 취하는 위치나 서술 범위. 서술자의 위치와 관점에 따라 시점이 달라짐

❷ **시점의 종류**

① **1인칭 주인공 시점**: 작품의 주인공인 '나'가 자신이 직접 겪은 이야기를 하는 시점. 주인공의 내면 의식을 드러내는 데에 효과적이며, 독자에게 친근감과 신뢰감을 주지만 독자는 주인공 '나'가 보고, 듣고, 생각한 것만을 알 수 있음
② **1인칭 관찰자 시점**: 작중에 등장하는 '나'가 관찰자의 입장에서 주인공에 대해 이야기하는 시점. 서술자 '나'가 관찰한 것만 서술할 수 있어 '나' 이외의 인물들의 심리는 간접적으로만 제시되는 한계가 존재함
③ **전지적 작가 시점**: 작품 밖에 있는 서술자가 전지전능한 위치에서 인물의 심리, 행동, 사건의 내막 등 모든 것을 알려 주는 시점. 서술자의 개입이 광범위하여 독자의 상상력이 제한됨
④ **작가 관찰자 시점**: 작품 밖에 있는 서술자가 관찰자의 입장에서 인물과 사건 등을 서술하는 시점. 객관적인 상황만을 전달하기 때문에 독자의 상상의 폭이 넓어질 수 있음

❸ **시점에 따른 거리**

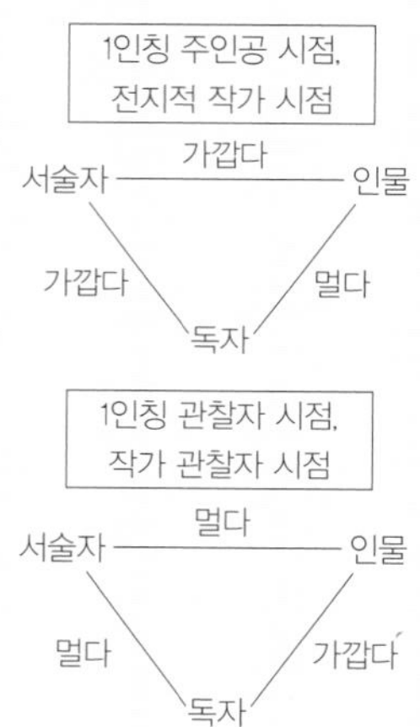

❹ **서술 방식의 종류**

- **서술**: 서술자가 독자에게 인물 · 사건 · 배경에 대해 직접 설명하는 방법. 해설적이고 요약적인 성격을 지님
- **대화**: 인물들이 주고받는 말을 그대로 보여 주는 방식. 대화를 통해 사건이 전개되기도 하며 인물의 성격이나 심리가 드러나기도 함
- **묘사**: 서술자가 인물이나 배경 등을 그림 그리듯이 구체적으로 보여 주는 방법. 생생한 느낌을 전달할 수 있음

대표 기출문제

2022 6월 모의평가

[앞부분 줄거리] 나는 기범이 죽기 전에 무슨 일이 있었는지 알기 위해, 그가 살았던 구천동을 찾아간다. 기범의 행적을 잘 알고 있는 '임 씨'를 만나 사연을 듣기 전에, 일규의 장례식 후에 있었던 기범과의 과거 일을 회상한다.

"너는 그놈이 아깝다구 했지만 나는 그놈이 죽어 세상 살맛이 없어졌다. 나는 살기가 울적할 때마다 허공에서 그놈의 쌍판을 찾았다. 나는 그놈을 통해서만 살아가는 재미와 기쁨을 느꼈다. 그러나 그놈 역시 사정은 나하구 똑같았다. 나를 발길로 걷어찼지만 그놈은 나를 잊은 적이 없다. 우리는 서로 사랑했지만 사랑하는 방법이 달랐을 뿐이다." 〈중략〉

"원래 그 사람은 도회지에서 살던 사람인데 왜 그때 도시를 버리구 깊은 산골을 찾았는지 모르겠군."

"처음엔 저두 많이 궁금하게 생각했습니다. 뭔가 세상에 죄를 짓구 숨어 사는 분이 아닌가 했습니다. 더구나 이리루 들어오시자 머리를 깎구 수염까지 기르셨거든요. 그러나 오래 뫼시구 살다 보니 저대루 차츰 납득이 갔습니다. 한마디로 말하기는 어렵지만 세상에 뭔가 실망을 느끼신 게 아닌가 싶습니다."

"본인이 그런 말을 한 적이 있소?"

"과거 얘기는 좀체 안 하시는 편이었는데 언젠가는 내게 그 비슷한 말씀을 하시더군요. 듣기에 따라서는 궤변 같지만 그분은 남하구 다른 묘한 철학을 지니구 계셨습니다." / "그걸 한번 들려줄 수 없소?"

"그분은 세상이 어지럽구 더러울 때는 그것을 구하는 방법이 한 가지밖에 없다구 하셨습니다. 세상을 좀 더 썩게 해서 더 이상 그 세상에 썩을 것이 없도록 만들어야 한다는 것입니다. 그걸 썩지 않게 고치려구 했다가는 공연히 사람만 상하구 힘만 배루 든다는 것입니다. '모두 썩어라, 철저히 썩어라'가 그분이 세상을 보는 이상한 눈입니다. 제 나름의 어설픈 추측입니다만 그분은 사람만이 지닌 이상한 초능력을 믿으시는 것 같았습니다. 사람은 온갖 악행에도 불구하고 자기 스스로를 송두리째 포기하지는 않는다는 것입니다. 세상이 철저히 썩어서 더 썩을 것이 없게 되면 사람은 살아남기 위해 언젠가는 스스로 자구책을 쓴다는 것입니다. 당신은 바로 그걸 믿으셨고, 이러한 자기 생각을 부정(不正)의 미학이라는 묘한 말루 부르시기두 했습니다."

나는 순간 가슴 한구석에 뭔가가 미미하게 부딪쳐 오는 진동을 느꼈다. 진동의 진상은 확실치 않지만, 나는 그것이 기범을 이해하는 어떤 열쇠가 아닌가 생각했다. 그의 온갖 기행과 궤변들이 어지러운 혼란 속에서 그제야 언뜻 한 가닥의 질서 위에 어렴풋이 늘어서는 것이었다.

"헌데 세상에 대해 그런 생각을 지닌 사람이 갑자기 왜 세상을 등지구 이런 산속에 박혀 사는 거요?" / "당신께서 아끼시던 친구 한 분이 갑자기 세상을 버리셨다구 하시더군요. 그때 아마 충격을 받으시구 이리루 들어오신 게 아닌가 싶습니다." / "누구랍니까, 그 친구가?"

"이름은 말씀 안 하시구 그분을 언제나 '미련한 놈'이라구만 부르셨습니다."

오일규다. 나는 그제야 오일규의 장례식 후에 기범이 격렬하게 지껄인 저 시끄럽던 요설들이 생각났다. 어쩌면 기범은 그때 이미 세상을 등질 결심을 했는지도 알 수 없다. 아니 그는 그 얼마 후에 내 앞에서 정말로 깨끗하게 사라져 버린 것이다.

"그래 그 친구가 죽은 후로 왜 세상을 등졌답디까?"

"세상 살 재미가 없어졌다구 하시더군요. 아마 친구 분을 꽤나 좋아하셨던 모양입니다. 그 미련한 놈이 죽어 버렸으니 자기도 앞으로는 미련하게 살밖에 없노라구 하셨습니다. 당신이 미련하다고 말씀하는 건 우습게 들리시겠지만 착한 일을 뜻하시는 것이었습니다." / "그래서 이곳에 온 후 사람이 갑자기 달라진 거요?"

"전 그분의 과거를 몰라서 어떻게 달라졌는지는 잘 모릅니다. 허지만 이곳에 오신 후로는 그분은 거의 남을 위해서만 사셨습니다. 제가 생명을 구한 것두 순전히 그 분의 덕입니다."

[A] 나는 다시 기범이 지껄였던 과거의 요설들이 생각난다. 세상을 항상 역(逆)으로만 바라보던 그의 난해성이 또 한 번 나를 혼란 속에 빠뜨린다. 그는 어쩌면 이 세상을 역순(逆順)과 역행(逆行)에 의해 누구보다 열심으로 가장 솔직하게 살다 간 것 같다. 그에게 악과 선은 등과 배가 서로 맞붙은 동위(同位) 동질(同質)의 것이었는지도 알 수 없다. 그는 악과 선 중 아무것도 믿지 않았고 오직 믿은 것이라고는 세상에는 아무것도 믿을 것이 없다는 사실뿐이었다. 그와 오일규가 맞부딪쳤을 때 오일규가 해체되는 것은 너무나 당연하다. 그것은 가장 비열한 삶이 가장 올바른 삶을 해체시키는 역설적인 예인 것이다.

– 홍성원, 〈무사와 악사〉

작품 분석

핵심 정리
- **갈래**: 중편 소설
- **성격**: 풍자적, 우의적, 비판적
- **주제**: 지식인의 부정적 삶의 방식에 대한 비판
- **특징**: ① 등장인물을 '무사'와 '악사'에 빗대어 지식인의 모습을 풍자함 ② 주로 인물 간의 대화를 통해서 갈등이 형상화됨

서술상의 특징
- 이야기 내부의 서술자가 주인공의 삶을 관찰하여 서술함
- 대화를 통해 인물의 성격과 가치관을 제시함

서술상의 특징 파악

[A]의 서술상 특징으로 가장 적절한 것은?

① 이야기 내부의 서술자가 인물의 행동을 객관적으로 서술하고 있다.

② 이야기 내부의 서술자가 인물에 대한 평가를 관념적으로 서술하고 있다.

③ 이야기 외부의 서술자가 인물의 체험을 바탕으로 사건의 배경을 실감나게 서술하고 있다.

④ 이야기 외부의 서술자가 인물의 회상을 중심으로 사건의 전개를 지연시키며 서술하고 있다.

⑤ 이야기 외부의 서술자가 인물의 내면을 묘사하여 인물 간의 갈등이 지속되고 있음을 서술하고 있다.

유형 해결 전략

1. 서술자의 위치 파악 : 서술자가 작품 속에 등장하는 인물인지 아닌지를 살펴봄

↓

2. 인물에 대한 서술자의 서술 태도 파악 : 서술자는 기범에 대해 자신의 견해나 생각을 서술함

사건과 갈등

핵심 개념

❶ **사건**: 등장인물들 사이에서 일어나는 여러 가지 일들

❷ **중심 사건**: 소설 속의 여러 사건 중에서 가장 기본이 되는 핵심적인 사건. 사건과 관련된 인물 간의 관계와 갈등을 통해 주제가 드러남

❸ **갈등**: 등장인물이 사건을 겪으며 처하는 대립적인 심리 상태. 내적 · 외적 갈등이 모두 존재함

❹ **갈등의 기능**
① 인물의 성격과 주제를 구체화함
② 사건을 전개시켜 줌
③ 이야기에 긴장감을 더해 흥미를 유발함

❺ **갈등의 양상**
① **내적 갈등**: 인물의 내면에서 서로 다른 두 심리의 대립으로 생겨나는 갈등. 인물의 마음 속에서 일어나는 불안감, 고민, 방황, 망설임, 분노 등의 모습으로 제시됨
예 나는 이 발길이 아내에게로 돌아가야 옳은가 이것만은 분간하기가 좀 어려웠다. 가야 하나? 그럼 어디로 가나? – 이상, 〈날개〉
② **외적 갈등**: 인물과 외부적 요인들 사이에서 생겨나는 갈등
- 인물과 인물의 갈등: 인물 사이의 가치관, 성격, 욕구 등의 차이로 생겨나는 갈등. 대체로 주동 인물과 반동 인물 간의 충돌과 대립으로 인한 갈등
예 이 녀석의 장인님을, 하고 눈에서 불이 퍽 나서 그 아래 밭 있는 넝 알로 그대로 떼밀어 굴려 버렸다. – 김유정, 〈봄 · 봄〉
- 인물과 사회의 갈등: 인물과 인물이 속한 사회의 제도, 법, 이념, 의식 사이의 갈등
예 나는 여태까지 세상에 대하여 충실하였다. 〈중략〉 그러나 세상은 우리를 속였다. 우리의 충실을 받지 않았다. – 최서해, 〈탈출기〉
- 인물과 자연의 갈등: 인물과 인물에게 제약을 주는 자연 현상 사이의 갈등. 대체로 가뭄, 홍수와 같은 자연 재해에서 비롯됨
예 자연(自然)의 폭력(暴力)에 대하여서야 누구라서 능히 저항(抵抗)하리오마는 그네는 너무도 힘이 없다. – 이광수, 〈무정〉
- 인물과 운명의 갈등: 인물과 인물의 타고난 운명 사이의 갈등으로, 대부분은 인물이 운명에 패배하거나 순응하는 내용으로 끝남
예 "것두 모르디요. 정처가 있나요. 바람 부는 대루 불려 댕기디오." – 김동인, 〈배따라기〉

대표 기출문제

2022 3월 고2 학력평가

적어도 그 다락 속에는 어머니의 은밀한 움직임에 명분을 줄 만한 물건들을 찾아볼 수 없었다. 그러나 나는 곧 그것을 발견했고 해답도 얻어 낼 수 있었다. 그것은 무심코 지독의 뚜껑을 열어 봤을 때였다. 지독의 뚜껑을 열어제치는 순간, 나는 굳어 버린 듯 그 자리에서 꼼짝할 수 없었다. 나는 못 볼 것을 본 것처럼 소스라쳐 지독의 뚜껑을 닫고 문 쪽으로 기어 나갔다. 이불이 깔려 있는 방은 조용했고 툇마루에서는 옹알이를 하고 있는 아우의 기척이 들려왔다. 나는 다시 안쪽으로 들어가서 지독의 뚜껑을 벗겼다. 놀랍게도 그 지독엔 가녘까지 넘쳐 내릴 것 같은 곡식이 가득 채워져 있었다. 그것은 도정까지 마친 하얀 멥쌀이었고 옆에 있는 지독엔 보리쌀이 반 넘어나 채워져 있었다. 채워 놓은 곡식에서 풍기는 특유의 비릿한 누린내가 코로 스며들었다. 문득 지독 속으로 손을 집어넣고 싶은 충동을 느꼈다. 그러나 그럴 수 없었다. 평두가 되게 손등으로 꼭꼭 다져 놓은 곡식 사래 위에는 ㉠다섯 손가락의 형용이 너무나 선명한 손도장이 찍혀 있었기 때문이었다. 다식판에 요형(凹形)으로 파놓은 음각 무늬처럼 선명한 어머니의 손자국을 보는 순간 나는 섬짓한 긴장을 느꼈다. 그것은 함부로 범접할 수 없는 장군의 견장과 같은 것이었다. 내가 만일 그 쌀독 속을 헤적여 놓게 되면 어머니는 당장 다른 사람의 범접을 눈치 채게 될 것이었다. 어머니가 곡식을 다루는 꼼꼼한 경계심이 그 손자국에는 선명하게 드러나 있었다. 어머니는 심란해질 때, 그리고 우리들의 모습에서 찢어지는 가난을 목도했을 때 이 다락으로 올라와서 지독의 뚜껑을 열어 보곤 했을 것이었다. 그리고 어떤 때는 우리 형제들을 밖으로 내몰고 몰래 지독의 곡식을 채워 왔을 것이었다. 나는 오랫동안 지독을 물끄러미 바라보며 앉아 있었다. 이 많은 곡식을 다락 위에다 채워 두고도 우리 세 식구는 속절없이 배를 주려 왔던 것이었다. 나는 어머니 스스로 파 놓고 있는 함정의 모순을 어떻게 삭여 내야 할지 전혀 궁리가 닿지 않았다. 그때처럼 어머니를 미워했었던 적은 없었다. 단 한 톨의 손상인들 결코 용납하지 않겠다는 어머니의 섬짓한 의지를 손자국에서 발견하는 순간, 나는 사냥꾼에게 불을 맞고 죽을 때를 기다리는 짐승처럼 처절한 기분이었다. 곡식들이 지독 가녘으로 넘쳐 날 것 같이 채워질 동안 어머니는 얼마나 많은 손자국으로 채워지는 곡식을 가늠해 왔을까. 그리고 굶주림 속에서도 어머니 스스로 만든 위안 속에서 살아온 것이었다. 그 곡식이 밥이나 죽으로 둔갑하지 않는 한 그것은 언제까지나 어머니의 곡식일 뿐 우리 세 식구의 곡식은 될 수 없었다. 그러나 바로 그때였다. ㉡마루로부터 와락 뛰어든 아우의 다급한 말소리가 들려왔다.

"히야, 엄마 온다."

[중략 부분 줄거리] 다락에 숨어 있다가 어머니에게 발각된 그날 밤 어머니는 우리를 혼내는 대신 쌀밥을 해 주셨다.

어머니가 우리들의 자존심을 부추기고 나온 결정적인 사건이 있었다. 그것은

정답과 해설 2쪽

갑자기 너무 많은 양의 밥을 먹고 난 뒤 설사에 부대끼느라고 밤잠을 설쳐야 했던 그날 밤 이후로 어머니는 고미다락의 문을 채우지 않았다는 것이다. 〈중략〉 그 다락에 자물쇠가 채워져 있는 동안 그것은 오직 어머니의 것이었다. 그런데 다락문이 개방된 이후로 그것은 우리 세 사람 모두의 것이 되었다. 아우와 나 사이에 은연중에 지켜진 관행에 따른다면, 내가 학교에서 생활하는 시간을 제외한 모든 시간을 아우와 짝이 되어 보낸다는 점이었다. 심지어 측간을 가는 일조차 행동 통일이 되어야 직성이 풀렸다. 그런데 어느 날이었다. 그날 우리는 한길에 있을 아이들을 찾아서 무심코 고샅길을 벗어나고 있었다. 그때 아우는 걸음을 딱 멈추었다.

"히야?" / "……?" / "집 비워 두고 우리 둘 다 나가면 안 된다."

㉢아우의 반란은 의외였다. 우리는 어머니가 돌아온다는 보장이 없는 시각이라면 종일토록 줄곧 집을 비워 두고 쏘다녔었기 때문이었다. 그것이 어머니에게도 그랬었겠지만 우리들에게도 편했다. / "니는 가기 싫어졌나?"

"아니다, 가고 싶다." / "그런데 왜 앙탈이고?"

"히야는 다락문이 열려 있는 거 모르나, 누가 들어와서 다락문 열면 우짤라꼬."

그랬다. 그제서야 나도 뒤통수가 찡했다. 우리는 한길로 진출하려던 속셈을 바꾸어야 했다. 다락문을 예전처럼 다시 채워 놓는다면 우리들 나들이에 꺼림칙함을 지워 버릴 수도 있었다. 그러나 우리들 능력으로는 그것이 손쉬운 일이 아니었고, 또 ㉣어머니가 열쇠를 지니고 있는 것인지도 의문이었다. 그것이 난감했다. 나는 공연히 아우에게 쏘아붙였다. / "그러면 우짤래? 니 혼자서 집 지키고 있을래?"

아우는 아무런 갈등도 보이지 않고 고개를 주억거렸다. 고개만 주억거렸을 뿐만 아니라 그때까진 좀처럼 내뱉은 적이 없던 한마디를 서슴없이 덧붙였다.

"히야 혼자 갔다 오니라." / ㉤그러한 아우의 대견함은 낯설고 놀라운 것이었다.

– 김주영, 〈고기잡이는 갈대를 꺾지 않는다〉

작품 분석

핵심 정리
- 갈래: 장편 소설, 성장 소설
- 성격: 회상적, 향토적
- 주제: 궁핍한 현실에서 형제가 겪는 고통과 성장 과정
- 특징: ① 궁핍한 현실을 배경으로 인물의 삶의 모습을 제시함 ② 시골 마을을 배경으로 향토적 어휘를 사용하여 생동감을 부여함

사건과 갈등
- '나'는 어머니와 아우와 함께 가난하게 살아가는데 어머니가 다락에 둔 지독에 곡식을 숨기고 배를 주리게 했다는 사실을 알고 어머니에게 미움을 느낌
- 곡식이 담긴 지독을 발견한 '그날 밤' 이후 '나'와 아우는 달라진 어머니의 행동으로 인해 스스로 다락을 지키려고 함
- '나'와 아우는 곡식을 지키기 위해 행동을 통일했지만, 곡식을 둔 채로 집을 비우면 안 된다고 생각한 아우는 '나'와 나가지 않고 홀로 다락을 지키려고 함

사건의 전개 및 내용 이해

✪ ㉠~㉤에 대한 설명으로 적절하지 않은 것은?

① ㉠: 누구도 범접할 수 없게 하기 위한 어머니의 의지를 나타내고 있다.
② ㉡: 어머니가 허용하지 않은 공간에 출입한 것을 들킬까 염려하는 마음이 담겨 있다.
③ ㉢: 행동 통일이 되어 왔던 관행을 '나'가 깨뜨리려 한 일에 대한 아우의 불만을 표현하고 있다.
④ ㉣: 아이들과 함께 놀고 싶은 생각에 제동이 걸리는 이유 중 하나로 작용하고 있다.
⑤ ㉤: 혼자서라도 다락을 지키겠다는 아우의 언행이 뜻밖이었음을 드러내고 있다.

유형 해결 전략

1. 중심 사건의 전개 파악: 다락에서 곡식이 담긴 지독을 발견한 사건을 파악함

2. 중심 사건을 둘러싼 인물의 심리 및 행동 파악: 곡식이 담긴 지독을 중심으로 '나', 아우, 어머니의 심리와 행동이 어떠한지 살펴봄

구성 방식

핵심 개념

❶ **구성**: 작가의 의도에 따라 소설의 인물, 사건, 배경 등을 짜임새 있게 조직한 것

❷ **구성의 5단계**

① **발단**: 인물과 배경이 제시되고 사건이 시작됨
② **전개**: 사건이 본격적으로 진행되고 갈등이 나타나며, 복선을 제시하여 다가올 사건을 암시함
③ **위기**: 갈등과 긴장감이 점점 심화됨
④ **절정**: 갈등이 최고조에 이르는 부분, 사건 해결의 단서가 제시되고 결말이 예고됨
⑤ **결말**: 갈등과 위기가 해소되고 사건이 마무리됨

❸ **구성의 유형**

① **중심 사건의 수에 따른 구성**
- 단일 구성: 하나의 중심 사건으로 전개되는 구성 방식
- 복합 구성: 두 개 이상의 사건이 복잡하게 얽혀 전개되는 구성 방식

② **사건의 진행 방식에 따른 구성**
- 순행적 구성(= 평면적 구성): 사건을 '과거－현재－미래'의 시간적 순서에 따라 구성하여, 사건이 일어난 순서대로 내용을 파악하기 쉬움
- 역순행적 구성(= 입체적 구성): 사건을 작가의 의도에 따라 시간 순서를 뒤바꾸어 구성하는 방식으로, 작중 인물의 회상이나 서술자의 서술 등에 의해 사건의 시간이 뒤바뀌기도 함

③ **개별 이야기를 엮는 방식에 따른 구성**
- 액자식 구성: 이야기 속에 또 다른 이야기가 들어 있는 구성. 서술자 중심의 외부 이야기(외화)와 인물이나 사건 중심의 내부 이야기(내화)로 이루어져 있음
- 사건의 병치: 서로 다른 사건이 작가의 의도에 의해 나란히 배열되는 구성 방식
- 옴니버스식 구성: 각기 다른 이야기들을 하나의 연관성 있는 주제로 묶어 놓은 구성 방식. 서로 다른 인물들이 등장함
- 피카레스크식 구성: 동일한 인물이 등장하는 각각의 독립된 이야기들을 동일한 주제 아래 엮어서 전개하는 구성 방식. 연작 소설
- 삽화식 구성: 서로 관련이 없어 보이는 짧은 이야기들을 서술자의 의도에 따라 배치한 구성 방식

④ **그 밖의 구성 방식**
- 의식의 흐름에 따른 구성: 서술자의 내면 의식에 초점을 맞춰 써 내려가는 구성 방식으로, 사건이 인과적이지 않음
- 여로형 구조: 인물의 여행 과정에 따라 사건이 전개되는 구성 방식으로 공간의 이동이 나타남

대표 기출문제

2016학년도 6월 평가원

우리 장인님은 약이 오르면 이렇게 손버릇이 아주 못됐다. 또 사위에게 이 자식 저 자식 하는 이놈의 장인님은 어디 있느냐. 오죽해야 우리 동리에서 누굴 물론하고 그에게 욕을 안 먹는 사람은 명이 짜르다 한다. 조그만 아이들까지도 그를 돌라세 놓고 욕필이(본 이름이 봉필이니까), 욕필이, 하고 손가락질을 할 만치 두루 인심을 잃었다. 허나 인심을 정말 잃었다면 욕보다 읍의 배 참봉 댁 마름으로 더 잃었다. 번이 마름이란 욕 잘 하고 사람 잘 치고 그리고 생김 생기길 호박개 같아야 쓰는 거지만 장인님은 외양이 똑 됐다. 작인이 닭 마리나 좀 보내지 않는다든가 애벌논 때 품을 좀 안 준다든가 하면 그해 가을에는 영락없이 땅이 뚝뚝 떨어진다. 그러면 미리부터 돈도 먹이고 술도 먹이고 안달재신으로 돌아치던 놈이 그 땅을 슬쩍 돌라안는다. 이 바람에 장인님 집 빈 외양간에는 눈깔 커다란 황소 한 놈이 절로 엉금엉금 기어들고, 동리 사람들은 그 욕을 다 먹어 가면서도 그래도 굽신굽신하는 게 아닌가 —

그러나 내겐 장인님이 감히 큰소리할 계제가 못 된다.

뒷생각은 못 하고 뺨 한 개를 딱 때려 놓고는 장인님은 무색해서 덤덤히 쓴침만 삼킨다. 난 그 속을 퍽 잘 안다. 조금 있으면 갈도 꺾어야 하고 모도 내야 하고, 한창 바쁜 때인데 나 일 안 하고 우리 집으로 그냥 가면 고만이니까. 작년 이맘 때도 트집을 좀 하니까 늦잠 잔다고 돌멩이를 집어 던져서 자는 놈의 발목을 삐게 해 놨다. 사날씩이나 건승 끙, 끙, 앓았더니 종당에는 거반 울상이 되지 않았는가 —

"얘, 그만 일어나 일 좀 해라. 그래야 올갈에 벼 잘 되면 너 장가들지 않니."

그래 귀가 번쩍 띄어서 그날로 일어나서 남이 이틀 품 들일 논을 혼자 삶아 놓으니까 장인님도 눈깔이 커다랗게 놀랐다. 그럼 정말로 가을에 와서 혼인을 시켜 줘야 원 경우가 옳지 않겠나. 볏섬을 척척 들여 쌓아도 다른 소리는 없고 물동이를 이고 들어오는 점순이를 담배통으로 가리키며,

"이 자식아 미처 커야지, 조걸 데리고 무슨 혼인을 한다고 그러니 원!" 하고 남 낯짝만 붉게 해 주고 고만이다. 〈중략〉

그 전날 왜 내가 새고개 맞은 봉우리 화전밭을 혼자 갈고 있지 않았느냐. 밭가생이로 돌 적마다 야릇한 꽃내가 물컥물컥 코를 찌르고 머리 위에서 벌들은 가끔 붕, 붕, 소리를 친다. 바위틈에서 샘물 소리밖에 안 들리는 산골짜기니까 맑은 하늘의 봄볕은 이불 속같이 따스하고 꼭 꿈꾸는 것 같다. 나는 몸이 나른하고 몸살(을 아직 모르지만 병)이 나려고 그러는지 가슴이 울렁울렁하고 이랬다.

"어러이! 말이! 맘 마 마……."

이렇게 노래를 하며 소를 부리면 여느 때 같으면 어깨가 으쓱으쓱한다. 웬일인지 밭 반도 갈지 않아서 온몸의 맥이 풀리고 대고 짜증만 난다. 공연히 소만 들

정답과 해설 2쪽

입다 두들기며 —

"안야! 안야! 이 망할 자식의 소(장인님의 소니까) 대리를 꺾어 줄라."

그러나 내 속은 정말 안야 때문이 아니라 점심을 이고 온 점순이의 키를 보고 울화가 났던 것이다. 〈중략〉

헌데 한 가지 파가 있다면 가끔가다 몸이(장인님은 이걸 채신이 없이 들까분다고 하지만) 너무 빨리빨리 논다. 그래서 밥을 나르다가 때 없이 풀밭에서 깨빡을 쳐서 흙투성이 밥을 곧잘 먹인다. 안 먹으면 무안해할까 봐서 이걸 씹고 앉았노라면 으적으적 소리만 나고 돌을 먹는 겐지 밥을 먹는 겐지 —

그러나 이날은 웬일인지 성한 밥채로 밭머리에 곱게 내려놓았다. 그리고 또 내외를 해야 하니까 저만큼 떨어져 이쪽으로 등을 향하고 웅크리고 앉아서 그릇 나기를 기다린다.

내가 다 먹고 물러섰을 때 그릇을 와서 챙기는데 그런데 난 깜짝 놀라지 않았느냐. 고개를 푹 숙이고 밥함지에 그릇을 포개면서 날더러 들으라는지 혹은 제 소린지,

"밤낮 일만 하다 말 텐가!" 하고 혼자서 쫑알거린다. 고대 잘 내외하다가 이게 무슨 소린가, 하고 난 정신이 얼떨떨했다. 그러면서도 한편 무슨 좋은 수나 있는가 싶어서 나도 공중을 대고 혼잣말로, "그럼 어떻게?" 하니까,

"성례시켜 달라지 뭘 어떻게." 하고 되알지게 쏘아붙이고 얼굴이 발개져서 산으로 그저 도망질을 친다.

나는 잠시 동안 어떻게 되는 셈판인지 맥을 몰라서 그 뒷모양만 덤덤히 바라보았다.

봄이 되면 온갖 초목이 물이 오르고 싹이 트고 한다. 사람도 아마 그런가 보다, 하고 며칠 내에 부쩍(속으로) 자란 듯싶은 점순이가 여간 반가운 것이 아니다.

– 김유정, 〈봄 · 봄〉

작품 분석

핵심 정리

- **갈래**: 단편 소설, 농촌 소설, 순수 소설
- **성격**: 해학적, 토속적, 향토적, 서민적
- **주제**: 교활한 장인(마름)과 우직한 데릴사위(머슴)의 해학적 갈등
- **특징**: ① 역순행적 구성을 취함 ② 토속어, 방언, 비속어의 사용과 등장인물의 우스꽝스러운 행동을 통해 해학성을 유발함

역순행적 구성 방식

- 과거 회상을 삽입하는 장면이 빈번하게 나타남
- 나중에 일어난 사건이 중간에 서술되기도 함

서술과 구성상의 특징 파악

윗글에 대한 설명으로 가장 적절한 것은?

① 동시에 일어나는 두 개의 사건을 병치하여 긴장감을 조성하고 있다.

② 과거 사건을 현재 상황에 끌어 들여 인물들의 관계를 드러내고 있다.

③ 현학적 표현을 사용하여 등장인물들의 긍정적 성격을 강조하고 있다.

④ 작중 인물이 관찰자의 입장에서 작중 세계를 객관적으로 묘사하고 있다.

⑤ 다른 사람의 체험을 듣고 독자에게 전해 주는 액자식 구성을 취하고 있다.

유형 해결 전략

1. 시간의 흐름 이해: '나'는 현재의 이야기를 하다가 작년에 있었던 일과 며칠 전에 있었던 일을 이야기하고 있음

2. 인물의 관계 파악: '나'와 장인, '나'와 점순이의 대화를 통해 '나'는 장인의 집에서 머슴살이를 하고 있으며, 점순이와 혼인을 약속한 사이임을 알 수 있음

배경과 소재

핵심 개념

❶ **배경**: 소설 속에서 사건이 일어나고 등장인물이 행동하는 시간, 공간, 사회, 시대 등의 구체적인 장소나 환경이자 사건

❷ **배경의 종류**
① **자연적 배경**: 인물의 행동이 발생하거나 사건이 전개되는 구체적인 시간이나 공간
② **사회적 배경**: 인물을 둘러싼 사회 현실과 역사적 · 시대적 상황
③ **심리적 배경**: 인물의 심리적 상황이나 독특한 내면세계를 의미하며 주로 인물의 내면 심리 묘사를 중시하는 소설에 나타남
④ **상황적 배경**: 실존주의 소설에 나타나는 배경으로, 인물이 처해 있는 실존적인 상황이나 처지를 의미함. 상징적 · 암시적 의미를 가지며 소설의 주제를 형상화하는 데 깊이 관여함

❸ **배경의 기능**
① **작품의 분위기 형성**: 밝음 또는 암울함, 낭만적임 등 작품의 전반적인 분위기를 만들어 내는 역할을 함
② **작품의 현실감 부여**: 지역명이나 시대를 구체적으로 언급하거나, 실제 있었던 사실을 제시하여 사건이 실제 있었다는 느낌을 갖게 함
③ **인물의 심리 및 사건 전개 방향 암시**: 배경이 인물의 내면 심리를 간접적으로 표현하거나, 심리에 영향을 줌. 때로는 배경의 변화가 앞으로의 사건 전개 방향을 암시함
④ **작품의 상징적 의미를 드러냄**: 배경 자체가 작품의 주제를 상징적으로 드러내기도 함

❹ **소재**: 작가가 이야기를 전개하기 위해 사용하는 글의 재료. 장면 설정을 위한 도구로 작품 속에서 일정한 역할을 수행함 ≒ 이야깃거리

❺ **소재의 기능**
① 인물들 간의 갈등 유발 및 해소
② 인물의 심리, 성격 표현
③ 주제의 형상화
④ 장면의 전환, 사건 전개의 방향 암시

대표 기출문제

2020 3월 고2 학력평가

그의 결심이란 다른 것이 아니라 살림을 떠엎고 말리라는 것이었다.

살림이라야 가진 논밭이 없고, 몇 대째진 몰라도 하늘에서 떨어져서는 첫 동네라는 [안악굴] 꼭대기에서 그중에서도 제일 외따로 떨어져 있는 오막살이를 근거로 하고 화전이나 파먹고 숯이나 구워 먹고 덫과 함정을 놓아 산짐승이나 잡아먹던 구차한 살림이었다.

그래도 자기 아버지 대에까지는 굶지는 않고 남에게 비럭질은 하지 않고 살아왔다. 그렇던 것이 언제 누구라 임자로 나서 팔아먹었는지 둘레가 백 리도 더 될 큰 산을 삼정회사에서 샀노라고 나서 가지고는 부대*를 파지 못한다, 숯을 허가 없이 굽지 못한다, 또 경찰에서는 멧돼지 함정이나 여우 덫은 물론이요, 꿩 창애나 옥누 같은 것도 허가 없이는 못 놓는다 하고 금하였다.

요즘 와서 안악굴 동네는 산지기와 관청에서 이르는 대로만 지키자면 봄여름에는 산나물이나 뜯어 먹고, 가을에는 머루 다래나 하고 도토리나 주워다 먹고 겨울에는 곤충류와 같이 땅속에 들어가 동면이나 할 수 있으면 상책이게 되었다.

그러나 큰 산 속 안악굴서 사는 사람들이라고 해서 이 장군이네부터도 갑자기 멧돼지나 노루와 같이 초식만을 할 수가 없고 나비나 살무사처럼 삼동 한 철을 자고만 배길 수도 없었다. 배길 수가 없어서가 아니라 하고 싶어도 재주가 없어서였다.

그래서 안악굴 사람들은 관청의 눈이 동뜬 때문인지 엄밀하게 따지려면 늘 범죄의 생활자들이었다.

안악굴서 멧돼지와 노루의 함정을 파놓은 것이 이 장군이 한 사람만은 아니었다. 그날 하필 사냥을 나왔던 순사부장이 빠진다는 것이 알고 보니 여러 함정 중에 장군이가 파놓은 함정이었다.

그래서 장군이는 쩔름거리는 순사부장의 뒤를 따라 그의 묵직한 총을 메고 경찰서로 들어왔고 경찰서에 들어와선 처음엔 귀때기깨나 맞았으나 다음날로부터는 저희 집 관솔불이나 상사발에 대어서는 너무나 문화적인 전기등 밑에서 알미늄 벤또에다 쌀밥만 먹고 지내다가 스무 날 만에 집으로 나오는 길이었다.

[중략 부분 줄거리] 경찰서에서 나와 집으로 돌아오던 장군이는 자신의 처지를 돌아보고 발걸음이 무거워짐을 느낀다.

철둑을 넘어서 안악굴로 올라가는 길섶에 들면 되다 만 방앗간이 하나 있다. 돌각담으로 담만 둘러쌓고 확*도 아직 만들지 않았고 풍채도 없다. 그러나 물 받을 자리와 물 빠질 보통*은 다 째어 놓았고, 제법 주머니방아는 못 되더라도 한참 만에 한 번씩 뒷박질하듯 하는 통방아채 하나만은 확만 파 놓으면 물을 대어 봐도 좋게 손이 떨어진 것이었다.

장군이는 가을에 들어 이것으로 쌀되나 얻어먹어 볼까 하고 여름내 보통을 낸다 돌각담을 쌓는다, 빚을 마흔 냥 가까이 내어 가지고 방아채 재목을 사고 목수 품을 들이면서 거의 끝을 마쳐 가는데 소문이 나기를, 새 술막 장풍언네가 발동긴가 무슨 조화방안가 하는 걸 사온다고 떠들어들 대었다. 그리고 발동기는 하루 쌀을 몇 백 말도 찧으니까, 새 술막에 전에부터 있던 물방아도 세월이 없으리라 전하였다.

알고 보니 아닌 게 아니라 장풍언네는 아들이 서울 가서 발동기를 사오고 풍채를 사오고, 그리고는 미리부터 찧는 삯이 물방아보다 적다는 것, 아무리 멀어도 저희가 일꾼을 시켜 찧을 것을 가져가고 찧어서는 배달까지 해 준다는 것을 광고하였다. 이렇게 되고 보니 벼 두어 섬만 찧으려도 밤늦도록 관솔불을 켜가지고 북새를 놀게 더디기도 하려니와, 까부름* 새를 모두 곡식 임자가 가서 거들어 줘야 되는 물방아로 찾아올 사람이 있을 것 같지 않았다. 이래서 장군이는 여름내 방아터를 잡느라고 세월만 허비하고, 게다가 빚까지 진 것을 중도에 손을 떼고 내어던지지 않을 수 없이 된 것이다.

장군이는 걸음을 멈추고 봇도랑 낸 데 물이 고인 것을 한참이나 서서 내려다보았다. 웅덩이라 바람 한 점 스치지 않는 수면은 거울같이 맑고 고요하여 내려다보는 장군이의 얼굴이 잔주름 하나 없이 비치었다.

누가 불러 보아도 듣지 못할 것처럼 꿈꾸듯 물만 내려다보고 섰던 장군이는 한참 만에 슬그머니 허리를 굽히었다. 그리고 손을 더듬더듬하여 커다란 몽우리돌을 하나 집었다. / 그리고는 다시 허리를 펴서 물을 내려다보았다.

물속에는 잠긴 자기 얼굴을 간지르는 듯 어찌 생각하면 자기를 비웃는 듯도 한 빤작빤작하는 송사리 떼가 알른거리고 몰려다니었다.

철버덩!

장군이 손에 잡히었던 몽우리돌은 거울 같은 물을 깨뜨리고 가을 산기슭의 적막을 흔들어 놓았다. 그러나 그의 돌땅*에 맞고 입이 광주리만큼씩 찢어지며 올려다보는 것은 제 얼굴의 그림자뿐, 송사리 떼는 한 마리도 뜨지 않았다.

– 이태준, 〈촌뜨기〉

* 부대: 주로 산간 지대에서 풀과 나무를 불살라 버리고 그 자리를 파 일구어 농사를 짓는 밭
* 확: 방앗공이로 찧을 수 있게 돌절구 모양으로 우묵하게 판 돌
* 보통: 봇둑. 보를 둘러쌓은 둑
* 까부름: 키를 위 아래로 흔들어 곡식의 티나 검불 따위를 날리는 일
* 돌땅: 돌이나 망치 등으로 고기가 숨어 있을 만한 물속의 큰 돌을 세게 쳐서 그 충격으로 고기를 잡는 일. 또는 그렇게 치는 돌

작품 분석

핵심 정리

- 갈래: 단편 소설, 농민 소설
- 성격: 비판적
- 주제: 식민지 시대 우리 농민의 아픔과 부부간의 따뜻한 정
- 특징: ① 인물이 처한 상황을 요약적으로 서술함 ② 순박한 농민의 모습이 나타남 ③ 근대 초기의 과도기적인 사회 모습과 이에 적응하지 못한 인물의 모습을 보여 줌

배경과 소재

일제 강점기를 시대적 배경으로 하여 근대 초기 사회의 모습을 보여 줌. '촌뜨기'는 과도기적인 사회 변화에 적응하지 못한 장군이를 비유한 제목임

배경의 이해

안악굴에 대한 이해로 적절하지 않은 것은?

① 한때는 '가진 논밭'이 없어도 '굶지는 않'았던 곳이다.
② '삼정회사'의 출현으로 생활의 변화가 일어난 곳이다.
③ '산지기'나 '관청'의 통제가 영향을 끼치고 있는 곳이다.
④ '경찰'에 저항하기 위한 '여러 함정'이 존재하는 곳이다.
⑤ 생계유지를 위한 기존의 방식이 '범죄'가 될 수 있는 곳이다.

유형 해결 전략

1. 공간적 배경 파악: 작품을 읽으며 공간적 배경을 파악함

2. 내용을 바탕으로 공간적 배경 이해: 내용을 이해하며 '안악굴'에서 어떠한 일들이 일어나는지 파악함

감상의 적절성

핵심 개념

❶ **감상**: 작품을 둘러싼 다양한 외적 · 내적 요소들을 고려하여 작품을 읽는 것

❷ **작품 감상의 접근 방법**

① **내재적 접근 방법**
- **절대론적 관점**: 작품 자체만을 중시하는 관점으로, 작품 내적 요소인 인물, 사건, 표현 등에 주목하여 감상함

② **외재적 접근 방법**
- **반영론적 관점**: 작품을 현실의 반영이라고 보는 관점으로, 대상이 되는 세계가 작품 속에서 어떻게 구현되었는지 확인하며 감상함
- **표현론적 관점**: 작품을 작가의 사상, 성장 배경, 체험, 세계관, 의도 등이 담긴 것으로 이해하는 관점으로, 작가의 전기적 사항을 고려하며 감상함
- **효용론적 관점**: 작품이 독자에게 주는 교훈, 감동에 주목하는 관점으로, 작품을 수용하는 독자의 인식 및 태도를 중심으로 감상함

현실
(반영론)
⇩
작가 (표현론) ⇨ 작품 (절대론) ⇨ 독자 (효용론)

〈작품 감상의 접근 방법〉

❸ **외적 준거에 의한 감상**: 〈보기〉를 참고하여 작품을 감상하는 방법. 〈보기〉에 제시되는 내용은 대체로 작품에 대한 구체적 설명이나 평가, 혹은 작품과 관련된 시대적 · 상황적 내용으로, 작품을 보다 정확하게 이해할 수 있는 단서가 됨

❹ **사회 · 문화적 맥락과 현대 소설의 흐름**
- **1920년대**: 일제 강점의 현실을 반영한 사실주의 소설과 사회주의 계열의 계급 소설
- **1930년~1945년**: 예술성 위주의 순수 소설과 농촌을 무대로 한 농촌 계몽 소설. 1940년대는 민족 문학의 암흑기
- **1945년~1950년대**: 일제 강점기의 체험이나 반성을 다룬 소설. 1950년대에는 6 · 25 전쟁과 전후 세태를 다룬 전후 소설
- **1960년~1970년대**: 분단의 현실을 다루거나 급격한 도시화, 산업화, 인간 소외 등의 사회적 문제를 다룬 소설
- **1980년대**: 독재 정권, 산업화로 생겨난 사회적 모순에 대하여 다룬 소설과 소시민의 삶을 다룬 소설
- **1990년대 이후**: 개인의 욕망과 내면에 집중한 소설이 등장하였고 주제가 다양화됨

→ 작품에 담긴 사회 · 문화적 맥락을 파악하며 감상할 때, 작품의 의미를 좀 더 명확히 이해할 수 있음

대표 기출문제

2024 6월 모의평가

[앞부분 줄거리] 아버지가 위독하다는 소식을 듣고 귀향한 정일은 용팔에게 재산 상속에 관한 이야기를 듣는다.

아버지가 아직도 지키고 있는 그의 재산을 넘겨다보는 듯한 용팔이가 따지는 산판알이 거침없이 한 자리씩 올라가는 것을 유심히 바라보고 있는 자신을 의식하며 보고 있을 때, 이렇게 대강만 놓아도, 하고 산판을 밀어 놓으며 쳐다보는 용팔의 눈과 마주치게 되자 정일이는 흠칫 놀라게 되는 자신의 얼굴이 붉어지는 것을 깨달았다. 여기 대한 상속세만 해도 큰돈인데 안 물고 할 수 있는 이것은 제 말씀대로 하시지요. 이렇게 결정적으로 말하는 용팔이는 정일이의 앞에 위임장을 내놓으며 도장을 치라고 하였다. / 정일이는 더욱 불쾌하여졌다. 잠이 부족한 신경 탓도 있겠지만 자기의 눈을 기탄없이 바라보는 용팔이의 얼굴에 발라놓은 듯한 그 웃음이 말할 수 없이 미웠다. 이 소인 놈! 하는 의분 같은 심열이 떠오르며, 언제 내가 이런 음모를 하자고 너와 공모를 하였던가? 하고 그의 뺨을 갈기고 싶은 충동을 느끼었다. 그러나 정일이는 금시에 미끄러지는 듯한 웃음이 자기 얼굴에 흐름을 깨달았다. 이러한 심열은 신경쇠약의 탓이 아닐까? 〈중략〉

도장을 치고 난 용팔이는 공손히 정일이에게 돌리며, 잔금은 제가 장인께 말씀드리겠습니다, 하고 일어선다. 중문으로 들어가는 용팔이의 뒷모양을 바라보던 정일이는 갑자기 불러내고 싶었다. 궁둥이를 들먹하고 부르는 손짓까지 하였으나 탄력 없이 벌어진 입에서는 말이 나오지 않았다. 창졸간에 용팔이를 어떻게 불러야 할지 몰라서 주저되는 것같이도 생각되었다. 중문 안으로 들어가는 용팔이의 뒷모양은 마치 심한 장난을 꾸미다가 용기를 못 내는 자기를 남겨 두고 그걸 못 해? 내 하마 하고 나서는 동무의 모양같이 아슬아슬한 것이었다. 종시 용팔이가 중문 안으로 사라져서 불러낼 기회를 놓치고 말았다고 후회하면서도 내가 정말 후회하는 것이라면 지금이라도 따라가서 붙들 수도 있지 않은가? 이렇게 생각하는 정일이는 용팔이가 이 말을 시작하였을 때부터 자기는 육감으로 벌써 예기하였던지도 모를 일이 지금 일어나리라는 기대가 앞서는 것을 느끼며 정일이는 실험의 결과를 기다리는 듯이 숨을 죽이고 귀를 기울이고 있었다. 〈중략〉

사실 이렇게 되어서까지도 죽기가 싫은가 하고 아버지를 눈 찌푸리고 바라보는 자기는 죽음의 공포를 해탈한 무슨 수양이 있는 것이 아니라 단지 애써 살려는 의지력이 없는 것뿐이다. 아버지는 한 번도 자기의 생활을 회의하거나 죽음을 생각할 필요가 없었던 사람이므로 이같이 죽음과 싸울 수 있는 것이 아닐까 생각하였다. 그래서 정일이는 어떤 위대한 의지력을 우러러보는 듯한 마음으로 아버지의 고통을 바라보고 있는 자기를 발견하는 때가 있었다.

그때 심한 구토를 한 후부터 한 방울 물도 먹지 못하고 혓바닥을 축이는 것만으로도 심한 구역을 하게 된 만수 노인은 물을 보기라도 하겠다고 하였다. 정일이는 요를 둑여서 병상을 돋우고 아버지가 바라보기 편한 곳에 큰 물그릇을 놓아 드렸다. 그러나 그 물그릇을 바라보기에 피곤한 병인은 어디나 눈 가는 곳에는 물이 보이기를 원하였다. 그래서 큰 어항을 병실에 가득 늘어놓고 물을 채워 놓았다. 병인은 이 어항에서 저 어항으로 서늘한 감각을 시선으로 핥듯이 돌려 보다가 그도 만족하지 못하여 시원히 흐르는 물이 보고 싶다고 하였다. 정일이는 아버지가 보기 편한 곳에 큰 물그릇을 놓고 대접으로 물을 떠서는 작은 폭포같이 들이 쏟고 또 떠서는 들이 쏟기를 계속하였다. 만수 노인은 꺼멓게 탄 혀를 벌린 입 밖에 내놓고 황홀한 눈으로 드리우는 물줄기를 바라보고 있었다. 그 눈을 볼 때 정일이는 걷잡을 사이도 없이 자기 눈에 눈물이 솟아오름을 참을 수가 없었다. 정일이는 일찍이 그러한 눈을 본 기억이 없다고 생각하였다. 더욱이 아버지의 얼굴에서! 자기 아버지에게서 저러한 동경에 사무친 황홀한 눈을 보게 되는 것은 의외라고 할밖에 없었다.

– 최명익, 〈무성격자〉

작품 분석

핵심 정리
- **갈래**: 단편 소설, 심리 소설
- **성격**: 비판적, 자기 성찰적
- **주제**: 근대 지식인의 무성격한 모습
- **특징**: ① 근대 지식인의 내면 의식을 정밀하게 보여 줌 ② 서술자가 정일의 시선에 의존하여 사건을 전개함

종합적 감상
정일은 무기력하게 살아가며 자신과 관계된 사람들을 경멸의 대상이나 귀찮은 존재로 생각함. 하지만 돈만 아는 속물로 경멸했던 아버지가 죽음과 사투를 벌이는 모습에서 생활인의 의의를 느끼게 됨. 정일은 무성격한 자신의 모습을 고수하는 것이 자기기만임을 깨닫게 됨

외적 준거를 통한 감상의 적절성 파악

〈보기〉를 참고하여 윗글을 감상한 내용으로 적절하지 않은 것은?

보기

〈무성격자〉의 정일은 자신을 구속하는 속물적 욕망을 경멸하고 현실에서의 적극적인 행동을 주저하는 한편, 자신과 주변에 관심을 집중한다. 그는 주변 대상을 관찰하여 그 의미를 파악하고, 파악한 내용에 반응하며, 그런 자신을 분석하기도 한다. 나아가 관찰과 분석을 수행하는 자신의 내면마저 대상화함으로써 인간 심리의 중층적 구조를 드러낸다.

① 산판알을 놓으며 이익을 따지는 상대를 경멸하면서도 산판알이 올라가는 것을 주목하는 데에서, 자신을 구속하는 속물적 욕망으로부터 자유롭지 못한 모습을 찾을 수 있군.
② 상대의 웃음에서 공모 의사를 읽어 내자 얼굴에 흐르는 미끄러지는 듯한 웃음을 깨닫는 데에서, 상대에 대한 불쾌감을 웃음으로 무마하려는 자신을 의식하는 모습을 찾을 수 있군.
③ 중문 안으로 들어가는 상대를 불러내지는 못하고 자신이 그를 부르지 못한 이유를 생각하는 데에서, 행동을 주저하고 자신에게로 관심을 돌리는 모습을 찾을 수 있군.
④ 상대의 고통을 바라보며 의지력을 우러러보는 듯한 마음이 있는 자신을 발견하는 데에서, 상대와의 차이를 인식하는 스스로의 내면마저 대상화하는 모습을 찾을 수 있군.
⑤ 물줄기를 바라보는 상대로부터 이전에는 한 번도 보지 못한 눈을 확인하는 데에서, 주변 대상을 관찰하여 상대가 내비치는 생에 대한 강렬한 동경을 파악하는 모습을 찾을 수 있군.

유형 해결 전략

1. 인물의 행동과 대화 파악
인물의 성격, 심리, 태도는 인물의 행동과 말을 통해 드러나므로, 전체적인 사건의 흐름 속에서 인물의 행동과 대화를 파악함

2. 작품에 적용한 감상: 〈보기〉에서 언급한 내용을 작품에 적용하며 제시된 선지에 〈보기〉의 관점이 드러나고, 작품 속에서 그 근거를 찾을 수 있는지 확인함

실전 학습

명랑한 밤길 _공선옥

[앞부분 줄거리] 치매 걸린 엄마를 모시고 지방에서 간호조무사로 일하는 스물한 살의 '나'는 외지에서 내려와 글을 쓰는 세련된 남자와 사랑에 빠지고, 그를 통해 남루한 현실에서 벗어나려고 한다. 그러나 가난한 '나'가 그에게 줄 것은 텃밭에서 가꾼 무공해 채소뿐이다.

그는 집에 있었다. 집 안에서는 음악 소리가 났고 그리고 그는 여전히 나를 집에 들이지 않았다. 나는 내가 가지고 간 것들을 남자에게 내밀었다. 위태롭게 반짝거리던 몇 낱의 별들은 어느 사이 다시 두꺼운 구름 너머로 사라졌다.

"무공해 채소예요." / "무공해고 뭐고 이제 그만 가져오세요." 〈중략〉

"아, 그동안 내가 너한테 얼마나 잘해 줬는데 이래? 너 올 때마다 내가 음식 해 주고 음악 들려주고 했던 거 생각 안 나? 생각난다면 이러면 안 되지. 네가 이러는 거 행패 부리는 거야. 행패 부리자면 너만 부릴 줄 알아? 나도 부릴 줄 알아. 하지만 내가 언제 너한테 행패 부린 적이나 있어? 단적인 예로 정미소 건만 해도 그래. 내가 나쁜 맘만 먹었어도 정미소 지날 때 너 가만 안 뒀지. 근데 나 너한테 한 번도 험하게는 안 했잖아. 그리고 내가 굳이 너 같은 애한테까지 깊은 속 얘기할 필요가 없어서 안 했는데, 내가 잘나가는 사람 같으면 뭐 이런 데서 이러고 있겠냐? 나도 누구처럼 여건만 된다면 너같이 돼먹지 못한 계집애한테 이런 수모를 당할 사람이 아니란 거 너 알아? 야, 내가 아무리 이런 집에서 이렇게 산다고 네 눈에 내가 거지로 보이냐? 이거 필요 없으니 가져가. 에잇, 재수 없어."

나는 남자가 내던진 비닐봉지에서 쏟아져 나온 나의 고추와 상추와 치커리와 가지를 수습했다. 손이 심하게 떨리고 심장은 그보다 더 떨렸다. 눈물은 나오지 않았다. 후드득 비가 쏟아지기 시작했다.

내가 비에 젖어 걸을 때, 뒤에서 누군가도 비에 젖어 걸어오고 있었다. 칠흑 같은 밤이다. 남자다. 대화를 나누는 걸로 봐서 두 사람이다. 나는 겁이 났다. 남자 집으로 갈 때는 악에 받친 어떤 기운 때문에 무섬증도 느끼지 못했다. 그러나 돌아오는 길은 무서웠다. 나에게 융단 폭격 같은 말 폭격을 퍼부어 대던 남자가 무섭고 칠흑 같은 밤이 무섭고 내 뒤에 오는 누군가가 무서웠다. 나는 세상이 무섭다는 것을 그날 밤 뼈저리게 체험했던 것이다. 나는 소리 없이 뛰었다. 그제야 눈물이 앞을 가렸다. 눈물이 앞을 가려, 발을 헛디뎠다. 신발이 벗겨지고 뭔가 날카로운 것이 발바닥을 찔렀다. 정미소 안으로 몸을 숨긴 뒤에야 나는 채소 봉지를 놓친 것을 알았다. 남자들이 정미소 앞에서 딱 멈추었다.

"잠깐만, 이게 뭘까?"

두 남자가 정미소 처마 밑에서 뭔가를 펼치고 있었다. 나는 어둠 속에 몸을 바짝 숨기고 숨을 죽였다. / "깐쭈, 그거 돈 아니야?"

"이건 고추야, 싸부딘. 상추도 있어. 월급날, 소주 마시고 삼겹살을 상추에 싸 먹어."

〈중략〉

빗소리는 점점 더 거세졌다.

"싸부딘, 사장이 너무 불쌍해."

"난 사장 죽도록 미워어. 깐쭈, 너 때문에 오늘 일 다 망친 거야."

"난 사장님, 돈 줘 소리 못 하겠어. 사장 돈 없어. 몸 아파, 어머니 아파, 사장 슬퍼."

수능 연계 포인트

① 인물의 갈등 양상 파악
② 소재의 의미 및 기능 이해
③ 고달픈 삶을 살아가는 인물들의 심리 파악

핵심 정리

- **갈래** 단편 소설, 세태 소설, 다문화 소설
- **시점** 1인칭 주인공 시점
- **주제** 소외된 사람들의 힘든 현실과 그 속에서 피어나는 희망
- **특징** ① 인물의 소소한 일상을 담담하게 이야기함 ② 소외된 사람들의 이야기를 사실적으로 그림 ③ 대중가요를 삽입하여 인물의 심리와 갈등 해소의 상황을 보여 줌

작품 해제

현실에서 소외되고 상처받은 가난한 농촌 여성과 외국인 노동자들의 삶과 희망을 담담한 필치로 그린 작품이다. 남자에게 버림받은 여자와 임금을 받지 못한 외국인 노동자처럼 상처받은 소수자들의 삶에서 의미를 찾아내고, 미약하나마 그들에게도 희망이 있음을 보여 주고 있다.

작품 핵심

제목 '명랑한 밤길'의 의미

'나'	외국인 노동자들
사랑하는 남자에게 무시당하고 상처받음	밀린 임금을 받지 못하고 고달프게 살아감

↓

힘든 현실을 극복하고 명랑하게 살아가려고 노력하는 인물들의 의지를 상징함

"그래도 사장한테 말을 해야 했어."
"나는 사장님 돈 줘, 소리 못 해. 왜냐, 사장 돈 없어."
"깐쭈, 언제 떠나?"
"모레. 오늘 밤, 내일 밤 자고 모레. 내일은 시내 가서 음악 시디하고 고무장갑하고 소주하고 옷하고 신발하고 여러 가지를 살 거야."
"깐쭈, 넌 너희 나라 가면 뭐 할 거야?"
"모르겠어. 가면, 엄마 아버지 누나 여동생 사촌들 만나고 산에 올라 달을 볼 거야. 우리 나라 네팔 달 볼 거야. 내가 뭘 할 건지, 달한테 물어볼 거야. 싸부딘은?"
"여동생이 한국 사람과 결혼했어. 시골이야. 동생이 남편한테 맞았어. 동생 많이 슬퍼. 형이 한국 여자랑 결혼했어. 형 여자 도망갔어. 조카 있어. 형이랑 조카 많이 슬퍼. 부모님 돌아가셨어. 우리 나라, 방글라데시 가도 나는 아무도 없어. 한국에 다 있어. 난 갈 수 없어. 형 다쳤어. 손가락 잘렸어. 조카 살려야 해."
"싸부딘, 난 한국에서 슬플 때 ㉠ 노래했어. 한국 발라드야. 사장이 막 욕해. 나 여기, 심장 막 뛰어. 손가락 막 떨려. 눈물 막 흘러. 그럼 노래했어. 사랑 못 했어. 억울했어. 그러면 또 노래했어. 그러면 잠이 왔어. 그러면 꿈속에서 달을 봤어. 크고 아름다운 네팔 달이야." / 깐쭈가 다시 노래한다.

가을 우체국 앞에서 그대를 기다리다 노오란 은행잎들이 바람에 날려 가고 지나는 사람들같이 저 멀리 가는 걸 보네…….

㉡ 나는 어둠 속에 몸을 숨긴 채 또다시 따라 했다.

세상에 아름다운 것이 얼마나 오래 남을까 한여름 소나기 쏟아져도 굳세게 버틴 꽃들과 지난겨울 눈보라에도 우뚝 서 있는 나무들같이 하늘 아래 모든 것이 저 홀로 설 수 있을까……. 〈중략〉

나는 정미소를 나섰다. 나는 빗속에서 악을 썼다. 눈에서는 눈물이 쏟아졌다. 그러나 나는 노래 불렀다. 저기, 네팔의 설산에 떠오른 달이 보인다. 나는 달을 향해 나아갔다. 비를 맞으며 천천히, 뚜벅뚜벅, 명랑하게.

한눈에 보기

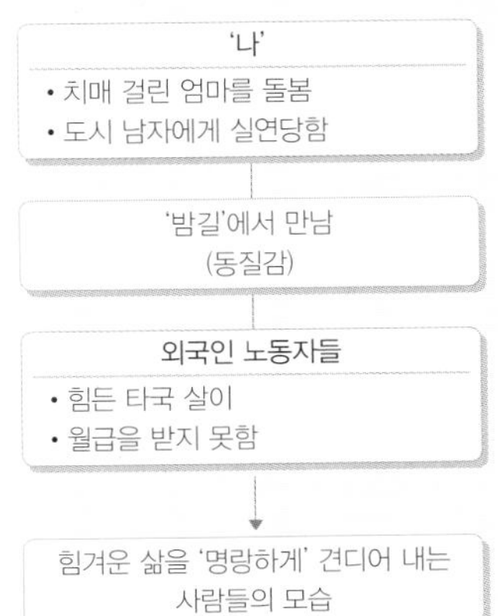

지문 Master

1 (　　　　　　)는 남자가 팽개친 것이지만 외국인 노동자들에게는 기쁨을 준다.

2 깐쭈에게 (　　　　)란 내면의 고통을 치유하는 수단이다.

1

서술상의 특징 파악

이 글의 서술상 특징을 〈보기〉에서 모두 골라 바르게 묶은 것은?

보기

ㄱ. 서술자의 내면의 목소리가 직접 전달되고 있다.
ㄴ. 대상에 대한 서술자의 인식 변화가 나타나 있다.
ㄷ. 배경의 묘사를 통해 인물의 심리를 간접적으로 암시하고 있다.
ㄹ. 현재와 과거가 교차되면서 사건을 입체적으로 전개하고 있다.
ㅁ. 상징적인 의미를 갖는 소재를 사용해 주제와 관련을 맺고 있다.

① ㄱ, ㄴ, ㄹ　② ㄱ, ㄷ, ㅁ　③ ㄱ, ㄴ, ㄷ, ㅁ
④ ㄱ, ㄷ, ㄹ, ㅁ　⑤ ㄱ, ㄴ, ㄷ, ㄹ, ㅁ

2

갈등의 양상 파악

〈보기〉를 바탕으로 이 글을 이해한 내용으로 알맞지 않은 것은?

보기

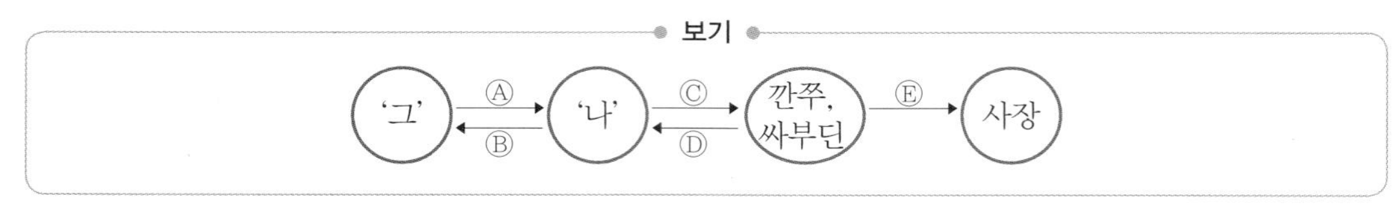

① Ⓐ: '그'는 '나'에 대한 사랑이 거짓이었음을 직설적으로 드러내고 있다.
② Ⓑ: '나'는 '그'의 마음을 돌릴 수 없음을 확인하고 절망하고 있다.
③ Ⓒ: '나'는 자신과 비슷한 처지의 외국인 노동자들에게서 위안과 희망을 얻는다.
④ Ⓓ: 두 사람은 '나'가 상처를 치유하는 방법을 찾을 수 있도록 조언을 해 주고 있다.
⑤ Ⓔ: 두 사람은 사장으로부터 체불된 임금을 받지 못해 안타까워하고 있다.

3

외적 준거에 따른 작품의 이해

㉠과 〈보기〉의 ⓐ에 담긴 공통적인 의미로 가장 적절한 것은?

보기

내 글 속에 등장하는 사람들의 삶을 보면서 나는 내 흔들리는 초상을 본다. 예전에도 그랬듯이 그들과 나는 지난 몇 년 동안도 늘 생의 변방에서 함께 살아온 사람들이다. 나는 확실히 화려한 정원에서 보호받고 주목받는 꽃과는 인연이 먼 사람임이 분명하다. 나는 내 글 속의 사람들이 비록 아무도 눈여겨보지 않지만, 아무렇게나 대접받는 것도 원치 않는다. 나는 다만 그들이 눈에 잘 띄지 않는 바람 부는 길가에서나마 피었다 지고 피었다 지고 하면서 다른 누구도 아닌 그들만이 부를 수 있는 작고 고운 ⓐ노래를 부를 수 있기를 바랄 뿐이다.

– 공선옥, 〈명랑한 밤길〉 작가의 글

① 공동체에 대한 책임감을 더욱 심화시키는 요소이다.
② 일상에 매몰된 삶을 성찰하고 반성하게 하는 계기이다.
③ 삶의 상처와 고통을 치유하고 마음을 위로해 주는 수단이다.
④ 힘겨운 현실과 달콤한 이상의 타협을 가능하게 하는 매개체이다.
⑤ 인격을 완성해 주고 희망적인 미래를 맞이하게 해 주는 장치이다.

4

한자 성어의 이해

㉡에서 '나'가 느꼈을 감정으로 가장 적절한 것은?

① 새옹지마(塞翁之馬)
② 동병상련(同病相憐)
③ 창해일속(滄海一粟)
④ 내우외환(內憂外患)
⑤ 고진감래(苦盡甘來)

황만근은 이렇게 말했다 _성석제

㉠황만근은 또한 책에 나오는 예(禮)는 몰라도 염습*과 산역(山役)*같이 남이 꺼리는 일에는 누구보다 앞장을 섰고 동네 사람들도 서슴없이 그에게 그런 일을 맡겼다. 똥구덩이를 파고 우리를 짓고 벽돌을 찍는 일 또한 황만근이 동네 사람 누구보다 많이 했다. 마을길 풀 깎기, 도랑 청소, 공동 우물 청소…… 용왕제에 쓸 돼지를 산 채로 묶어서 내다가 싫다고 요동질하는 돼지에게 때때옷을 입히는, 세계적으로 유례가 드문 일에는 그가 최고의 전문가였다. 동네의 일, 남의 일, 궂은일에는 언제나 그가 있었다. 그런 일에 대한 대가는 없거나(동네 일인 경우), 반값이거나(다른 사람의 농사일을 하는 경우), 제값이면(경운기와 함께 하는 경우) 공치사가 따랐다.

"㉡반근아, 너는 우리 동네 아이고 어데 인정 없는 대처 읍내 같은 데 갔으마 진작에 굶어 죽어도 죽었다. 암만 바보라도 고마워할 줄 알아야 사람이다. 아나 어른이나 너한테는 다 고마운 사람인께 상 찡그리지 말고 인사 잘하고 다니라. 아이?"

황만근은 황재석 씨의 이런 긴 사설을 들을 때조차 벙글거렸다. 일이 끝나면 굽신굽신 인사를 했다. 춤을 추듯이. 흥겹게.

그의 집에는 그가 수십 년 동안 만져 온 연장이 그가 아니면 이해할 수 없는 순서로 잘 정리되어 있었다. 그 연장들 역시 그의 집이나 어머니나 아들과 마찬가지로 그가 매일 돌보는 덕분에 윤기가 흘렀다. 그는 집에 있는 모든 것을 일목요연하게 잘 알고 있어서 대부분의 고장은 스스로 고쳤다. 특히 경운기는 초기에 나온 모델로 지금은 부품도 제대로 없는 고물 중의 고물이었지만 자주 망가지는 수레만 열 번 넘게 갈았을 뿐, 엔진이 달려 있는 앞부분은 계속 고쳐 썼다. 그의 경운기는 구식인데다 하도 고친 데가 많아서 그가 아니면 운전은커녕 시동조차 걸 수 없었다.

[중략 부분 줄거리] 농가 부채 해결을 촉구하는 농민 궐기 대회가 열리자 마을 사람들은 농민들의 결의를 보여 주자고 약속하고, 황만근은 경운기를 타고 궐기 대회가 열리는 도청으로 출발한 뒤로 소식이 끊겨 버린다. 그리고 일주일 뒤에 그는 한 항아리밖에 안 되는 뼈로 아들에게 안겨 돌아온다.

황만근, ㉢황 선생은 어리석게 태어났는지는 모르지만 해가 가며 차츰 신지(神智)가 돌아왔다. 하늘이 착한 사람을 따뜻이 덮어 주고 땅이 은혜롭게 부리를 대어 알껍데기를 까 주었다. 그리하여 후년에는 그 누구보다 지혜로웠다. 그는 누구에게도 해를 끼치지 않았듯 그 지혜로 어떤 수고로운 가르침도 함부로 남기지 않았다. 스스로 땅의 자손을 자처하여 늘 부지런하고 근면하였다. ㉣사람들이 빚만 남는 농사에 공연히 뼈를 상한다고 하였으나 개의치 아니하였다. 사람 사이에 어려움이 있으면 언제나 함께하였고 공에는 자신보다 남을 내세워 뒷사람을 놀라게 했다. 하늘이 내린 효자로서 평생 어머니 봉양을 극진히 했다. 아들에게는 따뜻하고 이해심 많은 아버지였고 훈육을 할 때는 알아듣기 쉽게 하여 마음으로 감복시켰다.

선생은 천성이 술을 좋아하는데 사람들은 선생이 가난한 것은 술 때문이라고 했다. 선생은 어느 농사꾼보다 부지런했고 농사일에도 익어 있었다. 문중 땅과 나이가 들어 농사가 힘에 부친 사람의 땅을 빌려 농사를 지었다. 농사를 짓되 땅에서 억지로 빼앗지 않고 남으면 술을 빚어 가벼운 기운은 하늘에 바치고 무거운 기운은 땅에 돌려주었다. 그러므로 선생은 술로써 망한 것이 아니라 술의 물감으로 인생을 그려 나간 것이다. 선생이 마

수능 연계 포인트

① 서술상의 특징 파악
② 주인공 '황만근'의 인물 유형과 태도 파악
③ 인물들의 특징을 통한 주제 의식 파악

핵심 정리

- **갈래** 단편 소설, 농촌 소설
- **시점** 전지적 작가 시점
- **주제** 황만근의 생애와 그의 행적
- **특징** ① 전통적인 전(傳)의 양식을 계승하여 황만근이라는 인물에 대해 긍정적으로 서술함 ② 농촌의 현실에 대한 풍자를 통해 골계미가 드러남

작품 해제

1990년대 어려운 농가 현실을 배경으로 이기적인 현대인에 대한 풍자와 함께 암울한 농촌 현실을 고발하고 있는 작품이다. 향토적이고 구수한 방언을 사용하고 있으며, 황만근이라는 선량한 인물의 해학성과 함께 이기적인 마을 사람들에 대한 풍자가 드러난다.

작품 핵심

황만근의 죽음에 담긴 의미
- 희망이 없는 농촌 사회를 상징적으로 보여 줌
- 무관심 속 사고로 인한 죽음으로 마을 사람들 즉 이기적인 현대인들을 간접적으로 비판함

시는 막걸리는 밥이면서 사직(社稷)의 신에게 바치는 헌주였다. 힘의 근원이고 낙천(樂天)의 뼈였다.

전일에, 선생은 경운기를 끌고 면 소재지로 갔지만 경운기를 타고 온 사람이 없어 같이 갈 사람을 만나지 못했다. 선생은 다시 경운기를 끌고 백 리 길을 달려 약속 장소인 군청까지 갔다. 가는 동안 선생은 여러 번 차에 부딪힐 뻔 했다. 마른 봄바람에 섞인 먼지가 눈을 괴롭혔다. 날은 흐렸고 추웠다. 이윽고 비가 내리기 시작했다. 경운기에는 비를 피할 만한 덮개가 없어서 선생은 뼛속까지 젖어드는 추위에 몸을 떨었다. 선생이 군청 앞까지 갔을 때 이미 대회는 끝나고 아무도 없었다. 어머니에게 가져다줄 생선을 사고 몸을 녹인 선생은 날이 어두워 오는 줄도 모르고 경운기에 올라 집으로 향했다. 경운기에는 빠르게 달리는 차량의 주위를 끌 만한 표지가 없어서 선생은 몇 번이나 사고를 당할 뻔했다. 그때마다 멈추었다가 다시 출발하는 바람에 시간은 점점 늦어졌다. 어두워지면서 경운기는 길옆의 논으로 떨어졌고 수레는 부서졌다. 결국 선생은 그 밤 안으로 집으로 돌아갈 수 없다는 걸 알았다. ㉤선생은 경운기에 실려 있는 땅의 젖에 취하여 경운기 옆에 앉아 경운기를 지켰다. 그러나 경운기는 선생을 지켜 주지 않았다. 추위와 졸음으로부터 선생을 지켜 주지 못했다. 아아, ㉮선생이 좀 더 살았더라면 난세의 혹염에 그늘의 덕을 널리 베푸는 큰 나무가 되었을 것이다.

* 염습: 시신을 씻긴 뒤 수의를 갈아입히고 염포로 묶는 일
* 산역: 시체를 묻고 뫼를 만들거나 이장하는 일

한눈에 보기

황만근
- 모자라는 인물
- 이타적이고 자기희생적인 인물

↕

마을 사람들
- 보통의 소시민적인 인물
- 이기적이고 계산적인 인물

지문 Master

1 황만근은 (   )를 타고 도청으로 갔지만 돌아오지 못했다.

2 황만근이 어머니에게 가져다줄 (   )을 샀다는 부분에서 황만근의 효성을 알 수 있다.

1

서술상의 특징 파악

이 글에 대한 설명으로 가장 적절한 것은?

① 독립적인 사건을 차례대로 배치하여 사회적 관심사를 부각하고 있다.
② 계층을 대표하는 인물들 간의 대립 양상을 구체적으로 제시하고 있다.
③ 사건을 바라보는 이질적 시각을 대비하여 문제를 심층적으로 분석하고 있다.
④ 인물의 행동에 담긴 의미를 추적하여 그 인물에 대한 동질감을 이끌어 내고 있다.
⑤ 인물의 일대기를 그리는 방식을 통해 인물의 행적과 이에 대한 평가를 드러내고 있다.

구절의 의미 파악

2 〈보기〉를 참고했을 때, ㉠~㉤에 대한 감상으로 적절하지 않은 것은?

보기

이 작품은 선량하고 이타적인 인물 황만근의 일대기를 향토적 방언과 익살스러운 문체로 그리고 있다. 우직하고 성실한 황만근과 그를 바보라고 여기며 자신들의 이익만을 챙기는 마을 사람들을 대조적으로 제시하여 현대인의 이기적인 면모를 비판하고 있다. 아울러 이해타산적으로 변해 가는 1990년대의 어려운 농촌 현실에 대해 풍자하고 있다.

① ㉠: 황만근을 선량하고 이타적인 인물이라고 평가하는 이유이다.
② ㉡: 황만근을 부려 먹으려는 마을 사람들의 이기적인 의도가 담겨 있다.
③ ㉢: 반어적인 호칭으로 '반근이'와 마찬가지로 황만근을 조롱하고자 하는 의도가 담겨 있다.
④ ㉣: 농군으로서 황만근의 성실함과 힘겨운 농촌 사회의 현실이 담겨 있다.
⑤ ㉤: 황만근의 순수한 진정성과 세상의 비정함이 함께 드러나 있다.

인물의 성격 파악

3 ㉮의 근거에 해당하지 않는 것은?

① 황만근은 언제나 성실하고 근면한 사람이다.
② 황만근은 효성이 지극하고 가정에 충실한 사람이다.
③ 황만근은 사람들의 어려움을 외면하지 않는 사람이다.
④ 황만근은 술을 좋아하고 풍류를 즐길 줄 아는 사람이다.
⑤ 황만근은 사람들이 꺼리는 일을 기쁘게 도맡아 하는 사람이다.

인물의 유형과 태도 파악

4 이 글의 '황만근'과 〈보기〉의 '광문'을 비교하여 감상한 내용으로 적절하지 않은 것은?

보기

이때 돈놀이하는 자들이 대체로 머리꽂이, 옥비취, 의복, 가재도구 및 가옥 · 전장(田庄) · 노복 등의 문서를 저당 잡고서 본값의 십분의 삼이나 십분의 오를 쳐서 돈을 내주기 마련이었다. 그러나 광문이 빚보증을 서 주는 경우에는 담보를 따지지 아니하고 천금(千金)이라도 당장에 내주곤 하였다.

광문은 외모가 극히 추악하고, 말솜씨도 남을 감동시킬 만하지 못했다. 〈중략〉 광문이 길을 가다가 싸우는 사람을 만나면 그도 역시 옷을 홀랑 벗고 싸움판에 뛰어들어, 뭐라고 시부렁대면서 땅에 금을 그어 마치 누가 바르고 누가 틀리다는 것을 판정이라도 하는 듯한 시늉을 하니, 온 저자 사람들이 다 웃어 대고 싸우던 자도 웃음이 터져, 어느새 싸움을 풀고 가 버렸다.

– 박지원, 〈광문자전〉

① 인물을 대하는 주변 사람들의 태도가 유사하다.
② 인물의 내면을 평가하는 서술자의 태도가 유사하다.
③ 일화를 통해 인물의 성격을 드러내는 방식이 유사하다.
④ 인물의 희화화된 행동을 중심으로 서술하는 방식이 유사하다.
⑤ 작가가 추구하는 바람직한 인간형이 드러나 있다는 점이 유사하다.

은어 낚시 통신 _윤대녕

[앞부분 줄거리] 어느 날 한 여인에게서 자신들의 모임에 참석해 달라는 전화를 받게 된 '나'는 통화를 마치고 그들이 보낸 엽서를 읽게 된다.

은어 낚시 통신 930911

지난여름 귀하께서 신문에 게재하신 은어 낚시 기사를 읽고 귀하를 우리 모임에 참석시키기로 결정했습니다. 귀하께서는 수년 전 어떤 여자와 만나고 또 헤어진 기억이 있으실 겁니다. 그게 누구라는 것은 이 엽서를 보신 후 귀하께서 짐작하실 일이고 또 지금 저희들로선 밝힐 수가 없습니다. 만일에 그 사람을 기억하게 되고 더불어 만나고 싶다면 아래에 적힌 날짜와 시간에 지정된 장소로 나오시기 바랍니다.

덧붙여 말씀드리면, / 저희는 암호를 교환하는 방식으로 만나고 있는 익명의 지하 집단입니다. ㉠ 은어(銀魚)는 우리가 사용하고 있는 문장(紋章)*입니다. 하지만 귀하가 쓴 훌륭한 낚시 기사를 읽지 않았더라면 지난여름 우리는 은어 낚시 여행을 다녀오지 못했을 겁니다. 앞으로 매년 여름 우리는 은어 낚시를 다녀올 계획입니다. 우리의 이러한 계획에 귀하가 동참해 주시면 더없는 기쁨이 되겠습니다. 나중에 아시게 되겠지만 귀하와 우리는 진작부터 밀접하게 연결돼 있다는 것을 끝으로 말씀드리고 싶습니다. 〈중략〉

[중략 부분 줄거리] '은어 낚시 통신'을 읽은 '나'는, 피상적이고 무미건조한 만남의 반복에 지쳐 자신을 떠났던 옛 연인 김청미를 떠올린다. '나'는 모임에 참석하기로 결심하고 약속 장소로 간다. 1964년 7월생으로 회원을 제한하는 '은어 낚시 모임'은 무명 배우, 잡지사 기자, 대학 강사, 화가 등이 만나 시작한 모임으로, 그들은 삶의 본질적 의미를 찾기 위해 노력하고 있다. 그 모임에서 '나'는 김청미와 재회하게 된다.

마치 도화지 위에다 연필로 쓱쓱 스케치를 해 놓은 듯 무표정한 얼굴. 치마 밑으로 비죽이 나와 있는 마른 맨발만이 그녀가 존재하고 있음을 가까스로 느끼게 했다. 그리하여 그녀와 내가 주고받는 말조차 어쩐지 비현실적으로만 생각됐다. 나는 그렇게 실재와 비실재 사이에서 간신히 버티고 있었다.

나는 ㉡ 원래 내가 있던 장소로 돌아온 거예요.

스케치북 안에서 다시 그녀의 삭막한 목소리가 울려 나왔다. 그 목소리의 집요한 힘에 눌려 나는 마침내 괴롭다는 느낌에 시달리고 있었다. 그녀의 메마른 표정이 그러한 느낌을 더욱 부추겼다. 나는 고개를 떨구고 바닥의 차디찬 어둠을 내려다보았다.

이제 당신도 돌아오기 시작하는 거예요. 당신은 지금까지 너무 먼 곳에 가 있었던 거예요. 그러다간 돌아오는 길을 영영 잊어버리게 될지도 몰라요.

정말 나는 지금까지 내가 있어야 할 장소가 아닌, 아주 낯선 곳에서 존재하고 있었다는 생각이 차츰 들기 시작했다. 이를테면 ㉢ 삶의 사막에서, 존재의 외곽에서.

지금부터, 돌아가고 싶다고, 나는 간신히 그녀에게 말했다.

그러자 촛불 속에서 그녀의 얼굴이 수초처럼 잠깐 흔들렸다. 그 찰나의 순간에 나는 그녀를 처음 만났던 ㉣ 제주 밤바다를 아스라이 떠올리고 있었다. 봄, 유채꽃, 기러기, 은어, 달, 하동…… 이런 것들을. 그 신화처럼 아름다운 풍경 속에서 만났던 그녀를. 어쨌거나 나는 거기까지 생각이 가 닿아 있었으므로 용기를 내어 그녀에게 말했다. 허위와 속임수와 껍데기뿐인 욕망과 이 불면의 나이를 벗어 버리겠다고.

아녜요. 더 거슬러 와야 해요. 원래 당신이 있던 장소까지 와야만 해요.

수능 연계 포인트

① '은어'의 상징적 의미 이해
② 인물의 심리와 태도 변화 파악
③ 서술상의 특징 파악

핵심 정리

- **갈래** 단편 소설
- **시점** 1인칭 주인공 시점
- **주제** 존재의 근원에 대한 탐구
- **특징** 이미지에 대한 묘사나 시적 은유로 내면 심리를 미학적으로 표현함

작품 해제

이 작품은 삭막하고 고독한 현대적 삶을 살아가던 주인공이 생의 본질적 의미를 회복해 가는 과정을 그린 소설이다. 존재의 근원으로 거슬러 올라가고자 하는 현대인의 갈망을 귀소 본능을 가진 은어에 빗대어 표현하고 있으며, '은어 낚시 모임'은 일상적이지 않은 신비로운 탈출구로 제시되고 있다.

작품 핵심

은어와 '나'의 유사성

은어	나
맑은 하천에서 태어나 어릴 때에는 바다에서 지내다가 봄부터 자신이 태어났던 맑은 물로 회귀함	은어 낚시 통신을 계기로 깨달음을 얻어 존재의 시원으로 돌아가길 갈망함

그녀가 그렇게 말하면 말할수록 나는 뼈아픈 마음이 되어 갔다.

㉤울진 왕피천까지 와 있다고 나는 말했다. 어쨌든 이런 식으로 말해야 한다는 걸 알고 있었다. / …… 좀, 더, 와야만 해요.

그녀의 얼굴에 격한 감정의 흔들림이 스치고 지나가는 게 보였다. 그러한 와중에 나는 그녀가 나를 만나던 날들에 나에게서 지울 수 없는 상처를 입었음을 깨달았다.

그녀는 산란 중인 은어처럼 입을 벌리고 무섭게 몸을 떨고 있었다. 그녀는 그런 자세로 물끄러미 나를 바라보고 있다가 마침내 벽에 모로 기대어 소리 없이 흐느끼기 시작했다.

그러나 그 먼 존재의 시원*, 말하자면 내가 원래 있어야만 하는 장소로 돌아가기까지 나는 보다 많은 밤과 낮을 필요로 해야 했다.

긴 흐느낌의 시간이 흐른 뒤, 나는 가까스로 그녀에게 다가가 살아 있는 자의 온기라곤 느껴지지 않는 그녀의 차디찬 손을 완강하게 거머쥐었다. / 아침이 오기까지 나는 그녀의 손을 잡고 내 살아온 서른 해를 가만가만 벗어던지며, 내가 원래 존재했던 장소로, 지느러미를 끌고 천천히 거슬러 올라가고 있었다.

931122.

서울에 첫눈이 내린 그날 밤에, 나는 그들이 보낸 두 번째 통신을 수신했다.

* 문장(紋章): 국가나 단체 또는 집안 따위를 나타내기 위하여 사용하는 상징적인 표지. 도안한 그림이나 문자로 되어 있음
* 시원: 사물, 현상 따위가 시작되는 처음

한눈에 보기

자아를 잃어버리고 무미건조하게 살아감
↓
'은어 낚시 통신'을 받고 모임에 참석함
↓
생의 본질적 의미를 찾고자 노력함

지문 Master

1 '나'는 (   )을 읽으며 자신의 옛 연인을 떠올리고 모임에 참석하기로 한다.

2 '나'는 본래 자신의 모습을 찾으려는 노력을 (   )의 귀소 본능을 통해 드러낸다.

1

서술상의 특징 파악

이 글의 서술상 특징으로 가장 적절한 것은?

① 과거 회상을 통해 절망적 분위기를 강화하고 있다.
② 객관적 진술로 인물의 내면을 사실적으로 드러내고 있다.
③ 상황에 따라 서술자를 달리하여 인물의 성격을 입체적으로 제시하고 있다.
④ 성격과 행위의 괴리를 보여 주어 인물이 처한 심리적 상황을 부각하고 있다.
⑤ 대화와 서술의 구분이 없는 표현으로 인물의 심리를 효과적으로 드러내고 있다.

2

세부 내용의 이해

이 글의 내용에 대한 이해로 적절하지 않은 것은?

① '그녀'는 '나'가 돌아오는 길을 잊어버리기 전에 원래 있던 장소로 돌아와야 한다고 주장하였다.
② '나'는 '그녀'와의 만남을 통해 존재의 외곽에서 존재의 시원으로 돌아갈 것을 결심하게 되었다.
③ '은어 낚시 모임'은 '나'의 기사가 계기가 된 은어 낚시 여행에 '나'도 동참해 줄 것을 제안하였다.
④ '나'는 과거의 '그녀'와의 첫 만남에서 자신이 '그녀'에게 지울 수 없는 상처를 주었음을 깨닫고 용서를 구하였다.
⑤ '은어 낚시 모임'은 '나'와 과거에 인연을 맺은 적이 있는 인물과의 만남을 조건으로 모임에의 참석을 요청하였다.

3

외적 준거를 통한 작품 감상

〈보기〉를 참고하여 이 글을 감상한다고 할 때 적절하지 않은 것은?

보기

이 글의 '은어 낚시 모임'은 1964년 7월생 중 현실의 삶에 제대로 뿌리내리지 못한 사람들이 결성한 비밀 모임이다. 무명 배우, 잡지사 기자, 대학 강사, 시인들이 은밀히 모였다 헤어지곤 하는데, 이들은 무미건조한 일상 속에서 벗어날 수 있는 '존재의 근원(새로운 탈출구)'을 찾기 위해 비현실적인 자신의 내면, 환상 속으로 빠져드는 인물들이다.

① '나'도 무미건조한 삶을 살아간다는 점에서 〈보기〉의 인물들과 같은 부류라고 할 수 있겠군.
② '나'와 모임에서 재회한 그녀는 '은어'처럼 '존재의 근원'으로 회귀하기 위해 노력하는 인물이라 할 수 있겠군.
③ 작가는 '은어'의 회귀 본능을 통해 무의미한 일상에서 벗어나고 싶어 하는 인물의 심리를 보여 주려고 한 것 같아.
④ '나'가 두 번째 통신을 수신하는 것으로 볼 때 〈보기〉의 인물들과 달리 '나'는 '존재의 근원'에 도달하는 데 실패했음을 알 수 있어.
⑤ 다양한 직업을 가진 사람들이 비슷한 고민을 하고 모임을 결성했다는 점에서 존재에 대한 고민이 현대인들의 문제임을 드러내려는 작가의 의도가 느껴져.

4

소재의 의미 파악

㉠~㉤에 대한 설명으로 적절하지 않은 것은?

① ㉠: 모임의 성격과 목적을 상징적으로 보여 주는 소재이다.
② ㉡: 존재의 시원을 확인할 수 있는 곳을 의미한다.
③ ㉢: 현실에 뿌리내리지 못한 인물의 무미건조한 삶을 의미한다.
④ ㉣: 삶에 적응하지 못한 사람들이 존재의 쓸쓸함을 치유할 수 있는 공간이다.
⑤ ㉤: 건조한 일상에서 벗어나 근원으로 돌아가려는 인물의 의지를 알 수 있는 공간이다.

티타임을 위하여 _이선

"㉠아파트에 이사 오더니 대접이 달라지네. 웬 밤참이야. 근데 이것 자몽 아냐?"

"글쎄, 오늘 은행에 갔다가 잡지를 봤더니 티타임에 곁들이는 간식이 ⓐ화보로 나와 있더라구요. 하마터면 창피당할 뻔했지 뭐예요. 티타임이면 난 그냥 차만 마시는 줄 알았거든요. 그래서 좀 사왔는데 우리 식구들도 좀 맛을 봐야겠기에……."

"그런데 왜 하필 자몽이야?"

"귤이나 사과는 흔해서 잘 안 쓰나 봐요. 화보에 없더라구요. 말로만 듣던 키위가 가게에 가득 쌓여 있었지만 생긴 모양이 고약해서 썩 손이 안 가지더라구요. 바나나는 낱개로는 안 파는지 몸통이 그대로 있잖아요. 그러니 얼마나 비싸겠어요. 딸기도 포도도 있었지만 그것도 너무 비싸서 들었다가 슬쩍 놓았어요. 그래도 자몽이 값이 만만하고 또 먹음직스러워 보여서요."

"한동안 농약이 검출되었다고 텔레비전에서 왕왕거렸는데 당신은 듣지도 보지도 못했단 말야?"

"그래도 ⓑ이쪽 동네에서 산 걸요."

"내 참, 저쪽 동네에서 사면 농약이 있고 이쪽 동네에서 사면 농약이 없는 거야?"

㉡아내의 얼굴이 확 붉어졌다. 그래도 두 아이는 순식간에 접시를 비웠다.

밤참이 제공되기 시작한 것은 바로 그날부터였다. 다음날이라도 티타임이 이루어졌다면 부질없는 밤참 습관은 생기지 않았을 것이다. 티타임이 쉽사리 이루어지지 않았으므로 아내는 밤마다 조금씩 식구들에게 티타임에 멋지게 곁들였을 간식을 제공했다. 밤참은 같은 내용이 사나흘쯤 나오다가 바뀌었다. 영 먹을 것 같아 보이지 않는 키위도 나왔고, 맛대가리 없이 크기만 한 멜론, 입 안에 넣으면 슬슬 녹는 질 좋은 카스텔라, 부드럽게 씹히는 전병…… 두 아이가 손도 대지 않은 화과자는 하루에 두 개씩 내가 먹어 치웠고, 슈크림은 들척지근해서 나 대신 아이들이 반겼다. 습관처럼 고약한 것이 있을까. 처음엔 그렇지 않았었는데 점점 밤참 시간을 기다리게 된 것이다. 아내에게 내색은 하지 않았지만 그 시간이 되면 은근히 오늘은 무엇을 내줄 것인지 궁금해하기도 했다. ㉢두 아이는 아내와 체면을 차릴 사이가 아니어서 그런지 드러내 놓고 밤참을 독촉했다.

"이젠 망년회를 가느라고 다들 좀 바쁜가 봐요. 이 동네 사람들은 아마 호텔 같은 데에서 망년회를 하나 봐요. 상가에서 엿들은 건데 여자들 입에서 서울 시내 호텔 이름은 거의 다 나오는 것 같았어요."

그런데도 아내는 티타임을 포기하지 않고 날마다 밤참 시간을 식구들에게 베풀었다. 그런데 어느 날, ㉣아내가 밤참을 제공하며 폭탄선언을 했다. 당분간 밤참은 없을 거예요. 그렇게 말하는 아내의 표정이 보기 드물게 밝았다. 오늘 내가 머리를 좀 굴렸거든요. 글쎄, 무작정 티타임을 기다리다가는 가계부가 엉망이 되겠더라구요. 허긴 그동안 무리를 했어요. 이쪽으로 이사 오니까 생각보다 훨씬 생활비가 많이 들어가는데다가 엉뚱한 지출을 했으니 당연하지요. 그래서 아까 아침나절에 ⓒ13호 여자가 나가는 소리를 토끼귀를 해 가지고 기다리다가 쓰레기를 버리는 척하면서 마주치러 나갔지요. 아유, 내 꾀가 맞아떨어졌어요. 우연히 마주친 척 깜짝 놀라면서 반가워했더니 그 여자가 냉큼 티타

수능 연계 포인트
① 서술상의 특징 파악
② 소재의 의미 파악
③ 인물의 심리 변화 이해

핵심 정리
- **갈래** 단편 소설, 세태 소설
- **시점** 1인칭 관찰자 시점
- **주제** 현대인이 가지고 있는 허영심에 대한 비판
- **특징** ① 서술자 '나'의 눈으로 관찰한 아내의 이야기를 통해 세태를 풍자함
  ② 반전을 통해 주제 의식을 드러냄

작품 해제
이 작품은 '나'의 가족이 강남의 아파트로 이사하면서 벌어진 에피소드를 통해 중산층의 삶에 편입하려는 사람들의 허영심을 다루고 있다. 서술자 '나'의 눈에 비친 아내에게 초점을 맞춰 사건이 진행되는데, 결국 티타임에서 갖게 된 떡 잔치를 통해 아내가 좇고 있었던 것이 허상이었음을 깨닫게 한다.

작품 핵심
'티타임'의 의미
이 작품의 주요 소재인 '티타임'은 '나'의 아내가 동경하는 중산층의 삶을 상징하는 소재로, 아내의 허영심을 부추기는 계기가 됨. 아내는 '티타임'을 준비하기 위해 간식을 사는 등 불필요한 지출을 하게 됨

임을 꺼내더라구요. 그래서 ⓓ나도 망년회가 밀려 있어 도무지 시간을 낼 것 같지 않아 걱정하던 참이라고 내숭을 떨었지요. 망년회도 안 나간다면 시시하게 볼 것 아녜요. 어쨌든 당분간 맘 편히 쉴 수 있겠어요. 적어도 올해는 말예요…… 당분간 밤참이 제공되지 않을 것이라는 사실에 서운하기는 했지만 왠지 나도 아내처럼 개운해지는 기분이 들었다.

[중략 부분 줄거리] 얼마 후 '나'는 티타임을 갖자고 술에 취해 복도에서 난동을 부리고, 며칠 뒤 아내는 급작스레 티타임을 갖게 된다.

"어쨌든 기어이 티타임을 갖기는 했군."

ⓜ아내가 다분히 자조적인 웃음을 내비쳤다. 그리고 말했다. 아뇨, 라고. 그렇다면 우르르 몰려와 아내를 막다른 골목에 몰아붙이고 물 한 모금도 안 마시고 다시 우르르 되돌아갔다는 말인가. 아내가 기운 없는 목소리로 말했다.

"그날 밤 일은 아무도 꺼내지 않았어요. 하지만 그날 밤 일을 모르진 않을 거라구요. 앞 동에서도 인터폰을 두드렸다는데 바로 옆에서 모를 리가 없죠. 모두 시치미를 떼고 있는 게 분명했다구요. 아무튼 들어들 오더니 집 구경 좀 하자면서 한바탕 집 안 구석구석을 돌아보더라구요. 하지만 그다지 볼 게 없는지 금방 시들해져서 저기 거실에서서 있었거든요. 근데 누가 커튼 색깔이 괜찮다고 말했어요. 어찌나 반갑던지 나도 모르게 식탁보도 같은 걸로 했다고 자랑했지요. 그래서 모두 식탁보를 구경하려고 이쪽으로 왔는데…… 맙소사, 우리 애들이 여기 식탁에서 점심으로 떡을 먹고 있더라구요. 미처 애들을 방으로 밀어 넣지 못했던 거죠. 애들이 그때 피자 같은 걸 먹고 있었다면 얼마나 좋았겠어요. 당신은 아마 그때 기분을 이해하지 못할 거예요."

그러나 나는 아내의 그 기분을 충분히 이해할 수 있었다. 억울하고 부끄럽고 쓸쓸하고 참담했을 그 기분을…….

"그런데 어떻게 된 줄 아세요? 글쎄, 13호 여자가 떡 접시를 보더니 환호성을 지르는 거예요. ⓔ나한테 먹어도 되느냐고 묻지도 않고 덥석 떡을 집더라니깐요. 그것도 손으로 말예요. 그러면서 하는 말이 떡은 이렇게 손으로 먹어야 제맛이 난다나요. 그리고 티타임은 그만두고 떡 잔치나 하자고 하질 않겠어요. 그래서 정신없이 냉동실 안에서 떡을 꺼내 찜통에 쪄 냈죠. 동치미를 몇 그릇이나 해치웠게요. 얼마나 신이 나던지……."

그렇다면 아내는 신나게 종잘거려야 한다. 그러나 이상하게도 아내는 너무나 쓸쓸하고 우울한 표정을 짓고 있었고, 목소리도 힘없이 늘어져 있었다. 한바탕 맛있게 떡을 먹고 나서야 본색을 드러냈다는 것인가. 잠자코 떡 접시를 만지작거리기만 하던 아내가 갑자기 나를 빤히 쳐다보더니 말했다.

"여보, 그런데 나는 왜 이쪽 사람들도 손으로 떡을 집어 먹을 수 있다는 생각을 못 했지요?"

아내의 표정이 너무 슬펐기 때문일까. 공연히 콧잔등이 근질근질거리면서 눈시울이 뜨거워졌다.

한눈에 보기

'나'의 아내		
아파트로 이사한 후 주민들의 삶을 동경함	허영심 →	그럴듯한 티타임을 준비하기 위해 온갖 간식을 마련함

↓ 떡 잔치

아내는 그동안 '이쪽 사람들'의 삶에 대해 허상을 지니고 있었음을 깨달음

지문 Master

1 이 작품은 (   )에 초점을 맞춰 현대인의 허영심을 풍자하고 있다.

2 아내는 그동안 아파트 사람들도 손으로 (   )을 집어 먹을 수 있다는 생각을 못 했다는 것에 허탈감을 느낀다.

1

서술상의 특징 파악

이 글의 서술상 특징으로 가장 적절한 것은?

① 여러 다른 사건을 병치하여 입체적으로 제시하고 있다.
② 구체적인 외양 묘사를 통해 인물의 성격을 드러내고 있다.
③ 상징적인 소재를 통해 인물 간 갈등 발생을 암시하고 있다.
④ 비현실적인 설정을 통해 인물이 추구하는 바를 드러내고 있다.
⑤ 대화를 통해 일어난 일을 요약적으로 정리하며 제시하고 있다.

2

세부 내용의 파악

이 글의 내용과 일치하지 않는 것은?

① 아내는 티타임을 말 그대로 차만 마시는 모임으로 생각하고 있었다.
② '나'는 아내가 티타임 준비를 위해 지출하는 것에 대해 비판적으로 반응했다.
③ 동네 사람들은 그날 밤 '나'가 술에 취해 난동을 부린 일에 대해서 언급하지 않았다.
④ 아내는 동네 사람들의 망년회 참석 때문에 티타임이 열리지 못하고 있다고 생각했다.
⑤ 아내는 아이들이 떡을 먹고 있는 모습을 동네 사람들이 보게 되자 부끄러워했다.

3

인물의 태도와 심리 파악

㉠~㉤을 이해한 내용으로 가장 적절한 것은?

① ㉠: '아내'가 아파트 문화에 잘 적응하고 있는 것에 대한 '나'의 긍정적 시각이 느껴지는군.
② ㉡: '나'의 책망을 받고 '아내'가 불쾌했으나 자신의 잘못도 있기에 표출하지는 못하고 있군.
③ ㉢: '두 아이'는 '아내'가 아파트의 삶을 포기하려는 의도를 알아차리고 이에 대해 반대하고 있군.
④ ㉣: 티타임을 핑계로 과다한 지출을 한 것에 대한 반성이 밤참 중단이라는 결정으로 이어진 것이군.
⑤ ㉤: 오랜 시간 동안 준비한 티타임을 마친 후 찾아온 기쁨과 허탈감에서 복합된 심리가 드러나는군.

4

외적 준거를 통한 작품의 이해

〈보기〉를 바탕으로 ⓐ~ⓔ를 이해한 내용으로 적절하지 않은 것은?

보기

르네 지라르는 주체가 매개자를 모방함으로써 '간접화된 욕망'이 발생한다고 보았다. 〈티타임을 위하여〉의 '아내' 역시 아파트 주민들을 매개로 중산층의 삶으로 편입되고자 하는 간접화된 욕망을 지닌다. 아내는 공간을 이분법적으로 구분하고 아파트 주민들을 닮고 싶어 하면서도 그들에게 경쟁 심리를 느끼기도 한다. 그러나 결국 아내의 간접화된 욕망의 대상이 허상임이 밝혀진다.

① ⓐ: 아내로 하여금 매개자의 삶에 대한 모방 심리를 자각하게 하여 티타임을 갖겠다고 결심하게 하는 소재이겠군.
② ⓑ: '저쪽 동네'와 구분 짓는 이분법적 사고를 엿볼 수 있겠군.
③ ⓒ: 아내가 중산층으로 편입할 기회인 티타임을 언제할지 몰라 답답했기 때문이겠군.
④ ⓓ: 아내가 거짓말을 한 것은 욕망의 매개자인 아파트 주민들에 대한 경쟁 심리 때문이겠군.
⑤ ⓔ: 아내의 간접화된 욕망의 대상이 허상이었음을 보여 주는 것이겠군.

사평역 _임철우

사람들은 누구도 입을 열지 않는다. 대합실 벽에 붙은 시계가 도착 시간을 한 시간 반이나 넘긴 채 꾸준히 재깍거리고 있었지만 누구 하나 눈여겨보는 사람은 없다. 창밖엔 싸륵싸륵 송이눈이 쌓여 가고 유리창마다 흰보랏빛 성에가 톱밥 난로의 불빛을 은은하게 되비추어 내고 있을 뿐. 〈중략〉 중년 사내는 담배를 입에 문 채 성냥불을 당기려다 말고 멍하니 난로의 불빛을 들여다보고 있다. 노인을 안고 있는 농부도, 대학생도, 쭈그려 앉은 아낙네들도, 서울 여자도, 머플러를 쓴 춘심이도 저마다의 손바닥들을 불빛 속에 적셔 두고 망연한 시선을 난로 위에 모은 채 모두들 아무 말도 하지 않았다. 저만치 홀로 떨어져 앉아 있는 미친 여자도 지금은 석고상으로 고요히 정지해 있다. 이따금 노인의 기침 소리가 났고, 난로 속에서 톱밥이 톡톡 튀어 올랐다.

"흐유. 산다는 게 대체 뭣이간디……." / 불현듯 누군가 나직이 내뱉었다. / 그러자 사람들은 그 말꼬리를 붙잡고 저마다 곰곰이 생각해 보기 시작한다. 정말이지 산다는 게 도대체 무엇일까…….

중년 사내에겐 산다는 일이 그저 벽돌담 같은 것이라고 여겨진다. 햇볕도 바람도 흘러들지 않는 폐쇄된 공간. 그곳엔 시간마저도 아무런 흔적을 남기지 않는다. 마치 이 작은 산골 간이역을 빠른 속도로 무심히 지나쳐 가 버리는 특급 열차처럼……. 사내는 그 열차를 세울 수도 탈 수도 없다는 것을 잘 알고 있다. 그러면서도 여전히 기다릴 도리밖에 없다는 것, 그것이 바로 앞으로 남겨진 자기 몫의 삶이라고 사내는 생각한다.

농부의 생각엔 삶이란 그저 누가 뭐래도 흙과 일뿐이다. 계절도 없이 쳇바퀴로 이어지는 노동. 농한기라는 겨울철마저도 융자금 상환과 농약값이며 비룟값으로부터 시작하여 중학교에 보낸 큰아들놈의 학비에 이르기까지 이런저런 걱정만 하다가 보내고 마는 한숨철이 되고 만 지도 오래였다. 삶이란 필시 등뼈가 휘도록 일하고 근심하다가 끝내는 늙고 병들어 죽는 것이리라고 여겨졌으므로, 드디어 어려운 문제를 풀어냈다는 듯이 농부는 한숨을 길게 내쉰다.

서울 여자에겐 돈이다. 그녀가 경영하고 있는 음식점 출입문을 들어서는 사람들은 모조리 그녀에겐 돈으로 뵌다. 어서 오세요. 입에 붙은 인사도 알고 보면 손님에게가 아니라 돈에게 하는 말일 게다. 그래서 뚱뚱이 여자는 식사를 마치고 나가는 손님들에게 결코 안녕히 가세요, 라는 말은 쓰지 않는다. 또 오세요다. 그녀는 가난을 안다. 미친 듯 돈을 벌어서, 가랑이를 찢어 내던 어린 시절의 배고픈 기억을 보란 듯이 보상받고 싶은 게 그녀의 욕심이다. 물론 남자 없이 혼자 지새워야 하는 밤이 그녀의 부대 자루 같은 살덩이를 이따금 서럽게 만들기도 한다. 하지만 그녀는 두 아들을 끔찍이 사랑했다. 소중한 두 아들과 또 그들을 행복하게 만드는 데에 쓰여질 돈, 그 두 가지만 있으면 과부인 그녀의 삶은 그런대로 만족할 것도 같다.

춘심이는 애당초 그런 골치 아픈 얘기는 생각하기도 싫어진다. 산다는 게 뭐 별것일까. 아무리 허덕이며 몸부림을 쳐 본들, 까짓 것 혀 꼬부라진 소리로 불러 대는 청승맞은 유행가 가락이나 술 취해 두들기는 젓가락 장단과 매양 한가지일걸 뭐. 그래서 춘심이는 술이 좋다. 아무것도 생각나지 않게 해 주는 술님이 고맙다. 그래도 춘심이는 취하면 때

수능 연계 포인트

① 인물의 태도 파악
② '사평역'의 배경이 지닌 의미 파악
③ '톱밥 난로'와 '기차'의 의미 파악

핵심 정리

- **갈래** 단편 소설
- **시점** 전지적 작가 시점
- **주제** 간이역 대합실에 모인 사람들의 고달픈 삶과 성찰
- **특징** ① 인물들의 내면 심리를 병렬적으로 드러냄 ② 과거를 회상하며 성찰하는 방식의 서술이 사용됨

작품 해제

이 글은 곽재구의 시 〈사평역에서〉를 모티프로 하여 서사적 상상력을 가미하여 쓴 작품이다. 눈 내리는 겨울 밤 한 시골 간이역의 대합실에서 막차를 기다리는 사람들의 모습과 그들의 내면 심리를 탁월하게 묘사함으로써 '산업화'라는 시대적 현실 속에서 살아가는 서민들의 고단한 삶을 나타내고 있다.

작품 핵심

'톱밥 난로'와 '기차'의 의미

톱밥 난로	기차
회상과 성찰의 계기를 제공하면서 인물들을 서로 교감하게 하는 매개체로 작용함	고단한 삶을 살아가는 사람들이 기다리는 대상으로, '삶의 행복'이라는 상징성을 지님

로 울기도 하는데 그 까닭이야말로 춘심이도 모를 일이다. / 대학생에겐 삶은 이 세상과 구별할 수 없는 그 무엇이다. 스물셋의 나이인 그에게는 세상 돌아가는 내력을 모르고, 아니 모른 척하고 산다는 것은 절대로 용서할 수 없다. 그런 삶은 잠이다. 마취 상태에 빠져 흘려보내는 시간일 뿐이라고 청년은 믿고 있다. 하지만 그는 얼마 전부터 그런 확신이 조금씩 흔들리기 시작하는 걸 느끼고 있다. 유치장에서 보낸 한 달 남짓한 기억과 퇴학. 끓어오르는 그들의 신념과는 아랑곳없이 이루어지고 있는 강의실 밖의 질서……. 그런 것들이 자꾸만 청년의 시야를 어지럽히고 혼란을 일으키고 있는 중이다. 〈중략〉

그러는 사이에도, 밖은 간간이 어둠 저편으로 바람이 불어왔고, 그때마다 창문이 딸그락거렸다. 전신주 끝을 물고 윙윙대는 바람 소리, 싸륵싸륵 눈발이 흩날리는 소리, 난로에서 톡톡 튀어 오르는 톱밥. 그런 크고 작은 소리들이 간헐적*으로 토해 내는 늙은이의 기침 소리와 함께 대합실 안을 채우고 있을 뿐, 사람들은 각기 골똘한 얼굴로 생각에 빠져 있다.

대학생은 문득 고개를 들어 말없이 모여 있는 그들의 얼굴을 하나하나 눈여겨본다. 모두의 뺨이 불빛에 발갛게 상기되어 있다. 청년은 처음으로 그 낯선 사람들의 얼굴에서 어떤 아늑함이랄까 평화스러움을 찾아내고는 새삼 놀라고 있다. 정말이지 산다는 것이란 때로는 저렇듯 한 두름의 굴비, 한 광주리의 사과를 만지작거리며 귀향하는 기분으로 침묵해야 하는 것인지도 모른다.

청년은 무릎을 굽혀 바께쓰 안에서 톱밥 한 줌을 집어 든다. 그리고 그것을 난로의 불빛 속에 가만히 뿌려 넣어 본다.

* 간헐적: 얼마 동안의 시간 간격을 두고 되풀이하여 일어나는

한눈에 보기

막차를 기다리는 사람들
↓ 오지 않는 막차
- 각자의 삶을 회상함
- 삶에 대한 상념에 빠짐

↓ 기차가 도착함
각자의 길로 떠나는 사람들

지문 Master

1 이 글은 1970~1980년대 시골 간이역 (　　　　　)을 배경으로 하고 있다.

2 대합실에서 기차를 기다리는 사람들은 각자의 사연을 가슴에 품은 채 (　　　　　)의 불빛을 들여다보고 있다.

1

서술상의 특징 파악

이 글에 대한 설명으로 가장 적절한 것은?

① 회상의 형식을 통해 갈등의 원인을 밝히고 있다.
② 직접 묘사를 통해 인물의 심리를 역동적으로 보여 주고 있다.
③ 설명을 통해 인물들의 성격과 대립적인 상황을 제시하고 있다.
④ 다양한 소재를 통해 사건의 배경을 간접적으로 나타내고 있다.
⑤ 서술자의 시선 이동을 통해 다양한 삶의 모습을 드러내고 있다.

2

인물의 태도 파악

이 글의 인물들이 삶을 대하는 태도로 가장 적절한 것은?

① 중년 사내는 사회의 급격한 변화로 인해 혼란스러운 상황에서도 이를 적극적으로 이겨 내려는 태도를 갖고 있다.
② 농부는 궁핍한 농촌 현실 속에서도 삶이란 땀과 노력을 통해 결실을 맺는 것이라고 이해하고 있다.
③ 서울 여자는 물질적 만족을 추구하는 생존 경쟁의 현실 속에서 스스로 행복해지기 위해 타인을 이해하고 사랑하는 태도를 보이고 있다.
④ 춘심이는 사회에서 소외된 하층 여성인 자신의 삶에 허무함을 느끼며 자기 연민을 보이고 있다.
⑤ 대학생은 모순되고 부조리한 사회 속에서 지식인으로서의 비판적이며 실천적인 삶에 확신을 품고 있다.

3

소재의 의미 파악과 다른 장르에의 적용

이 글을 영화로 만들기 위한 제작진들의 회의 내용으로 적절하지 않은 것은?

① **조명 담당**: 배경을 고려하여 화면을 전체적으로 어둡게 처리해야겠군.
② **감독**: 다른 인물들은 한곳에 모여 앉아 있되, 미친 여자는 멀찍이 떨어져 앉히는 것이 좋겠어.
③ **소품 담당**: 안정된 구도를 위해 화면의 중앙에는 난로를 배치해야겠어.
④ **카메라 담당**: 대합실의 시계와 톱밥 등은 화면에서 배제하는 것이 좋겠어.
⑤ **효과 담당**: 창문 소리, 바람 소리, 톱밥 소리 등을 음향으로 처리하면 어떨까?

4

외적 준거를 통한 감상의 적절성 파악

〈보기〉를 바탕으로 이 글을 이해한 내용으로 적절하지 않은 것은?

> **보기**
>
> 임철우의 〈사평역〉은 서정 소설에 속한다고 볼 수 있다. 서정 소설은 작가의 미적 형상화의 욕구와 시적 감수성을 드러낸다. 서정 소설의 주요한 특징 중의 하나는 무엇보다도 인물이나 사건과 같은 서사적 요소를 이미지의 음악적, 회화적 디자인과 같은 서정적 요소와 결합시킨다는 데에 있다. 소설에서의 서정성의 기능이란 서정성이 가지는 강력한 이미지가 서사의 인과성이나 흐름을 도와주는 데에 있다.

① 열차가 지연되고 있는 작품의 서사적 요소를 꾸준히 재깍거리는 시계 소리와 싸륵싸륵 쌓여가는 눈 소리라는 음악적인 서정적 요소와 결합시켜 표현하고 있군.
② 대합실 외부에는 송이눈이 쌓여 가고, 내부에는 유리창마다 흰보랏빛 성에가 난로 불빛을 되비추어 내고 있다는 묘사에서 작가의 미적 형상화의 욕구를 확인할 수 있군.
③ 톱밥이 톡톡 튀어 오르는 난로의 불빛이라는 회화적인 서정적 요소가 인물들이 각자의 삶을 성찰하게 되는 서사의 인과성에 도움을 주고 있군.
④ 딸그락거리는 창문 소리와 윙윙대는 바람 소리라는 음악적인 서정적 요소가 인물들이 상념에서 벗어나 소통을 시도하게 되는 서사의 흐름에 도움을 주고 있군.
⑤ 불빛에 발갛게 상기되어 있는 뺨이라는 회화적인 서정적 요소를 대학생이 낯선 사람들의 얼굴에서 아늑함과 평화로움을 찾아낸다는 서사적 요소와 결합시키고 있군.

아버지의 땅 _임철우

[앞부분 줄거리] '나'와 오 일병은 훈련용 참호를 파던 중 사람의 뼈를 발견하게 되고, 유해 수습을 위해 마을로 내려온다. 유해를 본 '나'는 전쟁 중에 사라진 아버지와 남편을 기다리던 어머니를 떠올린다. 한편 마을에서 데려온 노인은 유해를 수습한다.

노인은 어느 틈에 꾸짖는 듯한 말투로 혼자 중얼거리고 있었다. 두개골과 다리뼈를 꼼꼼히 문질러 닦은 뒤, 노인은 몸통뼈에 묶인 줄을 풀어내기 시작했다. 완강하게 묶인 매듭은 마침내 노인의 손끝에서 풀리어졌다. 금방이라도 쩔걱쩔걱 쇳소리를 낼 듯한 ㉠철사 줄은 싱싱하게 살아 있었다. 살을 녹이고 뼈까지도 녹슬게 만든 그 오랜 시간과 땅 밑의 어둠을 끝끝내 견뎌 내고 그렇듯 시퍼렇게 되살아 나오는 그것의 놀라운 끈질김과 냉혹성이 언뜻 소름끼치도록 무서움증을 느끼게 했다.

노인은 손목과 팔에 묶인 결박까지 마저 풀어낸 다음 허리를 펴고 일어서더니 줄 묶음을 들고 저만치 걸어 나갔다. 그가 허공을 향해 그것을 멀리 내던지는 순간, 나는 까닭 모르게 마당가에서 하늘을 치어다보며 서 있는 어머니의 가녀린 목줄기와 그녀가 아침마다 소반 위에 떠서 올리곤 하던 하얀 물사발이 눈앞에 떠올랐다가 스러져 버리는 것이었다. 〈중략〉

광주리를 머리에 인 어머니가 모래밭을 걸어오고 있었다. 돌돌거리며 흐르는 물소리를 거슬러 강변 모래밭을 어머니가 혼자 저만치서 다가오고 있었다. 모래밭은 하얗게 햇살을 되받아 쏘며 은빛으로 반짝였다. 허리띠를 질끈 동인 어머니의 치맛자락이 흐느적이며 바람결에 흔들리고 있었다. 나는 햇살에 부신 눈을 가늘게 오므리고 줄곧 그녀를 지켜보고 있었다. 그때였다. 꿈속에서처럼 나는 그녀의 뒤를 바짝 따라오고 있는 한 사내의 환영을 보았다. 그건 아버지였다. 언젠가 어머니의 낡은 반닫이 깊숙한 옷가지 밑에 숨겨져 있던 액자 속에서 학생복 차림으로 서 있던 그대로 그건 영락없는 그 사내였다. 나를 어머니의 뱃속에 남겨 놓은 채 어느 바람이 몹시 부는 날 밤, 산길을 타고 지리산인가 어디로 황황히 떠나가 버렸다는 사내. 창백해 뵈는 뺨에 마른 몸집의 그 사내가 어머니와 함께 걸어오고 있는 것이었다. 놀란 눈으로 풀밭에 앉아 나는 그들을 지켜보고 있었다. 이슥고 어머니의 눈썹과 코, 입의 윤곽과 야윈 목줄기까지 뚜렷이 드러날 만큼 가까워졌을 때 사내의 환영은 어느 틈에 사라져 버리고 없었다. 몇 번이나 눈을 비비고 보았으나 역시 마찬가지였다. 하얗게 반짝이는 모래밭 위로 어머니가 찍어 내는 발자국만 유령처럼 끈질기게 그녀의 발꿈치를 뒤따라오고 있을 뿐이었다.

우리는 관 대신에 신문지로 싼 유해를 맨 처음 그 자리에 다시 묻어 주었다. 도톰하니 봉분을 만들고 뗏장까지 입혀 놓고 보니 엉성한 대로 형상은 갖춘 듯싶었다. 노인은 술을 흙 위에 뿌려 주었다. 그리고 자신이 먼저 한 모금 마신 다음에 잔을 돌렸다. 〈중략〉

술이 가득 차오른 반합 뚜껑을 나는 두 손으로 받쳐 들었다. 저것 봐라이. 날짐승도 때가 되면 돌아올 줄 아는 법이다. 어머니가 말했다. 저만치 웬 사내가 서 있었다. 가슴과 팔목에 철사 줄을 동여맨 채 사내는 이쪽을 응시하며 구부정하게 서 있었다. 퀭하니 열려 있는 그 사내의 눈은 잔뜩 겁에 질려 있는 채로였다. 애앵. 총성이 울렸고 그는 허물어지듯 앞으로 고꾸라지고 있었다. 불현듯 시야가 부옇게 흐려 왔다.

아아. 아버지는 지금 어디에 쓰러져 누워 있을 것인가. 해마다 머리맡에 무성한 쑥부

수능 연계 포인트

① 작품의 전체 분위기 파악
② 소재의 상징적 의미 파악
③ 사건 전개에 따른 인물의 의식 변화 파악

핵심 정리

- **갈래** 단편 소설, 분단 소설
- **시점** 1인칭 주인공 시점
- **주제** 이념 대립이 가져온 아픔과 그 극복
- **특징** 과거와 현재가 교차되며 이야기가 전개됨

작품 해제

이 작품은 한국 전쟁으로 인한 가족의 비극사를 통해 민족의 아픔과 상처를 조명하고 이해와 화해의 과정을 그리고 있는 작품이다. 군사 훈련 도중 우연히 유골을 발견한 '나'는 좌익 활동을 하다 행방불명된 아버지를 떠올린다. 어린 시절 '나'는 사라진 아버지 때문에 상처받고 아버지를 기다리는 어머니도 이해하지 못했다. 그러나 유해를 수습하는 과정을 통해 아버지에 대한 증오와 갈등을 해소하고 극복하게 된다.

작품 핵심

이중 구조의 효과
- 유골을 발견하는 현재의 이야기와 아버지와 관련된 과거의 이야기가 중첩됨
- 한 세대에서 다음 세대로까지 이어지는 이념 대립의 비극성을 효과적으로 부각함
- 분단의 문제가 과거의 일이 아니라 바로 현재의 일이라는 사실을 강조함

쟁이와 엉겅퀴꽃을 지천으로 피워 내며 이제 아버지는 어느 버려진 밭고랑, 어느 응달진 산기슭에 무덤도 묘비도 없이 홀로 잠들어 있을 것인가.

[중략 부분 줄거리] 유해를 수습한 후 노인과 함께 마을로 내려오던 '나'는 노인의 잃어버린 형님 이야기를 듣는다. 노인과 헤어진 후 '나'는 어머니와의 일을 회상한다.

까우욱. 까우욱.

어느 틈에 날아왔는지 길 옆 밭고랑마다 수많은 까마귀들이 구물거리고 있었다. 온 세상 가득히 내려 쌓이는 풍성한 눈발 속에 저희들끼리만 모여서 새까맣게 구물거리며 놈들은 그 음산함과 불길함을 역병처럼 퍼뜨리고 있는 것이었다. 얼핏, 쏟아지는 그 눈발 속에서 나는 얼어붙은 땅 밑에 새우등으로 웅크리고 누운 누군가의 몸 뒤척이는 소리를 들었다. 아버지였다. 손발이 묶인 아버지가 이따금 돌아누우며 낮은 신음을 토해 내고 있었다. 나는 황량한 들판 가운데에 서서 그 몸집이 크고 불길한 새들의 펄렁거리는 날갯짓과 구물거리는 모습을 오래오래 지켜보았다.

머리 위로 눈은 하염없이 쏟아져 내리고 있었다. ㉡함박눈이었다. 굵고 탐스러운 눈송이들은 세상을 가득 채워 버리려는 듯이 밭고랑을 지우고, 밭둑을 지우고, 그 위에 선 내 발목을 지우고, 구물거리는 검은 새 떼를 지우고, 이윽고는 들판과 또 마주 바라뵈는 거대한 산의 몸뚱이마저도 하얗게 하얗게 지워 가고 있었다. 그것은 어머니가 새벽마다 샘물을 길어 와 소반 위에 떠서 올려놓곤 하던 바로 그 사기대접의 눈부시도록 하얀 빛깔이었다.

한눈에 보기

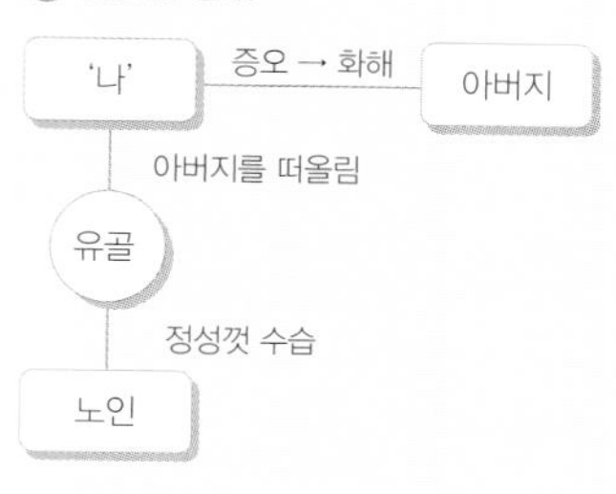

지문 Master

1 유해에 묶여 있던 (   )은 이념의 굴레와 억압을 상징한다.

2 '나'는 유해를 수습하는 과정을 통해 (   )에 대한 갈등을 극복한다.

1

서술상의 특징 파악

이 글의 서술상 특징으로 가장 적절한 것은?

① 현재의 상황과 인물의 환영이 교차되며 서사가 전개되고 있다.
② 공간의 변화에 따라 심화되는 인물 간의 갈등을 제시하고 있다.
③ 빈번한 장면의 전환을 통해 현실과 상상의 세계를 대비하고 있다.
④ 시간의 흐름에 따른 서술을 통해 상황을 입체적으로 드러내고 있다.
⑤ 인물의 내면세계를 의식의 흐름에 따라 서술하여 인물의 특성을 나타내고 있다.

사건의 전개 양상 파악

2

이 글 전체의 사건 전개를 〈보기〉와 같이 정리할 때, 이에 대한 설명으로 적절하지 않은 것은?

보기

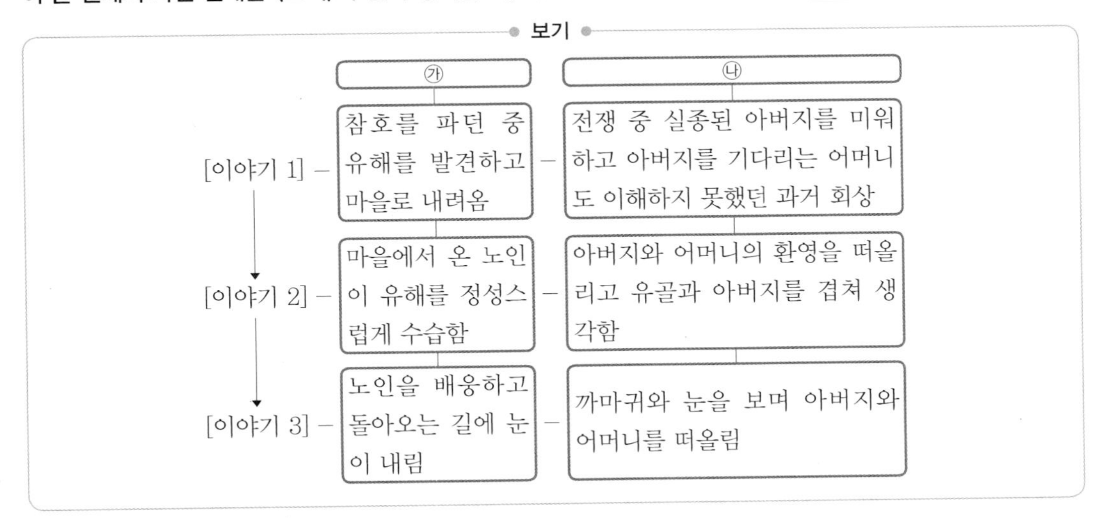

① ㉮는 '나'가 현재 경험하고 있는 사실이고, ㉯는 회상을 비롯한 '나'의 의식의 세계이다.
② ㉮의 '이야기 2'에서 노인이 철사 줄을 허공을 향해 내던지는 행위에는 전쟁의 폭력성을 거부하는 마음이 담겨 있다.
③ ㉮의 '이야기 2'에서 이름 모를 유해의 봉분을 만들고 뗏장을 입히는 것은 전쟁으로 인한 상처를 보듬는 모습이라고 할 수 있다.
④ ㉮의 이야기와 ㉯의 이야기가 중첩되는 이중 구조를 통해 이념의 대립 상황에서 겪는 '나'의 심리적 혼란을 사실적으로 보여 주고 있다.
⑤ ㉯의 '이야기 2'에서 '나'가 아버지가 어디 쓰러져 있는지를 궁금해하는 모습을 통해 ㉯의 '이야기 1'에서와는 다른 심적 변화가 일어나고 있음을 드러내고 있다.

소재의 상징적 의미 파악

3

㉠과 ㉡의 상징적 의미로 가장 적절한 것은?

① ㉠은 이념의 굴레와 억압을, ㉡은 용서와 화해의 가능성을 상징한다.
② ㉠은 전쟁의 비극성과 참혹함을, ㉡은 현실을 도피하고 싶은 심정을 상징한다.
③ ㉠은 자신을 얽매고 있던 구속을, ㉡은 구속에서 벗어나고 싶은 소망을 상징한다.
④ ㉠은 폭력에 희생된 개인의 한을, ㉡은 과거의 아픔에 대한 치유의 가능성을 상징한다.
⑤ ㉠은 세상의 통합을 방해하는 세력을, ㉡은 하나로 어우러진 세상에 대한 염원을 상징한다.

노찬성과 에반 _김애란

하루 또 하루가 갔다. ㉠인간 시계로 이 년, 개들 시력(時歷)으로 십 년이 흘렀다. 찬성과 에반은 어느새 서로 가장 의지하는 존재가 됐다. 비록 움직임이 굼뜨고 귀가 어두웠지만 에반은 여느 개처럼 공놀이와 산책을 좋아했다. 찬성이 보푸라기 인 테니스공을 멀리 던지면 에반은 찬성의 눈앞에서 사라졌다 반드시 공과 함께 다시 나타났다. 무언가 제자리에 도로 갖고 오는 건 에반이 잘하는 일 중 하나였다. 찬성은 때로 에반이 자기에게 물어다 주는 게 공이 아닌 다른 것처럼 느껴졌다. 그리고 공인 동시에 공이 아닌 그 무언가가 자신을 변화시켰다는 걸 알았다. 그런데 에반이 요즘 좀 이상했다.

할머니는 밤 열 시 넘어 집에 들어왔다. 한 손에 검은 비닐봉지를 들고서였다.

—전자레인지에 돌려 먹어.

찬성이 봉지 안을 들여다봤다. 은박지 사이로 설탕 입힌 통감자가 보였다. ㉡찬성이 퇴근한 할머니 뒤를 졸졸 쫓았다.

—할머니, 에반이 좀 이상해.

—㉢지금 안 먹을 거면 냉장고에 넣어 두든가.

할머니가 평소 휴대품을 넣고 다니는 손가방을 안방 바닥에 던지듯 내려놓았다.

—할머니, 에반이 밥을 안 먹어.

—늙어서 그래, 늙어서.

—있지, 내가 공을 던져도 움직이지 않아. 걷다 자주 주저앉고.

—늙어서 그렇다니까.

할머니는 모든 게 성가신 듯 팔을 휘저었다. 그러곤 끄응 소리를 내며 바닥에 이부자리를 폈다.

—저거 봐, 저렇게 자기 다리를 자꾸 핥아. 하루 종일 저래. 아까는 내가 다리를 만졌더니 갑자기 나를 물려고 했어.

할머니가 요 위에 누우려다 말고 상체를 들어 찬성을 봤다.

—아니, 진짜로 문 건 아니고 무는 시늉만 했어.

할머니가 눈을 감은 채 이마에 팔을 얹었다.

—할머니, 에반 데리고 병원 가 봐야 되는 거 아닐까?

—쓸데없는 소리 말고 가서 자. 사방에 불 켜 두지 말고.

㉣할머니의 반팔 소매에 엷은 김칫국물이 묻어 있었다. 찬성이 할머니 옆에 앉지도 서지도 못한 채 주춤거렸다.

—할머니, 에반 병원 데려가야 할 것 같다고.

할머니가 버럭 소리를 질렀다.

—무슨 개를 병원에 데리고 가. 사람도 못 가는 걸. 그러니까 내가 개새끼 도로 갖다 놓으라 했어 안 했어? 할머니 화병 나기 전에 얼른 가서 자. 개장수한테 백구 팔아 버리기 전에, 얼른!

—백구 아니야!

찬성이 전에 없이 큰소리를 냈다.

수능 연계 포인트

① 인물의 감정 변화 과정 파악
② 작품의 주제 의식 이해
③ 인물 간 갈등, 인물의 내적 갈등 파악

핵심 정리

- **갈래** 단편 소설
- **시점** 전지적 작가 시점
- **주제** 생명에 대한 책임과 순수성 회복의 염원
- **특징** ① 순수한 소년의 관점에서 사건이 전개됨 ② 상징적 소재를 통해 주제를 부각함

작품 해제

이 작품은 아버지를 잃고 할머니와 단둘이 살던 어린 소년 노찬성이 어느 날 우연히 휴게소에 버려져 있는 개를 데려와 키우면서 일어나는 일들을 순수한 소년의 시선을 통해 그리고 있다. 아픈 에반을 안락사하기 위해 아르바이트를 해서 어렵게 돈을 모으지만 결국 자신을 위해 조금씩 돈을 쓰게 되는 찬성의 감정 변화를 잘 보여 주고 있다.

작품 핵심

에반에 대한 찬성의 감정 변화

찬성은 아픈 에반이 고통을 받지 않도록 아르바이트를 하며 안락사 비용을 마련할 정도로 에반을 사랑함. 하지만 찬성은 모았던 돈을 점점 자신에게 쓰게 되면서 에반에 대한 책임감이 이기심으로 변화함

정답과 해설 8쪽

—뭐?

그러곤 이내 말끝을 흐리며 소심하게 답했다.

—에반이야.

[중략 부분 줄거리] 에반을 데리고 동물 병원에 간 찬성은 고통받는 에반을 위해 할 수 있는 것이 안락사뿐이라는 생각을 한다. 찬성은 안락사 비용 십만 원을 모으기 위해 힘들게 전단지 아르바이트를 한다. 그러나 찬성은 이전에 할머니가 얻어온 휴대 전화의 유심칩을 사는 데 모은 돈의 일부를 쓰게 되고, 휴대 전화에 집중하느라 점차 에반과 보내는 시간이 줄어든다.

오랜 궁리 끝에 찬성이 지갑에서 동물 병원 명함을 꺼내 들었다. 상중(喪中)이라 주말까지 쉰다는 말이 생각났지만 찬성은 괜히 한번 병원 전화번호를 눌러 보았다.

'어쩌면 문을 열었을지도 몰라. 누가 받으면 뭐라고 하지?'

휴대 전화 너머로 익숙한 연결음이 들렸다. 찬성은 잘못한 것도 없는데 가슴이 뛰었다. 몇 차례 긴 연결음이 이어졌지만 전화를 받는 사람은 없었다. 찬성은 동물 병원 쪽에서 전화를 받지 않았다는 사실에 다시 한번 이상한 안도를 느꼈다. 찬성이 지갑 안에 명함을 넣으며 남은 돈을 세어 보았다. 십만 삼천 원. 에반을 병원에 데려가기에 부족하지 않은 액수였다. 오늘만 지나면, 그러면 꼭…… 다짐하며 일어서는데 찬성 무릎 위의 휴대 전화가 아스팔트 보도 위로 툭 떨어졌다. 찬성이 창백해진 얼굴로 황급히 휴대 전화를 주워 들었다. 그러곤 실금 간 왼쪽 모서리부터 확인했다. 찬성이 거미줄 모양 실금에 손가락을 대고 천천히 문질렀다. 아주 고운 유리 가루 입자가 손끝에 묻어났다. 찬성의 눈동자가 심하게 흔들렸다.

집으로 가는 길, 찬성은 한 손을 길게 뻗어 휴대 전화를 좌우로 틀며 햇빛에 비춰 봤다. 검은 액정 표면에 닿은 빛이 물에 뜬 기름처럼 매끈하게 일렁였다. 더불어 찬성의 가슴에도 작은 만족감이 일었다. 액정에 보호 필름을 붙이니 왠지 기계도 새것처럼 보이고, 모서리 쪽 상처도 눈에 덜 띄는 것 같았다. 스스로에게 조금 실망스러운 기분이 들었지만 '어쩔 수 없는' 상황이었다고 변명했다. 찬성은 '구경이나 해 볼 마음'으로 휴게소 전자 용품 매장에 들렀다 액세서리 용품 진열대 앞에 한참 머물렀다. 그러곤 티끌 하나 없이 투명한 보호 필름을 만지며 자기도 모르게 ㉤"사흘……."하고 중얼댔다. 그러니까 사흘 정도는…… 에반이 기다려 주지 않을까 하고. 지금껏 잘 견뎌 준 것처럼. 더도 말고 덜도 말고 딱 사흘만 참아 주면 안 될까. 당장 가진 돈과 앞으로 모을 돈을 셈하는 사이 찬성은 어느새 계산대 앞에 서 있었다. 정신을 차리고 보니 지갑 안의 돈이 어느새 구만 오천 원으로 줄어 있었다.

한눈에 보기

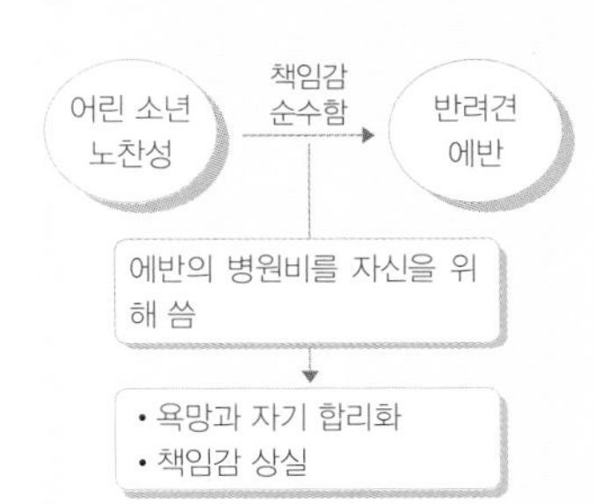

지문 Master

1 찬성은 (　　　　)의 병원비 마련을 위해 아르바이트를 했다.

2 찬성은 (　　　　)을 사고 싶은 마음에 내적 갈등을 겪었다.

1

서술상의 특징 파악

이 글에 대한 설명으로 가장 적절한 것은?

① 우화적인 기법을 사용하여 세태를 비판하고 있다.

② 인물의 생각이나 심리를 직접적으로 제시하고 있다.

③ 사건마다 서술자를 달리하여 사건의 원인을 규명하고 있다.

④ 작중 인물이 자신이 경험한 일을 객관적으로 전달하고 있다.

⑤ 특정한 공간의 상징성을 부각하여 주제 의식을 드러내고 있다.

2

인물의 심리와 태도 파악

이 글의 등장인물을 이해한 내용으로 적절하지 않은 것은?

① 찬성은 에반이 물어다 준 공에서 단순한 공 이상의 의미를 느꼈다.
② 찬성과 할머니는 에반의 증세에 대한 원인 분석의 차이로 대립했다.
③ 찬성과 할머니는 에반에 대해 각기 다른 명칭을 사용하여 애정의 차이를 드러냈다.
④ 찬성은 동물 병원이 전화를 받지 않았다는 것에 대해 왠지 모를 안도의 느낌을 가졌다.
⑤ 찬성은 부족한 에반의 병원비를 충당할 나름대로의 계획 하에서 자신을 위한 지출을 감행했다.

3

외적 준거를 통한 작품 이해

〈보기〉를 바탕으로 이 글을 감상한 내용으로 적절하지 않은 것은?

보기

이 작품은 초등학생 찬성이 유기견을 키우며 겪는 일들을 보여 준다. 에반에게 친밀감과 책임감을 느끼던 찬성은 갖고 싶었던 물건이 생긴 후, 보호자로서의 역할에 점차 소홀해진다. 자신의 행동에 실망감을 느끼기도 하지만 곧 이를 합리화하는 찬성을 통해 '책임'의 의미를 생각해 보게 한다.

① 에반과 공놀이를 하는 찬성의 모습은 찬성과 에반이 친밀감을 느끼는 것을 드러내는군.
② 아픈 에반을 병원에 데려가고자 하는 모습은 찬성이 에반에 대한 책임감을 느끼고 있음을 드러내는군.
③ 땅에 떨어진 휴대 전화를 보며 찬성의 눈동자가 흔들리는 모습은 그것을 갖고 싶어 한 자신에게 실망감을 느꼈음을 드러내는군.
④ 에반을 위해 모은 돈으로 휴대 전화의 보호 필름을 사는 것은 찬성이 보호자로서의 역할에 점차 소홀해지고 있음을 드러내는군.
⑤ 액세서리 용품 진열대 앞에서 사흘 정도는 에반이 기다려 주리라 생각하는 것은 찬성이 자신의 행동을 합리화하고 있음을 드러내는군.

4

구절의 의미 파악

㉠~㉤을 이해한 내용으로 적절하지 않은 것은?

① ㉠: 구체적 시간을 통해 찬성과 에반의 관계가 깊어졌음을 드러내고 있다.
② ㉡: 찬성이 할머니에게 할 말이 있음을 행동을 통해 나타내고 있다.
③ ㉢: 할머니가 찬성의 말에 대한 응답을 회피함으로써 찬성의 마음을 누그러뜨리고 있다.
④ ㉣: 더러워진 옷을 빨 여유조차 없는 할머니의 고단한 삶을 간접적으로 보여 주고 있다.
⑤ ㉤: 투명 보호 필름 구입과 병원비 사이에서 겪는 찬성의 내적 갈등을 드러내고 있다.

우상의 눈물 _전상국

[앞부분 줄거리] 고등학교 2학년이 시작되자 담임 선생은 '자율'이라는 말로 권위를 세우려 하나, 악마로 불리는 유급생인 기표가 폭력으로 학급을 장악하고 있다. 그러던 중 반장인 형우가 시험 기간 때 담임 선생의 묵인 아래 기표와 또 다른 재수파 학생을 위해 커닝 쪽지를 돌리다가 비위가 상한 그들에게 집단 구타를 당한다. 그러나 형우는 가해자를 끝내 밝히지 않아 학생들에게 의리가 있는 학생으로 칭송을 받는다.

"우리가 무서워했던 건 기표가 아니라 기표를 둘러싸고 있는 재수파들이었다."

"그런데?"

"이제 그 조직은 없어졌다."

"무슨 근거로 그렇게 말하는 거냐?"

"내가 병원에 있을 때 그 애들이 모두 나한테 사과하러 왔었다. 하나하나 서로가 모르게 다녀갔다."

"기표두 왔었니?"

내가 헐떡이면서 물었다.

"오지 않았다. 그러나 난 그런 놈한테 사과도 받고 싶지 않다."

그럴 테지. 나는 후우 가슴을 쓸어내렸다.

"그래, 다른 애들이 너한테 사과를 했다고 해서 재수파가 없어졌다고 생각하는 건 잘못일 거야."

"물론 겉으로야 그대로 남아 있겠지. 그러나 그들은 이미 이빨 뺀 뱀이나 다름없어. 걔들이 모두 나한테 말했다. 기표는 악마라고. 자기들 피를 빨아먹고 사는 흡혈귀라고."

형우와 갈라서야 하는 길목에 와 있었다. 나는 형우네 집 쪽으로 따라가며 물었다.

"너 지금 무슨 얘길 하는 거냐?"

형우가 나를 향해 싱긋 웃었다.

"기표는 다 아는 것처럼 가난한 집 애다. 거기다가 그 부모가 다 병들어 누워 있다. 시집간 기표 누나가 대 주는 돈으로 겨우겨우 먹고 산댄다. 기표 동생이 셋이나 있다. 기표 바로 밑의 동생이 버스 안내원을 해서 생활비를 보탰는데 요즘 무슨 일로 해서 그것도 그만두었다. 아무튼 생활이 말두 아니란 거야. 재수파들이 매달 얼마씩 모아 생활비를 보태 줬다는 거야. 집에서 돈을 뜯어낼 수 없는 애들은 혈액 은행에 가 피를 뽑아 그 돈을 내놓았다는 거다."

"그렇게 해 달라고 기표가 강요한 건 아닐 텐데."

"마찬가지다. 재수파들은 기표가 무서웠다는 거야."

"지금도 무서워하고 있는걸."

"그렇지 않아."

병원에서 지내는 동안 혈색이 더 좋아진 형우가 자신 있게 말했다. / "이제 아무도 기표를 무서워하지 않게 될 거다." 〈중략〉

그날도 기표는 담임 선생의 지시에 의해 체육부실에 내려가 우리 반 아이들의 체력 검사 통계를 내고 있었다. 그럴 시각 담임 선생이 말했다.

"66명이 탄 우리 배는 순풍을 맞아 참으로 순탄한 항해를 하고 있다. 다 여러분의 노력에 의한 것이라고 생각한다. 그런데 한 가지 알려 줄 게 있다. 여러분의 한 친구가

수능 연계 포인트

① 갈등의 양상 파악
② 공간적 배경과 제목의 상징적 의미 파악
③ 인물의 심리 파악

핵심 정리

- **갈래** 단편 소설, 성장 소설
- **시점** 1인칭 관찰자 시점
- **주제** 선의를 가장한 지능적인 폭력의 무서움
- **특징** ① 관찰자인 '나'를 통해 인물의 심리가 드러남 ② 대조적인 성격의 인물을 제시하여 작가의 의도를 드러냄 ③ 대화를 통해 사건이 전개됨

작품 해제

이 작품은 고등학교를 배경으로 하여 우리 사회의 권력 장악의 양상과 선의를 가장한 억압의 무서움을 보여 주는 소설이다. 작가는 평등한 듯하지만 위계질서가 뚜렷한 학교를 배경으로 하여, 절대악으로 통하는 기표가 합법적이고 선의를 가장한 권력에 의해 무너지는 과정을 통해서 권력이 어떻게 개인을 체제 안에 복속시키는가를 상징적으로 보여 주고 있다. 또한 보이지 않는 폭력의 무서움을 우의적으로 드러내면서 비판하고 있다.

작품 핵심

제목 '우상의 눈물'의 의미
'우상'은 신처럼 숭배의 대상이 되는 물건이나 사람을 의미함. 이 글에서 '우상'은 물리적 폭력으로써 신화적 존재가 된 기표를 가리키며, '우상의 눈물'이란 자신을 둘러싼 위선적인 상황에 굴복하는 기표의 모습을 의미함

매우 어려운 처지에 놓여 있다. 그 자세한 얘기는 반장이 해 줄 것이다. 다만 담임으로서 당부하고 싶은 것은 그것이 남의 일 아닌 내 일이라고 생각해서 그 사람을 돕는 일에 앞장서 주기 바란다."

담임 선생님이 교단에서 내려서고 그 대신 반장 임형우가 사뭇 엄숙한 표정으로 단 위에 섰다.

"담임 선생님의 말씀처럼 지금 우리 친구 하나가 매우 어려운 처지에 놓여 있다. 좀 늦은 감이 있지만 지금이라도 힘을 합쳐 그 친구를 구원해 주어야 한다고 생각한다."

이렇게 서두를 잡은 형우는 언젠가 하굣길에서 내게 들려준 기표네 가정 형편을 반 아이들한테 이야기하기 시작했다. 그런데 놀라운 일은 형우의 혀였다. 나한테 얘기를 들려줄 때의 그런 적대감은 씻은 듯 감추고 오직 우의와 신뢰 가득한 말로써 우리의 친구 기표를 미화하는 일에 열을 올렸던 것이다. 〈중략〉

형우는 기표네 가정 사정을 낱낱이 얘기함으로써 이제까지 우리들에게 신화적 존재로 군림해 온 기표의 허상을 빈곤이라는 그 역겨운 것의 한 자락에 붙들어 맨 다음 벌거벗기려 하는 것 같았다. 기표는 판잣집 그 냄새나는 어둑한 방에서 라면 가락을 허겁지겁 건져 먹는 한 마리 동정받아 마땅한 벌레로 변신되어 나타났다.

"한 가지 또 알려 줄 게 있습니다. 그것은 어려운 처지의 친구를 위해서 이제까지 남이 모르게 도와 온 우정이 있다는 것입니다. 그것은 기표의 가까운 친구들입니다. 이제까지 우리들이 재수파라고 불러 온 아이들입니다. 우리들이 무시해 온 그들이야말로 진정 아름다운 우정이 어떤 것인가를 보여 주었던 것입니다. 그들은 매달 용돈을 저축하고 또는 방학 때 공사장에 나가 일을 해서 받는 돈으로 기표를 도와 온 것입니다. 그들 중에는 매달 자신의 귀한 피를 뽑아 그 돈을 내놓기도 했습니다. 한 달에 피를 세 번이나 뽑았기 때문에 빈혈을 일으켜 병원에 입원했던 사람도 있습니다. 사회에서 구원받지 못한 가난을 우정으로써 구원하려 한 그들이야말로 훌륭한 정신의 소유자입니다. 협동과 봉사 기여 정신의 산증인들입니다."

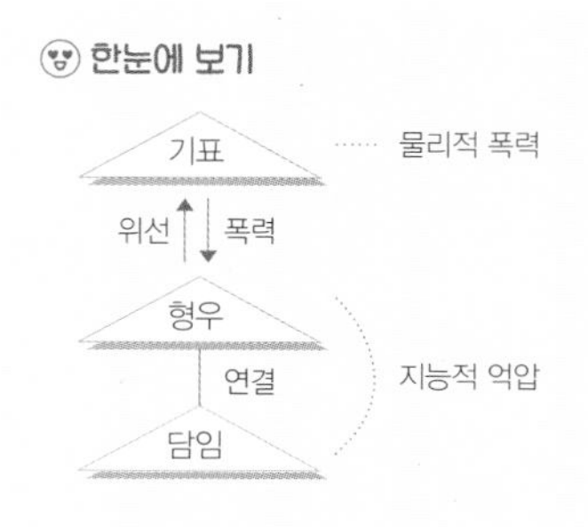

지문 Master

1 (   )는 물리적 폭력을 상징하며 아이들에게 두려움의 대상이었다.

2 (   )는 기표가 학생들에게 동정의 대상이 되었음을 비유적으로 나타낸 말이다.

1

서술상의 특징 파악

이 글의 서술상 특징으로 가장 적절한 것은?

① 요약적인 서술을 통해 사건을 속도감 있게 전개하고 있다.

② 특정 인물의 내적 갈등을 제시하여 긴장감을 고조시키고 있다.

③ 역순행적으로 사건을 전개하여 독자의 호기심을 유발하고 있다.

④ 인물의 외양을 세밀하게 묘사하여 독자의 상상력을 자극하고 있다.

⑤ 극적 제시의 방식으로 장면을 나타내면서도 사건에 대한 서술자의 판단을 드러내고 있다.

2

사건과 갈등 양상 파악

이 글에 나타난 인물 간의 갈등 양상을 〈보기〉와 같이 정리할 때, '형우'에 대한 설명으로 적절한 것은?

보기

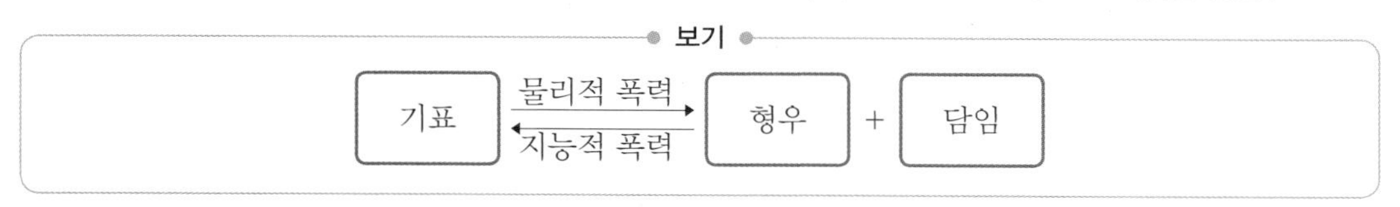

① 기표의 행위를 감싸주어 아이들이 기표를 두려워하지 않게 한다.
② 기표에게 반의 일을 맡게 하여 학급에 대한 책임감을 갖게 한다.
③ 기표를 미담의 주인공으로 만들어 빈곤하고 불쌍한 존재가 되게 한다.
④ 기표네 가정 사정을 학급의 아이들과 공유하여 기표의 신비감을 없애려 한다.
⑤ 재수파 아이들의 행동을 선행으로 포장하여 기표가 재수파를 따돌리도록 한다.

3

인물의 심리 파악

이 글의 인물에 대한 평가로 적절하지 않은 것은?

① '기표'는 빈곤한 집안 환경에 대해 열등감을 지니고 있다.
② '나'는 자신이 생각하는 '기표'의 모습이 달라지지 않기를 바라고 있다.
③ '재수파 아이들'은 '형우'에게 사과를 한 행동을 서로에게 감추고 있다.
④ '형우'는 '기표'에 대한 개인적인 감정을 숨긴 채 반 아이들을 설득하고 있다.
⑤ '담임'은 '기표'의 권위를 무너뜨리려는 '형우'의 행동에 암묵적으로 동조하고 있다.

4

작가의 의도 파악

이 글을 바탕으로 할 때, 〈보기〉의 밑줄 친 부분에 드러나는 작가의 의도를 적절하게 파악한 것은?

보기

기표와 재수파들의 행동이 미화되어 신문에 나고, 교장은 각계에서 보내온 성금과 편지를 기표에게 전달한다. 그럴수록 기표는 부끄러움을 잘 타는 아이가 되어 가고, 학생들은 그를 더 이상 무서워하지 않게 된다. 기표의 이야기가 영화화된다는 말이 돌던 어느 날, 기표는 '무섭다. 나는 무서워서 살 수가 없다.'로 시작되는 편지를 남기고 가출해 버린다.

① 물리적인 폭력을 사용하는 세력의 초라한 말로를 직접적으로 비판하고 있다.
② 물리적인 폭력의 무서움에 굴복하며 살아갈 수밖에 없는 소시민의 비애를 제시하고 있다.
③ 노골적인 폭력보다는 본의를 숨긴 위선적인 억압이 더 무서울 수 있음을 일깨우고 있다.
④ 물리적인 폭력을 막기 위해 또 다른 물리적인 폭력을 행사할 수밖에 없는 상황을 풍자하고 있다.
⑤ 지능적이고 물리적인 폭력이 사회 전체에 광범위하게 퍼져 있는 현실에 대한 각성을 촉구하고 있다.

어둠의 혼 _김원일

[앞부분 줄거리] 좌익 활동으로 쫓기는 생활을 하는 아버지 때문에 굶주림 속에 살아가던 어린 소년 갑해는 아버지가 붙잡혀 곧 총살될 것이라는 소식을 듣고 지서에 잡혀 있는 아버지가 어떻게 되었는지 알기 위해 지서에 간 이모부를 찾는다.

"이모부요, 정말로 우리 아부지가 벌써 총살되어 뿌렸능교?"

나의 울음 섞인 고함에 이모부는 아무 대답이 없다. 내 손만 꼭 쥔다.

㉠"갑해야, 니 아부지는 이제 이 세상 사람이 아니다. 먼 데로, 아주 먼 데로, 가 버렸다."

이모부는 침착한 목소리로 말한다.

"정말로 죽었능교? 순사가 총으로 쾅 쏘아 죽여 뿔능교……."

나는 흐느낀다. 눈물과 콧물이 섞여 마구 쏟아진다. 이모부의 손이 나의 들먹이는 등을 잔잔하게 두들겨 준다. 내 손을 더욱 힘있게 쥔다.

"갑해야." / 이모부가 나를 조용히 부른다. 나의 눈물 젖은 눈에 이모부의 침통한 표정이 흔들린다. 이모부는 뿌드득 이빨을 간다. 그러더니 무엇인가 결심한 듯 빠르게 말한다.

"가자, 니 아부지 보여 주꾸마."

이모부는 내 손을 끌고 지서 뒷마당으로 간다. 다리를 절며 이모부는 성큼성큼 걸어 들어간다. 잎순이 터지려는 느릅나무의 잔가지가 바람에 잔잔히 떨리고 있는 뒷마당은 조용하기 짝이 없다. 오직 달빛만 비치고 있다. 갑자기 무서운 생각이 든다. 그러나 이모부는 말이 없다. 어둠 속에서 나는 무엇인가 찾으려고 두리번거린다. 가슴속이 마구 방망이질을 한다. 찝질한 눈을 닦고 아버지의 모습을, 죽은 아버지의 몸뚱이를 찾기 위해 이곳저곳을 더듬어 본다.

느릅나무 밑, 거기에 가마니에 덮인 것이 눈에 들어온다. 이모부가 걸음을 멈춘다. 가마니 밑으로 발목과 함께 닳아 빠진 농구화가 비어져 나와 있다. 그러나 정강이 부근부터 머리까지 가마니에 덮여 있다. 나는 숨을 멈추고 이모부의 허리를 꼭 잡는다. 온몸이 와들와들 떨린다.

"이거다. 이게 니 아부지의 시체다. 똑똑히 보았제. 앞으로는 절대로 아부지를 찾아서는 안 된다. 알겠제?"

이모부는 말한다. 그러고는 내 손을 놓고 가마니를 홀쩍 뒤집는다.

아, 나는 볼 수 있었다. 달빛 아래 희미하게 드러나는 아버지의 처참한 얼굴을. 반쯤은 피에 가려 있고 나머지 부분은 하얗게 바래 버린 찌그러진 얼굴, 죽은 아버지의 눈은 부릅뜨고 있었다. 턱은 통통 부어 있고, 입은 커다랗게 벌어져 있었다. 아버지가 저렇게 되다니, 나는 믿을 수가 없었다. 아버지가 아닌, 다른 사람인 것만 같았다. 낡고 검은 국방복의 저고리 단추가 풀어진 사이로 보이는 아버지의 가슴, 나는 어릴 때 그 가슴에 안겨 얼마나 재롱을 떨었던가! 그런데 이제 아버지의 가슴은 그 무서운 보랏빛으로 변하고 말았다. 축 늘어진 어깨와 아무렇게나 내던져진 두 팔, 아버지는 분명 잠을 자고 있는 것이 아니다. 나는 그 자리에 서 있을 수 없다. 〈중략〉

'아버진 거짓부렁이야. 거짓말만 하다 죽고 말았어. 아니야, 아니야. 죽지 않았어. 거

수능 연계 포인트

① 인물의 심리 변화 파악
② '어둠'의 이미지 이해
③ 어린아이를 서술자로 설정한 서술상의 특징 이해

핵심 정리

- **갈래** 단편 소설, 성장 소설
- **시점** 1인칭 주인공 시점
- **주제** 아버지의 죽음을 통한 소년의 정신적 성숙 / 동족상잔의 아픔과 그 극복에 대한 기대
- **특징** ① 소년의 시각을 통해서 사건이 서술되고 있음 ② 인물 간의 외형적 갈등보다 한 인물이 겪는 심리적 갈등을 주로 서술함

작품 해제

이 작품은 소년 '갑해'가 아버지의 죽음을 통해 정신적으로 성장하는 과정을 그리고 있는 성장 소설이다. 하지만 아버지의 죽음이 이데올로기의 갈등 및 동족상잔의 비극과 연관되어 있다는 점에서, 이 작품의 의미는 개인적 범위를 넘어서 사회적인 것으로 확대된다. 또한 '갑해'의 성장과 같이 우리 민족 역시 과거의 아픔을 극복하고 갈등을 청산해야 한다는 의미가 담겨 있다.

작품 핵심

'어둠'의 이미지
- 주인공에게 닥친 불행과 아버지의 죽음을 상징함
- 이데올로기의 갈등으로 점철된 해방 공간의 암울한 현실을 상징함

짓말처럼 죽은 체하고 있을 따름이야.' 나는 헐떡거리며 집과 반대인 낙동강 쪽으로 달린다. 숨이 턱에 닿는다. 달빛에 뿌옇게 드러난 강둑이 보인다. ⓐ강둑에 올라서자 나는 숨을 가라앉힌다. ⓑ강물이 흐르고 있다. 언제 보아도 강물은 쉬지 않고 흘러가고 있다. 달빛을 받은 강물이 잉어 비늘처럼 번뜩인다. ㉡강 건너 장승처럼 서 있는 키 큰 포플러가 아버지 같다. 나를 오라고 손짓하는 것 같다. 어릴 적 아버지와 나는 강둑을 거닐며 많은 이야기를 했다. 쉬지 않고 흐르는 이 강처럼 너도 쉬지 않고 자라야 한다. 아버지는 이런 말도 했다. 그러자 아버지가 죽었다는 실감이 비로소 나의 가슴에 소름을 일으키며 아프게 파고든다.

나는 갑자기 오들오들 떨기 시작한다. 서른일곱으로 연기처럼 사라져 버린 아버지. 이제 내가 죽기 전 영원히 만날 수 없게 된 아버지. ㉢어린 나에게 너무나 큰 수수께끼를 남기고 죽어 버린 아버지의 일생을 더듬을 때 나는 알 수 없는 두려움 때문에 사시나무처럼 떤다.

그와 더불어 나는 무엇인가 깨달은 듯한 느낌을 가지게 되었다. 그 느낌을 꼬집어 내어 설명할 수는 없었으나, 이를테면 살아가는 데 용기를 가져야 하고 어떤 어려움도 슬픔도 이겨 내야 한다는 그런 내용의 것이었다. 모든 것이 안개 속 같은 신기한 세상, 내가 알아야 할 수수께끼가 너무나 많은 이 세상을 건너갈 때, ㉣나는 이제 집안을 떠맡은 기둥으로서 힘차게 버티어 나가지 않으면 안 된다. 이런 굳은 결심이 나의 가슴을 뜨겁게 적시며 뒤채이는 눈물을 달래고 있음을 느꼈던 것이다.

㉮아버지가 죽은 그해, 초여름에 육이오 사변이 터졌다. 그리고 이모부는 그 전쟁이 소강 상태로 들어갔을 때 이미 땅 위에 계시지 않았다. 그래서 ㉤나는 성년이 된 뒤까지 이모부가 왜 아버지의 시체를 어린 나에게 구태여 확인시켜 주었느냐에 대해서는 여쭈어 볼 수도 없게 되고 말았다.

한눈에 보기

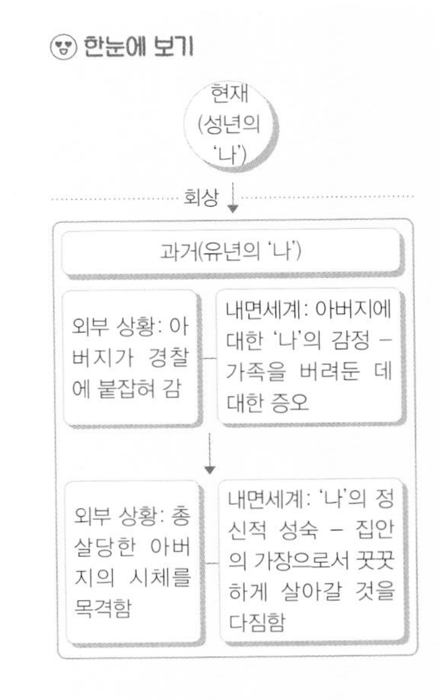

지문 Master

1 '나'는 아버지의 (　　　　)을 계기로 정신적으로 성숙해진다.

2 '나'는 (　　　　)가 자신에게 아버지의 시체를 구태여 확인시켜 준 의도를 명확히 알지 못한다.

1

작품의 종합적 이해와 감상

이 글에 대한 이해와 감상을 심화하기 위한 계획으로 적절하지 않은 것은?

① 인물의 말투를 통해 사회적 배경에 대해 생각해 본다.
② 아버지의 죽음을 목격한 '나'의 심리 상태를 추측해 본다.
③ '달빛'이 작품에 어떤 영향을 미치는지에 대해 생각해 본다.
④ 아버지의 주검에 대한 묘사를 통해 아버지의 성격을 추리해 본다.
⑤ 이모부가 아버지의 시체를 '나'에게 보여 준 이유에 대해 추리해 본다.

2

구절의 의미 및 기능 파악

㉮의 기능에 대한 설명으로 적절하지 않은 것은?

① 작품의 사실성을 강화한다.
② 작품의 분위기를 전환한다.
③ 이전의 사건에 완결성을 부여한다.
④ 인물 간의 갈등이 해소되는 계기가 된다.
⑤ 주인공이 냉정함을 되찾았음을 나타낸다.

3

외적 준거를 통한 내용 이해

〈보기〉를 바탕으로 ㉠~㉤을 이해한 내용으로 적절하지 않은 것은?

보기

성장 소설이란 유년기에서 소년기를 거쳐 성인의 세계로 입문하는 과정에서 겪는 갈등을 통해 주인공의 정신적 성장과 사회적 각성이 이루어지는 모습을 담은 작품을 뜻한다. 주인공의 상태가 미숙에서 성숙으로, 불완전에서 완전으로, 결핍에서 충족으로 변화하는 과정이 그려지며, 미숙하고 불완전한 존재가 변화하게 되는 계기와 과정, 그 결과로 구조화된 유형적 특질을 보인다. 일반적으로 1인칭 어린아이가 등장하여 순진한 시선을 통해 세계를 제한적으로 인식하여 전달한다는 것인데 이러한 설정은 성장의 어려움이나 어른들의 세계가 지닌 부조리함, 모순을 폭로하는 기능을 한다. 또한 기억과 회상을 통해 회고적인 시점에서 경험적 자아를 바라보는 서술 형태는 과거의 자아와 현재의 자아를 상호 교섭의 방식으로 연결시켜 새로운 자아의 정체성을 정립하려는 의도를 지닌다.

① ㉠ : 미숙하고 불완전한 존재인 '나'가 변화하게 되는 계기에 해당하겠군.
② ㉡ : 어린 '나'의 상태가 결핍에서 충족으로 변화하는 과정에 해당하겠군.
③ ㉢ : 1인칭 어린아이의 순진한 시각을 통해 세계를 제한적으로 인식하여 전달함으로써 어른들의 세계가 지닌 부조리함을 폭로하고 있군.
④ ㉣ : 성장 과정에서 겪는 갈등을 통해 '나'의 정신적 성장이 이루어졌음을 알 수 있군.
⑤ ㉤ : 아버지의 시체를 확인한 경험이 회고적인 시점에서 경험적 자아를 바라보는 형태로 서술된 것임을 알 수 있군.

4

소재의 상징적 의미 파악

ⓐ와 ⓑ의 상징적 의미에 대한 설명으로 가장 적절한 것은?

① ⓐ는 어두웠던 과거를, ⓑ는 다가올 밝은 미래를 의미한다.
② ⓐ는 즐거웠던 어린 시절을, ⓑ는 현재의 힘든 생활을 의미한다.
③ ⓐ는 아버지에 대한 기억을, ⓑ는 아버지에 대한 망각을 의미한다.
④ ⓐ는 아버지에 대한 추억을, ⓑ는 아버지가 전해 준 삶의 교훈을 의미한다.
⑤ ⓐ는 아버지의 죽음에 대한 인식을, ⓑ는 아버지의 죽음에 대한 부정을 의미한다.

나목 _박완서

전등이 없는지, 있는데도 안 켰는지 ㉠윗방은 어둑한데 80호 정도의 캔버스가 벽에 기대어 놓여 있고 넓지 않은 방바닥은 온통 빈틈없이 어지러져 있었다. 테레빈유의 냄새가 확 끼쳤다.

나는 캔버스 위에서 하나의 나무를 보았다. 섬뜩한 느낌이었다. 거의 무채색의 불투명한 부연 화면에 꽃도 잎도 열매도 없는 참담한 모습의 고목(枯木)이 서 있었다. 그뿐이었다.

화면 전체가 흑백의 농담으로 마치 모자이크처럼 오톨도톨한 질감을 주는 게 이채로울 뿐 하늘도 땅도 없는 부연 혼돈 속에 고목이 괴물처럼 부유하고 있었다.

한발(旱魃)에 고사한 나무 — 그렇다면 잔인한 태양의 광선이라도 있어야 할 게 아닌가? 태양이 없는 한발 — 만일 그런 게 있다면, 짙은 안개 속의 한발…… 무채색의 오톨도톨한 화면이 마치 짙은 안개 같았다. / 왜 그런 잔인한 한발이 고사시킨 고목을 나는 그의 캔버스에서 보았을까?

잠시도 가만히 있지 못하는 꼬마는 잽싸게 장지문을 닫아 버렸다. 향긋한 생강차가 식어가는데 나는 마실 구미를 잃었다. 나는 그림에 대한 전문적인 감상안이 거의 없지만 그림을 단순하게 사랑하고 즐겨 왔다. 국민학교 교실 벽을 장식한 그림에서부터 화랑에 전시된 유명 무명 화가의 그림들, 또 인쇄 잘된 화첩의 대가의 그림들을 사랑했다. / 나는 그런 그림들에서 어떤 언어를 시각했다기보다는 그냥 그 빛과 빛깔을 즐겼다. 삶의 기쁨이 여러 형태의 풍성한 빛으로 나타난 그림들을 사랑했다. 이렇게 나의 그림에 대한 눈은 오색 풍선을 동경하는 아이들처럼, 포목점 앞에서 아름다운 천을 선망하는 여인처럼 소박하고 단순했다. ㉮내 이런 소박한 감상안은 그의 그림에 적잖이 당혹해하고 있었다.

[중략 부분 줄거리] 죽은 오빠의 환영에 사로잡혀 있던 어머니가 돌아가시고, '나'는 황태수와 결혼한다. 6·25 전쟁이 끝나고 세월이 흐른 뒤, 옥희도의 유작전에 들르게 된다.

㉡S 회관 화랑은 삼 층이었다. 숨차게 계단을 오르자마자 화랑 입구였고 나는 미처 화랑을 들어서기도 전에 입구를 통해 한 그루의 커다란 나목(裸木)을 보았다. / 나는 좌우에 걸린 그림들을 제쳐 놓고 빨려들 듯이 곧장 나무 앞으로 다가갔다.

나무 옆을 두 여인이, 아기를 업은 한 여인은 서성대고 짐을 인 여인은 총총히 지나가고 있었다.

내가 지난날, 어두운 단칸방에서 본 한발 속의 ⓐ고목(枯木), 그러나 지금의 나에겐 웬일인지 그게 고목이 아니라 ⓑ나목(裸木)이었다. 그것은 비슷하면서도 아주 달랐다.

김장철 소소리바람에 떠는 나목, 이제 막 마지막 낙엽을 끝낸 김장철 나목이기에 봄은 아직 멀건만 그의 수심엔 봄의 향기가 애닯도록 절실하다. 그러나 보채지 않고 늠름하게, 여러 가지[枝]들이 빈틈없이 완전한 조화를 이룬 채 서 있는 나목, 그 옆을 지나는 춥디추운 김장철 여인들.

여인들의 눈앞엔 겨울이 있고, 나목에겐 아직 멀지만 봄에의 믿음이 있다. / 봄에의 믿음. 나목을 저리도 의연(毅然)하게 함이 바로 봄에의 믿음이리라.

나는 홀연히 옥희도 씨가 바로 저 나목이었음을 안다. 그가 불우했던 시절, 온 민족이

수능 연계 포인트

① 서술상의 특징 파악
② '고목'과 '나목'의 의미 파악
③ 인물의 인식 변화 이해

핵심 정리

- **갈래** 장편 소설, 전후 소설, 성장 소설
- **시점** 1인칭 주인공 시점
- **주제** 전쟁의 상처를 극복한 정신적 성숙과 진정한 예술가의 삶
- **특징** ① 실제 인물(박수근 화백)을 모델로 작품 속에서 허구화함 ② 주인공의 정신적 성숙 과정을 다룸

작품 해제

6·25 전쟁이라는 어려운 현실 속에서도 자신만의 예술 세계를 지켜 나간 옥희도의 삶과 '나'의 정신적 성숙 과정을 그려 낸 소설이다. 오빠의 죽음에 대한 죄책감에 시달리며 심리적 절망 상태를 겪던 과거의 '나'는 옥희도의 나무 그림을 보고 죽은 나무인 '고목'이라고 생각한다. 세월이 흘러 옥희도의 유작전에서 그 그림을 다시 본 '나'는 나무를 '나목'으로 인식한다. 즉, '나'는 정신적으로 성장하여 옥희도의 예술혼을 이해하고, 황폐했던 그 시절 그가 그림을 통해 내면의 희망을 키웠음을 깨닫게 된 것이다.

작품 핵심

제목 '나목'의 의미
'나목'은 '잎이 지고 가지만 앙상히 남은 나무'를 의미하는데 이는 전쟁으로 인해 정신적, 물질적으로 헐벗은 삶을 살 수밖에 없었던 우리 민족을 나타냄. 하지만 '봄에의 믿음이 있는 나무'로 희망을 상징하기도 함

암담했던 시절, 그 시절을 그는 바로 저 김장철의 나목처럼 살았음을 나는 알고 있다.

나는 또한 내가 그 나목 곁을 잠깐 스쳐간 여인이었을 뿐임을, 부질없이 피곤한 심신을 달랠 녹음을 기대하며 그 옆을 서성댄 철없는 여인이었을 뿐임을 깨닫는다.

'나무와 두 여인'. 그 그림은 벌써 한 외국인의 소장으로 돼 있었다.

나는 S 회관을 나와 잠깐 망연했다. 오랜 여행 끝에 낯선 역에 내린 듯한 피곤인지 절망인지 모를 망연함, 그런 망연함에서 남편이 나를 구했다.

"어디서 차라도 한잔하고 쉬었다 갈까?"

"저기가 어때요?"

나는 턱으로 바로 눈앞에 보이는 덕수궁을 가리켰다.

㉢ 덕수궁 속의 은행의 낙엽은 한층 더 찬란했다.

우리는 은행나무 밑 벤치에 앉아서 황금빛 세례에 몸을 맡겼다.

아이들이 뛰고, 연인들이 거닐고, 퇴색한 잔디에 쏟아지는 가을의 양광은 차라리 봄보다 따습다.

"아이들을 데려올걸."

남편이 다시 나를 상식적인 세계로 끌어들인다.

빨간 풍선을 놓친 계집아이가 자지러지게 운다. 구름 한 점 없는 하늘로 빠져들 듯이 풍선이 멀어져 간다. / 드디어 빨간 점을 놓치고 만 나는 눈물이 솟도록 하늘의 푸르름이 눈부시다.

옆에 앉은 남편도 풍선을 쫓았던가 고개를 젖힌 채 눈이 함빡 하늘을 담고 있다. 〈중략〉

나는 충동적으로 그의 이마의 주름진 곳에 그런 키스를 퍼부었다. / 그가 낯선 게 견딜 수 없어서였다. 그가 아주 타인처럼 낯선 게 견딜 수 없어서였다.

나무들의 그림자가 길어지고 우수수 바람이 온다.

한눈에 보기

고목
- 6 · 25 전쟁 후 참담한 시대상
- '나'의 심리적 방황

↓ '나'의 정신적 성장

나목
- 생명력과 희망의 이미지
- 예술가의 혼을 불태운 옥희도의 치열한 삶

지문 Master

1 '나'는 (　　　　)의 나무 그림을 '고목'으로 인식하는데 이는 '나'의 정신적 미성숙을 보여 준다.

2 정신적으로 성장한 '나'는 과거에 '고목'으로 인식했던 그림을 (　　　　)으로 인식한다.

1

서술상의 특징 파악

이 글에 대한 설명으로 가장 적절한 것은?

① 대화를 통해 인물 간의 가치관의 차이를 드러내고 있다.
② 상징적인 소재를 활용하여 인물 간의 갈등을 제시하고 있다.
③ 장면의 빠른 전환을 통해 서사 구조에 역동성을 부여하고 있다.
④ 작품 속 등장인물의 서술과 관찰을 중심으로 사건이 전개되고 있다.
⑤ 인물을 바라보는 이질적 시각을 제시하여 구성에 입체감을 형성하고 있다.

2

공간적 배경의 의미 이해

이 글의 공간적 배경인 ㉠~㉢에 대한 설명으로 적절하지 않은 것은?

① ㉠은 어둑하고 넓지 않은 공간으로 캔버스 주인의 경제적 궁핍을 짐작하게 한다.
② ㉡은 그림을 그린 옥희도가 '나'를 진심으로 사랑했음을 확인할 수 있는 공간이다.
③ ㉢은 '나'가 남편에게서 느껴지는 낯선 느낌을 없애려고 노력하는 곳이다.
④ ㉠은 과거에, ㉡은 현재 '나'가 그의 그림을 보고 있는 공간이다.
⑤ ㉠이 '나'의 기억 속 공간이라면, ㉢은 '나'의 일상적 세계이다.

3

인물의 심리 파악

㉮에서 '나'가 당혹감을 느낀 이유로 가장 적절한 것은?

① 그의 그림이 삶의 진정한 아름다움을 담아내고 있기 때문에
② 그의 그림이 매우 복잡하고 이해하기 어려운 구조였기 때문에
③ 그림의 소재가 포목점의 아름다운 천만큼이나 소박한 것이었기 때문에
④ 그의 그림이 오색 풍선을 동경하는 아이의 시선과 닮아 있다고 느꼈기 때문에
⑤ 그의 그림이 그간 즐겨오던 '나'의 그림 취향과 달리 무채색의 그림이었기 때문에

4

소재의 의미 파악

ⓐ와 ⓑ를 다음과 같이 정리할 때, 빈칸에 들어갈 내용으로 가장 적절한 것은?

ⓐ 고목	ⓑ 나목
전쟁 중 옥희도의 집에서 본 그림	옥희도의 유작전에서 본 그림
전쟁의 참담한 시대상과 닮아 있음	옥희도의 치열한 삶 및 예술혼과 닮아 있음
우울함과 죽음의 이미지	( )

① 검소하고 소박한 이미지
② 위기 돌파 능력과 적응력
③ 내면의 생명력과 희망의 이미지
④ 희생적이고 숭고한 삶의 이미지
⑤ 외적인 견고함과 강인한 이미지

해산 바가지 _박완서

[앞부분 줄거리] 며느리가 둘째도 딸을 낳았다고 불쾌해하는 친구의 모습을 본 '나'는, 딸을 넷이나 출산하는 동안 자신에게 싫은 내색 한 번 없이 사랑으로 손녀들을 돌보신 시어머니에 대해 생각한다. 그런 시어머니의 태도를 존경하며 살아왔지만 시어머니가 치매에 걸리게 되면서 '나'는 점점 지쳐 가게 되고, 남편과 함께 노인 수용 기관을 알아보러 가기로 한다.

좀 떨어진 데 초가가 보였다. 초가지붕 위엔 방금 떠오른 보름달처럼 풍만하고 잘생긴 박이 서너 덩이 의젓하게 자리 잡고 있었다.

ⓐ"여보 저 박 좀 봐요. 해산 바가지 했으면 좋겠네."

나는 생뚱한 소리로 환성을 질렀다.

"해산 바가지?"

남편이 멍청하게 물었다.

"그래요. 해산 바가지요." / 실로 오래간만에 기쁨과 평화와 삶에 대한 믿음이 샘물처럼 괴어 오는 걸 느꼈다.

ⓑ내가 첫애를 뱄을 때 시어머님은 해산달을 짚어 보고 섣달*이구나, 좋을 때다, 곧 해가 길어지면서 기저귀가 잘 마를 테니, 하시더니 그해 가을 일부러 사람을 시켜 시골에 가서 해산 바가지를 구해 오게 했다.

"잘생기고, 여물게 굳고, 정한 데서 자란 햇바가지여야 하네. 첫 손자 첫국밥 지을 미역 빨고 쌀 씻을 소중한 바가지니까."

이러면서 후한 값까지 미리 쳐주는 것이었다. 그럴 때의 그분은 너무 경건해 보여 나도 덩달아서 아기를 가졌다는 데 대한 경건한 기쁨을 느꼈었다. 이윽고 정말 잘 굳고 잘생기고 정갈한 두 짝의 바가지가 당도했고, 시어머니는 그걸 신령한 물건인 양 선반 위에 고이 모셔 놓았다. 또 손수 장에 나가 보얀 젖빛 사발도 한 쌍을 사다가 선반에 얹어 두었다. 그건 해산 사발이라고 했다.

나는 내가 낳은 첫아이가 딸이라는 걸 알자 속으로 약간 켕겼다. 외아들을 둔 시어머니가 흔히 그렇듯이 그분도 아들을 기다렸음 직하고 더구나 그분의 남다른 엄숙한 해산 준비는 대를 이을 손자를 위해서나 어울림 직했기 때문이다. 그러나 퇴원한 나를 맞아들이는 그분에게서 섭섭한 티 따위는 조금도 찾아볼 수 없었다. 그 잘생긴 해산 바가지로 미역 빨고 쌀 씻어 두 개의 해산 사발에 밥 따로 국 따로 퍼다가 내 머리맡에 놓더니 정성껏 산모의 건강과 아기의 명과 복을 비는 것이었다. 그런 그분의 모습이 어찌나 진지하고 아름답던지, 비로소 내가 엄마 됐음에 황홀한 기쁨을 느낄 수가 있었고, 내 아기가 장차 무엇이 될지는 몰라도 착하게 자라리라는 것 하나만은 믿어도 될 것 같은 확신이 생겼다. 대문에 인줄*을 걸고 부정을 기(忌)*하는 삼칠일 동안이 끝나자 해산 바가지는 정결하게 말려서 다시 선반 위로 올라갔다. 다음 해산 때 쓰기 위해서였다. 다음에도 또 딸이었지만 그 희색이 만면하고도 경건한 의식은 조금도 생략되거나 소홀해지지 않았다. 다음에도 딸이었고 그다음에도 딸이었다. 네 번째 딸을 낳고는 병원에서 밤새도록 울었다. 의사나 간호사까지 나를 동정했고 나는 무엇보다도 시어머니의 그 경건한 의식을 받을 면목이 없어서 눈물이 났다. 그러나 그분은 여전히 희색이 만면했고 경건했다. 다음에 아들을 낳았을 때도 더도 아니고 덜도 아닌 똑같은 영접을 받았을 뿐이었다. 그분은 어디서 배운 바 없이, 또 스스로 노력한 바 없이도 저절로 인간의 생명을 어떻게 대

수능 연계 포인트

① 인물의 갈등 및 해소 이해
② '해산 바가지'의 상징적 의미 파악
③ 인물의 가치관을 통한 주제 의식 이해

핵심 정리

- **갈래** 단편 소설
- **시점** 1인칭 주인공 시점
- **주제** 생명의 소중함과 생명 존중의 자세
- **특징** ① '해산 바가지'라는 소재를 통해 이야기를 전개함 ② 대립되는 가치관을 대조적으로 제시하여 주제 의식을 전달함

작품 해제

이 작품은 '해산 바가지'라는 소재를 통해 남아 선호 사상의 세태를 비판하고 있는 소설이다. 또한 치매에 걸린 시어머니의 부양 문제로 갈등을 겪던 '나'가 시어머니의 생명 존중 의식을 환기해 자신을 반성하는 모습은, 우리 사회가 가진 노인 문제의 해결 방향을 제시하고 있기도 하다.

작품 핵심

'해산 바가지'의 상징적 의미
- 시어머니의 남녀 차별 없는 생명 존중 의식을 상징함
- 치매에 걸린 시어머니와 갈등을 겪던 '나'에게 갈등 해소의 계기가 됨

접해야 하는지를 알고 있는 분이었다. 그분이 아직 살아 있지 않은가. 그분의 여생도 거기 합당한 대우를 받아 마땅했다. 나는 하마터면 큰일을 저지를 뻔했다. 그분의 망가진 정신, 노추한 육체만 보았지 한때 얼마나 아름다운 정신이 깃들었었나를 잊고 있었던 것이다. 비록 지금 빈 그릇이 되었다 해도 사이비 기도원 같은 데 맡겨 있지도 않은 마귀를 내쫓게 하는 수모와 학대를 당하게 할 수는 없는 일이었다.

ⓒ나는 남편이 막걸릿병을 다 비우기도 전에 길을 재촉해 오던 길을 되돌아섰다. 암자 쪽을 등진 남편은 더 이상 땀을 흘리지 않았다. 시어머님은 그 후에도 삼 년을 더 살고 돌아가셨지만 그동안 힘이 덜 들었단 얘기는 아니다. 그분의 망령은 여전히 해괴하고 새록새록 해서 감당하기 힘들었지만 나는 효부인 척 위선을 떨지 않음으로써 조금은 숨구멍을 만들 수가 있었다. ⓓ너무 속상할 때는 아이들이나 이웃 사람의 눈치 볼 것 없이 큰 소리로 분풀이도 했고 목욕시키거나 옷 갈아입힐 때는 아프지 않을 만큼 거칠게 다루기도 했다. 너무했다 뉘우쳐지면 즉각 애정 표시에도 인색하지 않았다.

ⓔ위선을 떨지 않고 마음껏 못된 며느리 노릇을 할 수 있고부터 신경 안정제가 필요 없게 됐다. 시어머니도 나를 잘 따랐다. 마치 갓난아기처럼 천진한 얼굴로 내 치마꼬리만 졸졸 따라다녔다. 외출했다 늦게 돌아오면 그분은 저녁도 안 들고 어린애처럼 칭얼대며 골목 밖에서 나를 기다리고 있곤 했다. 임종 때의 그분은 주름살까지 말끔히 가셔 평화롭고 순결하기가 마치 그분이 이 세상에 갓 태어날 때의 얼굴을 보는 것 같았다. 나는 마치 그분의 그런 고운 얼굴을 내가 만든 양 크나큰 성취감에 도취했었다.

* 섣달: 음력으로 한 해의 맨 끝 달
* 인줄: 금줄. 부정한 것의 침범이나 접근을 막기 위하여 문이나 길 어귀에 건너질러 매거나 신성한 대상물에 매는 새끼줄
* 기(忌): 기하다. 꺼리거나 피하다.

한눈에 보기

시어머니
생명 존중 의식
↓
'나'
심리 변화
↕
친구
남아 선호 사상

지문 Master

1 '나'는 초가지붕 위에 열린 (   ) 을 보며 해산 바가지를 떠올린다.

2 시어머니는 해산 바가지를 통해 (   )의 탄생에 대한 경건한 자세를 보여 준다.

1

서술상의 특징 파악

이 글에 대한 설명으로 가장 적절한 것은?

① 풍자적 서술을 통해 사회 비판적 태도를 드러내고 있다.
② 여운을 남기는 결말로 가치 판단을 독자에게 맡기고 있다.
③ 서술자가 모든 인물의 행동과 심리를 전지적으로 서술하고 있다.
④ 과거 회상을 통해 변화된 인물의 심리를 반성적 어조로 드러내고 있다.
⑤ 관련 일화를 통해 전통문화가 사라지는 현실에 대한 아쉬움을 드러내고 있다.

2

외적 준거에 따른 작품 감상

〈보기〉를 참고할 때, 이 글에 대한 이해로 적절하지 않은 것은?

보기

작가는 특정한 가치관이나 삶의 방식에 대한 문제의식을 작품 속 갈등의 원인으로 제시하기도 한다. 문학 작품의 갈등을 해결해 나가는 과정은 현실 세계를 살아가는 사람들이 서로를 이해하고 연대하여 당면한 문제를 해결할 수 있도록 도와준다는 점에서 의미를 가진다고 볼 수 있다.

① 생명을 소중하게 여기는 시어머니는 작가가 추구하는 가치관을 대변하는 인물이라고 할 수 있겠군.

② '나'가 네 번째 딸을 낳고 울었던 것은 시어머니의 가치관에 심리적으로 공감하고 연대감을 느꼈기 때문이야.

③ 치매에 걸린 시어머니를 기도원 같은 데 맡기려 한 '나'를 통해 부모님을 모시지 않으려는 현대인의 태도를 문제 삼고 있어.

④ 시어머니에 대한 '나'의 심리 변화 과정은 노인 문제와 같은 현실 세계의 문제를 해결하는 데 시사점을 제시해 줄 수 있겠군.

⑤ 시어머니들이 흔히 손자를 기대한다는 내용과 딸을 낳은 '나'를 동정하는 의사와 간호사의 모습을 통해 아들을 선호하는 사회 풍조에 대한 문제의식을 드러내고 있어.

3

소재의 의미와 기능 파악

이 글에서 해산 바가지가 지닌 서사적 기능을 〈보기〉에서 골라 바르게 묶은 것은?

보기

ㄱ. '나'와 시어머니 사이에 내재되어 있던 갈등을 환기하는 역할을 한다.
ㄴ. 작품에 나타난 사회적 문제를 해결할 수 있는 직접적인 방법을 제시한다.
ㄷ. 남녀 차별 없이 생명을 존중하는 시어머니의 삶의 태도를 단적으로 드러낸다.
ㄹ. 과거에는 시어머니가 보여 주었던 정성과 사랑을 상징하며, 현재는 시어머니에 대해 '나'가 갖게 되는 이해와 포용의 계기가 된다.

① ㄱ, ㄴ ② ㄱ, ㄷ ③ ㄴ, ㄷ ④ ㄴ, ㄹ ⑤ ㄷ, ㄹ

4

다른 장르에의 적용

이 글을 영화로 제작하고자 할 때, ⓐ~ⓔ를 찍기 위해 감독이 고려할 사항으로 적절하지 않은 것은?

① ⓐ: 사건 전개에 큰 역할을 하는 소재이므로 '나'가 발견한 박을 화면에 크게 나타내어 강조해야겠군.

② ⓑ: '나'가 과거의 사건을 떠올리는 회상이 시작되므로 앞 장면과 과거 장면이 겹쳐지며 전환되도록 해야겠어.

③ ⓒ: 장면뿐만 아니라 인물의 심리도 전환되고 있는 부분이므로 이를 드러낼 수 있도록 앞 장면과 다른 분위기의 배경 음악을 사용하는 것이 좋겠어.

④ ⓓ: '나'가 시어머니와 보낸 3년의 시간을 요약적으로 보여 주기 위해서는 다양한 장면을 짧게 나열하여 제시하는 것이 효과적일 거야.

⑤ ⓔ: 시어머니에게 정성을 다하지 못했던 '나'가 과거를 후회하고 있는 부분이므로 배우에게 서글픈 목소리로 연기해 달라고 요청해야겠어.

토지 _박경리

1897년의 한가위.

까치들이 울타리 안 감나무에 와서 아침 인사를 하기도 전에, 무색옷에 댕기꼬리를 늘인 아이들은 송편을 입에 물고 마을길을 쏘다니며 기뻐서 날뛴다. 어른들은 해가 중천에서 좀 기울어질 무렵이래야, 차례를 치러야 했고 성묘를 해야 했고 이웃끼리 음식을 나누다 보면 한나절은 넘는다. 이때부터 ㉮ 타작마당에 사람들이 모이기 시작하고 들뜨기 시작하고 — 남정네 노인들보다 아낙들의 채비는 아무래도 더디어지는데 그럴 수밖에 없는 것이 식구들 시중에 음식 간수를 끝내어도 제 자신의 치장이 남아 있었으니까. ㉠ 이 바람에 고개가 무거운 벼 이삭이 황금빛 물결을 이루는 들판에서는, 마음 놓은 새 떼들이 모여들어 풍성한 향연을 벌인다.

"후우이이 — 요놈의 새 떼들아!"

㉡ 극성스럽게 새를 쫓던 할망구는 와삭와삭 풀발이 선 출입옷으로 갈아입고 타작마당에서 굿을 보고 있을 것이다. 추석은 마을의 남녀 노유, 사람들에게뿐만 아니라 강아지나 돼지나 소나 말이나 새들에게, 시궁창을 드나드는 쥐새끼까지 포식의 날인가 보다.

빠른 장단의 꽹과리 소리, 느린 장단의 둔중한 여음으로 울려 퍼지는 징 소리는 타작마당과 거리가 먼 ㉯ 최 참판 댁 사랑에서는 흐느낌같이 슬프게 들려온다. 농부들은 지금 꽃 달린 고깔을 흔들면서 신명을 내고, 괴롭고 한스러운 일상(日常)을 잊으며 굿놀이에 열중하고 있을 것이다. 최 참판 댁에서 섭섭잖게 전곡(錢穀)이 나갔고, 풍년에는 미치지 못했으나 실한 평작임엔 틀림이 없을 것인즉 모처럼 허리끈을 풀어 놓고 쌀밥에 식구들은 배를 두드렸을 테니 하루의 근심은 잊을 만했을 것이다.

㉢ 이날은 수수개비를 꺾어도 아이들은 매를 맞지 않는다. 여러 달 만에 소증(素症)* 풀었다고 느긋해하던 늙은이들은 뒷간 출입이 잦아진다. 힘 좋은 젊은이들은 벌써 읍내에 가고 없었다. 황소 한 마리 끌고 돌아오는 꿈을 꾸며 읍내 씨름판에 몰려간 것이다.

최 참판 댁 사랑은 무인지경처럼 적막하다. 햇빛은 맑게 뜰을 비춰 주는데 사람들은 모두 어디로 가 버렸을까. 새로 바른 방문 장지가 낯설다.

한동안 타작마당에서는 굿놀이가 멎은 것 같더니 별안간 경풍 들린 것처럼 꽹과리가 악을 쓴다. 빠르게 드높게, 꽹과리를 따라 징 소리도 빨라진다. 깨갱 깨애갱! 더어응응음 — 깨갱 깨애갱! 더어응응음 — 장구와 북이 사이사이에 끼여서 들려온다. 신나는 타악 소리는 푸른 하늘을 빙글빙글 돌게 하고 단풍 든 나무를 우쭐우쭐 춤추게 한다. 웃지 않아도 초생달 같은 눈의 서금돌이 앞장서서 놀고 있을 것이다. 오십 고개를 바라보는 주름살을 잊고 이팔청춘으로 돌아간 듯이, 몸은 늙었지만 가락에 겨워 굽이굽이 넘어가는 그 구성진 목청만은 늙지 않았으니까 웃기고 울리는 천성의 광대기는 여전히 구경꾼들 마음을 사로잡고 있으리. ㉣ 아직도 구슬픈 가락에 반하여 추파 던지는 과부가 있는지도 모른다. 〈중략〉

가을의 대지에는 열매를 맺어 놓고 쓰러진 잔해가 굴러 있다. 여기저기 얼마든지 굴러 있다. 쓸쓸하고 안쓰럽고 엄숙한 잔해 위를 검시(檢屍)*하듯 맴돌던 찬바람은 어느 서슬엔가 사람들 마음에 부딪쳐와서 서러운 추억의 현(絃)을 건드려 주기도 한다. 사람들은

수능 연계 포인트

① 작품의 분위기 파악
② 시간적·공간적·시대적 배경 이해
③ 인물들의 특징 파악

핵심 정리

- **갈래** 대하소설, 가족사 소설, 역사 소설
- **시점** 전지적 작가 시점
- **주제** 격동의 근대사를 살아온 우리 민족의 삶의 애환과 강인한 생명력
- **특징** ① 우리 민중들의 삶의 모습을 사실적으로 제시함 ② 토속어의 사용으로 사실감과 현장감을 살림 ③ 전체적으로는 한 집안의 몰락과 재기를 민족사의 흐름과 같이 전개함

작품 해제

이 작품은 삶의 터전인 토지를 중심으로 한국 근대사 속 다양한 민중들의 삶의 애환과 민족의식을 담고 있는 대하 장편 소설이다. 구한말부터 일제 시대를 거쳐 1945년 해방에 이르는 시대를 배경으로, 한국의 개인사와 가족사, 풍속사와 역사까지 모두 포괄하여 다루고 있어 우리 민중의 삶의 모습을 생생하게 느낄 수 있다.

작품 핵심

'토지'의 의미
- 농경 사회의 원형적인 삶의 바탕이자 영혼의 안식처
- 생계와 신분 질서의 현장 – 지주와 소작인 간의 이해와 갈등의 토대
- 국토 – 국권의 상실과 회복이라는 민족의 근대사

하고 많은 이별을 생각해 보는 것이다. 흉년에 초근목피*를 감당 못하고 죽어 간 늙은 부모를, 돌림병에 약 한 첩을 써 보지 못하고 죽인 자식을 거적에 말아서 묻은 동산을, 민란 때 관가에 끌려가서 원통하게 맞아 죽은 남편을, 지금은 흙 속에서 잠이 들어 버린 그 숱한 이웃들을, 바람은 서러운 추억의 현을 가만가만 흔들어 준다.

"저승에나 가서 잘 사는가."

㉤사람들은 익어 가는 들판의 곡식에서 위안을 얻기도 한다. 그러나 들판의 익어 가는 곡식은 쓰라린 마음에 못을 박기도 한다. 가난하게 굶주리며 살다 간 사람들 때문에.

"이만하믄 묵을 긴데……."

풍요하고 떠들썩하면서도 쓸쓸하고 가슴 아픈 축제, 한산 세모시 같은 한가위가 지나고 나면 산기슭에서 먼, 먼 지평선까지 텅 비어 버린 들판은 놀을 받고 허무하게 누워 있을 것이다. 마을 뒷산 잡목 숲과 오도마니 홀로 솟은 묏등이 누릿누릿 시들 것이다. 이러고저러고 해서 세운 송덕비며 이끼가 낀 열녀비며 또는 장승 옆에 한두 그루씩 서 있는 백일홍나무에는 물기 잃은 바람이 지나갈 것이다. 그러고 나면 겨울의 긴 밤이 다가오는 소리를 들을 수 있다.

[뒷부분 줄거리] 최 참판 댁 당주인 최치수가 교살당하고 윤씨 부인이 병으로 죽자, 최씨 집안의 먼 친척인 조준구는 최치수의 외동딸 서희를 몰아내고 재산을 손에 넣는다. 용정으로 탈출한 서희는 충직한 하인인 길상의 도움을 받으며 토지 거래 이득으로 큰 재산을 모은다. 길상과 결혼하여 환국과 윤국을 낳은 서희는, 독립운동을 위해 떠난 길상과 헤어져 귀향한 후 조준구로부터 본가를 되찾는다. 길상은 독립운동을 하다 투옥되고, 환국과 윤국은 3 · 1 운동을 겪으며 자신들의 풍족한 처지와 조국의 현실 사이의 괴리감에 방황한다. 출옥한 길상은 관음보살의 탱화 제작 후에 사상범으로 다시 투옥된다. 히로시마에 원폭이 투하되며 조선의 해방이 멀지 않은 가운데, 서희는 서울로 올라갈 것을 결심한다.

* 소증(素症): 푸성귀만 너무 먹어서 고기가 먹고 싶은 증세
* 검시(檢屍): 변사체를 조사하는 일
* 초근목피(草根木皮): 풀뿌리와 나무껍질. 맛이나 영양이 없는 거친 음식을 이름

한눈에 보기

1897년부터 구한말까지 최 참판 집안
최치수의 죽음과 조준구의 계략

↓

1910년대 간도의 한인 사회
재산을 빼앗긴 서희의 간도 이민 생활

↓

3 · 1 운동부터 해방까지의 국내외
거대 지주로 성장한 최씨 일가와 독립운동

지문 Master

1 (　　　　) 사랑의 분위기는 추석의 흥겨운 타작마당과 대조된다.

2 마을 사람들은 가족, 숱한 이웃들과 이별한 서러운 (　　　　)을 안고 살아간다.

1

서술상의 특징 파악

이 글에 대한 설명으로 가장 적절한 것은?

① 상징적 소재를 활용하여 주제를 암시하고 있다.
② 사건의 발생 시각과 서술 시각에 시간적 차이가 있다.
③ 잦은 장면 전환을 통해 긴박한 분위기를 조성하고 있다.
④ 마을의 정경을 시선의 이동에 따라 사실적으로 묘사하고 있다.
⑤ 특정한 시간적 배경에 대한 상세한 서술로 사건을 느리게 전개하고 있다.

2

공간적 배경의 의미 이해

㉮와 ㉯의 공간적 의미를 탐구한 내용으로 가장 적절한 것은?

① ㉮는 사건이 발생하는 공간이고, ㉯는 갈등이 심화되는 공간이다.
② ㉮와 ㉯는 대비되는 분위기의 공간으로, ㉮의 상황이 ㉯의 분위기를 부각시킨다.
③ ㉮와 ㉯는 대립 관계를 형성하는 공간으로, 동일한 상황에 대한 서로 다른 대응 방식이 나타나고 있다.
④ ㉮와 ㉯는 공동체의 규범이 적용되는 공간으로, 이에 속한 인물들은 서로에 대해 동질감을 느끼고 있다.
⑤ ㉮와 ㉯는 모두 희망을 찾아 나가는 민중의 삶의 모습을 담고 있는 공간으로, 주제를 함축적으로 드러내고 있다.

3

서술상의 특징과 효과 파악

㉠~㉤ 중, 〈보기〉의 설명에 해당하는 것끼리 묶인 것은?

보기

이 작품은 서술자가 전지적 위치에서 인물과 사건에 대해 서술하고 있어 주관적인 느낌을 주지만, 때로 추측성의 말투를 사용하여 독자에게 객관적으로 사건을 서술하는 듯한 느낌을 주기도 한다. 이는 마치 서술자가 작품 속 배경인 평사리의 구성원인 듯한 분위기를 연출한다.

① ㉠, ㉡　② ㉠, ㉢　③ ㉡, ㉣　④ ㉢, ㉤　⑤ ㉣, ㉤

4

시대적 배경을 고려한 감상의 적절성 판단

〈보기〉를 참고하여 이 글을 감상한 내용으로 적절하지 <u>않은</u> 것은?

보기

이 작품은 구한말에서 일제 시대를 거쳐 해방에 이르는 시대를 배경으로 평사리의 최 참판 댁 일가와 주민, 나아가 우리 민중의 삶을 방대하게 그리고 있다. 소설이 시작되는 1897년은 부패한 지배층의 횡포를 개혁하고자 농민들이 봉기했던 '동학 농민 운동'이 실패한 후이며, 이러한 사회상은 작품에 비교적 사실적으로 반영되어 있다.

① 농민의 삶을 '괴롭고 한스러운 일상'이라고 했으니, 작가는 당대의 현실을 다소 부정적으로 인식했겠군.
② 작가는 '서러운 추억'을 안고 살아가는 마을 사람들의 모습을 통해 우리 민중의 한을 드러내려는 거야.
③ 원통하게 죽거나 '가난하게 굶주리며 살다 간 사람들'이 많은 것을 보니 당시 사회가 여전히 부조리했나 봐.
④ 암울한 시대 상황에서 민중에게 한가위는 마냥 즐거울 수만은 없는 '쓸쓸하고 가슴 아픈 축제'였구나.
⑤ '겨울의 긴 밤'은 민중들이 부조리한 현실에 대한 적극적인 저항과 개혁의 의지를 다지는 시간이 되겠군.

병신과 머저리 _이청준

[앞부분 줄거리] '나'는 혜인에게 이별 통보를 받고 누군가의 얼굴을 그리고만 있고, 형은 한 소녀의 수술 실패 후 병원을 그만두고 6 · 25 전쟁에서 낙오되었던 경험에 관한 소설을 쓰고 있다. 소설 속 〈나〉는 오관모, 김 일병과 함께 낙오되는데, 오관모는 자신의 생존을 위해 김 일병을 죽이려 한다. 형의 소설이 이 부분에서 진전이 없자, '나'는 김 일병을 죽이는 것으로 결말을 맺는다. 이후 병원 일을 다시 시작하기로 한 형은 '나'가 쓴 부분을 잘라 내고 다시 끝을 맺어 놓고 있었다.

나는 돌아섰다.

관모는 그제야 안심한 듯 내게 향했던 총을 내리고 나에게로 걸어왔다. 어깨라도 짚어 줄 것 같은 태도였다. 그 순간, 나의 총이 다급한 금속성을 퉁기고 몸은 납작 땅바닥 위로 엎드렸다. 관모의 몸도 따라 땅 위로 낮아지고 거의 동시에 두 발의 총소리가 또 한 번 골짜기의 정적을 깼다. 모든 것이 거의 한순간에 일어난 일이었다.

총소리가 사라지자 골짜기에는 다시 무거운 고요가 차올랐다. 나는 머리를 조금 들고 관모 쪽을 응시했다. 흰 눈 위에 관모는 검게 늘어진 채 미동도 없었다. 나는 엎드린 채 몸을 움직여 보았다. 이상한 데가 없었다. 당황한 관모의 총알은 조준이 되지 않았을 것이었다.

다시 관모 쪽을 살폈다. 가슴께서부터 눈 위로 검은 반점이 스멀스멀 번져 나오고 있었다. 나는 거기에서 눈을 떼지 않은 채 상체부터 조금씩 몸을 일으켰다. 그러고는 총을 비껴 쥐고 조심조심 관모 쪽으로 다가갔다. 가슴께에서 쏟아진 피가 빠른 속도로 눈을 물들이고 있었다. 금세 나의 발을 핥고 들 기세였다. 나무들은 높고 산골엔 소름 끼치는 고요가 짓누르고 있었다. 이상스러운 외로움이 뼛속으로 배어들었다. 그때 갑자기 관모가 몸을 꿈틀했다. 그러고는 계속해서 조금씩 꿈틀거렸다. 그것은 모래성에서 모래가 조금씩 흘러내리는 것처럼 작고 신경에 닿아 오는 것이었다. 나는 겁이 나기 시작했다. 어느새 핏자국이 눈을 타고 나의 발등을 덮었다. 나는 한참 동안 두려운 눈으로 관모의 움직임을 지켜보고 있었다. 입으로 짠 것이 흘러들었다. 손으로 이마를 짚었다. 생채기에서 볼로 미끈한 것이 흐르고 있었다.

관모의 움직임은 더 커가는 것 같았다. 금방 팔을 짚고 일어나 앉을 것 같은 생각이 들었다. 짠 것이 계속해서 입으로 흘러들어 왔다. 나는 천천히 총대를 받쳐 들고 관모를 겨누었다.

탕! / 총소리는 산골의 고요를 멀리까지 쫓아 버리듯 골짜기를 샅샅이 훑고 나서 등성이 너머로 사라졌다. 〈중략〉

형이 벌떡 몸을 일으키는 체하며 호령을 했다.

[A] "기껏해야 김 일병이나 죽인 주제에…… 인마, 넌 이걸 모두 읽고 있었지……. 불쌍한 김 일병을…… 그 아가씨가 널 싫어한 건 너무 당연했어."

순서는 뒤범벅이었지만 무엇을 이야기하려는 것인지는 분명했다. 나는 형을 쏘아보았으나, 그때 형도 나를 마주 쏘아보았기 때문에 시선을 흘리고 말았다. 형은 눈으로 나를 쏘아본 채 손으로는 계속 원고를 뜯어 불에 넣고 있었다.

"인마, 넌 머저리 병신이다. 알았어?"

형이 또 소리를 꽥 질렀다. 그리고 그것은 지극히 당연한 말이었다는 듯이 머리를 두어 번 끄덕이고 나서는,

수능 연계 포인트

① 갈등의 양상 파악
② 인물의 태도 파악
③ 액자식 구성의 이해

핵심 정리

- **갈래** 단편 소설, 전후 소설, 액자 소설
- **시점** 1인칭 주인공 시점(내화는 관찰자 시점과 혼용)
- **주제** 삶의 방식이 다른 두 형제의 아픔과 그 극복 과정
- **특징** ① 서술자의 감정적 개입이 거의 느껴지지 않는 논리적인 문체와 액자식 구성을 취함 ② 아픔의 근원이 다른 두 인물의 대비를 통해 주제를 형상화함 ③ 기존의 전후 문학이 보여 주는 틀에서 벗어나 인간의 심리를 소설의 대상으로 삼음

작품 해제

6 · 25 전쟁을 체험한 세대인 '형'과 전후 세대인 '나'가 지니고 있는 아픔을 형상화한 작품으로, 전쟁으로 인해 직접적인 상처를 받은 형과 관념으로서의 아픔을 지닌 동생 간의 대립과 갈등을 주요 내용으로 하고 있다.

작품 핵심

'병신과 머저리'의 의미
- '병신' → 죄책감에 시달려 일상적인 삶을 포기하다가 자신의 정신적 상처를 알고 이를 치유하는 '형'을 말함
- '머저리' → 자신이 지닌 상처의 근원조차 알지 못하는 '동생'을 말함

"그런데 말이야……."

갑자기 장난스럽게 손짓을 했다. 형은 손에서 원고 뭉치를 떨어뜨리고 나의 귀를 잡아 끌었다. 술 냄새가 호흡을 타고 내장까지 스며드는 것 같았다. 형은 아주머니까지도 들어서는 안 될 이야기나 된 것처럼 귀에다 입을 대고 가만히 속삭여 왔다.

"넌 내가 ㉠ 소설을 불태우는 이유를 묻지 않는군……."

너무나 정색을 한 목소리여서 형의 얼굴을 보려고 했으나 형의 손이 귀를 놓아주지 않았다.

"그런데 너도 읽었겠지만, 거 내가 죽인 관모 놈 있지 않아. 오늘 밤 나 그놈을 만났단 말야."

그러고는 잠시 말을 끊고 나를 찬찬히 살펴보고 있었다. 그 눈은 술에 젖어 있었지만, 생각이 멀리 있는 것처럼 보이는 것은 결코 술 때문만은 아닌 것 같았다. 그러나 형은 이제 안심이라는 듯 큰 소리로,

"그래 이건 쓸데없는 게 되어 버렸지……. 이 머저리 새끼야!"

하고는 나의 귀를 쭉 밀어 버렸다.

다시 원고지를 집어 사그라드는 불집에 집어넣었다. <중략>

"내가 이제 놈을 아주 죽여 없앴으니 내일부턴…… 일을 하리라고 생각하고 자리를 일어서서 홀을 나오려는데…… 그렇지 바로 문에서 두 걸음쯤 남았을 때였어. 여어, 너 살아 있었구나 하고 누가 등을 탁 치지 않나 말야." / 형은 나를 의식하고 이야기하는 것 같기도 하고 혼자 중얼거리는 것 같기도 했다.

"놀라 돌아보니 아 그게 관모 놈이 아니냔 말야. 한데 놈이 그래 놓고는 또 영 시치밀 떼지 않아. 이거 미안하게 됐다구……. 두려워서 비실비실 물러나면서…… 내가 그 사이 무서워진 걸까……. 하긴 놈은 내가 무섭기도 하겠지. 어쨌든 나는 유유히 문까지 걸어 나왔어. 그러나…… 문을 나서서는 도망을 쳤지……. 놈이 살아 있는데 이런 게 이제 무슨 소용이냔 말야."

한눈에 보기

지문 Master

1 형은 '나'가 (　　　　)이 죽는 것으로 소설의 결말을 맺은 것에 대해 비판한다.

2 형이 소설을 불태운 이유는 소설 내용과 달리 현실에서는 (　　　　)가 살아 있기 때문이다.

1 서술상의 특징 파악

<보기>는 이 글에 대한 수업 장면이다. 빈칸에 들어갈 말로 적절한 것은?

보기

선생님: 이 작품은 전쟁을 체험한 세대인 '형'과 전후 세대인 '나'가 지닌 아픔과 갈등을 형상화한 소설입니다. 작품 속에서는 쓰다 만 형의 소설을 읽은 동생이 결말을 쓰고, 이를 형이 다시 다른 결말로 바꾸어 놓는 내용이 나오는데요. 이를 통해 작가는 ______________________.

① 과거와 현재를 넘나드는 입체적 구성의 효과를 극대화하고 있습니다.
② 사건의 명확한 전후 관계의 제시로 독자의 궁금증을 해소하고 있습니다.
③ 독립된 사건을 나란히 배치하여 다양한 삶의 모습을 보여 주고 있습니다.
④ 현실에 대한 서로 다른 인물들의 태도와 대응 방식을 효과적으로 드러내고 있습니다.
⑤ 전지적 작가 시점과 1인칭 주인공 시점의 서로 다른 두 이야기를 연결하고 있습니다.

2

갈등의 양상 및 인물의 심리 파악

다음 중 ㉠에 대한 이유로 가장 적절한 것은?

① 동생이 자신이 쓴 소설을 읽고 있었기 때문에
② 자신의 상처를 극복하지 못할지도 모른다는 불안감 때문에
③ 자신이 소설 속에서 죽인 오관모를 다시 만나자 두려움을 느꼈기 때문에
④ 소설의 내용이 자신의 마음속 아픔을 제대로 표현해 주지 못했기 때문에
⑤ 허구의 소설 내용으로는 현실의 아픔을 이겨 낼 수 없다는 것을 깨달았기 때문에

3

구절의 의미 파악

[A]에서 '형'이 '나'에게 말하고자 하는 핵심으로 적절한 것은?

① 혜인에게 실연을 당한 것
② 남의 글을 몰래 훔쳐 읽는 것
③ 소설의 결말에 창의성이 없는 것
④ 김 일병처럼 불쌍한 사람을 죽인 것
⑤ 삶에 대한 적극적인 의식이 결여되어 있는 것

4

외적 준거를 통한 작품의 이해

〈보기〉가 '형'이 한 말이라고 할 때, 이를 바탕으로 이 글을 감상한 내용으로 적절하지 않은 것은?

보기

형: 6 · 25 전쟁 당시 저는 폭력적이고 비인간적인 존재를 가까이서 목격하고 그 악마적 인간성 때문에 무척 고통스러웠습니다. 소녀의 수술을 실패한 후 과거 전쟁 때 겪었던 상처가 되살아나 병원 일을 계속할 수 없었죠. 부조리한 현실에 저항하며 그때의 아픔을 극복하기 위해 제가 선택한 것은 소설 쓰기였습니다. 그렇지만 소설은 허구일 뿐, 현실이 아니라는 것을 깨달았습니다. 이제 저는 다시 메스를 들 것입니다.

① 형이 소설을 쓰기 시작한 것은 과거의 상처를 극복하기 위한 적극적인 노력이라고 할 수 있군.
② 형이 현실에서 소설 속 인물을 만나게 된 것을 보니 소설은 형의 전쟁 체험과 관련이 있는 내용이겠군.
③ 형이 소설 속에서 오관모를 죽이는 것은 부조리한 현실에 대한 형의 저항 의식을 드러내는 것이라고 할 수 있겠군.
④ 형이 쓴 소설의 내용으로 보아 형이 6 · 25 전쟁 때 목격한 폭력적이고 악마적인 인간은 오관모라고 생각할 수 있겠군.
⑤ 형이 소설의 결말과 현실이 일치하지 않는 것을 당연히 여기는 것으로 보아 형은 아픔과 상처를 영원히 치유하지 못하겠군.

장석조네 사람들 _김소진

[앞부분 줄거리] 오 영감이 키우던 오리 '깐둥이'는 장석조네 집에서 애물단지 취급을 받다가 진씨에게 팔린다. 그런데 그 후 깐둥이가 윗집 금반지를 주워 먹었다는 소문이 돌고 깐둥이에 대해 장석조네 사람들은 자신들의 몫을 주장하기 시작한다.

"깐둥이가 자란 이 뜰이 누구네 집 안짝인 게야? 집주인 땅이지 않아? 그러니깐 가설라므네 집주인인 장씨에게도 얼마간 쥐어 줘야 뒤탈이 없다구."

"여름 내내 오리똥 냄새 때문에 코 싸매쥐고 살아온 우리는 우떻고? 우리 모가치도 쑬쑬찮게 내놔야 할걸."

그때까지 아무 말 없이 쭈그리고 앉아 있던 광수 애비가 벌떡 일어나 뒤축을 꺾어 신은 구둣발로 땅바닥을 걷어차 흙부스러기를 오리한테 끼얹으며 주절거렸다.

"젠장 이 오리통이 바로 내 방 앞에 놓여 있어가지구 우리가 얼매나 고생을 했다구요? 말은 내놓고 안 했지만서두. 이참에 그냥 넘어가면 내게도 다 생각이 있다구요."

그러자 끝방 최씨가 혀를 차며 끌탕을 하였다.

"에그 벼룩이 간을 내먹겠다고 혀는 편들이 나을 성싶네…… 쯧쯧." <중략>

뭐라고나 할까. 미운 오리새끼에서 위풍당당한 거위, 그것도 황금 깃털을 지닌 거위쯤으로 변신한 것 같았다. 그 주위에 모여든 사람들도 마치 동화 속에 나오는 사람들처럼 비현실적으로 비쳤다. 입을 반쯤 헤벌리고 허공을 보는 사람, 팔을 높이 쳐들고 겨드랑이를 긁는 사람, 하품을 하느라 입을 손으로 가린 이, 그리고 장화를 거꾸로 들고 터는 사내.

그러나 그 광경의 평화스러움은 오래 가지 못했다.

"누가 진동환이오?"

대뜸 거친 반말을 해대는 제복한테 압도당한 사람들은 이제 막 깨어난 사람들처럼 굼뜨게 움직였다. 그리곤 서로의 얼굴만 쳐다보았다.

"저요만…… 지 이름 석 자가 진동환이라고 합니다만……."

"그럼 빨리빨리 자리 털고 일어나서 나와 함께 서로 좀 갑시다. 조사할 일이 있으니깐."

"야경비*라믄 야그 다 끝났을 텐데……."

"내가 한가롭게 야경비나 받으러 온 것 같소?"

"그럼…… 넘들 다 노는 공휴일날 뭔 바쁜 일이?"

"하따 말 많은 것 보니 진짜 공산당 겉네. 가보면 아니깐 얼른 따라오기나 하쇼."

진씨는 점심 나절이 다 지나도록 돌아오지 않았다. 사람들은 반장 노릇을 하는 갑석 아버지를 파출소로 보내 동태를 살펴보고 오도록 했다.

"진씨가 아매도 장물애비로 몰린 모양이더라고. 곧 풀려난다고는 허는데 모르지 뭐. 어디까지나 그때 가봐야 허는 게 겡찰일이니."

"와요?"

"건 내도 잘 모르는 일인데, 듣자 하니 저 윗집에서 찌른 모양이야. 뭐? 오리가 뭘 삼켰다며? 그게 자기 집에서 나온 건데 진씨가 돌려줄 생각은 않고 버틴다꼬 했던 모양이던데 이웃간에 좋은 말로 끝을 볼 일이지 그게 뭐꼬?"

"아니, 즈그덜이 증말 오리 뱃속에 ㉠거시기가 든 걸 확인이나 해보고 하는 소릴란가?"

"그게 아니겠지. 여기서 하두 떠들어싸니까 지레짐작으로 후리고 나오는 거겠지 뭐.

수능 연계 포인트

① 인물의 삶의 모습과 그 안에서 발견되는 가치 파악
② 갈등의 원인과 해결 속에 담긴 세태와 인물의 심성 파악

핵심 정리

- **갈래** 장편 소설, 연작 소설
- **시점** 3인칭 관찰자 시점
- **주제** 소박하게 살아가는 산동네 사람들의 삶에서 발견한 가치
- **특징** ① 연작 소설로 다양한 인물들의 삶이 등장함 ② 소박한 일상에서 삶의 진실과 가치를 전달함

작품 해제

이 작품은 1970년대 도시 변두리(미아리 산동네) 빈민들의 삶을 재현한 연작 소설이다. 작가는 어린 시절의 기억을 떠올리면서 자신의 가난한 이웃들이 어떤 식의 고된 삶을 살아갔는지를 그려 낸다. 서민들의 전형인 그들은 비굴하고 사소한 이득에도 싸움을 벌이지만 따뜻한 마음을 잃지 않는 사람들이라는 점을 담아내고 있다.

작품 핵심

인도주의적 태도
인도주의란 인간의 존엄성을 최고의 가치로 여기고 인종, 민족, 국가, 종교 따위의 차이를 초월하여 인류의 안녕과 복지를 꾀하는 것을 이상으로 하는 사상이나 태도를 의미함. 이 작품에서 진씨가 깐둥이에게 베푼 따뜻한 마음씨는 인도주의의 확장이라고 볼 수 있음

내 참 드러워서. 한 동네 사람 같지도 않은 것들이……."

진씨는 간단한 경위서만 받아 쓰고 나와 혼잣소리를 하며 건들건들 올라왔다.

"우짠 일이고?"

"우짠 일은요? 저 집구석들에서 지들 장롱에 고이 처박아 두고서두 수챗구멍*이니 어쩌니 허면서 간릉*을 떨어싼 거지."

"사람을 우짜 보고 쯧쯧. 썬글라쓰 끼고 거들먹거리고 살믄 단가? 근데 자네 놀라지는 말거라이. 자네가 끌려 내려가는 모습을 보고 우리도 진둥한둥 갈피를 못 잡고 우왕좌왕하며 한눈을 판 사이에 깐둥이가 갑자기 달겨든 개한테 물려서 피투성이가 돼고 난리를 직였는데 다행히 다리만 조금 다쳐 목숨엔 지장이 없을 것 같다 마. 놀랐으니깐 진정만 시키믄 될 기라."

"우떤 집 갠데요?"

"그거이 저어, 노란 대문집 개였는데 말이여. 우연히 일이 그렇게 돼 부린 모양이더구만."

진씨는 부엌에서 깐둥이를 꺼내 목을 끌어안고 울음을 터뜨렸다. 뭔가 분하기도 하고 섧기도 한 모양이었다. 그리고는 깐둥이를 라면상자에 넣어가지고 어디론가 갔다가 해거름이 다 돼서야 타박타박 돌아왔다.

"우데 갔었노?" / 기다리고 있던 쌍용 아범이 물었다.

"서강……." / "서강이라니?"

"아 서강 모르요? 백삼십팔 번 요 앞에서 타믄 종점까지 가잖아요."

"건 왜?"

"사람 손이 닿지 않는 한강에서 맘대로 노닐며 살다 죽으라고요. 와, 안됐십니꺼?"

"기껏 돈 줘서 사들여선 몸보신도 않고 그 짓을?"

"아무리 짐승이지만 벌써 몇 벌 죽임을 시키는 게요. 도무지…… 사람들끼리 맘 상허게 허구 말이유. 그러고 나니 내 마음속이 어찌나 후련한지 십 년 폐병이 다 낫는 것 같더라구요."

진씨는 말을 마치고는 뒤돌아서서 밭은기침을 연달아 쏟아냈다. 아마도 찬 강바람을 너무 많이 쐰 탓이었던 모양이다.

* 야경비 : 밤사이에 화재나 범죄 따위가 없도록 살피고 지키는 사람에게 주는 비용
* 수챗구멍 : 집 안에서 버린 물이 집 밖으로 흘러 나가도록 만든 시설의 구멍
* 간릉 : 재간 있게 능청스러움

한눈에 보기

깐둥이 (금반지를 주워 먹었다는 소문이 돎)

- 자신들의 몫을 주장하는 장석조네 사람들
- 진씨를 경찰에 신고한 윗집 사람들

↓ 깐둥이를 한강에 풀어 준 진씨

인도주의적으로 갈등 해결

지문 Master

1 장석조네 사람들은 (　　　　)에 대한 자신들의 몫을 주장하고 있다.

2 (　　　　)가 서강에 가서 깐둥이를 한강에 풀어 주는 것에서 따뜻한 마음씨가 드러나고 있다.

1

서술상의 특징 파악

이 글의 서술상 특징으로 가장 적절한 것은?

① 서술자를 교체하며 다양한 관점으로 사건을 설명하고 있다.
② 대화와 행동을 통해 인물들의 생각이나 입장을 드러내고 있다.
③ 공간의 이동에 따른 인물들의 성격 변화 양상을 보여 주고 있다.
④ 작중 인물로부터 들은 이야기를 전달하는 액자식 구성을 취하고 있다.
⑤ 서술자를 작품에 등장시켜 사건에 대한 주관적 판단을 제시하고 있다.

2 인물의 심리와 태도 파악

이 글의 등장인물을 이해한 내용으로 적절한 것은?

① 최씨는 사람들의 주장을 일일이 비판하며 자신의 잇속을 챙긴다.
② 장씨는 적극적으로 사람들의 갈등에 개입하여 긴장을 고조시킨다.
③ 진씨는 장물애비로 모함을 받아 파출소로 연행되었으나 경위서만 쓰고 풀려난다.
④ 장석조네 사람들은 진씨가 자리를 비운 사이에 일을 꾸미다가 깐둥이를 다치게 한다.
⑤ 노란 대문집은 자신의 뜻대로 일이 진행되지 않자 개를 풀어 문제를 해결하려고 한다.

3 외적 준거를 통한 작품 이해

〈보기〉를 참고하여 이 글을 감상한 내용으로 적절하지 않은 것은?

보기

이 작품은 1970년대 서울 산동네를 배경으로 한 연작 소설이다. 당시 서울의 산동네는 주류 사회에 편입되지 못한 가난한 사람들이 사는 공간으로 서로 깊숙이 얽혀 있어 자기만의 비밀이 거의 없었다. 그리고 결핍으로 인한 갈등이 늘 존재하지만 그들 마음의 바탕에는 순수함과 인정이 자리 잡고 있었다. 그리고 그런 이들의 선한 심성이 갈등을 극단적인 결말로 치닫지 않게 하는 힘으로 작용한다.

① 진씨를 연행한 경찰은 산동네 사람들이 주류 사회로 진입하는 것을 막는 폭력의 일면이라 할 수 있겠군.
② 작은 이득을 두고 갈등하고 있는 것은 장석조네 사람들의 경제적 결핍에서 기인한 것이라고 할 수 있겠군.
③ 진씨가 착한 심성으로 다친 깐둥이를 한강에 풀어 줌으로써 갈등이 극단적인 결말로 치닫지 않게 되었군.
④ 사람들이 깐둥이에 대한 정보를 공유하고 있는 것을 통해 비밀이 거의 없는 마을 분위기를 짐작할 수 있겠군.
⑤ 갈등하던 사람들이 진씨를 걱정하며 동태를 살피기 위해 갑석 아버지를 파출소로 보낸 것에서 인정이 넘치는 모습을 확인할 수 있군.

4 소재의 의미 파악

㉠에 대한 설명으로 가장 적절한 것은?

① 인물들 사이에 갈등을 유발한다.
② 인물들이 연대하는 계기가 된다.
③ 문제 상황을 해결할 실마리를 제공한다.
④ 인물들의 가치관의 차이를 드러내 준다.
⑤ 특정 인물의 성격을 상징적으로 보여 준다.

취잡기 _김소진

㉠사람 목숨이 파리 목숨과 진배없던 시절이라 살아남기 위해선 침묵으로 일관해야 했다. 수용소 안에서의 좌우 충돌로 양쪽에서 무수한 사람들이 쥐도 새도 모르게 사라지는 걸 목격한 아버지로서는 당연한 처신으로만 여겨졌다. 〈중략〉

그 안에서 아버지는 우연히 흰쥐 한 마리를 길들이게 되었다. 하루는 베고 있던 룩색이 좀 이상하길래 퍼뜩 열어 보니 웬 흰쥐가 들어 있었는데 어디선가 된통 물어뜯겨 피범벅이 되어 있었다. ㉡어느 집단에서건 별쫑난* 건 환영을 못 받는 거라는 생각이 들자 불쌍한 마음이 들어 음식 부스러기를 주근주근 던져 주자 맛을 들였는지 겁도 없이 찾아와서는 재롱까지 떨곤 했다. 그런데 그 흰쥐는 거제도 폭동의 와중에서 아버지를 죽음의 고비에서 구해 준 당사자가 되었다.

기러니까니 내레 있던 칠삼에서두 좌익 애덜이 들먹들먹하던 때이지. 어디 잠 한번 발뻗고 제대로 잘 수가 있나. 거저 워카를 신은 채 노루잠을 자는 게지. 자다 보니 누가 워카 위를 슬슬 갉아먹고 있잖겠니. 기눔이었어. 픽 웃곤 다시 자려니깐 일어난 김에 소피나 보고 와야겠다는 생각이 들어서리 밖으로 나왔지. 아, 그러니깐 저쪽에선 발써 좌익 애덜이 악악거리는 소리가 아수쿠러하게 들려오지 않겠니? 낭중에 숨어 있다가 막사로 되돌아와 보니 아, 이만한 돌덩이가 내 자리에 날아와 뚝 떨어져 있지 뭐겠니. 내 양편의 사람들은, 기러니깐 하는 일 없이 우익으루다 소문이 난 사람들인데 날아온 돌에 치여 머리가 처참하게…….

휴전 협상이 한창 진행되던 어느 날 아침 식사 뒤 열외 한 명 없이 모두 퀀셋 안에 대기하고 있으라는 명령이 떨어졌다. ㉢그날 아침따라 유별나게 어린아이 주먹만한 고깃덩이들이 걸려서는 모두들 포식을 한 다음 담벼락 밑에 옹기종기 모여 해바라기를 하며 담배를 한 대씩 돌려 피고 나서야 퀀셋 안으로 들어갔다. 당시 수용소 안에서는 술이니 담배니 할 것 없이 다 뒷거래가 되고 있었다.

내려온 명령의 내용을 듣고는 모두들 기가 턱 막혔다. 이쪽에 그대로 남을 사람 저쪽으로 되돌아갈 사람을 가르는데 호각 소리 하나로 판가름을 한다는 것이었다. 호각 소리에 따라 복도 하나 사이에 두고 이북 갈 사람은 저쪽으로 앉고 이남에 남을 사람은 이쪽에 앉으라는 소리였다. 〈중략〉

아버지가 처음 앉았던 자리는 북으로 가는 자리였다. ㉣머릿속이 휑뎅그렁하게 비어버려 망창히* 앉아 있던 아버지에게는 창문으로 쏟아져 들어오는 햇살이 그저 너무 좋다는 생각만 한심하게 다가왔다. 고개를 돌려 보니 수용소 안에서 가까이 지내던 사람들이 모두 이남 자리로 넘어가서는 아버지보고 그쪽에 남으면 죽으니 날래 넘어오라구 난리를 쳤다. 갑자기 ⓐ겁이 더럭 올라붙은 아버지는 시적시적* 이남 자리로 옮겨갔다. 그러나 ⓑ개인적 안위를 걱정할 때가 아니라는 생각이 스쳤다. 잔뼈가 굵은 고향이 있었고 거기에 살고 있을 부모 처자 — 아버지는 이미 전쟁 전에 장가를 들었다 — 모습이 눈앞에 밟혔던 것이다. 그래서 이번에는 ⓒ후들거리는 다리를 끌고 이북 자리로 넘어갔다. 그러나 자리에 앉고 보니 불현듯 물밑 쪽 같은 신세 이제 고향에 돌아가믄 뭘 하겠나 하는 생각이 들었다. ⓓ뭐가 뭔지 알 수가 없었다.

수능 연계 포인트

① 서술상의 특징 파악
② 인물이 처한 처지 및 태도 이해
③ '흰쥐'의 상징적 의미 파악

핵심 정리

- **갈래** 단편 소설, 전후 소설
- **시점** 전지적 작가 시점
- **주제** 개인의 내면에 투영된 전쟁과 분단의 아픔과 상처
- **특징** ① 3인칭 서술임에도 인물이 직접 이야기를 전달하는 듯한 느낌을 줌 ② 인용 부호 없이 대화를 서술하여 인물의 심리를 생동감 있게 전달함 ③ 행동 묘사를 통해 인물의 역사의식을 표현함

작품 해제

이 작품은 도시 변두리의 구멍가게에서 쥐잡기를 둘러싸고 벌어지는 해프닝을 소재로 한 단편 소설이다. 아버지는 6·25 전쟁의 상처를 안은 채 살아가는 인물이고 민홍은 학생 시위에 참여해 화상을 입은 인물로, 이 둘은 모두 역사와 사회의 횡포에서 벗어나지 못하고 패배한 인물들이다. 쥐잡기는 일상의 무기력에서 벗어나기 위한 인물들의 상징적인 행위를 의미한다.

작품 핵심

'흰쥐'의 상징적 의미
- 아버지는 흰쥐 덕분에 목숨을 구함
- 아버지가 흰쥐를 따라 이남을 선택함 → 흰쥐가 자신의 선택을 합리화하기 위한 환상일지 모른다고 생각함

[A] 그만 하는 소리와 함께 호각이 삑 울렸다. 아버지는 둔기로 뒷머리를 얻어맞은 사람처럼 온몸이 굳어져 왔다. 저 복도는 이미 단순한 복도가 아니라 삼팔선 바로 그것이었다. 아 이를 어쩐단 말이냐. 그때 아버지는 자신의 두 눈을 의심했다. ⓔ차오르는 숨을 가누지 못해 고개를 쳐든 아버지의 눈동자에는 퀀셋 들보 위를 살금살금 걸어가는 희끄무레한 물체가 들어왔다. 폭동의 와중에서 우연히 아버지를 깨우는 바람에 목숨을 건지게 해 준 그 흰쥐가 꼬랑지를 살랑살랑 흔들며 이남 쪽으로 걸음을 떼고 있었다. 아버지의 눈에 힘이 들어갔다. 복도 사이로는 감찰 완장들이 저벅저벅 걸어 들어오는 판국이었다. 아버지는 얼른 복도로 내려섰다. 너무 서두르는 통에 발목을 접질러 비틀거리자 지나가던 감찰 완장 하나가 이눔이 하며 엉덩이를 걷어찼다.

[B] 내이가 왜 그랬겠니? 여기 한번 나와 있으니까니 못 가갔드란 말이야. 어딜 간들 하는 생각 때문에 도루 못 가갔드란 말이야. 기거이 바로 사람이야. 웬 쥐였냐고? 글쎄 모르지. 기러다 보니 맹탕 헷것이 눈에 끼었는지두. 언젠간 돌아가갔지 하며 살다 보니…… 암만 생각해 봐두 꿈 같기도 하구…… 기리고 이젠 모르갔어…… 정짜루다 돌아가구 싶은 겐지 그럴 맘이 없는 겐지…… 늙으니까니 암만 해두.

짓물러진 눈자위를 손가락으로 지그시 누르고 있는 아버지의 어깨가 가늘게 떨렸다. ⓜ민홍은 뱃속에서 울컥 하는 감정 덩어리가 솟구침을 느꼈다.

* 별쭝나다: 남과 다르게 별나다.
* 망창하다: 갑자기 큰일을 당하여 앞이 아득하다.
* 시적시적: 힘들이지 아니하고 느릿느릿 행동하거나 말하는 모양

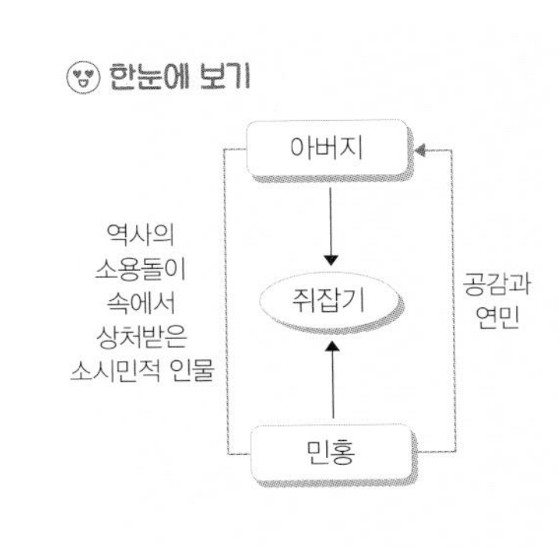

지문 Master

1 아버지는 포로수용소 안에서 (　　　　) 한 마리를 길들이게 되었다.

2 아버지의 포로수용소 시절 이야기를 들은 (　　　　)은 뱃속에서 울컥 하는 감정 덩어리가 솟구쳤다.

1

구절의 의미 파악

㉠~ⓜ에 대한 설명으로 적절하지 않은 것은?

① ㉠: 관용적인 표현을 통해 당시 상황의 비정함을 부각시키고 있다.
② ㉡: 당시의 시대 상황에 대한 아버지의 가치관을 짐작할 수 있다.
③ ㉢: 여느 날과 달리 심상치 않은 일이 일어날 것임을 예상할 수 있다.
④ ㉣: 엄청난 상황에 직면한 아버지가 심리적 공황 상태에 빠졌음을 알 수 있다.
⑤ ⓜ: 아버지에 대한 민홍의 감정이 공감에서 연민으로 변화하고 있음을 알 수 있다.

2

서술상의 특징 파악

[A]와 [B]에 대한 설명으로 적절하지 않은 것은?

① [A]는 서술자가 전해 들은 이야기를 독자에게 전달하는 것처럼 서술하고 있다.
② [A]는 인물의 행동을 구체적으로 묘사하여 당시의 긴박했던 상황을 표현하고 있다.
③ [B]는 구어적인 표현을 주로 사용하여 인물의 말을 생동감 있게 살려 내고 있다.
④ [B]는 [A]의 상황에 대한 등장인물의 심리를 직접적으로 제시하여 독자의 이해를 돕고 있다.
⑤ [A]에 이어 [B]를 배치함으로써 서술 시점이 변화된 것을 자연스럽게 드러내고 있다.

3

사건 전개 양상 파악

흰쥐를 중심으로 사건 전개를 〈보기〉와 같이 파악했을 때, 이 글에 대한 학생들의 감상으로 적절하지 않은 것은?

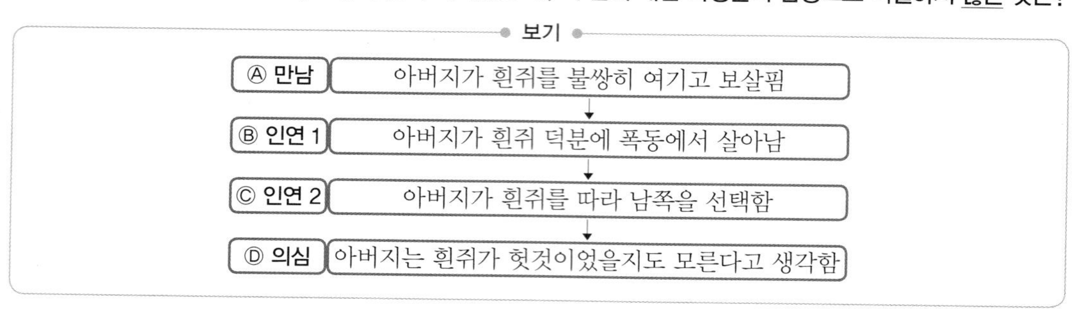

① Ⓐ에서 아버지는 유별난 색깔 때문에 흰쥐에게 더욱 동정심을 느낀 것 같아.
② Ⓑ에서 아버지는 흰쥐가 자신을 깨웠기 때문에 목숨을 구할 수 있었다고 생각하고 있어.
③ Ⓑ와 같은 일이 있었기 때문에 아버지는 Ⓒ에서 흰쥐를 따라 남쪽을 선택했을 거야.
④ Ⓓ와 같이 생각하는 것으로 보아 아버지는 Ⓒ의 선택을 후회하고 있다고 볼 수 있어.
⑤ Ⓓ로 보아 어쩌면 흰쥐는 아버지가 자신의 선택을 합리화하기 위한 환상이었을지도 몰라.

4

구체적 상황에의 적용

ⓐ~ⓔ 중 〈보기〉의 예로 적절하지 않은 것은?

> 보기
>
> 김소진의 소설에서 아버지는 대부분 세상살이에 지치고 짓눌린 인물로, 무능한 가장이고 낙오자이다. 또한 자신이 휘말려 있는 역사적 풍랑에 대한 인식도 없고 그 원인에 대해 관심도 없다. 그저 그 상황을 근근이 버텨 나갈 뿐이다.

① ⓐ　② ⓑ　③ ⓒ　④ ⓓ　⑤ ⓔ

비 오는 날 _손창섭

그 뒤로는 비가 와서 가게를 벌일 수 없는 날이면 원구는 자주 동욱이네 집을 찾아가는 것이었다. 불구인 신체와 같이 불구적인 성격으로 대해 주는 동옥의 태도가 결코 대견할 리 없으면서도, 어느 ㉠얄궂은 힘에 조종당하듯이 원구는 또다시 찾아가지 않을 수 없는 것이었다. ㉡침침한 방 안에 빗물 떨어지는 소리가 듣고 싶어서일까? 동옥의 가늘고 짧은 한쪽 다리가 지니고 있는 슬픔에 중독된 탓일까? 이도 저도 아니면, 찾아갈 적마다 차츰 정상적인 데로 돌아오는 동옥의 태도에 색다른 매력을 발견한 탓일까? 정말 동옥의 태도는 원구가 찾아가는 횟수에 따라 현저히 부드러워지는 것이었다. 두 번째 찾아갔을 때 동옥은 원구를 보자 얼굴을 붉혔다. 그러고는 고개를 숙였다. 세 번째 찾아갔을 때는 원구를 보자 동옥은 해죽이 웃어 보인 것이었다. 그러나 그것은 ㉢우울한 미소였다. 찾아갈 때마다 달라지는 동옥의 태도가 원구에게는 꽤 반가운 것이었다. 인사불성에 빠졌던 환자가 제정신으로 돌아온 때처럼 고마웠다. 첫 번째 불렀을 때는 눈을 감은 채 아무런 반응도 없던 환자가, 두 번째 부르자 눈을 간신히 떴고, 세 번째 불렀을 때는 제법 완전히 눈을 떠서 좌우를 둘러보다가, 물 좀 하고 입을 열었을 때와 같은 반가움을 원구는 동옥에게서 경험하는 것이었다. 두 번째 갔을 때에는 지난번 빗물 쏟아지던 자리에 양동이가 놓여 있지 않았다. 그 자리에는 제창* 떼꾼히* 구멍이 뚫려 있었다. 주먹이 두어 개나 드나들 만한 그 구멍은 다다미에서부터 그 밑의 판장까지 뚫려 있었다. 천장에서 흘러내리는 빗물은 그 구멍을 통과하여 판장 밑 흙바닥에 둔탁한 음향을 남기며 떨어졌다. 기실 비는 여러 군데서 새는 모양이었다. 판장으로 된 천장에는 사방에서 빗물 듣는 소리가 났다. 천장에 떨어진 빗물은 약간 경사진 한쪽으로 흘러오다가 소 눈깔만한 옹이* 구멍으로 새어 흐르는 것이었다. 그날만 해도 원구와 동욱이가 주고받는 말에 비교적 냉담한 동옥이었다. 그러나 세 번째 갔을 때부터는 원구와 동욱이가 웃을 때는 함께 따라 웃어 주는 것이었다. 간혹 한두 마디씩은 말추렴*에도 들었다. 그날은 일찌감치 저녁을 얻어먹고 돌아오려고 하는데, 비가 하도 세차게 퍼부어서 자고 오는 수밖에는 없었다. 한 손에 우산을 들고 선 채, 회색 장막을 드리운 듯 비에 뿌예진 창밖을 내다보며 망설이고 있는 원구의 귀에, 고집 피우지 말고 자고 가라는 동욱의 말에 뒤이어, 이런 비에는 앞 도랑에 물이 불어서 못 건너십니다, 하는 동옥의 음성이 들린 것이었다. 그날 밤 비로소 원구는 동옥에게 말을 걸 수가 있었던 것이다. 언제부터 그림 공부를 했느냐니까, 초상화 따위가 뭐 그림인가요, 하고 그 우울한 미소를 지어 보이는 것이었다. 원구는 동옥의 상처를 건드릴 만한 말은 일절 꺼내지 않았다. 어렸을 때 얘기가 나와서 어딜 가나 강아지 새끼처럼 쫓아다니는 동옥이가 귀찮았다는 말을 하고, '중중 때때중'을 자랑스레 부르고 다녔다니까 동옥의 눈이 처음으로 티없이 빛나는 것이었다. 갑자기 동욱이가 '중중 때때중'하고 부르기 시작하자 동옥도 가느다란 소리로 따라 부르는 것이었다. 노랫소리가 그치고 나니 방 안에는 빗물 떨어지는 소리가 유달리 크게 들렸다. ㉣비가 들이치는 바람에 바깥벽 판장 틈으로 스며드는 물은 실내의 벽 한구석까지 적시기 시작하는 것이었다. 그런데 이상한 것은 ㉤동옥을 대하는 동욱의 태도였다. 대수롭지 않은 일에도 이년 저년 하고 욕을 퍼붓는 것이었다. 부엌에서 들여보내는 음식 그릇을 한 손으

수능 연계 포인트

① 인물의 심리 파악
② 비 내리는 배경의 기능 파악
③ 공간적 배경의 상징적 의미 이해

핵심 정리

- **갈래** 단편 소설, 전후 소설, 심리 소설
- **시점** 전지적 작가 시점
- **주제** 전쟁이라는 극한 상황이 가져다준 인간의 무기력한 삶
- **특징** ① 간접 화법을 통해 인물 간의 대화를 제시함 ② 특정한 종결형의 반복과 '비'를 통해 회상의 형식을 취함 ③ 문단의 구분이 없는 문장의 진술로 상황과 분위기를 지속적으로 유지함

작품 해제

이 작품은 6·25 전쟁으로 부산에 피란 내려온 동욱 남매의 비참한 생활을 그려 낸 전후 소설이다. 전쟁을 겪으며 냉소적인 성격으로 변한 동욱과, 소아마비를 앓아 불구가 된 후 버림받을지도 모른다는 강박 관념과 강한 경계심을 지닌 동옥을 통해 극한적 상황에서 전후 세대들이 겪은 무기력하고 피폐한 삶을 드러내고 있다. 또한 작품 전반에 걸쳐 비가 내리는 음울한 분위기를 통해 인물의 절망적 상황을 효과적으로 드러내고 있다.

작품 핵심

'비'의 의미
- 작품의 전체적인 우울하고 음산한 분위기를 조성함
- 전후 시대를 살아가는 사람들의 무기력하고 절망적인 삶과 정서를 상징적으로 드러냄

로 받는다고 해서, 이년아 한 손으로 그러다가 또 떨어뜨리고 싶으냐, 하고 눈을 흘겼고, 램프에 불을 켜는데, 불이 얼른 댕기지 않아 성냥알을 두 개비째 꺼내려니까, 저년이 밥 처먹구 불두 하나 못 켜, 하고 노려보는 것이었다. 그럴 때마다 동옥은 말없이 마주 눈을 흘겼다. 빨래와 바느질만은 동옥의 책임이지만 부엌일은 언제나 동욱이가 맡아 한다는 것이었다. 동옥이가 변소에 간 틈에, 될 수 있는 대로 위로해 주지 않고 왜 그리 사납게 구느냐니까, 병신 고운 데 없다고 그년 맘 쓰는 게 모두가 틀렸다는 것이다. 우선 그림값만 하더라도 얼마 전까지는 받아오면 반씩 똑같이 나눠 가졌는데, 근자에 와서는 동욱을 신용할 수가 없다고 대소에 따라 한 장에 얼마씩 또박또박 선금을 받고야 그려 준다는 것이었다. 생활비도 둘이 똑같이 절반씩 부담한다는 것이다. 동옥은 자기가 병신이기 때문에 부모 말고는 자기를 거두어 오래 돌봐 줄 사람이 없으리라는 것이다. 오빠도 언제든 자기를 버릴 것이 아니겠느냐, 그렇기 때문에 자기는 자기대로 약간이라도 밑천을 장만해 두어야 비참한 꼴을 면하지 않겠느냐고 한다는 것이었다. 그러한 동옥의 심중을 생각할 때, 헤어져 있으면 몹시 측은하기도 하지만 이상하게 낯만 대하면 왜 그런지 안 그러리라 하면서도 동욱은 자꾸 화가 난다는 것이었다.

* 제창 : 저절로 알맞게
* 떼꾼하다 : 움푹 들어가다.
* 옹이 : 나무의 몸에 박힌 가지의 밑부분
* 말추렴 : 다른 사람들이 말하는 데 한몫 끼어들어 말을 거드는 일

한눈에 보기

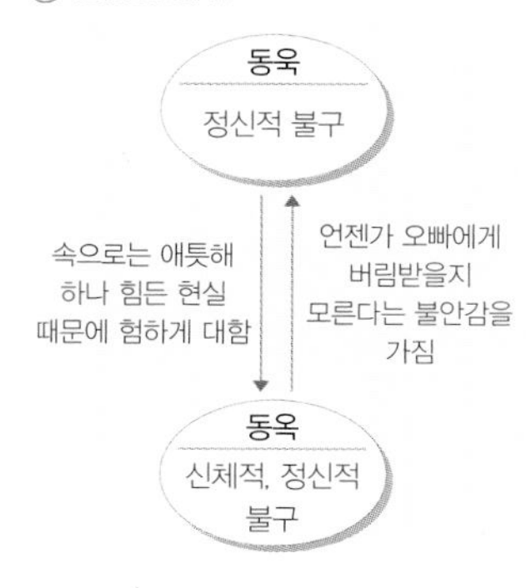

지문 Master

1 (　　　　)가 와서 가게를 벌일 수 없는 날이면 원구는 자주 동욱이네 집을 찾아갔다.

2 소아마비로 불구가 된 (　　　　)은 자신이 오빠에게 언제 버림받을지 모른다는 불안감을 지니고 있다.

1

서술상의 특징 파악

이 글에서 알 수 있는 서술상의 특징과 그 효과로 적절하지 않은 것은?

① 문단을 구분하지 않음으로써 사건의 긴박한 전개를 보여 준다.
② 인물과 배경에 대한 묘사로 음울한 정서와 음산한 분위기를 드러내고 있다.
③ 회상의 어조를 사용하여 과거에 경험한 일을 들려주는 듯한 사실성을 얻고 있다.
④ '~것이었다.'라는 종결 표현을 사용해 사건보다 서술자의 우울한 감정을 전달한다.
⑤ 한 인물의 시선을 통해 다른 인물들을 관찰하는 방식으로 서술하여 제한된 시점에서 내면 심리가 드러나고 있다.

2

장르 전환의 적절성 파악

이 글을 영상으로 제작하고자 할 때, 연출 계획으로 적절하지 않은 것은?

① 방문객인 원구를 대하는 동옥의 태도가 변해가는 장면을 제시하여 동옥의 심리 변화가 드러나도록 한다.

② 천장에서 흘러내리는 빗물이 판장 밑 흙바닥에 떨어지는 장면에 둔탁한 빗소리를 효과음으로 삽입하여 음울한 분위기를 조성하도록 한다.

③ 세차게 퍼붓는 비를 보며 귀가를 망설이는 원구를 비춘 장면에 앞 도랑에 물이 불어 못 건널 거라는 동옥의 말소리를 삽입하여 이를 들은 원구의 표정에 집중하도록 한다.

④ 어린 시절에 '중중 때때중' 노래를 부르고 다녔다는 원구의 말을 듣는 동옥의 얼굴을 화면에 크게 담기게 하여 동옥의 빛나는 눈빛에 주목하도록 한다.

⑤ 그림값 배분 이야기를 하며 다투는 동욱과 동옥의 대화 장면을 제시하여 동옥의 심중을 이해하지 못하는 동욱의 태도가 남매간 갈등의 원인임이 드러나도록 한다.

3

배경의 역할 이해

'비'가 내리는 상황에서 노랫소리가 갖는 기능으로 가장 적절한 것은?

① 현실의 험난함과 고통을 담아낸다.

② 절망적인 현실에서 도피하게 한다.

③ 세 인물의 관계가 돈독해지는 계기가 된다.

④ 돌아갈 수 없는 과거에 대한 안타까운 심정을 표현한다.

⑤ 회상을 통해 인물들이 일시적으로 정서적인 유대감을 느끼게 된다.

4

세부 내용의 파악

이 글의 ㉠~㉤과 〈보기〉의 ⓐ~ⓔ를 짝지었을 때, 적절하지 않은 것은?

보기

손창섭의 소설은 한국 전쟁 직후 월남한 사람들이 ⓐ힘겹게 살아가는 모습에 대한 것이 많다. 손창섭은 전후 상황을 ⓑ암울하고 침체된 분위기로 설정하며, 삶을 ⓒ우연과 허무로 가득 찬 것으로 보고 있다. 이 속에서 개인은 ⓓ인간다운 생기와 삶의 의욕을 잃고 ⓔ타인과 정상적인 관계를 맺지 못한 채 세계 속에 아무렇게나 던져져 있는 것으로 묘사된다.

① ㉠ - ⓒ　② ㉡ - ⓑ　③ ㉢ - ⓓ　④ ㉣ - ⓐ　⑤ ㉤ - ⓔ

남한산성 _김훈

[앞부분 줄거리] 청나라의 침입으로 인조는 도성을 비우고 남한산성에 피란하게 된다. 산성 안에서 굶고 얼어 죽는 자가 속출하는 가운데, 청나라의 장수 용골대는 항복을 계속 요구한다. 소식을 들은 김상헌은 남한산성으로 향하고, 화친을 주장하는 최명길과 대립한다.

청장 용골대는 삼전도 본진의 주력을 남한산성 쪽으로 근접 배치했다. 칸은 이동을 명령하지 않았으나, 먼 길을 무료하게 내려온 칸에게 용골대는 애써 군사의 활력을 보였다. 칸은 자신이 심양에서 몸소 몰고 온 중원 병력 사만까지도 용골대의 휘하에 주었다. 용골대가 하루 안에 장악 가능한 거리까지 산성 쪽으로 주력을 압박 배치하자고 진언했을 때, 칸은 말했다.

"군사는 장수가 부리는 것이다. 허나 ⓐ사다리를 쓰지는 말아라. 쳐서 빼앗기는 쉬울 것이나 내 바라는 바 아니다."

산성 쪽 고지에서 흘러내리는 작은 물줄기들은 탄천에 모여서 송파강에 합쳐졌다. ⓑ물길의 바닥은 말라 있었다. 용골대의 군사는 그 물줄기를 거슬러서 남한산성 쪽으로 이동했다. 이동을 마친 병력은 물가를 따라서 군막을 세우고 목책을 쳤다. 이동은 나흘 동안 계속되었다.

산성 쪽으로 이동하는 청병의 행군 대열은 서장대에서 내려다보였다. 바람이 며칠째 산성에서 강 쪽으로 불었다. 높이 달리던 바람이 들로 내려와서는 바닥을 쓸어 갔다. 구릉과 능선에 쌓인 눈이 강 쪽으로 불려 갔다. ⓒ눈보라를 뚫고 대열은 다가왔다. 〈중략〉

최명길은 더욱 낮은 목소리로 말했다.

"예판의 말은 말로써 옳으나 그 헤아림이 얕사옵니다. 화친을 형식으로 내세우면서 적이 성을 서둘러 취하지 않음은 성을 말려서 뿌리 뽑으려는 뜻이온데, 앉아서 말라 죽을 날을 기다릴 수는 없사옵니다. 안이 피폐하면 내실을 도모할 수 없고, 내실이 없으면 어찌 나아가 싸울 수 있겠사옵니까? 싸울 자리에서 싸우고, 지킬 자리에서 지키고, 물러설 자리에서 물러서는 것이 사리일진대 여기가 대체 어느 자리이겠습니까. 더구나……."

김상헌이 최명길의 말을 끊었다.

"이거 보시오, 이판. 싸울 수 없는 자리에서 싸우는 것이 전이고, 지킬 수 없는 자리에서 지키는 것이 수이며, 화해할 수 없는 때 화해하는 것은 화가 아니라 항(降)이오. 아시겠소? 여기가 대체 어느 자리요?"

최명길은 김상헌의 말에 대답하지 않고 임금을 향해 말했다.

"예판이 화해할 수 있는 때와 화해할 수 없는 때를 말하고 또 성의 내실을 말하나, 아직 내실이 남아 있을 때가 화친의 때이옵니다. 성안이 다 마르고 시들면 어느 적이 스스로 무너질 상대와 화친을 도모하겠나이까."

김상헌이 다시 손바닥으로 마루를 때렸다.

"이판의 말은 몽매하여 본말이 뒤집힌 것이옵니다. 전이 본(本)이고 화가 말(末)이며 수는 실(實)이옵니다. 그러므로 전이 화를 이끌어 내는 것이지 그 반대가 아니옵니다. 더구나 천도가 전하께 부응하고, 전하께서 실덕(失德)하신 일이 없으시며 또 이만한 성에 의지하고 있으니 반드시 싸우고 지켜서 회복할 길이 있을 것이옵니다."

수능 연계 포인트

① 서술상의 특징 파악
② 시간적·공간적 배경의 의미와 역할 파악
③ 최명길과 김상헌의 갈등 양상 파악

핵심 정리

- **갈래** 장편 소설, 역사 소설
- **시점** 전지적 작가 시점(제시된 부분은 3인칭 관찰자 시점)
- **주제** 병자호란 당시 주전파와 주화파의 의견 대립 및 나라의 비참한 운명
- **특징** ① 간결하면서도 힘 있는 문장을 통해 상황을 실감 나게 묘사함 ② 특징적인 중심 사건 없이 남한산성에 고립된 인물들의 내면에 초점을 둠 ③ 상황에 대한 묘사와 인물들 간의 대화가 주를 이룸

작품 해제

이 작품은 '병자호란'이라는 실제의 역사적 사건을 바탕으로 창작된 소설이다. 청군을 피해 47일 동안 남한산성에 고립된 채 벌어지는 다양한 사건들을 바탕으로 하여 현실에 대한 대응 방식에 따른 주전파와 주화파의 갈등, 인조의 고민, 백성들의 고된 생활 등을 실감 나게 서술하고 있다. 전쟁의 비참함과 가치관의 대립, 인물의 내적 갈등이 잘 드러나 있다.

작품 핵심

김상헌과 최명길의 갈등

김상헌
청나라와 적극적으로 싸우자고 주장한 주전파

↕

최명길
청나라와의 화친을 주장한 주화파

ⓓ 최명길의 목소리는 더욱 가라앉았다. 최명길은 천천히 말했다.

"상헌의 말은 지극히 의로우나 그것은 말일 뿐입니다. 상헌은 말을 중히 여기고 생을 가벼이 여기는 자이옵니다. 갇힌 성안에서 어찌 말의 길을 따라가오리까."

김상헌의 목소리에 울음기가 섞여 들었다.

"전하, 죽음이 가볍지 어찌 삶이 가볍겠습니까? 명길이 말하는 생이란 곧 죽음입니다. 명길은 삶과 죽음을 구분하지 못하고, 삶을 죽음과 뒤섞어 삶을 욕되게 하는 자이옵니다. ⓔ 신은 가벼운 죽음으로 무거운 삶을 지탱하려 하옵니다."

최명길의 목소리에도 울음기가 섞여 들었다.

"전하, 죽음은 가볍지 않사옵니다. 만백성과 더불어 죽음을 각오하지 마소서. 죽음으로써 삶을 지탱하지는 못할 것이옵니다."

임금이 주먹으로 서안을 내리치며 소리 질렀다.

"어허, 그만들 하라. 그만들 해." 〈중략〉

김상헌이 다시 고개를 들었다.

"묘당의 말들이 그동안 화친을 배척해 온 것은 말이 쏠린 것이 아니옵고 강토를 보전하고 군부를 지키려는 대의를 향해 공론이 아름답게 모인 것이옵니다. 뜻이 뚜렷하고 근본이 굳어야 사세를 살필 수 있을 것이온데, 명길이 저토록 조정의 의로운 공론을 업신여기고 종사를 호구(虎口)에 던지려 하니 명길이 과연 전하의 신하이옵니까?"

임금이 다시 주먹으로 서안을 내리쳤다.

"이러지들 마라. 그만하라지 않느냐."

[뒷부분 줄거리] 인조의 명령으로 용골대를 만난 최명길이 청나라의 요구를 왕에게 전하고, 김상헌은 원군을 요청하러 서날쇠를 산성 밖으로 보낸다. 전투가 계속되는 와중에 강화도가 함락되었다는 소식이 전해지자, 인조는 항복을 결심하고 김상헌은 자결을 시도한다. 이듬해 1월 30일 인조는 청나라에 항복하고, 많은 사람이 청나라에 인질로 끌려간다.

한눈에 보기

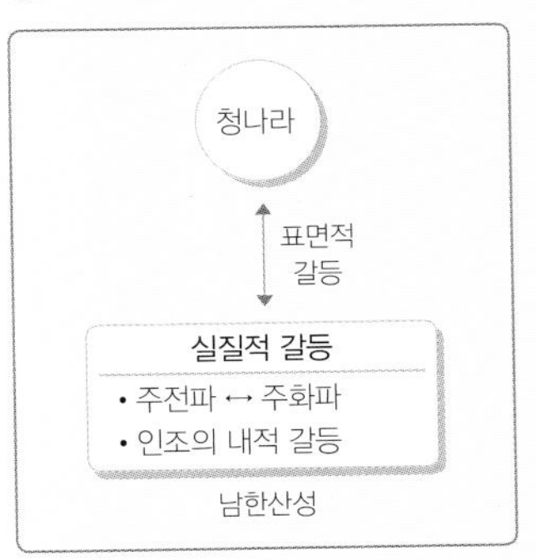

지문 Master

1 인조는 청나라군의 침입을 피해 (   )에 피란하게 된다.

2 김상헌은 화해할 수 없는 때 화해하는 것은 화가 아니라 (   )이라고 여기고 있다.

1

서술상의 특징 파악

〈보기〉의 ㉠~㉤ 중, 이 글의 서술상 특징에 해당하는 것은?

보기

㉠ 인물의 성격 변화로 극적 긴장감을 유발하고 있다.
㉡ 빈번한 장면 전환을 통해 사건을 급박하게 전개하고 있다.
㉢ 작품 밖의 서술자가 작중 상황을 객관적으로 서술하고 있다.
㉣ 현실 대응 방식이 다른 인물 간의 대화를 통해 극적 긴장감을 조성하고 있다.
㉤ 비교적 간결한 문장을 사용해 사건 전개의 긴박감과 현장감이 느껴지게 하고 있다.

① ㉠, ㉡, ㉢　② ㉠, ㉡, ㉣　③ ㉡, ㉢, ㉣
④ ㉡, ㉣, ㉤　⑤ ㉢, ㉣, ㉤

2

세부적 내용 파악

다음 중 김상헌이 자신의 주장을 강화하기 위해 제시한 논거가 아닌 것은?

① 하늘이 낸 도리가 임금의 편이다.
② 임금이 덕에 어긋나는 일을 하지 않았다.
③ 성안이 피폐해도 내실을 도모할 수 있다.
④ 싸워야 화친의 기회를 이끌어 낼 수 있다.
⑤ 산성에 의지하여 싸우고 지켜 낼 방법을 찾을 수 있다.

3

배경의 의미 파악

이 글을 〈보기〉와 같이 나타낼 때, 배경인 '남한산성'에 대한 각 인물들의 판단으로 적절한 것은?

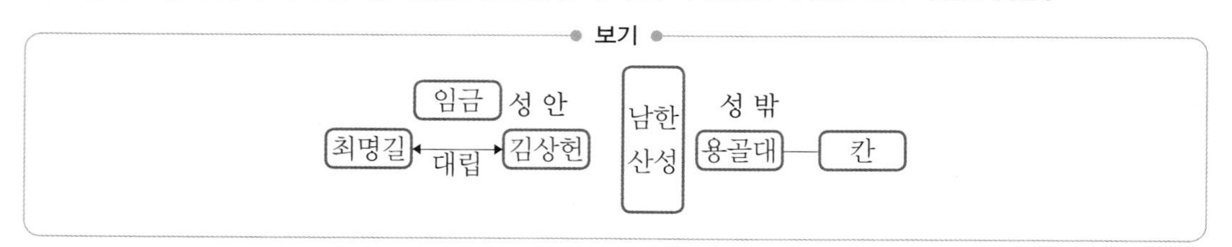

① 임금 : 명분을 위해 버릴 수도 있는 곳
② 최명길 : 실리를 위해 버릴 수 없는 곳
③ 김상헌 : 명분을 위해 끝까지 지켜야 하는 곳
④ 용골대 : 가능한 공격하고 싶지 않은 곳
⑤ 칸 : 수단과 방법을 가리지 않고 빼앗아야 하는 곳

4

구절의 의미 파악

ⓐ~ⓔ에 대한 이해로 적절하지 않은 것은?

① ⓐ : 사다리를 밟듯 단계적으로 하지 말고 단번에 공격하라는 의도를 드러낸다.
② ⓑ : 적에게는 공격을 위한 이동 통로이지만 성안의 사람들에게는 자신들에게 닥친 위기를 의미한다.
③ ⓒ : 매서운 추위에도 불구하고 거칠 것 없이 진군해 오는 청군의 위압적인 기세를 드러낸다.
④ ⓓ : 격정적인 태도를 보이는 인물과 대비되는 모습을 통해 침착한 인물의 모습을 강조하고 있다.
⑤ ⓔ : 비루하게 목숨을 이어 가는 것보다는 의로운 죽음을 선택하겠다는 의지를 드러낸다.

무기질 청년 _김원우

[앞부분 줄거리] '나'는 우연히 남의 서류 봉투를 들고 온다. 그 안에는 대학원생 이만집이 쓴 '내 젊은 날의 비망록'이란 제목의 일기장이 들어 있었고 '나'는 그 일기를 읽는다.

"경집이 형이 차 사고를 냈어요. 피해자 쪽에서 5주 진단을 끊어 와서 을러대고 있어요. 타협 볼라고 하는데 미적거리다가 구속으로 떨어질까 봐 걱정들 하고 있어요. 셋째 형이 판사로 있는 동창생을 만나 손을 써보겠다는데 어째 불안해요. 아버지에게는 그냥 제가 알리러 왔어요. 너무 걱정은 마세요. 잘될 거예요."

아버지는 내 말을 채 다 듣기도 전에 천천히 발길을 돌렸다. 쪽문을 들어서는 아버지의 발길이 도살장을 향하는 소처럼 뭉그적거렸고, 돌처럼 각이 진 당신의 등은 뭍에 올라와 뭇사람들의 시선 속에서 죽음을 앞둔 거북의 딱딱한 등딱지를 닮아 있었다. 아버지는 큰아버지처럼 농사나 지어야 할 사람이다. 공연히 상업 학교까지 나와서 평생을 그르쳤다. 아버지의 경우에 학력이란 전연 ⓐ무용지물이었다. 오히려 교육을 안 받았던 것만 못했다. ⓑ반풍수 집안 망친다는 속담이 있지만, 그럼에도 불구하고 나는 교육을 받아야 하고 많이 배울수록 좋다고 주장하는 사람이다. ㉠각자의 양심이 한 시대의 질주와 얼마나 발 빠르게 보조를 맞추느냐는 것은 우리의 날라리 학력에서 곧장 드러난다. 곧 많이 배운 사람일수록 그들의 양심을 찾기가 힘들어진 것만 봐도 그렇다. 살이 너무 쪄서 양심이 보이지 않는 것일지도. 살이란 결국 적당주의의 탈을 쓰고 병든, 그것도 중증인 이 사회에 ⓒ부화뇌동하는 능력 그 자체일 테지만. / 그러나 일의 선후책을 딱딱 부러지게 따지고 나서 휑하니 엉덩이를 털고 일어서던 셋째 형보다는 아버지의 난감한 뒷모습이 내게는 훨씬 인간적으로 돋보였다. 한참이나 외등 불빛을 받으며 서 있다가 나는 단호히 발걸음을 돌렸다. 밤색 바지와 머리통이 작은 박 씨는 어느 쥐구멍으로 사라졌는지 이미 보이지 않았다. 아버지와 나는 서로를 측은하게 생각하며 헤어진 셈이다.

이제 아버지는 어떤 일에도 속수무책이다. 그러나 나는 당신의 마음을 안다. 아들의 장래에 대해 안타까워하는 내색도 자제하는 당신의 마음속에서 일고 있을 낭패감, 그리고 당신의 무능력에 대한 막심한 자괴감을. 외부에서 무작정 들이닥치는 어떤 물리적인 힘에도 ⓓ속수무책으로, ㉡풍뎅이처럼 죽은 시늉을 하며 살아가고 있는 양반. 어떤 신고나 불행도, 심지어 굶주림까지도 말없이 수용해 버리는 늙은이를 나는 오늘 새삼 목격, 확인한 셈이다. 아버지도 무능하지만 나는 얼마나 더 무력한가!

아버지에 대한 사무치는 애증으로 나는 오늘 참담해지지 않을 수 없었다. 뜻밖에도 부정(父情)과 그것에의 적의는 백지장 한 장 차이라는 것, 아니 손바닥과 손등 관계라는 것을 확인한 하루였는데, ㉢그게 내게는 적잖은 수확이었다.

이만집의 어머니는 일찍 타계하신 것 같다. 그의 비망록 어느 구석에도 어머니에 대한 언급이 없다. 어머니를 모르는 사람은 대체로 푸석한 빵 껍질같이 정서가 꽤나 삭막한 법인데 이만집은 제법 다혈질이랄까, 아직도 눈물이 메마르지 않은 듯하다.

이만집의 아버지는 상당히 흥미를 유발하는 인물임에 틀림없다. 남다른 결벽증으로 인해 어떤 부정 사건에 연루되어 혼자 죄를 덮어쓰고 공무원 직에서 파면당한 양반인 것 같다. 늘 피해 의식에 시달리나 속마음은 멀쩡하고, 내가 보기에는 이만집의 맏형, 그 고

수능 연계 포인트

① 액자식 구성에 대한 이해
② 내부 이야기와 외부 이야기의 서술자 태도 이해
③ 이야기 속 인물의 심리 파악

핵심 정리

- **갈래** 액자 소설, 세태 소설
- **시점** 1인칭 관찰자 시점(내화–외화 구성)
- **주제** 젊은 대학원생(이만집)의 눈을 통해 본 기성세대의 삶과 바람직한 삶에 대한 성찰
- **특징** ① 액자식 구성으로 내화에 대한 '나'의 생각이 전달됨 ② 사회적 통념에 대한 비판적 의식을 담고 있음

작품 해제

평범한 직장인인 '나'가 우연히 이만집이라는 청년의 비망록을 읽으면서 사회에 대해 성찰하게 되는 작품이다. 이만집의 행동과 사고가 담긴 비망록의 내용과 그것을 읽는 '나'의 논평을 번갈아 제시하면서 속된 세태를 비판하고 있다.

작품 핵심

제목 '무기질 청년'의 의미

이만집
• 당시 사회에서 무기력하게 살아가는 대학원생 • 물질만능주의에 대해 비판적임

↓

무기질 청년
무기질은 생명에 꼭 필요한 요소로서, 무기질 청년은 사회에서 꼭 필요한 존재이며 그 가치를 의미함

물질적으로 무능하지만 속물적인 삶을 거부하는 이만집 같은 청년이야말로 별 것 아닌 듯 하지만 생명에 꼭 필요한 무기질 같은 존재라고 평가함

서를 뒤적인다는 곰팡이 냄새 나는 인물과 동류항으로 보인다. 그들은 분명히 한 시대의, 또 한 사회 환경의 어정쩡한 부산물일 텐데, 이상하게도 그들에게서는 가해자인 '시대'의 냄새를 맡을 수 없다. 한 시대에 너무 밀착되었다가, 또는 그것과 꾸준히 호흡을 같이했다가 어느 날 배신을 당하면 그것과 매정하게 등을 지고도 이럭저럭 살아 내지기는 하는 모양이다. 그들은 애써 이 '시대'와 무관하다는 표정만 짓는다. 아무튼 무능하기 짝이 없으나 법 없이도 살 피해자들이고, 워낙 무기력하기 때문에 해를 끼칠 사람들은 아니다. 어쩌면 생래부터 착한 심성으로 고생을 낙 삼고 살 양반으로 점지된 것 같다. 그러나 주위의 사회적 환경이, 곧 세파가 그들을 인간으로서가 아니라 가장으로서의 자격 상실자로 만들어 버렸다. 그렇긴 해도 그들이 속물은 아니고, 우리 주변에서 가끔씩 만날 수 있으며, 이런 답답한 위인들이야말로 사회를 사회답게 굴러가도록 만드는 길라잡이이다. 〈중략〉

큰형 집을 모두 함께 나오려 했을 때 셋째 형수라는 게 제 딴에는 애교를 부리며 한다는 소리가 또 내 부아를 긁어 놓았다. 선물까지 받아 우쭐대고도 싶어 공연히 점잖게 있는 사람의 심사를 건드려 양양이를 부리려는 속셈이었을 터이다.

"도련님은 언제 취직할 거예요? ㉣그렇게 열심히 공부해서 어디다 쓸 거예요? 아직 연애를 못 해 봐서 돈 벌기도 싫나 봐요, 그렇죠?" / 나는 하는 수 없이 말 같잖은 말에 응했다. "연애하고 취직하면 돈이 중한 줄 알게 될 거라는 소리로 들리는데요. ㉤그런데 돌대가리인 제가 보기에는 돈이란 돈을 좋아하는 사람만이 그걸 좇을 권리가 있는 것 같아요. 저는 아직 도무지 좋고 나쁜 걸 분별할 수 있는 능력이 없어요. 그러니 공부나 슬슬 더해 볼까 어쩔까 싶어요." / 알았다, 너희 내외나 돈 많이 좋아해서 ⓔ 호의호식하며, 너희들을 닮은 새대가리 후세나 잘 키우며 평생토록 짓까불어라.

내가 보기에는 이만집의 셋째 형처럼 영리한 형제가 집안에 하나쯤은 있어 가문을 덩실하게 살려 주면 좋겠는데 이 셋째 형이라는 위인은 처가 덕에 그리운 것이 없이, 자기 눈앞에 펼쳐진 세상을 야금야금 핥아 대는 이른바 출세 지향 주의자인 것 같다. 아무튼 흥미 있는 위인이고, 재미있는 세상살이인데 사람들마다의 사고를 획일화할 수 없듯이 사람들마다의 재주와 처세술도 이렇게 다양해야 된다고 나는 생각한다. 불공평이라는 이 세상만사의 영구불변하는 '형평의 질서'가 없으면 누가 고시에 합격하려고 엉덩이에 못이 앉도록 책상 앞에 앉아 있겠는가.

한눈에 보기

외화
이만집의 비망록에 대한 '나'의 소감과 비평

내화
비망록의 내용(이만집의 일화)

지문 Master

1 외화 이야기에서는 (   )의 비망록에 대한 '나'의 견해를 제시하고 있다.

2 이만집의 비망록에 등장하는 이만집의 셋째 형을 '나'는 (   ) 라고 판단한다.

1

서술상의 특징 파악

이 글에 대한 설명으로 가장 적절한 것은?

① 다양한 비유를 통해 인물의 특성을 제시하고 있다.
② 객관적인 서술을 통해 주관적 판단을 유보하고 있다.
③ 전지적 서술자를 통해 인물의 심리를 파고들고 있다.
④ 다양한 인물들의 경험을 삽화 형식으로 나열하고 있다.
⑤ 서술자의 논평을 통해 인물의 성격 변화를 보여 주고 있다.

2

작품의 종합적 이해

〈보기〉를 참고하여 이 글을 이해한 내용으로 가장 적절한 것은?

보기

이 글은 이야기 속(외화)에 또 하나의 이야기(내화)가 액자처럼 끼어들어 있는 액자 소설의 형식을 취하고 있다. 이만집의 비망록에 쓰인 내용은 [내화]이고, 서술자 '나'가 이만집의 비망록을 습득한 후 이를 읽고 이에 대한 자신의 생각을 제시한 부분은 [외화]이다.

① [내화]에서 이만집이 어머니에 대해 언급하지 않는 것을 통해 [외화]의 '나'는 이만집의 어머니가 일찍 돌아가셨으리라 추측한다.
② [내화]에서 이만집이 아버지의 경우를 들어 교육이 필요한 것은 아니라고 주장한 것에 대해, [외화]의 '나'는 맏형을 언급하며 동조한다.
③ [내화]에서 이만집이 소개하고 있는 셋째 형수와 관련된 일화를 통해 [외화]의 '나'는 셋째 형의 영리함으로 이만집의 가정에도 형평의 질서가 이루어졌다고 평가한다.
④ [내화]에서 이만집이 아버지의 무능과 자신의 무력감을 토로하고 있는 것에 대해 [외화]의 '나'는 이만집과 그의 아버지를 이 시대의 길라잡이라며 위로의 마음을 드러낸다.
⑤ [내화]에서 이만집이 아버지가 불행한 일들까지 수용해 버린다고 말한 것을 통해 [외화]의 '나'는 이만집의 아버지가 부정 사건에 적극 참여하게 된 것도 이런 태도 때문이라고 생각한다.

3

구절의 의미 파악

㉠~㉤에 대한 설명으로 적절하지 않은 것은?

① ㉠: 사람들의 속물적 태도에 대한 비판 의식에서 비롯된 표현이다.
② ㉡: 인물의 무력한 삶의 태도를 비유한 표현이다.
③ ㉢: 상대방에 대한 인식 변화를 나타낸 표현이다.
④ ㉣: 상대방의 태도 변화를 예상하며 현실적 대안을 제시한 발화이다.
⑤ ㉤: 상대방에 대한 냉소적 심리에서 비롯된 발화이다.

4

외적 준거를 통한 작품 이해

〈보기〉를 참고할 때 ⓐ~ⓔ에 대한 학생의 반응으로 적절하지 않은 것은?

보기

속담이나 격언, 한자 성어 등의 활용은 문학 작품에서 전달하고자 하는 메시지를 간결하면서도 인상적으로 전달하는 효과적인 표현 수단이다.

① ⓐ: '쓸모없는 물건이나 사람'이라는 의미로 이만집의 아버지에게 있어 학력은 어떠한 도움도 주지 못했다는 점을 말하기 위해 활용한 것이군.
② ⓑ: '풍수와 같은 미신에 기대어 일을 그르침을 경계하는 말'로 이만집의 아버지가 자신의 실력으로 일들을 해결하려 하지 않고 요행만을 바란다는 점을 효과적으로 드러내기 위해 활용한 것이군.
③ ⓒ: '줏대 없이 남의 의견에 따라 움직임'이라는 의미로 양심을 지키기보다 시류에 영합하는 능력을 요구하는 시대라는 점을 강조하기 위해 활용한 것이군.
④ ⓓ: '손을 묶은 것처럼 어찌할 도리가 없어 꼼짝 못 함'이란 의미로 외부의 어떤 물리적인 힘에도 손을 쓰지 못하고 죽은 듯 살아가고 있는 아버지의 현실을 부각하기 위해 활용한 것이군.
⑤ ⓔ: '좋은 옷을 입고 좋은 음식을 먹음'이란 의미로 돈으로 대표되는 물질적 가치에 몰입하여 오직 돈만을 추구하는 셋째 형 내외의 행태를 효과적으로 보여 주기 위해 활용한 것이군.

탁류 _채만식

[앞부분 줄거리] 군 서기였던 정 주사는 직장에서 밀려나고, 미두라는 투기 노름에 빠져 가산을 탕진한다. 부패한 은행원인 고태수가 정 주사의 아름답고 순수한 딸 초봉에게 연정을 품자, 정 주사는 돈에 대한 욕심으로 초봉을 고태수와 결혼시키고자 한다.

유 씨는 부아*를 삭이느라고 한동안 잠자코 바느질만 하다가 이윽고 목소리를 훨씬 보드랍게 이야기를 꺼내 놓는다.

"그리구 이건 말이야 아직 네한테까지 할 건 없지만 기왕 말이 난 길이니…… 그 사람이 이렇게 하기로 한다더라……. 혼수 비용을 자기가 말끔 대서 하기두 하려니와, 또 우리가 이렇게 간구하게* 지낸다니까, 원 그래서야 어디 쓰겠냐구, 그럼 이제 혼사나 치르구 나서 자기가 돈을 몇천 원이구(유 씨는 몇천 원이라고 분명히 말했다.) 대 디리께시니, 느이 아버지더러 무어 점잖은 장사나 해 보시란다구 그런다더구나!…… 그렇다구 너라두 혹시 에미 애비가 사우 덕에 호강을 할려구 딸자식을 부둥부둥 우겨서 부잣집으로 떠실어 보낼려구 하지나 않는고 싶어, 어찌 생각이 들는지는 모르겠다마는, 어디 설마한들 백만금을 준다기루서니 당자 되는 사람이 흠이 있다든지, 또 꺼림칙한 구석이 있다면야 마른하늘에서 벼락이 내릴 일이지, 어쩌면 너를 그런 데루다가 이 에미 애비가 보낼 생각인들 하겠느냐? 그저 첫째루는 너를 위해서 하는 혼인이요, 그래 네가 가서 고생이나 않구 호강으루 살기두 하려니와, 또 그 사람이 밑천이라두 대 주어서 장사라두 하면 그게 그다지 나쁠 일이야 없지 않으냐?"

유 씨는 바늘귀를 꿰는 체하고 잠깐 말을 멈추고 딸의 기색을 살핀다.

"글쎄 이 애야!"

유 씨는 다시 바늘을 놀리면서 음성은 별안간 처량하다.

"……너두 노상 그런 걱정을 하지만 느이 아버지 말이다……. 그게 허구 다니는 꼬락서니가 그게 사람 꼴이더냐? 요 전날 저녁에두 글쎄 두루마기 고름이 뜯어진 걸 다시 달아 달라구 내놓더구나! 아마 누구한테 멱살잽일 당한 눈치더라, 말은 안 해두……. 아이구 그 빈차리같이 뱃삭 야웨 가지군 소 갈 데 말 갈 데 안 가는 데 없이 다니면서 할 짓 못 할 짓 다아 하구, 그런 봉욕*이나 당하구, 그러면서두 한 푼이라두 물어다가 어린 자식들 멕여 살리겠다구……. 휘유! 생각하면 애차럽구 눈물이 절루 난다!"

눈물이 난다는 유 씨는 그냥 맹숭맹숭하고, 초봉이가 고개를 숙인 채 눈물이 좌르르 쏟아진다. 그것은 부친을 가엾어하는 눈물이기도 할 것이다. 그러나 노상 그것만도 아니다.

그는 모친에게서 결혼을 하고 나면 태수가 장사 밑천으로 돈을 몇천 원 대 주어서 부친이 장사 같은 것을 하게 한다는 그 말을 듣고는 다시 더 여부없이 태수한테로 뜻이 기울어져 버렸다.

그거야 태수가 미리서 마음을 동요시킨 것이 없었다고 하더라도 그만한 조건이고 보면 필연코 응낙을 않던 못 할 초봉이다.

그러나 시방 초봉이는 제 마음의 한편 눈을 감고서라도 태수한테 뜻이 있어서가 아니요, 그 유리한 조건 그것 한 가지 때문이라고 해서나마, 안타까운 제 심정의 분열을 짐짓 위로하고 싶으리만큼 일변으로는 승재한테 대하여 커다란 미련과 민망스러움이 간절했다.

수능 연계 포인트

① 시대적 상황 파악
② 인물의 심리 파악
③ 초봉과 인물들 간의 갈등 양상 파악

핵심 정리

- **갈래** 장편 소설, 세태 소설
- **시점** 전지적 작가 시점
- **주제** 1930년대 타락한 세태와 몰락해 가는 당대 민중 현실의 궁핍상
- **특징** ① 여인의 일생형 소설임 ② 신문 연재소설로서 통속성과 리얼리티를 갖춤

작품 해제

처음에는 맑았던 금강의 첫 줄기가 결국 탁류가 되어 서해로 빠져나가는 것처럼, 순결하고 순수했던 처녀 초봉이 세파에 시달리다가 끝내 살인을 저지르게 되는 비극적 인생행로와 당시 혼탁한 세태상을 표현하고 있는 작품이다. 이 작품의 등장인물들은 일제 강점기 탁류와 같은 현실을 살아가는 금강 연안의 하층민들이며, 주인공 초봉의 가족은 당대 몰락한 계층의 전형이라고 할 수 있다.

작품 핵심

제목 '탁류'의 의미
'탁류'는 '흘러가는 흐린 물'을 의미하는데 일제 강점기에 갖은 수난을 당하며 점차 달라지는 초봉의 모습을 드러냄. 초봉의 수난은 일제 강점기를 살아가는 사람들이 겪는 비극적 삶과 사회상을 포괄함

정답과 해설 18쪽

그러나 가령 그렇듯 박절하게 옹색스러운 회포를 꺼내지 않더라도 아무려나 아직까지는 그게 첫사랑의 싹이었던 걸로 해서 태수한테보다는 승재한테로 정은 기울어 있었던 게 사실이매 그만한 미련의 상심은 아무튼지 없지 못했을 것인데, 마침 겹쳐서 모친 유 씨의 그 눈물만 못 흘리지 비극 배우 여대치게 능청스런 세리프가 있어 노니, 또한 비감의 거리가 족했던 것이요, 게다가 또다시 한 가지는, 그러한 부친과 이러한 집안을 돕기 위하여 나는 희생을 한다는 처녀다운 개격…… 이렇게나 모두 무엇인지 분간을 못 하게 뒤엉켜 가지고 눈물이라는 게 흘러내리던 것이다. 〈중략〉

김 씨는 반지를 끼워 주고 나니 그래도 원 약혼이라는 게 이렇게 싱거울 법이 있으랴 싶었던지 잡았던 초봉이의 손목을 그대로 한 번 더 번쩍 쳐들고,

"자아, 인전 약혼이 다 됐어요!"

하면서 좌중을 둘러본다. 권투장에서 심판이 이긴 선수한테 하는 맵시 꼴이다.

이렇게 해서 약혼이 되고, 이튿날인 오늘 아침에 정 주사네 집에서는 태수의 기별이라면서, 탑삭부리 한 참봉네가 보내는 돈 이백 원에다가 간단한 옷감이 들어 있는 혼시함(婚時函)을 받았다.

㉠ 오늘부터 이 집은 그래서 단박 더운 김이 치닫게 우끈우끈*한다. 식구들은 초봉이만 빼놓고, 누구 하나 싱글싱글 웃기 아니면 빙긋이라도 안 웃는 사람은 없다.

[뒷부분 줄거리] 결혼 후 얼마 지나지 않아 태수의 친구 장형보의 흉계로 초봉은 남편을 잃고, 자신이 일하던 약국의 주인이었던 박제호의 유혹에 넘어가 그와 함께 서울에서 살게 된다. 그리고 얼마 후 누구의 아이인지 모를 딸 송희를 낳는다. 부자가 되어 나타난 장형보가 자신이 송희의 친아버지라고 주장하자 박제호는 물러나고, 초봉은 장형보와 함께 살며 고통스러워한다. 초봉은 결국 증오의 대상이었던 장형보를 죽이고 자살을 결심하지만, 승재와 여동생 계봉의 만류로 자수를 결심한다.

* 부아: 노엽거나 분한 마음
* 간구하게: 가난하고 구차하게
* 봉욕: 욕된 일을 당함
* 우끈우끈: 어떤 기운이 일시에 세게 자꾸 일어나는 모양

한눈에 보기

부정적 인물	긍정적 인물
정 주사, 고태수, 박제호, 장형보	남승재, 정계봉

↘ ↙

정초봉: 비극적 삶 → 일제 강점기의 황폐한 현실

지문 Master

1 초봉의 부모는 돈 때문에 초봉을 (　　　　)와 혼인시키려 한다.

2 초봉은 (　　　　)에게 미련이 남아 있지만 가족을 위해 사랑을 포기한다.

1

서술상의 특징 파악

이 글에 대한 설명으로 가장 적절한 것은?

① 상세한 배경 설명으로 시대상을 구체적으로 드러내고 있다.
② 현재형 어미의 사용으로 현장감을 효과적으로 드러내고 있다.
③ 행동의 사실적인 묘사와 대사로 인물의 심리를 드러내고 있다.
④ 현재와 과거의 교차를 통해 인물 간의 갈등 관계를 입체적으로 드러내고 있다.
⑤ 한 인물의 시각에서 서술하면서 여러 사건에 대한 일관된 관점을 드러내고 있다.

2

갈등의 양상 파악

〈보기〉의 인물 관계도를 참고했을 때, 이 글의 갈등 양상에 대한 설명으로 가장 적절한 것은?

보기

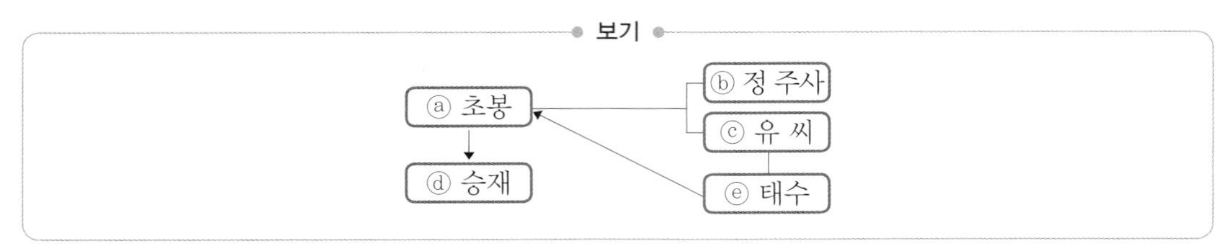

① ⓐ는 ⓓ와의 관계를 정리하는 문제로 인해 ⓔ와의 혼사를 미루며 갈등하고 있다.
② ⓐ는 어려운 집안 형편과 ⓑ의 처지를 생각해야 한다는 ⓒ의 설득 때문에 갈등하다가 결혼을 결심한다.
③ 딸의 희생을 강요하는 부모와 이를 거절하는 자식의 가치관 차이에서 ⓐ와 ⓒ의 갈등이 비롯되고 있다.
④ ⓑ와 ⓔ의 이해관계 때문에 ⓐ와 ⓓ의 관계를 두고 ⓓ와 ⓔ가 갈등하고 있다.
⑤ ⓒ의 눈물은 갈등 해소의 매개체로, ⓐ에 대한 원망과 ⓑ에 대한 연민에서 비롯되고 있다.

3

외적 준거를 통한 작품의 이해

〈보기〉의 관점에서 이 글을 설명한 내용으로 옳지 않은 것은?

보기

〈탁류〉는 1930년대 사회의 타락상을 보여 주는 대표적인 소설이다. 당시 자유 · 교육 · 평등을 중시하는 새로운 근대화의 흐름 속에서도 봉건적 구습이 존재하였기 때문에 사람들은 가치관의 혼란을 겪었다. 또한, 일제에 의해 자본주의적 근대화가 진행되는 과정에서 인간관계를 물질적 관계로 치환하려는 물신주의와 탐욕이 지배적으로 나타났기 때문에 당시 한국 사회에서는 왜곡된 자본주의가 점점 심화되고 있었다.

① '집안을 돕기 위하여 나는 희생을 한다'는 초봉의 태도에서 '봉건적 구습'의 존재를 확인할 수 있다.
② '몇천 원'의 돈 때문에 자식을 사랑하지 않는 사람과 결혼시키려는 유 씨의 태도에서 '물신주의와 탐욕'의 모습을 확인할 수 있다.
③ '장사 밑천으로 돈을 몇천 원 대' 주면 딸을 넘겨 줄 것이라고 판단하는 태수의 모습에서 '물신주의와 탐욕'의 사회상을 확인할 수 있다.
④ 초봉과 약혼 후 태수가 보낸 돈을 보고 '빙긋이라도 안 웃는 사람은 없'는 식구들의 모습에서 '인간관계를 물질적 관계로 치환'하는 모습을 확인할 수 있다.
⑤ 정 주사가 '소 갈 데 말 갈 데 안 가는 데 없이 다니면서 할 짓 못 할 짓' 다 하고 다니는 모습에서 '왜곡된 자본주의가 점점 심화'되고 있음을 확인할 수 있다.

4

인물의 심리 파악

㉠에서 초봉의 심정을 드러내기에 가장 적절한 속담은?

① 개 발에 편자　② 꿀 먹은 벙어리　③ 울며 겨자 먹기
④ 빛 좋은 개살구　⑤ 아닌 밤중에 홍두깨

태평천하 _채만식

[앞부분 줄거리] 윤 직원 영감은 인색하고 자기만 아는 대지주이다. 구한말에 화적들의 습격으로 아버지와 재산을 잃었던 그는 일본인의 보호를 받는 일제 시대가 태평천하라고 여긴다. 돈을 버는 데는 무엇보다도 권력과의 결탁이 중요하다는 것을 깨달은 그는 손자 종수와 종학을 군수와 경찰서장이 되게끔 하는 데 아낌없는 후원을 마다하지 않는다.

망진자(亡秦者)는 호야(胡也)니라

일찍이 윤 직원 영감은 그의 소싯적 윤 두꺼비 시절에, 자기 부친 말 대가리 윤용규가 화적의 손에 무참히 맞아 죽은 시체 옆에 서서, 노적*이 불타느라고 화광이 충천한 하늘을 우러러,

㉠ "이놈의 세상, 언제나 망하려느냐?"

"우리만 빼놓고 어서 망해라!"

하고 부르짖은 적이 있겠다요.

이미 반세기 전, 그리고 그것은 당시의 나한테 불리한 세상에 대한 격분된 저주요, 겸하여 웅장한 투쟁의 선언이었습니다.

해서 윤 직원 영감은 과연 승리를 했겠다요. 그런데…….

식구들은 시아버지 윤 직원 영감이 보기가 싫은 건넌방 고 씨만 빼놓고, 서울 아씨, 태식이, 뒤채의 두 동서, 모두 안방에 모여 종수를 맞이하는 예를 표하고, 그들의 옹위 아래 윤 직원 영감과 종수는 각기 아랫목과 뒷벽 앞으로 갈라 앉았습니다. 방금 점심 밥상을 받을 참입니다. / "너 경손 애비, 부디 정신 채리라……!"

윤 직원 영감이 종수더러 곰곰이 훈계를 하던 것입니다. 안식구가 있는 데라 점잖게 경손 애비지요.

"…… 정신을 채리야 할 것이 늬가 암만히여두 네 아우 종학이만 못히여! ㉡ 종학이는 그놈이 재주두 있고 착실히여서, 너치름 허랑허지두 않고 그럴 뿐더러 내년 내후년이머넌 대학교를 졸업허잖냐? 내후년이지?" / "네."

"그렇지? 응, 그래, 내후년이면 대학교 졸업을 허구 나와서, 삼 년이나 다직 사 년만 찌들어 나머넌 그놈의 지가 목적헌, 요새 그 목적이란 소리 잘 쓰더구나, 응? 목적…… 목적헌 경부가 되야 갖구서, 경찰서장이 된담 말이다! 응? 알겄어?" 〈중략〉

윤 주사는 조끼 호주머니에서 간밤의 그 전보를 꺼내어 부친한테 올립니다. 윤 직원 영감은 채듯 전보를 받아 쓰윽 들여다보더니 커다랗게 읽습니다. 물론 원문은 일문이니까 몰라보고, 윤 주사네 서사 민 서방이 번역한 그대로지요.

"종학, 사상 관계로, 경시청에 피검……이라니? 이게 무슨 소리다냐?" / "종학이가 사상 관계로 경시청에 붙잡혔다는 뜻일 테지요!"

"사상 관계라니?" / "그놈이 사회주의에 참예를……." / "으엉?"

아까보다 더 크게 외치면서, 벌떡 뒤로 나동그라질 뻔하다가 겨우 몸을 가눕니다.

윤 직원 영감은 먼저에는 몽치로 뒤통수를 얻어맞은 것같이 멍했지만, 이번에는 앉아 있는 땅이 지함*을 해서 수천 길 밑으로 꺼져 내려가는 듯 정신이 아찔했습니다.

그러나 그것은 결단코 자기가 믿고 사랑하고 하는 종학이의 신상을 여겨서가 아닙니다.

㉢ 윤 직원 영감은 시방 종학이가 사회주의를 한다는 그 한 가지 사실이 진실로 옛날

수능 연계 포인트

① 인물의 태도 및 성격 파악
② 서술자의 서술 태도 파악
③ 표현상의 특징 파악

핵심 정리

- **갈래** 중편 소설, 풍자 소설
- **시점** 전지적 작가 시점
- **주제** 윤 직원 일가의 몰락 과정을 통한 식민지 시대의 타락한 삶 비판
- **특징** ① 반어와 희화화를 통해 인물을 풍자함 ② 판소리 창자처럼 경어체를 사용함

작품 해제

이 작품은 일제의 수탈과 착취가 심했던 1930년대를 '태평천하'라고 여기는 윤 직원 영감과 그 일가의 가족사를 비판적으로 다루고 있는 소설이다. 종학을 제외한 나머지 인물들의 부정적 모습을 통해 왜곡된 현실 인식과 도덕적 타락을 풍자하고, 바람직한 시대 인식과 가치관을 제시하고 있다.

작품 핵심

판소리 사설 형식의 문체 사용

경어체 문장	'~습니다', '~입니다'와 같은 경어체의 사용으로 인물에 대한 풍자와 조롱을 극대화함
서술자의 개입	'진(秦)나라를 망할 자~오히려 행복이라 하겠습니다.'와 같이 서술자의 생각을 독자에게 직접 전달함
풍자적 수법	부정적인 인물을 웃음거리로 삼아 비꼬고 조롱함

의 드세던 부랑당 패가 백 길 천 길로 침노*하는 그것보다도 더 분하고, 물론 무서웠던 것입니다.

진(秦)나라를 망할 자 호(胡: 오랑캐)라는 예언을 듣고서, 변방을 막으려 만리장성을 쌓던 진시황, 그는 진나라를 망한 자 호가 아니요, 그의 자식 호해(胡亥)임을 눈으로 보지 못하고 죽었으니, 오히려 행복이라 하겠습니다. 〈중략〉

"…… 그런 쳐 죽일 놈이, 깎어 죽여두 아깝잖을 놈이! 그놈이 경찰서장 허라닝개루, 생판 사회주의 허다가 뎁다 경찰서에 잽혀? 으응……? 오—사 육시를 헐 놈이, ㉣ 그 놈이 그게 어디 당헌 것이라구 지가 사회주의를 히여? 부자 놈의 자식이 무엇이 대껴서 부랑당 패에 들어?"

아무도 숨도 크게 쉬지 못하고, 고개를 떨어뜨리고 섰기 아니면 앉았을 뿐, 윤 직원 영감이 잠깐 말을 그치자 방 안은 물을 친 듯이 조용합니다.

"…… 오죽이나 좋은 세상이여? 오죽이나……."

윤 직원 영감은 팔을 부르걷은 주먹으로 방바닥을 땅 — 치면서 성난 황소가 영각*을 하듯 고함을 지릅니다.

"화적패가 있너냐아? 부랑당 같은 수령(守令)들이 있더냐? …… 재산이 있대야 도적놈의 것이요, 목숨은 파리 목숨 같던 말세넌 다 지내가고오…… 자 부아라, ㉤ 거리거리 순사요, 골골마다 공명헌 정사(政事), 오죽이나 좋은 세상이여……. 남은 수십만 명 동병(動兵)을 히여서, 우리 조선 놈 보호히여 주니, 오죽이나 고마운 세상이여? 으응……? 제 것 지니고 앉아서 편안허게 살 태평 세상, 이걸 태평천하라구 허는 것이여, 태평천하……! 그런디 이런 태평천하에 태어난 부자 놈의 자식이, 더군다나 왜 지가 떵떵거리구 편안허게 살 것이지, 어찌서 지가 세상 망쳐 놀 부랑당 패에 참섭을 헌담 말이여, 으응?"

* 노적: 곡식 따위를 한데에 수북이 쌓음. 또는 그런 물건
* 지함: 땅이 움푹 가라앉아 꺼짐
* 침노: 성가시게 달라붙어 손해를 끼치거나 해침
* 영각: 소가 길게 우는 소리

한눈에 보기

윤 직원, 윤창식(윤 주사), 윤종수
(부정적 인물, 풍자와 비판의 대상)
도덕적 타락, 왜곡된 현실 인식

↕

윤종학
(긍정적 인물)
근대화를 받아들인 신세대

지문 Master

1 윤 직원은 자신이 믿고 있었던 (　　　　)이 사회주의 운동에 참여했다는 사실을 듣고 충격을 받는다.

2 친일 행위로 자신의 부를 늘려온 윤 직원은 일제 강점기를 (　　　　) 라고 말한다.

1

서술상의 특징 파악

이 글에 대한 설명을 〈보기〉에서 골라 바르게 묶은 것은?

보기

ㄱ. 사건을 속도감 있게 전개하여 긴장감을 유발하고 있다.
ㄴ. 소제목을 통해 중심 내용을 집약적으로 드러내고 있다.
ㄷ. 사투리를 통해 인물의 성격을 생동감 있게 드러내고 있다.
ㄹ. 이야기 속에 다른 이야기를 담는 액자식 구성을 취하고 있다.
ㅁ. 독자에게 말하는 듯한 경어체의 사용으로 친근감이 들게 하고 있다.

① ㄱ, ㄴ　② ㄴ, ㄷ　③ ㄷ, ㅁ　④ ㄱ, ㄴ, ㅁ　⑤ ㄴ, ㄷ, ㅁ

2

인물의 성격과 태도 파악

㉠~㉤을 통해 '윤 직원 영감'을 이해한 내용으로 가장 적절한 것은?

① ㉠: 식민지 현실을 부정하는 현실 비판적 사고를 지니고 있군.
② ㉡: 일제의 간섭에서 벗어나기 위해 고등 교육이 꼭 필요하다고 생각하고 있군.
③ ㉢: 종학이 사회주의에 참여할 수밖에 없는 불합리한 현실에 대해 분노하고 있군.
④ ㉣: 종학은 사회주의 활동을 할 만한 능력이 안 된다고 무시하고 있군.
⑤ ㉤: 당대의 지배 질서에 순응하여 개인의 안위를 지키려는 이기적인 태도를 보이고 있군.

3

소재의 기능 파악

이 글에 나타난 전보의 기능으로 적절하지 않은 것은?

① 윤 직원의 마지막 희망을 사라지게 한다.
② 특정 인물을 작품에 간접적으로 등장시킨다.
③ 갈등 구조가 급변하며 사건 전개의 극적 반전을 유도한다.
④ 윤종학이 검거되었음을 인물과 독자에게 간략히 전달한다.
⑤ 윤 직원의 왜곡된 역사 인식이 변화하는 계기를 마련한다.

4

다른 작품과의 비교 감상

이 글과 〈보기〉의 서술상 공통점으로 가장 적절한 것은?

보기

우리 아저씨 말이지요, 아따 저 거시기, 한참 당년에 무엇이냐 그놈의 것, 사회주의라더냐, 막걸리라더냐 그걸 하다, 징역 살고 나와서 폐병으로 시방 앓고 누웠는 우리 오촌 고모부 그 양반……. 〈중략〉

자, 십 년 적공(積功), 대학교까지 공부한 것 풀어 먹지도 못했지요, 좋은 청춘 어영부영 다 보냈지요, 신분에는 전과자라는 붉은 도장 찍혔지요, 몸에는 몹쓸 병까지 들었지요, 이 신세를 해 가지굴랑은 굴속 같은 오두막집 단칸 셋방 구석에서 사시장철 밤이나 낮이나 눈 따악 감고 드러누웠군요. 〈중략〉 저어, 서양 어디선가, 일하기 싫어하는 게으름뱅이 몇 놈이 양지짝에 모여 앉아서 놀고먹을 궁리를 했더라나요. 우리 집 다이쇼가 다 자상하게 이야기를 해 줍디다.

– 채만식, 〈치숙〉

① 서술자가 인물에 대한 부정적인 태도를 드러내어 풍자적 효과를 강화하고 있다.
② 작중 인물이 사건을 직접 서술하여 독자가 사건 전반에 관해 파악할 수 있도록 하였다.
③ 서술자가 상황을 객관적으로 서술하여 독자가 사건을 냉정하게 평가할 수 있도록 하였다.
④ 비판받아야 할 서술자가 다른 인물을 비판함으로써 당대의 왜곡된 현실을 극명하게 드러내고 있다.
⑤ 서술자가 인물을 옹호하는 태도를 직접적으로 드러내어 독자가 긍정적 인물을 쉽게 파악할 수 있도록 하였다.

돌다리 _이태준

[앞부분 줄거리] 의사인 창섭은 자신의 병원을 더 큰 건물로 이전하기 위한 돈을 마련하고자 고향을 찾는다. 동구에 이르러 개울에서 장마에 떠내려간 돌다리를 동아줄로 끌어 올리는 아버지를 보면서 돌다리에 대한 내력을 잠시 떠올려 보기도 한다. 아버지는 아들의 뒤를 쫓아 이내 개울에서 집으로 돌아왔다. 창섭은 병원을 확장 이전할 경우의 유리한 점을 열거하면서 땅을 팔자고 아버지를 설득한다.

"나무다리가 있는데 건 왜 고치시나요?"

"너두 그런 소릴 허는구나. 나무가 돌만 허다든? 넌 그 다리서 고기 잡던 생각두 안 나니? 서울루 공부 갈 때 그 다리 건너서 떠나던 생각 안 나니? ㉠ 시쳇사람들은 모두 인정이란 게 사람헌테만 쓰는 건 줄 알드라! 내 할아버님 산소에 상돌을 그 다리로 건네다 모셨구, 내가 천잘 끼구 그 다리루 글 읽으러 댕겼다. 네 어미두 그 다리루 가말 타구 내 집에 왔어. 나 죽건 그 다리루 건네다 묻어라…… 난 서울 갈 생각 없다." / "네?"

"천금이 쏟아진대두 난 땅은 못 팔겠다. 내 아버님께서 손수 이룩허시는 걸 내 눈으루 본 밭이구, 내 할아버님께서 손수 피땀을 흘려 모신 돈으루 장만허신 논들이야. 돈 있다고 어디가 느르지논 같은 게 있구, 독시장밭 같은 걸 사? 느르지 논둑에 선 느티나문 할아버님께서 심으신 거구, 저 사랑 마당의 은행나무는 아버님께서 심으신 거다. 그 나무 밑에를 설 때마다 난 그 어룬들 동상(銅像)이나 다름없이 경건한 마음이 솟아 우러러보군 헌다. 땅이란 걸 어떻게 일시 이해를 따져 사구팔구 허느냐? 땅 없어 봐라, 집이 어딨으며 나라가 어딨는 줄 아니? 땅이란 천지만물의 근거야. 돈 있다구 땅이 뭔지두 모르구 욕심만 내 문서 쪽으로 사 모기만 하는 사람들, 돈놀이처럼 변리만 생각허구 제 조상들과 그 땅과 어떤 인연이란 건 도시 생각지 않구 헌신짝 버리듯 하는 사람들, 다 내 눈엔 괴이한 사람들루밖엔 뵈지 않드라." / "……"

"㉡ 네가 뉘 덕으루 오늘 의사가 됐니? 내 덕인 줄만 아느냐? 내가 땅 없이 뭘루? 밭에 가 절하구 논에 가 절해야 쓴다. 자고로 하늘 하늘 허나 하늘의 덕이 땅을 통허지 않군 사람헌테 미치는 줄 아니? 땅을 파는 건 그게 하늘을 파나 다름없는 거다." / "……"

"땅을 밟구 다니니까 땅을 우섭게들 여기지? 땅처럼 응과(應果)가 분명헌 게 무어냐? 하늘은 차라리 못 믿을 때두 많다. 그러나 힘들이는 사람에겐 힘들이는 만큼 땅은 반드시 후헌 보답을 주시는 거다. 세상에 흔해 빠진 지주들, 땅은 작인들헌테나 맡겨 버리구, 떡 도회지에 가 앉어 소출은 팔어다 모다 도회지에 낭비해 버리구, 땅 가꾸는 덴 단돈 일 원을 벌벌 떨구, 땅으루 살며 땅에 야박한 놈은 자식으로 치면 후레자식 셈이야. 땅이 말을 할 줄 알아 봐라? 배가 고프단 땅이 얼마나 많을 테냐? 해마다 걷어만 가구 땅은 자갈밭이 되니 아나? 둑이 떠나가니 아나? 거름 한 번을 제대로 넣나? 정급허게 돼 작인이 우는소리나 해야 요즘 너희 신의들 주사침 놓듯, 애꿎은 금비만 갖다 털어넣지. ㉢ 그렇게 땅을 홀댈 허군 인제 죽어서 땅이 무서서 어디루들 갈 텐구!"

㉣ 창섭은 입이 얼어 버리었다. 손만 부비었다. 자기의 생각은 너무나 자기 본위였던 것을 대뜸 깨달았다. 땅에는 이해를 초월한 일종 종교적 신념을 가진 아버지에게 아들의 이단적(異端的)인 계획이 용납될 리 만무였다. / 아버지는 상을 물리고도 말을 계속하였다.

"너루선 어떤 수단을 쓰든지 병원부터 확장허려는 게 과히 엉뚱헌 욕심은 아닐 줄두 안다. 그러나 욕심을 부련 못쓰는 거다. 의술은 예로부터 인술(仁術)이라지 않니? 매

수능 연계 포인트

① '돌다리'의 상징적 의미 이해
② 대조적 가치관을 지닌 인물들에 대한 이해

핵심 정리

- **갈래** 단편 소설
- **시점** 전지적 작가 시점
- **주제** 땅의 가치에 대한 인식과 물질주의적 가치관에 대한 비판
- **특징** ① 인물 간의 대화와 서술자의 요약적 제시로 사건을 전개하고 주제를 드러냄 ② '돌다리'라는 소재를 통해 전통적인 세대의 자연 중심적 가치관을 보여 줌

작품 해제

'땅'을 둘러싼 아버지와 아들의 갈등을 통해 동시대를 살아가는 인물들의 가치관 대립을 형상화하였다. 아버지는 땅을 자기의 추억과 피땀이 담겨 있는 곳이자 살아 있는 생명과 같은 것으로 생각하지만 아들은 땅을 금전적 가치로 여긴다. 작가는 아버지의 말을 통해 땅을 물질적인 가치로만 생각하는 자본주의 사회의 가치관을 비판하고 있다.

작품 핵심

'돌다리'의 상징적 의미

- 할아버지 산소에 상돌을 건너다 모셨음
- 천자문을 끼고 글을 읽으러 다님
- 시집을 올 때 어머니도 가마 타고 건넘
- 자신이 죽거든 건너서 묻힐 것임

↓

아버지에게 '돌다리'는 가족의 역사와 추억이 담겨 있는 것으로 전통적인 세대의 자연 중심적 가치관을 상징함

살 순탄허게 진실허게 해라." / "……"

"네가 가업을 이어나가지 않는다군 탄허지 않겠다. 넌 너루서 발전헐 길을 열었구, 그게 또 모리지배(謀利之輩)의 악업이 아니라 활인(活人)허는 인술이구나! 내가 어떻게 불평을 말허니? 다만 삼사 대 집안에서 공들여 이룩해 논 전장을 남의 손에 내맡기게 되는 게 저윽 애석헌 심사가 없달 순 없구……."

"팔지 않으면 그만 아닙니까?"

"나 죽은 뒤에 누가 거두니? 너두 이제두 말했지만 너두 문서 쪽만 쥐구 서울 앉어 지주 노릇만 허게? 그따위 지주허구 작인 틈에서 땅들만 얼말 곯는지 아니? 안 된다. 팔 테다. 나 죽을 임시엔 다 팔 테다. ㉤돈에 팔 줄 아니? 사람헌테 팔 테다. 건너 용문이는 우리 느르지논 같은 건 한 해만 부쳐 보구 죽어두 농군으로 태낳은 걸 한허지 않겠다구 했다. 독시장밭을 내논다구 해봐라. 문보나 덕길이 같은 사람은 길바닥에 나앉드라두 집을 팔아 살려구 덤빌 게다. 그런 사람들이 땅 임자 안 되구 누가 돼야 옳으냐? 그러니 아주 말이 난 김에 내 유언이다. 그런 사람들 무슨 돈으로 땅값으로 한목 내겠니? 몇몇 해구 그 땅 소출을 팔아 연년이 갚어 나가게 헐 테니 너두 땅값을랑 그렇게 받어 갈 줄 미리 알구 있거라. 그리구 네 모가 먼저 가면 내가 묻을 거구, 내가 먼저 가게 되면 네 모만은 네가 서울루 그때 데려가렴. 난 샘말서 이렇게 야인(野人)으로나 죄 없는 밥을 먹다 야인인 채 묻힐 걸 흡족히 여긴다." / "……"

"자식의 젊은 욕망을 들어 못 주는 게 애비 된 맘으루두 섭섭허다. 그러나 이 늙은이헌테두 그만 신념쯤 지켜 오는 게 있다는 걸 무시하지 말어다구."

아버지는 다시 일어나 담배를 피우며 다리 고치는 데로 나갔다. 옆에 앉았던 어머니는 두 눈에 눈물을 쭈루루 흘리었다.

"너희 아버지가 여간 고집이시냐?" / "아뇨, 아버지가 어떤 어른이신 건 오늘 제가 더 잘 알었습니다. 우리 아버진 훌륭헌 인물이십니다."

그러나 창섭도 코허리가 찌르르하였다. 자기가 계획하고 온 일이 실패한 것쯤은 차라리 당연하게 생각되었고, 아버지와 자기와의 세계가 격리되는 일종의 결별의 심사를 체험하는 때문이었다.

[뒷부분 줄거리] 창섭은 돌다리를 건너 저녁차로 돌아가고, 아버지는 그런 아들을 외롭고 불안한 심정으로 바라본다. 저녁이 되어도 잠들지 못한 아버지는 다음 날 아침 튼튼하게 고쳐진 돌다리를 보고 기뻐한다. 그리고 미리 받침돌만 잘 살핀다면 돌다리는 천년만년 끄떡없을 것이라 여기며, 사람이란 하늘 밑에 사는 날까지는 하루라도 방심을 해서는 안 된다고 생각한다.

한눈에 보기

아버지
- 시골 농부
- 전통적 가치관을 지님
- '땅'을 생명의 근원이자 가족사로 여김

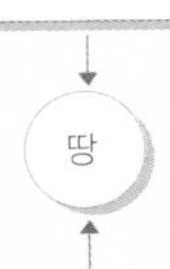

아들(창섭)
- 도시의 의사
- 물질적 가치관을 지님
- '땅'을 실용성을 지닌 자산 가치로 여김

지문 Master

1 아버지는 (　　　　)의 본래적 가치를 더 소중하게 여기는 반면 창섭은 이를 금전적 가치로 바라본다.

2 아들 창섭은 (　　　　)을 확장하기 위해 아버지에게 땅을 팔 것을 제안하지만 아버지는 이를 완강히 반대한다.

1

서술상의 특징 파악

이 글에 대한 설명으로 가장 적절한 것은?

① 방언을 사용하여 해학적인 분위기를 조성하고 있다.
② 설의적 표현으로 인물의 생각을 강조하여 제시하고 있다.
③ 말줄임표를 사용하여 인물의 침착하고 신중한 성격을 나타내고 있다.
④ 대비되는 소재를 활용하여 미래에 대한 인물의 기대감을 드러내고 있다.
⑤ 고백적 진술을 제시하여 인물의 과거 행적에 대한 반성의 태도를 보여 주고 있다.

2

인물 간 갈등의 양상 파악

〈보기〉를 바탕으로 이 글을 감상한 내용으로 적절하지 않은 것은?

보기

소설이나 희곡 등에서 갈등은 사건 속 인물 간의 대립과 충돌로 인해 나타나는 복합적 심리 상태를 그려 낸다. 인물과 인물 간의 갈등, 인물과 환경과의 갈등, 인물과 사회와의 갈등, 집단 간의 갈등, 인물 내부에서 일어나는 갈등 등 서사에서 나타나는 갈등의 양상은 다양하며, 이익, 돈, 욕망, 사랑, 토지 등이 갈등의 원인이나 매개 요소로 작용한다. 갈등은 인물의 성격을 드러내고 세계관 및 가치관의 대립 양상을 드러내는 데 주요한 역할을 수행한다. 또한 인물들 사이의 대립, 자아와 세계와의 상충, 인물 내부의 감정이나 가치관의 충돌을 통해 플롯에서의 긴장감을 유발하기도 한다. 일반적으로 구분되는 플롯의 단계는 갈등을 내재하고 있는 사건의 전개와 발전 및 해소의 단계로, 갈등은 플롯을 지탱하는 요소이자 원리가 된다.

① 창섭과 갈등하면서도 본인의 뜻을 굽히지 않는 아버지의 모습에서 완고한 성격이 드러나는군.
② 아버지와 창섭이 돌다리를 고치는 것과 관련해 충돌하는 장면에서 인물들의 갈등이 나타나는군.
③ 창섭이 아버지를 훌륭한 인물이라 인정하는 모습에서 이 글은 플롯의 단계 중 완전한 갈등 해소 단계임을 알 수 있군.
④ 땅을 파는 문제로 갈등이 발생하고 있다는 점에서 토지가 아버지와 창섭의 갈등 매개 요소로 작용한다고 볼 수 있군.
⑤ 아버지가 창섭의 부탁을 들어주지 못해 섭섭함을 느낀다고 말한 것에서 인물 내부의 감정과 가치관이 충돌하고 있음을 알 수 있군.

3

외적 준거에 따른 작품 감상

〈보기〉를 참고하여 이 글을 해석한 내용으로 적절하지 않은 것은?

보기

'장소애(場所愛)'는 인간의 안정된 삶을 보호하는 터전인 장소에 애착하는 심성이다. 근대 이전에는 '땅'과 '집'이 대표적인 장소애의 대상이었으나, 근대 이후 도시 사회에서는 이들이 도구적 대상이나 교환의 대상으로 변질되었다.

① '창섭'에게 땅은 도구적 가치를 지닌 것으로, 장소애의 대상이 아니다.
② '아버지'에게 돌다리는 삶의 추억과 애환이 투영된 장소애의 대상이다.
③ 마당의 은행나무는 '아버지'에게 장소애의 대상인 집의 성격을 강화하고 있다.
④ 땅에 애착하는 '아버지'의 생각과 행동은 땅에 대한 장소애의 의미를 부각하고 있다.
⑤ 땅을 장소애의 대상으로 여기는 의식이 두루 퍼져 있는 당시 상황이 전제되어 있다.

4

구절의 의미 파악

㉠~㉤에 대한 설명으로 적절하지 않은 것은?

① ㉠: 사람이 아닌 대상에게도 인정을 베풀 줄 알아야 한다는 아버지의 가치관이 드러난다.
② ㉡: 땅에서 얻은 수익으로 학비를 지원한 것이므로 땅에게 감사해야 함을 의미한다.
③ ㉢: 만물은 죽어서 땅으로 돌아감을 근거로 땅을 홀대하는 행위를 비판하고 있다.
④ ㉣: 땅을 팔지 않겠다는 아버지의 선언에 창섭이 반감을 느끼고 있음이 드러난다.
⑤ ㉤: 자신의 땅을 추후 믿고 맡길 수 있는 사람에게 팔고자 하는 아버지의 의지가 드러난다.

복덕방 _이태준

[앞부분 줄거리] 안 초시, 서 참의, 박희완 영감은 복덕방에 모여 소일하면서 뚜렷한 미래가 없는 삶을 살아간다. 잇달아 사업에 실패해 딸인 안경화에게 무시당하며 살던 안 초시는 박희완 영감을 통해 황해 연변의 개발 정보를 입수하고는 안경화에게 부동산 투기를 권한다. 안경화는 아버지의 정보대로 투자를 한다.

일 년이 지났다.

㉠ 모두 꿈이었다. 꿈이라도 너무 악한 꿈이었다. 삼천 원어치 땅을 사 놓고 날마다 신문을 훑어보며 수소문을 하여도 거기는 축항이 된단 말이 신문에도, 소문에도 나지 않았다. 용당포(龍塘浦)와 다사도(多獅島)에는 땅값이 삼십 배가 올랐느니 오십 배가 올랐느니 하고 졸부들이 생겼다는 소문이 있어도 여기는 감감소식일 뿐 아니라 나중에, 역시, 이것도 박희완 영감을 통해 알고 보니 그 관변 모 씨에게 박희완 영감부터 속아 떨어진 것이었다. 축항 후보지로 측량까지 하기는 하였으나 무슨 결점으로인지 중지되고 마는 바람에 너무 기민하게 거기다 땅을 샀던, 그 모 씨가 그 땅 처치에 곤란하여 꾸민 연극이었다. / 돈을 쓸 때는 일 원짜리 한 장 만져도 못 봤지만 벼락은 초시에게 떨어졌다. 서너 끼씩 굶어도 밥 먹을 정신이 나지도 않았거니와 밥을 먹으러 들어갈 수도 없었다.

㉡ "재물이란 친자 간의 의리도 배추 밑 도리듯 하는 건가?"

탄식할 뿐이었다. 밥보다는 술과 담배가 그리웠다. 물론 안경다리는 그저 못 고치었다. 그러나 이제는 오십 전짜리는커녕 단 십 전짜리도 얻어 볼 길이 없다.

[A] 추석 가까운 날씨는 해마다의 그때와 같이 맑았다. 하늘은 천 리같이 트였는데 조각구름들이 여기저기 널리었다. 어떤 구름은 깨끗이 바래 말린 옥양목처럼 흰빛이 눈이 부시다. 안 초시는 이번에도 자기의 때 묻은 적삼 생각이 났다. 그러나 이번에는 소매 끝을 불거나 떨지는 않았다. 고요히 흘러내리는 눈물을 그 더러운 소매로 닦았을 뿐이다.

여름이 극성스럽게 덥더니, 추위도 그럴 징조인지 예년보다 무서리가 일찍 내리었다. 서 참의가 늘 지나다니는 식은 관사(殖銀官舍)*에는 ㉢ 울타리가 넘게 피었던 코스모스들이 끓는 물에 데쳐 낸 것처럼 시커멓게 무르녹고 말았다. / 참의는 머리가 띵하였다. 요즘 와서 울기 잘하는 안 초시를 한번 위로해 주려, 엊저녁에는 데리고 나와 청요릿집으로, 추탕집으로 새로 두 점을 치도록 돌아다닌 때문 같았다. 조반이라고 몇 술 뜨기는 했으나 혀도 그냥 뻑뻑하다. 안 초시도 그럴 것이니까 해는 벌써 오정 때지만 끌고 나와 해장술이나 먹으리라 하고 부지런히 내려와 보니, 웬일인지 복덕방이라고 쓴 베 발이 아직 내어 걸리지 않았다.

"이 사람 봐아…… 어느 땐 줄 알구 코만 고누……."

그러나 코 고는 소리는 들리지 않았다. 미닫이를 밀어젖힌 서 참의는 정신이 번쩍 났다. 안 초시의 입에는 피, 얼굴은 잿빛이었다. 방 안은 움 속처럼 음습한 바람이 휑 끼친다.

"아니……?"

참의는 우선 미닫이를 닫고 눈을 비비고 초시를 들여다보았다. ㉣ 안 초시는 벌써 아니요, 안 초시의 시체일 뿐, 둘러보니 무슨 약병인 듯한 것 하나가 굴러져 있다.

참의는 한참만에야 이 일이 슬픈 일인 것을 깨달았다.

수능 연계 포인트
① 등장인물이 지닌 상징성 이해
② 세대 간의 가치관 대립 파악
③ '복덕방'이라는 공간이 주는 의미 이해

핵심 정리
- **갈래** 단편 소설, 세태 소설
- **시점** 전지적 작가 시점
- **주제** 근대화의 물결 속에서 소외된 노인 세대의 좌절과 비애
- **특징** ① 세대 간의 갈등을 그림 ② 상징적 인물을 통해 주제를 형상화함

작품 해제
이 작품은 1930년대의 한 복덕방을 배경으로, 근대화 과정에서 소외된 세대의 궁핍함과 좌절감을 그린 소설이다. 작가는 부동산 투기 실패로 비극적 죽음을 맞는 안 초시와 이기적이고 위선적인 딸 안경화의 모습을 제시하고 있는데, 이를 통해 소외된 세대에 대한 연민과 새로운 세대에 대한 비판적 태도를 드러내고 있다.

작품 핵심
제목 '복덕방'의 의미
- 시대의 흐름에 적응하지 못하고 소외된 사람들이 애처롭게 살아가는 공간을 의미함
- '복(福)과 덕(德)이 넘치는 방'이라는 의미로 비추어 볼 때, 반어적인 성격을 띰

"허……."

파출소로 갈까 하다 그래도 자식한테 먼저 알려야겠다 하고 말만 듣던 그 안경화 무용 연구소를 찾아가서 안경화를 데리고 왔다. 딸이 한참 울고 난 뒤다. / "관청에 어서 알려야지?"

"아니야요, 아스세요." / 딸은 펄쩍 뛰었다.

"아스라니?" / "저……." / "저라니?"

㉤"제 명예도 좀……." / 하고 그는 애원하였다.

"명예? 안 될 말이지, 명옐 생각하는 사람이 애빌 저 모양으로 세상 떠나게 해?"

"……."

안경화는 엎드려 다시 울었다. 그러다가 나가려는 서 참의의 다리를 끌어안고 놓지 않았다. 그리고,

"절 살려 주세요." / 소리를 몇 번이나 거듭하였다.

"그럼, 비밀은 내가 지킬 테니 나 하자는 대로 할까?"

"네." / 서 참의는 다시 앉았다.

"부친 위해 보험 든 거 있지?" / "네, 간이 보험이야요."

"무슨 보험이든……. 얼마나 타게 되누?" / "사백팔십 원요."

"부친 위해 들었으니 부친 위해 다 써야지?" / "그럼요."

"에헴, 그럼……, 돌아간 이가 늘 속샤쓸 입구퍼 했어. 상등 털샤쓰를 사다 입히구, 그 위에 진견으로 수의 일습* 구색 맞춰 짓게 허구…… 선산이 있나, 묻힐 데가?" / "웬걸요, 없어요."

"그럼 공동묘지라도 특등지루 널찍하게 사구…… 장례식을 장하게 해야 말이지 초라하게 해 버리면 내가 그저 안 있을 게야. 알아들어?" / "네에."

하고 안경화는 그제야 핸드백을 열고 눈물 젖은 얼굴을 닦았다.

[뒷부분 줄거리] 서 참의가 당부한 바에 따라 안경화의 무용 연구소 앞에서 안 초시의 장례식이 치러지고, 서 참의와 박희완 영감은 울분과 설움을 느낀다.

* 식은 관사(殖銀官舍) : 한국 산업 은행의 전신인 '조선 식산 은행'의 사택
* 일습(一襲) : 옷, 그릇, 기구 따위의 한 벌. 또는 그 전부

한눈에 보기

안 초시, 서 참의, 박희완 영감
시대의 흐름에서 소외된 계층

↕ 가치관의 대립

안경화
근대화를 받아들인 신세대

지문 Master

1 서 참의는 안 초시를 만나러 (　　　　)에 들어갔지만 안 초시는 이미 죽어 있었다.

2 아버지의 자살 소식을 들은 (　　　　)는 자신의 명예를 먼저 생각하면서 서 참의에게 안 초시의 자살을 비밀로 하자고 한다.

1

문단의 기능 파악

[A]에 대한 설명으로 가장 적절한 것은?

① 시점의 변화를 통해 새로운 사건을 전개하고 있다.

② 과거를 회상하는 장면을 통해 갈등 해결의 실마리를 제시하고 있다.

③ 인물의 상황과 상반되는 배경을 제시하여 비극성을 심화시키고 있다.

④ 시대적 배경을 상세하게 묘사하여 사회 문제를 현실성 있게 드러내고 있다.

⑤ 작품 속 인물의 독백적 어조를 통해 내면 심리를 섬세하게 드러내고 있다.

2

인물의 말하기 방식 파악

이 글에 나타난 서 참의와 안경화의 말하기 방식을 〈보기〉에서 골라 바르게 묶은 것은?

보기

ㄱ. 안경화는 서 참의에게 감정적으로 호소하고 있다.
ㄴ. 서 참의는 안경화의 생각을 바로잡기 위해 훈계하고 있다.
ㄷ. 서 참의는 안경화가 해야 할 일에 대한 구체적인 방법을 나열하고 있다.
ㄹ. 안경화는 서 참의의 질타에 진심으로 사과하며 반성적 어조로 답하고 있다.
ㅁ. 서 참의는 안경화의 약점을 이용하여 자신의 요구가 관철되도록 유도하고 있다.

① ㄱ, ㄴ, ㄷ　② ㄱ, ㄷ, ㅁ　③ ㄴ, ㄷ, ㄹ
④ ㄴ, ㄹ, ㅁ　⑤ ㄷ, ㄹ, ㅁ

3

구절의 의미 파악

㉠~㉤에 대한 설명으로 적절하지 않은 것은?

① ㉠: 안 초시의 부동산 투자가 실패로 끝났음을 의미한다.
② ㉡: 부동산 투자의 실패로 안경화가 안 초시를 냉대하고 있음을 알 수 있다.
③ ㉢: 서 참의의 우울한 현재의 심정을 나타내면서 비극적인 그의 최후를 상징적으로 보여 주는 것이다.
④ ㉣: 안 초시가 약을 먹고 자살을 했음을 짐작할 수 있다.
⑤ ㉤: 안경화는 자신의 잘못과 불효가 세상에 알려질 것을 두려워하고 있다.

4

인물에 대한 이해

이 글을 읽고 작성한 다음 감상문의 내용 중 적절하지 않은 것은?

이 작품은 일제 강점기인 1930년대 서울 변두리의 한 복덕방을 배경으로 전개되고 있다. 근대화의 물결 속에서 소외된 노인들은 빠르게 변해 가는 세상의 흐름에 적응하지 못하고 복덕방에서 소일하며 살아간다. 이 작품에는 안 초시와 딸 안경화의 갈등이 두드러지는데, 두 사람의 갈등은 구세대와 신세대 간의 갈등을 상징적으로 보여 주는 것이다. ① 안경화는 근대적 가치관을 가진 인물로, 자신만을 생각하고 체면을 중시한다. ② 소외된 노년의 궁핍함과 절망감을 보여 주는 안 초시는 근대화에 적응하지 못한 구세대를 대표하는 인물이다. 이 작품에서 ③ 안 초시가 죽음에 이르게 된 표면적인 이유는 부동산 투기의 실패에 따른 절망감 때문이지만, 그 이면에는 ④ 가족 공동체의 붕괴, 즉 딸 안경화와의 갈등과 그로 인한 소외가 결정적인 이유일 것이다. ⑤ 이러한 갈등을 해결하고 세대를 화합하는 인물이 바로 서 참의이다. 서 참의는 상처받은 안 초시의 혼이라도 달래 주고자 물질적인 것을 중요하게 여기는 안경화에게 안 초시의 성대한 장례식을 당부한다.

날개 _이상

[앞부분 줄거리] '나'는 삶의 의욕을 상실한 채 방 안에서 뒹굴며 지내는데, 아내가 외출하고 난 뒤에 아내의 방에서 혼자 노는 것을 재미 삼아 지낸다. 아내에게 내객이 찾아올 때면 아내는 종종 '나'에게 은화를 주는데, '나'는 아내가 무슨 일을 하여 돈을 버는지 알지 못한다.

아내가 외출만 하면 나는 얼른 ㉠ 아랫방으로 와서 그 동쪽으로 난 들창을 열어 놓고, 열어 놓으면 들이비치는 볕살이 아내의 화장대를 비춰 가지각색 병들이 아롱지면서 찬란하게 빛나고 이렇게 빛나는 것을 보는 것은 다시없는 내 오락이다. 나는 조그만 '돋보기'를 꺼내 가지고 아내만이 사용하는 지리가미를 그슬어 가면서 불장난을 하고 논다. 평행 광선을 굴절시켜서 한 초점에 모아 가지고 그 초점이 따끈따끈해지다가, 마지막에는 종이를 그슬기 시작하고 가느다란 연기를 내면서 드디어 구멍을 뚫어 놓는 데까지에 이르는 고 얼마 안 되는 동안의 초조한 맛이 죽고 싶을 만치 내게는 재미있었다.

이 장난이 싫증이 나면 나는 또 아내의 손잡이 거울을 가지고 여러 가지로 논다. 거울이란 제 얼굴을 비칠 때만 실용품이다. 그 외의 경우에는 도무지 장난감인 것이다.

이 장난도 곧 싫증이 난다. 나의 유희심은 육체적인 데서 정신적인 데로 비약한다. 나는 거울을 내던지고 아내의 화장대 앞으로 가까이 가서 나란히 늘어놓인 고 가지각색의 화장품 병들을 들여다본다. 고것들은 세상의 무엇보다도 매력적이다. 나는 그중의 하나만을 골라서 가만히 마개를 빼고 병 구멍을 내 코에 가져다 대고 숨죽이듯이 가벼운 호흡을 하여 본다. 이국적인 센슈얼한 향기가 폐로 스며들면 나는 저절로 스르르 감기는 내 눈을 느낀다. 확실히 아내의 체취의 파편이다. 나는 도로 병마개를 막고 생각해 본다. 아내의 어느 부분에서 요 냄새가 났던가를……. 그러나 그것은 분명치 않다. 왜? 아내의 체취는 요기 늘어섰는 가지각색 향기의 합계일 것이니까. 〈중략〉

나는 오늘 아침에 네 개의 아스피린을 먹은 것을 기억하고 있다. 나는 잤다. 어제도 그제도 그끄제도 – 나는 졸려서 견딜 수가 없었다. 나는 감기가 다 나았는데도 아내는 내게 아스피린을 주었다. 내가 잠이 든 동안에 이웃에 불이 난 일이 있다. 그때에도 나는 자느라고 몰랐다. 이렇게 나는 잤다. 나는 아스피린으로 알고 그럼 한 달 동안을 두고 아달린을 먹어 온 것이다. 이것은 좀 너무 심하다.

[중략 부분 줄거리] '나'는 아내가 방에서 다른 남자와 있는 것을 보고 거리를 쏘다니며 방황하고, 그동안 아내가 자신에게 주었던 약이 수면제였다는 것을 알고 고민에 빠지지만 오해일지도 모른다는 생각에 미안하게 생각한다.

나는 어디로 어디로 들입다 쏘다녔는지 하나도 모른다. 다만 몇 시간 후에 내가 ㉡ 미쓰꼬시 옥상에 있는 것을 깨달았을 때는 거의 대낮이었다. / 나는 거기 아무 데나 주저앉아서 내 자라 온 스물여섯 해를 회고하여 보았다. 몽롱한 기억 속에서는 이렇다는 아무 제목도 불거져 나오지 않았다.

나는 또 내 자신에게 물어보았다. 너는 인생에 무슨 욕심이 있느냐고. 그러나 있다고도 없다고도, 그런 대답은 하기가 싫었다. 나는 거의 나 자신의 존재를 인식하기조차도 어려웠다. 〈중략〉

나는 또 회탁의 거리를 내려다보았다. 거기서는 피곤한 생활이 똑 금붕어 지느러미처럼 흐늑흐늑 허비적거렸다. 눈에 보이지 않는 끈적끈적한 줄에 엉켜서 헤어나지들을 못한다. 나는 피로와 공복 때문에 무너져 들어가는 몸뚱이를 끌고 그 회탁의 거리 속으로

수능 연계 포인트

① '나'의 심리 변화 파악
② 소재의 의미 파악
③ 표현상의 특징 파악

핵심 정리

- **갈래** 단편 소설, 심리 소설
- **시점** 1인칭 주인공 시점
- **주제** 식민지 지식인의 무기력한 삶과 자아 분열 속에서 벗어나 진정한 정체성을 회복하고자 하는 의지
- **특징** ① 의식의 흐름 기법을 사용함 ② 상징적인 소재가 사용됨 ③ 남녀 관계의 역전을 통해 비정상적인 분위기를 형성함

작품 해제

현대인의 무의미한 삶과 자아 분열을 그려 낸 최초의 심리 소설로, 1930년대 식민지 시대를 살아가는 무기력한 지식인의 삶을 보여 주고 있다. 주인공이 외출을 통해 자아 정체성을 의미하는 '날개'가 돋기를 염원하는 것은 무의미한 삶 속에서도 생의 의미를 찾고자 하는 의지를 드러낸다.

작품 핵심

인물의 특징

- '나': 직업이 없고 경제적으로 무능한 지식인으로, 아내에게 기생하며 무기력하게 삶
- 아내: 돈을 받고 몸을 팔며 남편을 먹여 살리는 현실적인 인물임

섞여 들어가지 않는 수도 없다 생각하였다. 나서서 나는 또 문득 생각하여 보았다. 이 발길이 지금 어디로 향하여 가는 것인가를…….

그때 내 눈앞에는 아내의 모가지가 벼락처럼 내려 떨어졌다. 아스피린과 아달린.

우리들은 서로 오해하고 있느니라. 설마 아내가 아스피린 대신에 아달린 정량을 나에게 먹여 왔을까? 나는 그것을 믿을 수가 없다. 아내가 그럴 대체 까닭이 없을 것이니. 그러면 나는 날밤을 새면서 도적질을, 계집질을 하였나? 정말이지 아니다.

우리 부부는 숙명적으로 발이 맞지 않는 절름발이인 것이다. 내가 아내나 제 거동에 로직을 붙일 필요는 없다. 변해할 필요도 없다. 사실은 사실대로 오해는 오해대로 그저 끝없이 발을 절뚝거리면서 세상을 걸어가면 되는 것이다. 그렇지 않을까?

그러나 나는 이 발길이 아내에게로 돌아가야 옳은가 이것만은 분간하기가 좀 어려웠다. 가야 하나? 그럼 어디로 가나?

이때 뚜우하고 정오 사이렌이 울렸다. 사람들은 모두 네 활개를 펴고 닭처럼 푸드덕거리는 것 같고 온갖 유리와 강철과 대리석과 지폐와 잉크가 부글부글 끓고 수선을 떨고 하는 것 같은 찰나, 그야말로 현란을 극한 정오다.

나는 불현듯이 겨드랑이가 가렵다. 아하, 그것은 내 인공의 날개가 돋았던 자국이다. 오늘은 없는 이 날개, 머릿속에서는 희망과 야심의 말소된 페이지가 딕셔너리 넘어가듯 번뜩였다.

나는 걷던 걸음을 멈추고 그리고 어디 한번 이렇게 외쳐 보고 싶었다.

날개야 다시 돋아라.

날자. 날자. 날자. 한 번만 더 날자꾸나.

한 번만 더 날아 보자꾸나.

한눈에 보기

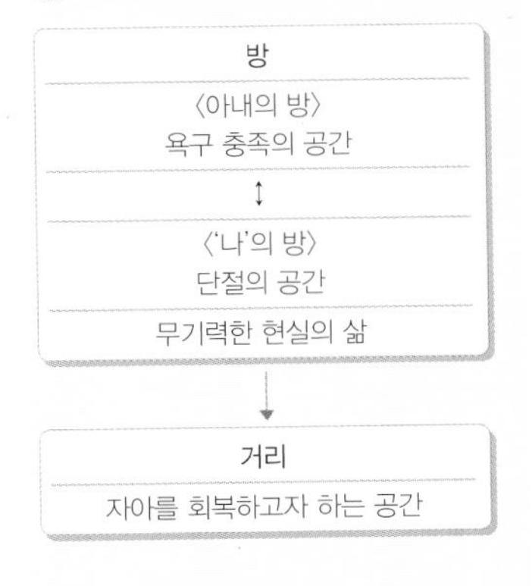

지문 Master

1 '나'의 아내는 아스피린 대신에 (   )을 '나'에게 먹여 왔다.

2 (   )이 울리고 '나'는 날개를 달고 날아오르고 싶다는 충동을 느낀다.

1 서술상의 특징 파악

이 글의 서술상 특징으로 적절한 것은?

① 공간의 이동에 따라 인물 간의 갈등이 점차 해소되고 있다.
② 객관적인 서술을 통해 독자와 인물 간의 거리를 유지하고 있다.
③ 인물의 내면세계를 중심으로 의식의 흐름에 따라 서술하고 있다.
④ 빈번한 장면 전환을 통해 상상과 현실의 경계를 모호하게 넘나들고 있다.
⑤ 시간의 흐름에 따른 서술을 통해 일상적 삶의 모습을 사실적으로 드러내고 있다.

2

인물의 심리 파악

이 글의 '나'에 대한 설명으로 적절하지 않은 것은?

① '나'는 아내에게 속은 사실을 알게 된 후 배신감을 느끼고 있어.
② '나'는 아내에 대한 이해를 통해 자아 정체성을 회복하고 있어.
③ '나'는 아내에 의지해 살아가는 무기력한 지식인으로 볼 수 있어.
④ '나'는 자신의 삶을 되돌아보지만 그 속에서 별다른 의미를 찾아내지 못하고 있어.
⑤ 날고자 하는 '나'의 외침에서 자유로운 삶을 살고자 하는 '나'의 욕구를 느낄 수 있어.

3

공간의 의미 파악

㉠과 ㉡에 대한 설명으로 가장 적절한 것은?

① ㉠은 비현실적인 공간이며, ㉡은 현실적인 공간이다.
② ㉠은 개인적인 공간이며, ㉡은 사회성이 드러나는 공간이다.
③ ㉠은 자아가 분열된 공간이며, ㉡은 세속적인 꿈을 꾸는 공간이다.
④ ㉠은 주인공이 꿈을 꾸는 공간이며, ㉡은 주인공의 꿈이 좌절되는 공간이다.
⑤ ㉠은 아내에게 의지하는 수동적인 공간이며, ㉡은 아내에게서 벗어나 세상을 조망할 수 있는 공간이다.

4

외적 준거를 통한 감상의 적절성 파악

〈보기〉를 바탕으로 이 글을 감상한 내용으로 적절하지 않은 것은?

보기

이상의 〈날개〉에서 '나'는 현실의 구속과 억압에 순응하는 수동적인 삶의 태도를 보이며 아내를 포함한 현실에 대하여 알기를 회피하고 오히려 무지한 상태를 편안하게 생각한다. 작가는 이러한 '나'의 나태와 무지, 무기력한 삶의 태도 그리고 짐승같이 사육되는 경험을 그려 냄으로써 식민지 역사의 부정적 의미를 고발한다. 또한 생존을 위협하는 아내의 속임수 앞에서도 속수무책인 '나'의 모습을 통해 제국주의 권력 앞에 기만당하는 식민지 역사의 부정적 의미를 환기한다. 이처럼 작가는 식민지 현실을 폭로함으로써 삶의 회복을 꾀하고 있으며, 주어진 삶에 순응하는 소극적인 삶이 아니라 역사를 창조할 수 있는 능동적인 삶의 의미를 각성하기를 바라고 있다.

① 아랫방에서 돋보기로 불장난을 하거나 손잡이 거울을 가지고 노는 행위를 재미있어 하는 '나'의 유아적 행위를 통해 식민지 지식인의 나태와 무지를 나타내고 있군.
② 아내가 준 약이 '아스피린'인지 '아달린'인지조차 정확히 알지 못했던 '나'의 상황을 통해 제국주의의 권력 앞에 기만당하는 식민지 역사의 부정적 의미를 환기하고 있군.
③ '나'가 '자라 온 스물여섯 해를 회고'해 보아도 '이렇다는 아무 제목도 불거져 나오지 않았다.'는 모습을 통해 주어진 삶에 순응하며 의미 없는 삶을 살아가는 식민지 지식인의 현실을 폭로하고 있군.
④ '나'가 사람들을 '네 활개를 펴고 닭처럼 푸드덕거리는 것'처럼 인식하는 것을 통해 사람이 짐승같이 사육되는 식민지 역사의 부정적 의미를 고발하고 있군.
⑤ '나'의 머릿속에서 '희망과 야심의 말소된 페이지가 딕셔너리 넘어가듯 번뜩였다.'는 것을 통해 소극적 삶의 태도에서 벗어나 능동적인 삶의 의미를 각성하는 순간을 그려 내고 있군.

메밀꽃 필 무렵 _이효석

허 생원은 오늘 밤도 또 그 이야기를 끄집어내려는 것이다. 조 선달은 친구가 된 이래 귀에 못이 박히도록 들어 왔다. 그렇다고 싫증을 낼 수도 없었으나 허 생원은 시치미를 떼고 되풀이할 대로는 되풀이하고야 말았다.

"달밤에는 그런 이야기가 격에 맞거든."

[가] 조 선달 편을 바라는 보았으나 물론 미안해서가 아니라 달빛에 감동하여서였다. 이지러는 졌으나 보름을 가제 지난 달은 부드러운 빛을 흐붓이 흘리고 있다. 대화까지는 칠십 리의 밤길, 고개를 둘이나 넘고 개울을 하나 건너고 벌판과 산길을 걸어야 된다. 달은 지금 긴 산허리에 걸려 있다. 밤중을 지난 무렵인지 죽은 듯이 고요한 속에서 짐승 같은 달의 숨소리가 손에 잡힐 듯이 들리며, 콩 포기와 옥수수 잎새가 한층 달에 푸르게 젖었다. 산허리는 온통 메밀밭이어서 피기 시작한 꽃이 소금을 뿌린 듯이 흐뭇한 달빛에 숨이 막힐 지경이다. 붉은 대궁이 향기같이 애잔하고 나귀들의 걸음도 시원하다.

길이 좁은 까닭에 세 사람은 나귀를 타고 외줄로 늘어섰다. 방울 소리가 시원스럽게 딸랑딸랑 메밀밭께로 흘러간다. 앞장선 허 생원의 이야기 소리는 꽁무니에 선 동이에게는 확적히는 안 들렸으나, 그는 그대로 개운한 제멋에 적적하지는 않았다.

"장 선 꼭 이런 날 밤이었네. 객줏집 토방이란 무더워서 잠이 들어야지. 밤중은 돼서 혼자 일어나 개울가에 목욕하러 나갔지. 봉평은 지금이나 그제나 마찬가지지. 보이는 곳마다 메밀밭이어서 개울가가 어디 없이 하얀 꽃이야. 돌밭에 벗어도 좋을 것을, 달이 너무도 밝은 까닭에 옷을 벗으러 물방앗간으로 들어가지 않았나. 이상한 일도 많지. 거기서 난데없는 성 서방네 처녀와 마주쳤단 말이네. 봉평서야 제일가는 일색이었지."

"팔자에 있었나 부지." / 아무렴 하고 응답하면서 말머리를 아끼는 듯이 한참이나 담배를 빨 뿐이었다.

구수한 자줏빛 연기가 밤기운 속에 흘러서는 녹았다.

"날 기다린 것은 아니었으나 그렇다고 달리 기다리는 놈팽이가 있는 것두 아니었네. 처녀는 울고 있단 말야. 짐작은 대고 있었으나 성 서방네는 한창 어려워서 들고날 판인 때였지. 한집안 일이니 딸에겐들 걱정이 없을 리 있겠나. 좋은 데만 있으면 시집도 보내련만 시집은 죽어도 싫다지……. 그러나 처녀란 울 때같이 정을 끄는 때가 있을까. 처음에는 놀라기도 한 눈치였으나 걱정 있을 때는 누그러지기도 쉬운 듯해서 이럭저럭 이야기가 되었네……. 생각하면 무섭고도 기막힌 밤이었어."

"제천인지로 줄행랑을 놓은 건 그 다음 날이었나?"

"다음 장도막에는 벌써 온 집안이 사라진 뒤였네. 장판은 소문에 발끈 뒤집혀 고작해야 술집에 팔려가기가 상수라고 처녀의 뒷공론이 자자들 하단 말이야. 제천 장판을 몇 번이나 뒤졌겠나. 하나 처녀의 꼴은 꿩 귀 먹은 자리야. 첫날 밤이 마지막 밤이었지. 그때부터 봉평이 마음에 든 것이 반평생을 두고 다니게 되었네. 평생인들 잊을 수 있겠나."

수능 연계 포인트

① 서술상의 특징 파악
② 배경의 기능과 역할 파악
③ 작품의 서정적 분위기 이해

핵심 정리

- **갈래** 단편 소설, 순수 소설
- **시점** 전지적 작가 시점
- **주제** 장돌뱅이 삶의 애환과 인간 본연의 애정
- **특징** ① 세련된 언어로 낭만적인 서정을 불러일으킴 ② 암시와 여운을 주는 결말 처리 방식을 택함

작품 해제

이 작품은 봉평에서 다음 장터로 향하는 길을 배경으로, 장돌뱅이들의 삶과 애환을 드러내고 있는 소설이다. 과거와 현재의 사건을 교차하여 서술하고 있으며, 메밀꽃이 피어 있는 달밤에 대한 감각적 묘사는 이 작품의 백미로 꼽힌다.

작품 핵심

배경의 의미와 역할

시간적	달밤: 허 생원에게 추억을 떠올리게 함
공간적	• 산길: 삶의 역경, 허 생원과 동이의 혈육 관계 확인 • 개울: 허 생원이 동이에게 혈육의 정을 느끼게 함

"수 좋았지. 그렇게 신통한 일이란 쉽지 않어. 항용 못난 것 얻어 새끼 낳고, 걱정 늘고 생각만 해두 진저리나지……. 그러나 늘그막바지까지 장돌뱅이로 지내기도 힘드는 노릇 아닌가? 난 가을까지만 하구 이 생애와두 하직하려네. 대화쯤에 조그만 전방이나 하나 벌이구 식구들을 부르겠어. 사시장철 뚜벅뚜벅 걷기란 여간이래야지."

"옛 처녀나 만나면 같이나 살까……. 난 거꾸러질 때까지 이 길 걷고 저 달 볼 테야."

〈중략〉

"모친의 친정은 원래부터 제천이었던가?"

"웬걸요, 시원스리 말은 안 해 주나 봉평이라는 것만은 들었죠."

"봉평? 그래 그 아비 성은 무엇인구?"

"알 수 있나요. 도무지 듣지를 못했으니까."

"그, 그렇겠지."

하고 중얼거리며 흐려지는 눈을 까물까물하다가 허 생원은 경망하게도 발을 빗디디었다. 앞으로 고꾸라지기가 바쁘게 몸째 풍덩 빠져 버렸다. 허비적거릴수록 몸은 건잡을 수 없어 동이가 소리를 치며 가까이 왔을 때에는 벌써 퍽이나 흘렀었다. 옷째 쫄딱 젖으니 물에 젖은 개보다도 참혹한 꼴이었다. 동이는 물속에서 어른을 해깝게 업을 수 있었다. 젖었다고는 하여도 여윈 몸이라 장정 등에는 오히려 가벼웠다. / "이렇게까지 해서 안됐네. 내 오늘은 정신이 빠진 모양이야."

"염려하실 것 없어요."

"그래 모친은 아비를 찾지는 않는 눈치지?"

"늘 한번 만나고 싶다고는 하는데요."

"지금 어디 계신가?"

"의부와도 갈라져 제천에 있죠. 가을에는 봉평에 모셔 오려고 생각 중인데요. 이를 물고 벌면 이럭저럭 살아갈 수 있겠죠."

"아무렴, 기특한 생각이야. 가을이렷다?"

동이의 탐탁한 등허리가 뼈에 사무쳐 따뜻하다. 물을 다 건넜을 때에는 도리어 서글픈 생각에 좀 더 업혔으면도 하였다.

한눈에 보기

과거
봉평 물방앗간에서 만난
허 생원과 성 서방네 처녀

매개체
메밀꽃이 핀
달밤

현재
봉평에서 다음 장터로 가는 중인
허 생원, 조 선달, 동이 일행

지문 Master

1 산허리는 온통 (   )이어서 피기 시작한 꽃이 소금을 뿌린 듯이 흐뭇한 달빛에 숨이 막힐 지경이었다.

2 허 생원은 (   )가 자신의 아들일지도 모른다고 생각한다.

1

서술상의 특징 파악

이 글의 서술상 특징으로 적절하지 않은 것은?

① 잦은 장면 전환으로 사건을 빠르게 전개하고 있다.
② 서술자가 인물의 심리를 직접적으로 서술하고 있다.
③ 특정한 공간적 특성이 사건 전개에 영향을 미치고 있다.
④ 인물 간 대화를 통해 과거의 사건을 요약적으로 전달하고 있다.
⑤ 순수한 우리말과 토속어를 사용하여 향토적 서정을 자아내고 있다.

2

인물의 심리와 성격 파악

이 글의 인물에 대한 이해로 적절하지 않은 것은?

① 동이는 허 생원이 자신의 아버지일 수도 있다는 사실을 아직 잘 모르나 봐.
② 어머니에 대해 이야기하는 동이의 모습을 보니 효심이 깊은 것을 알 수 있군.
③ 허 생원이 발을 헛딛은 것은 동이가 자신의 아들일 것이라고 짐작하여 당황했기 때문이야.
④ 동이에게 업힌 허 생원이 서글퍼하는 것은 자신과 동이의 관계를 밝힐 수 없는 처지 때문이야.
⑤ 여러 번 들은 허 생원의 과거 이야기에도 장단을 맞춰 주는 것을 보니 조 선달의 성격은 원만한 편이군.

3

배경의 기능 파악

[가]에 대한 설명으로 적절하지 않은 것은?

① 허 생원의 애틋하고 운명적인 사연을 부각시킨다.
② 허 생원이 추억을 회상하는 데 필연성을 부여한다.
③ 고요한 달밤의 풍경이 신비로운 분위기를 형성한다.
④ 아름다운 정경이 인물들의 고단한 여정을 위로해 준다.
⑤ 인물 간 형성되었던 갈등 관계를 해소하는 계기를 마련한다.

4

작품에 사용된 관용적 표현의 이해

〈보기〉를 바탕으로 이 글을 이해한 내용으로 적절하지 않은 것은?

보기

관용적 표현이란 어구나 한 문장이 그것을 이룬 하나하나의 단어의 의미와 관계없이 전체로써 하나의 뜻을 나타내는 것으로, 오랜 기간에 걸쳐 대중들에 의해 관습적으로 사용되는 표현을 뜻한다. 관용적 표현은 그 나라의 문화와 밀접한 관련을 맺고 있으며 화자의 뜻을 비유나 연상들을 통해 전달하기 때문에 강조의 효과를 볼 수 있어 일상생활에 자주 사용된다. 따라서 문학 작품에 사용된 관용적 표현의 의미를 고려하여 작품을 감상한다면 내용에 대한 정확한 이해 및 감동과 더불어 문화적 배경에 대한 이해까지 가능해진다.

① 조 선달이 허 생원의 이야기를 '귀에 못이 박히도록' 들어 왔다고 표현함으로써, 허 생원이 같은 이야기를 여러 차례 반복해 왔으며 성 서방네 처녀를 여전히 그리워하고 있음을 드러내고 있군.
② 달의 숨소리가 '손에 잡힐 듯이' 들렸다고 표현함으로써, 달이 매우 가깝고 또렷하게 보이는 신비로운 달밤의 풍경을 생생하게 그려 내고 있군.
③ 처녀의 꼴이 '꿩 궈 먹은 자리'라고 표현함으로써, 허 생원이 제천에서 목격한 처녀가 객지에서 갖은 고생을 겪어 남루한 모습을 하고 있었음을 나타내고 있군.
④ 어머니를 봉평에 모셔 와 '이를 물고' 벌어 살아가겠다고 표현함으로써, 넉넉하지 않은 형편임에도 어머니와 함께 살아가기 위한 각오를 다지는 동이의 효심을 나타내고 있군.
⑤ 동이의 등허리가 '뼈에 사무쳐' 따뜻하다고 표현함으로써, 동이의 등에 업힌 채로 대화를 나누는 과정에서 허 생원이 동이에게 깊고 강한 정을 느끼게 되었음을 나타내고 있군.

산 _이효석

낙엽 속에 파묻혀 앉아 깨금을 알뜰이 바수는 중실은, 이제 새삼스럽게 그 향기를 생각하고 나무를 살피고 하늘을 바라보는 것이 아니었다. 그런 것은 한데 합쳐 몸에 함빡 젖어들어 전신을 가지고 모르는 결에 그것을 느낄 뿐이다. 산과 몸이 빈틈없이 한데 얼린 것이다. 눈에는 어느 결엔지 푸른 하늘이 물들었고 피부에는 산 냄새가 배었다. 바심*할 때의 짚북데기보다도 부드러운 나뭇잎 — 여러 자 깊이로 쌓이고 쌓인 깨금잎, 가락잎, 떡갈잎의 부드러운 보료 — 속에 몸을 파묻고 있으면 몸뚱어리가 마치 땅에서 솟아난 한 포기의 나무와도 같은 느낌이다. 소나무, 참나무, 총중의 한 대의 나무다. 두 발은 뿌리요 두 팔은 가지다. 살을 베면 피 대신에 나뭇진이 흐를 듯하다. 잠자코 섰는 나무들의 주고받은 은근한 말을, 나뭇가지의 고개짓하는 뜻을, 나뭇잎의 소곤거리는 속심을 총중의 한 포기로서 넉넉히 짐작할 수 있다. 해가 쬘 때에 즐거하고, 바람 불 때에 농탕치고, 날 흐릴 때 얼굴을 찡그리는 나무들의 풍속과 비밀을 역력히 번역해 낼 수 있다. 몸은 한 포기의 나무다. 별안간 부드득 솟아오르는 힘을 느끼고 중실은 벌떡 뛰어 일어났다. 〈중략〉

세상에 머슴살이같이 잇속 적은 생업은 없다.

싸울래 싸운 것이 아니라 김 영감 편에서 투정을 건 셈이다. 지금 와 보면 처음부터 쫓아낼 의사였던 것이 확실하다. 중실은 머슴 산 지 칠 년에 아무것도 쥔 것 없이 맨주먹으로 살던 집을 쫓겨났다. 원통은 하였으나 애통하지는 않았다.

[A] 해마다 사경을 또박또박 받아 본 일이 없다. 옷 한 벌 버젓하게 얻어 입은 적 없다. 명절에는 놀이할 돈도 푼푼이 없이 늘 개보름 쇠듯 하였다. 장가들이고 집 사고 살림을 내 준다던 것도 헛소리였다. 첩을 건드렸다는 생뚱 같은 다짐이었으나, 그것은 처음부터 계책한 억지요, 졸색의 둥글개 따위에는 손댈 염도 없었던 것이다. 빨래하러 갔던 첩과 동구 밖에서 마주쳐 나뭇짐을 지고 앞서고 뒷서서 돌아왔다고 의심받을 법은 없다. 첩과 수상한 놈팡이는 도리어 다른 곳에 있는 것을 애매한 중실에게 엉뚱한 분풀이가 돌아온 셈이었다. 가살스런* 첩의 행실을 휘어잡지 못하고 늘그막판에 속태우는 영감의 신세가 하기는 가엾기는 하다. 더욱 엉클어질 앞일을 생각하고 중실은 차라리 하직하고 나온 것이었다.

넓은 하늘 밑에서도 갈 곳이 없다. 제일 친한 곳이 늘 나무하러 가던 산이었다. 짚북더기보다도 부드러운 두툼한 나뭇잎의 맛이 생각났다. 그 넓은 세상은 사람을 배반할 것 같지는 않았다. 빈 지게만을 걸머지고 산으로 들어갔다. 그 속에서 얼마 동안이나 견딜 수 있을까가 한 시험도 되었다.

박중골에서도 오 리나 들어간 마을과 사람과는 인연이 먼 산협이다. 산등이 펑퍼짐하고 양지쪽에 해가 잘 쬐고 골짜기에 개울이 흐르고 개울가에 나무열매가 지천으로 열려 있는 곳이다. 양지쪽에서는 나무하러 왔다 낮잠을 잔 적도 여러 번이었다. 개울가에 불을 피우고 밭에서 뜯어온 옥수수 이삭을 구웠다. 수풀 속에서 찾은 으름과 나뭇가지에 익어 시든 아그배와 산사로 배가 불렀다. 나뭇잎을 모아 그 속에 푹 파고 든 잠자리도 그다지 춥지는 않았다.

이튿날 산을 헤매다가 공교롭게도 주영나무 가지에 야트막하게 달린 벌집을 찾아냈

수능 연계 포인트

① '산'의 상징성 이해
② 서정적이고 함축적인 문체의 특징 파악
③ 인물을 통한 주제 의식 파악

핵심 정리

- **갈래** 단편 소설, 순수 소설
- **시점** 전지적 작가 시점
- **주제** 자연에 동화된 인간의 삶
- **특징** ① 낭만적이고 서정적인 문체와 분위기가 나타남 ② 인물이 겪은 마을에서의 불행한 삶과 자연에서의 행복한 삶이 대비되어 전개됨

작품 해제

이 작품은 인간 세상에 염증을 느낀 주인공 중실이 마을을 떠나 산속에서 살며 자연과의 교감을 통해 행복을 느끼고, 자연 속에서 만족하는 모습을 그리고 있다. 간결하고 함축적이며 서정적인 문체를 사용하여 자연을 지향하는 삶을 추구했던 작가 이효석의 작품 세계를 잘 보여 주는 작품으로 평가 받고 있다.

작품 핵심

자연과 교감하는 중실

머슴살이에서 쫓겨난 중실은 산에서 자연의 아름다움을 느끼며 살아감. 작가는 중실이 교감하는 산속 자연 환경을 여러 가지 감각적 심상으로 그려 내고 시적인 비유를 통해 독자에게 생생하게 전달함

다. 담배 연기를 피워 벌떼를 이지러트리고 감쪽같이 집을 들어냈다. 속에는 맑은 꿀이 차 있었다. 사람은 살라고 마련인 듯싶다. 꿀은 조금으로도 요기가 되었다. 개와 함께 여러 날 양식이 되었다.

꿀이 다 떨어지지도 않은 그저께 밤에는 맞은편 심산에 산불이 보였다. 백일홍같이 새빨간 불꽃이 어둠 속에 가깝게 솟아올랐다. 낮부터 타기 시작한 것이 밤에 들어가서 겨우 알려진 것이다. 누에에게 먹히는 뽕잎같이 아물아물 헤어지는 것 같으나, 기실은 한 자리에서 아롱아롱 타는 것이었다. 아귀의 혀끝같이 널름거리는 불꽃이 세상에도 아름다왔다. 울밑의 꽃보다도 비단결보다도 무지개보다도 맨드라미보다도 곱고 장하다. 중실은 알 수 없이 신이 나서 몽둥이를 들고 산등을 달아오르고 골짝을 건너 불붙는 곳으로 끌려 들어갔다. 가깝게 보이던 것과는 딴판으로 꽤 멀었다. 불은 산등에서 산등으로 둘러붙어 골짜기로 타 내려갔다. 화기가 확확 튀어 가까이 갈 수 없었다. 후끈후끈 무더웠다. 나무뿌리가 탁탁 튀며 땅이 쨍쨍 울렸다. 민출한 자작나무는 가지가지에 불이 피어올라 한 포기의 산호수 같은 불나무로 변하였다. 헛되이 타는 모두가 아까웠다. 중실은 어쩌는 수 없이 몽둥이를 쓸데없이 휘두르며 불 테두리를 빙빙 돌 뿐이었다. 그 불은 힘에 부치는 것이었다. 확실히 간 보람은 있었다. 그을어 쓰러진 노루 한 마리를 얻은 것이다. 불 테두리를 뚫고 나오지 못한 노루는 산골짝에서 뱅뱅 돌아 결국 불벼락을 맞은 것이다. 물론 그것을 얻은 때는 불도 거의 다 탄 새벽이었으나 외로운 짐승이 몹시 가엾었다. 그러나 이미 죽은 후의 고기라 중실은 그것을 짊어지고 산으로 돌아갔다. 사람을 살리자는 신의 뜻이라고 비위좋게 생각하면 그만이었다. 여러 날 동안의 흐뭇한 양식이 되었다. 다만 한 가지 그리운 것이 있었다. 짠맛 — 소금이었다. 사람은 그립지 않으나 소금이 그리웠다. 그것을 얻자는 생각으로만 마을이 그리웠다.

＊ 바심 : '풋바심'의 준말. 채 익기 전의 벼나 보리를 지레 베어 떨거나 훑는 일
＊ 가살스런 : 말씨나 행동이 되바라지고, 밉상스러운 데가 있다.

한눈에 보기

마을
- 머슴살이를 하며 착취를 당함
- 김 영감의 첩을 건드렸다는 오해를 받고 아무 것도 없이 쫓겨 남

↓ 사람을 배반할 것 같지 않은 산으로 들어감

산
자연과 일체를 이루는 아름다운 곳

지문 Master

1 중실은 주인 김 영감의 첩을 건드렸다는 오해를 받고 주인집에서 쫓겨나 (　　　　)으로 들어간다.

2 중실은 산에서 꿀을 얻고, 산불에 그을어 쓰러진 (　　　　)를 양식으로 사용하기도 한다.

1

서술상의 특징 파악

이 글에 대한 설명으로 가장 적절한 것은?

① 동시에 일어난 사건을 병치하여 입체적으로 사건을 전개하고 있다.
② 인물 간의 대화를 직접 인용하여 사건 현장을 생생하게 전달하고 있다.
③ 서술자를 교체하여 사건의 원인에 대한 다양한 분석을 제시하고 있다.
④ 인물의 외양이나 행동을 해학적으로 제시해 갈등의 긴장감을 완화하고 있다.
⑤ 다양한 표현 기법을 활용하여 인물이 처한 상황이나 배경을 묘사하고 있다.

2

세부 내용의 이해

이 글의 중심인물을 이해한 내용으로 적절하지 않은 것은?

① 중실은 김 영감이 첩을 통제하지 못하는 것을 가엾어 하였다.

② 중실은 꿀과 소금만으로도 산속에서의 생활을 만족하며 즐기고 있다.

③ 중실이 마을을 떠나 들어간 곳은 그가 평소 늘 나무하러 다니던 산이었다.

④ 김 영감의 시비로 김 영감과 싸움을 하게 된 중실은 결국 집에서 쫓겨났다.

⑤ 중실은 산불을 피하지 못하고 죽은 노루 한 마리를 얻어 여러 날의 양식으로 삼았다.

3

외적 준거에 따른 작품 감상

〈보기〉를 바탕으로 이 글을 감상한 내용으로 가장 적절한 것은?

> **보기**
>
> 이 작품은 자연과 인간 세상을 대립적으로 설정하여 마을에서의 불행한 삶과 자연에서의 행복한 삶을 대비하고 있다. 자연과의 동화를 추구한 작가는 이 작품에서 거짓과 허위로 가득 찬 인간 세상을 부정하고 자연과의 교감을 통해 행복을 찾고, 자연 속에서 만족하는 모습을 서정적인 문체를 통해 보여 주고자 하였다.

① 마음에 상처를 주는 공간인 '마을'과 그 상처를 치유해 주는 공간인 '산'을 대립적으로 설정하고 있군.

② 김 영감이 첩을 배신한 사건을 통해 인간 세상은 '산'과 달리 거짓과 허위로 가득 찬 곳임을 부각하고 있군.

③ 현실에 대한 저항으로 '산'을 찾음으로써 현실 문제에 대한 실질적인 해결책을 찾는 과정을 보여 주고 있군.

④ 자연을 대하는 중실의 태도가 '마을'과 '산'에서 다르다는 점을 드러내어 자연 속에서의 행복한 삶을 강조하고 있군.

⑤ '산'은 인간에게 행복을 주는 공간이지만 그 과정에서 자연은 순수성을 상실한다는 점을 대립적으로 제시하고 있군.

4

서사적 기능 파악

[A]에 대한 설명으로 가장 적절한 것은?

① 중실이 마을을 떠나 산에 들어가 살게 된 이유를 알려 주고 있다.

② 중실을 서술자로 등장시켜 사건에 대한 중실의 생각을 전하고 있다.

③ 중실과 김 영감 사이의 갈등과 이를 해결하는 과정을 보여 주고 있다.

④ 중실이 있는 공간의 특성을 설명하여 작품의 분위기를 조성하고 있다.

⑤ 중실이 겪은 일을 객관적으로 제시하며 중립적으로 사건을 소개하고 있다.

비 오는 길 _최명익

㉠도시의 발전은 옛 성벽을 깨트리고, 아직도 초평(草坪)이 남아 있는 이 성 밖으로 뀌여 나오기 시작한 것이었다. 그리하여 아직도 자리 잡히지 않은 이 거리의 누렇던 길이 매연과 발걸음에 나날이 짙어서 꺼멓게 멍들기 시작한 이 거리를 지나면 얼마 안 가서 옛 성문이 있었다. 그 성문을 통하여 이 신작로의 수직선으로 뚫린 시가가 바라보이는 것이었다. 그 성문 밖을 지나치면 신흥 상공 도시라는 이 도시의 공장 지대에 들어서게 된다. 병일이가 봉직하고 있는 공장도 그곳에 있었다. 병일이는 이 길을 2년간이나 걸었다. 아침에는 집에서 공장으로, 저녁에는 공장에서 집으로 가는 가장 가까운 길이므로 이 길을 걷는 것이었다.

병일이는 취직한 지 2년이 되도록 신원 보증인을 얻지 못하였다. 매일 저녁마다 병일이가 장부의 시재(時在)를 막아 놓으면, 주인은 금고의 현금을 헤었다. 병일이가 장부에 적어 놓은 숫자와 주인이 헤인 현금이 맞맞아떨어진 후에야 그날 하루의 일이 끝나는 것이었다. 주인이 금고 문을 잠근 후에 병일이는 모자를 집어 들고 사무실 문밖에 나선다. 한 걸음 앞서 나섰던 주인은 곧 사무실 문을 잠가 버리는 것이었다. 사무실 마루를 쓸고, 훔치고, 손님에게 차와 점심 그릇을 나르고, 수십 장의 편지를 쓰고, 장부를 정리하는 등 소사와 급사와 서사의 일을 한 몸으로 치르고 난 뒤에 하숙으로 돌아가는 병일의 다리와 머리는 물병과 같이 무거웠다.

주인에게 작별 인사를 하고 공장 문밖을 나서면 하루의 고역에서 벗어났다는 시원한 느낌보다도 작은 별들이 반짝이는 하늘 아래 말할 수 없이 호젓해짐을 금할 수 없었다. 그는 주인 앞에서 참고 있었던 담배를 가슴 속 깊이 빨아 들이켜며, 2년 내로 구하여도 얻지 못하는 신원 보증인을 다시금 궁리하여 보는 것이었다. 현금에 손을 대지 못하고, 금고에 들어 있는 서류에 참견을 못 하는 것이 책임 문제로 보아서 무한히 간편한 것이지만 취직한 첫날부터 지금까지 하루도 변함없이 자기를 감시하는 주인의 꾸준한 태도에 병일이도 꾸준히 불쾌한 감을 느껴온 것이었다. 주인의 이러한 감시에 처음 얼마 동안은 신원 보증이 없어서 그같이 못 미더운 자기를 그래도 써 주는 주인의 호의를 한없이 감사하고 미안하게 여겼다. 그다음 얼마 동안은 병일이가 스스로 믿고 사는 자기의 담박한 성정을 그리도 못 미더워하는 주인의 태도에 원망과 반감을 가지게 되었다. 〈중략〉

㉡근자에 병일이는 사무실에서 장부 정리를 할 때에도 혹시 후원에서 성낸 소와 같이 거닐고 있던 니체가 푸른 이끼 돋친 바위를 붙안고 이마를 부딪치는 것을 상상하고 작은 신음 소리가 나오려는 것을 깨닫고는 몸서리를 치기도 하였다. 그럴 때마다 곁에서 담배를 피우며 신문을 뒤적이고 있는 주인을 바라볼 때 신문 외에는 활자와 인연이 없이 살아갈 수 있는 그들의 생활이 부럽도록 경쾌한 것 같았다. ㉢사실 월급에서 하숙비를 제하고 몇 푼 안 남는 돈으로 탐내어 사들인 책들이 요즈음에는 무거운 짐같이 겨웠다. 활자로 박힌 말의 퇴적이 발호하여서 풍겨 오는 문학의 자극에 자기의 신경은 확실히 피곤하여졌다고 병일은 생각하였다.

피곤한 병일이는 사무실에서 돌아올 때마다 이 지루한 ⓐ장마는 언제까지나 계속할 셈인가고 중얼거렸다. ㉣지금부터는 마음대로 할 수 있는 '나의 시간'이라고 생각하며

수능 연계 포인트

① 소재의 의미와 기능 파악
② 내적 갈등을 하는 인물의 심리 파악
③ 작품에 나타나는 공간적 배경의 의미와 역할 파악

핵심 정리

- **갈래** 단편 소설, 심리 소설
- **시점** 전지적 작가 시점
- **주제** 현실적 삶과 독서 사이에서 갈등하는 현대인의 모습
- **특징** ① 무기력하고 허무주의적인 지식인의 내면을 그림 ② 대비되는 인물을 통해 주제 의식을 형상화함 ③ 상황에 관한 인물의 주관적인 판단을 중심으로 이야기를 서술함

작품 해제

병일이라는 허무주의적인 지식인의 내면을 그린 소설이다. 반복되는 노동자의 삶에 지친 병일은 일시적 도피처인 사진관을 찾게 되고 사진사와 교류하면서 잠시 위안을 받지만 다시 자신만의 세계로 돌아와 내적 갈등을 겪는다. 가난한 노동자이자 무기력에 빠진 지식인 병일과 소시민적 행복을 추구하는 사진사를 대비시켜 주제 의식을 형상화하고 있다.

작품 핵심

'장마'의 의미

장마
• 피곤한 병일에게 지루함을 더하게 함 • 병일이 사진관을 찾아가게 되고 사진사를 만나는 계기가 됨 • 독서를 등한시하고 현실적인 타인의 삶에 관심을 갖게 함 • 독서를 등한시하고 사진사와 시간을 보내는 것의 핑곗거리가 됨

↓

심리적으로 불안한 병일의 우울하고 무기력한 내면을 형상화함

돌아가는 길에 언제나 발을 멈추고 바라보는 성문을 요즈음에는 우산 속에 숨어서 그저 지나치는 때가 많았다. 혹시 생각나서 돌아볼 때에는 수없는 빗발에 씻기며 서 있는 누각을 박쥐조차 나들지 않았다. 전날 큰 구렁이가 기왓장을 떨어쳤다는 말이 병일에게는 육친의 시체를 보는 듯한 침울한 인상을 주는 것이었다. 모기 소리와 빈대 냄새와 반들거리다가 새침히 뛰어오르는 벼룩이가 기다릴 뿐인 바람 한 점 없는 하숙방에서 활자로 시꺼멓게 메워진 책과 마주 앉을 용기가 없어진 병일이는 어떤 유혹에 끌리듯이 사진관으로 찾아가게 되었다.

사진사도 병일이를 환영하였다. 그리고 거기는 술과 한담이 있었다. ㉤아직껏 취흥을 향락해 본 경험이 없던 병일이는 자기도 적지 않게 마시고 제법 사진사와 같이 한담을 주고받을 수 있다는 것이 만족하게 생각되기도 하였다. 사진사가 수다스럽게 주워섬기는 이야기를 듣고 있는 동안에 병일이는 문득 자기를 기다릴 듯한 어젯밤 펴놓은 대로 있을 책을 생각하고 시계를 쳐다보기도 하였으나 문밖에 빗소리를 듣고는 누구에 대한 것인지도 모른 송구한 마음을 가라앉히는 것이었다. 그럴 때마다 그는 이야기에 신이 나서 잊고 있는 사진사의 잔을 집어서 거푸 마셨다.

밤 12시가 거진 되어서 하숙으로 돌아가는 병일이는 비를 맞는 것이 오히려 마음이 편하였다. '이것이 무슨 짓이냐!' 하는 반성은 갈라진 검은 구름 밖으로 보이는 별 밑에 한층 더하므로 '이 생활은 일시적이다. 장마의 탓이다.' 하는 생각을 오는 비에 핑계하기가 편하였던 것이다. 책상 앞에 돌아온 병일이는 '내 마음대로 할 수 있는 시간'이 모두 없어진 것을 새삼스럽게 느끼고 있는 자기를 발견하는 것이었다. 이른 아침 시간을 위하여 자야 할 병일이는 벌써 깊이 잠들었을 사진사의 코 고는 소리가 들리는 듯하여 잠이 오지 않았다.

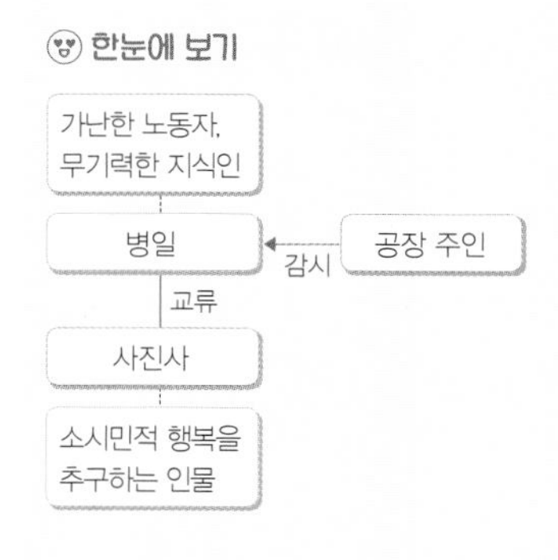

지문 Master

1 병일은 낮에는 공장 사무실에서 일을 하고 밤에는 (　　　　)를 하며 살아간다.

2 병일은 사진사와 술을 마시고 한담을 나누며 시간을 보내는 것이 (　　　　)로 인한 일시적인 생활이라고 여긴다.

1

등장인물에 대한 이해

이 글의 인물을 이해한 내용으로 적절하지 않은 것은?

① 공장 주인은 병일의 담박한 성정이 마음에 들어 병일을 채용하였다.
② 병일은 공장 주인이 자신을 신뢰하지 않는 것에 불만을 지니고 있다.
③ 병일은 사진사와 한담을 주고받는 행위에 양가적 감정을 느끼고 있다.
④ 병일은 취직을 한 후 2년간 신원 보증인을 구하였지만 얻지 못하였다.
⑤ 사진사는 병일과 술을 마시며 한담을 나누는 것에 긍정적인 태도를 보이고 있다.

2

외적 준거를 통한 작품 이해

〈보기〉를 바탕으로 ㉠~㉤을 이해한 내용으로 적절하지 않은 것은?

보기

〈비 오는 길〉은 1930년대 후반 한국 소설에 새롭게 나타난 허무주의적 경향을 잘 보여 주는 작품이다. 이 작품에서는 옛 성의 퇴락과 도시화·근대화가 선명한 대조 속에서 묘사된다. 작가는 후자에 대해 비판적 태도를 지니고 있는데, 이것은 병일이라는 지식인 유형의 인물과 사진사 이칠성이라는 생활인 유형의 인물을 선명하게 대립시키는 작품의 구도로 더 명확해진다. 이칠성이 지니고 있는 생활인으로서의 신념과 활력 앞에서 병일이 느끼는 극도의 갈등이 더욱 두드러지는데, 이런 그를 지탱해 주는 것이 니체 등을 읽는 일이다. 독서와 사색을 한다는 것, 다시 말해 속물적 근대화의 물결 속에서 그는 관념 차원으로만 자기 자신을 지켜 낼 수가 있는 것이다. 초라하게 퇴락한 옛 성의 모습이 상징하듯이 물질적 욕망의 실현을 추구하는 도시 생활의 물결 뒤에서 지체된 지식인적 인물이 오로지 관념 속에서만 자기 정체성을 간신히 유지할 수 있다는 것, 이것이 바로 이 작품의 문제적 메시지이다.

① ㉠: 도시의 발전이 옛 성벽을 깨트렸다는 것에서 도시화·근대화를 비판하는 태도가 드러난다.
② ㉡: 병일이 사색과 독서로 자신만의 세계를 형성하고 있었음이 드러난다.
③ ㉢: 책을 무거운 짐같이 겨워하는 것에서 병일이 속물적 근대화 속에서 관념 차원으로만 자신을 지켜 내는 것을 버거워함이 드러난다.
④ ㉣: 성문을 외면하는 모습에서 물질적 욕망의 실현을 추구하는 도시 생활에서 지식인으로서 지체된 자신의 모습을 외면하고 싶은 병일의 마음이 드러난다.
⑤ ㉤: 병일이 사진사와 술을 마시고 한담을 주고받는 것을 만족해하는 것에서 관념 속에서라도 지켜왔던 자기 정체성을 상실하게 되었음이 드러난다.

3

소재의 의미 파악

ⓐ에 대한 설명으로 적절하지 않은 것은?

① 병일의 피곤한 일상에 지루함을 더하고 있다.
② 병일의 현재 상황에 우울한 분위기를 조성하고 있다.
③ 병일이 자신의 일탈을 합리화하는 핑곗거리가 되고 있다.
④ 병일이 '나의 시간'에 성문을 바라보는 일에 변화를 가져오고 있다.
⑤ 병일이 하숙방에서 자신을 기다리는 것에 대한 원망을 잊게 하고 있다.

4

공간적 배경의 기능 파악

하숙방과 사진관에 대한 이해로 가장 적절한 것은?

① 하숙방은 '병일'이 '고역'을 지속하는 곳이고, 사진관은 '병일'이 자신의 과거를 긍정하는 곳이다.
② 하숙방은 '주인'의 감시가 계속되는 곳이고, 사진관은 '병일'이 이전에 해 보지 못한 경험을 하는 곳이다.
③ 하숙방은 '병일'이 자신을 대면하는 고독한 곳이고, 사진관은 삶에 지친 '병일'이 일시적으로 도피하는 곳이다.
④ 하숙방은 '병일'이 자신의 사회적 관계를 회복하려고 노력하는 곳이고, 사진관은 '병일'에게 위안을 주는 곳이다.
⑤ 하숙방은 '병일'이 '니체'에 관한 상상을 하였던 곳이고, 사진관은 '사진사'에 대한 '병일'의 동정이 드러나는 곳이다.

만무방 _김유정

[앞부분 줄거리] 도박과 절도로 인해 전과 4범인 응칠은 아무 걱정 없이 송이를 캐고 남의 닭을 잡아먹으며 살아가는 만무방이다. 응칠에게는 단 하나뿐인 동생 응오가 있다. 응칠과 달리 성실한 농군이자 동네에서 쳐주는 모범 청년인 응오가 올해는 벼를 털지 않고 있다. 흉작인 데다 벼를 베어 봤자 도지*와 장리쌀* 등을 제하다 보면 먹을 게 남지 않는 데다 빚도 다 못 갚을 상황이기 때문이다. 그러던 어느 날 응오 논의 벼를 도둑맞는 사건이 발생한다. 응칠이는 자신이 도둑으로 몰리는 것을 피하기 위해 동생 응오의 논에서 벼를 훔친 도둑을 직접 잡기로 하고 잠복한다.

얼마나 되었는지 몸을 좀 녹이고자 일어나서 서성서성할 때였다. 논으로 다가오는 희미한 그림자를 분명히 두 눈으로 보았다. 그러고 보니 피로고, 한고*이고 다 딴소리다. 고개를 내대고 딱 버티고 서서 눈에 쌍심지를 올린다.

흰 그림자는 어느 틈엔가 어둠 속에 사라져 보이지 않는다. 그리고 다시 나올 줄을 모른다. 바람 소리만 왱왱 칠 뿐이다. 다시 암흑 속이 된다. 확실히 벼를 훔치러 논 속으로 들어갔을 것이다. 여깽이* 같은 놈이 궂은 날새를 기화* 삼아 맘껏 하겠지. ㉠의리 없는 썩은 자식, 격장*에서 같이 굶는 터에…… 오냐, 대거리만 있어라. 이를 한번 부윽 갈아붙이고 차츰차츰 논께로 내려온다.

응칠이는 논께로 바특이 내려서서 소나무에 몸을 착 붙였다. 섣불리 서둘다간 낫의 횡액을 입을지도 모른다. 다 훔쳐 가지고 나올 때만 기다린다. 몸뚱이는 잔뜩 힘을 올린다.

한 식경쯤 지났을까, 도적은 다시 나타난다. 논둑에 머리만 내놓고 사면을 두리번거리더니 그제야 기어 나온다. 얼굴에는 눈만 내놓고 수건인지 뭔지 헝겊이 가리었다. 봇짐을 등에 짊어 매고는 허리를 구붓이 빼손을 놓는다. 그러자 응칠이가 날쌔게 달려들며,

"이 자식, 남의 벼를 훔쳐 가니!"

하고 대포처럼 고함을 지르니 논둑으로 그대로 데굴데굴 굴러서 떨어진다. 얼결에 호되게 놀란 모양이었다.

응칠이는 덤벼들어 우선 허리께를 내려조겼다. 어이쿠쿠, 쿠 —, 하고 처참한 비명이다. ㉡이 소리에 귀가 번쩍 띄어 그 고개를 들고 필부터 벗겨 보았다. 그러나 너무나 어이가 없었음인지 시선을 치켜뜨며 그 자리에 우두망찰한다.

그것은 무서운 침묵이었다. 살뚱맞은 바람만 공중에서 북새를 논다. / 한참을 신음하다 도적은 일어나더니,

"성님까지 이렇게 못살게 굴기유?"

제법 눈을 부라리며 몸을 홱 돌린다. 그리고 느끼며 울음이 복받친다. 봇짐도 내버린 채, / "내 것 내가 먹는데 누가 뭐래?"

하고 데퉁스레 내뱉고는 비틀비틀 논 저쪽으로 없어진다.

형은 너무 꿈속 같아서 멍하니 섰을 뿐이다.

그러다 얼마 지나서 한 손으로 그 봇짐을 들어 본다. 가뿐하니 끽 말가웃*이나 될는지. ㉢이까짓 걸 요렇게까지 해 가려는 그 심정은 실로 알 수 없다. 벼를 논에다 도로 털어 버렸다. 그리고 아내의 치마이겠지, 검은 보자기를 척척 개서 들었다. 내 걸 내가 먹는다…… 그야 이를 말이랴, 허나 내 걸 내가 훔쳐야 할 그 운명도 얄궂거니와 형을 배반하고 이 짓을 벌인 아우도 아우이렷다. ㉣에이 고얀 놈, 할 제 볼을 적시는 것은 눈물이다. 그는 주먹으로 눈물을 씩 부비고 머리에 번쩍 떠오르는 것이 있으니 두레두레한 황소의 눈깔. 시오 리를 남쪽 산속으로 들어가면 어느 집 바깥뜰에 밤마다 늘 매어 있는 투

수능 연계 포인트

① 갈등의 양상 파악
② 일제 강점기의 시대적 상황 파악
③ 반어적·해학적 표현 이해

핵심 정리

- **갈래** 단편 소설, 농촌 소설
- **시점** 전지적 작가 시점
- **주제** 식민지 농촌 사회에서 겪는 농민들의 가혹한 삶
- **특징** ① 극적 반전을 통해 주제를 효과적으로 전달함 ② 토속적 어휘를 통해 농촌 현실을 생생하게 보여 줌 ③ 소작인들의 궁핍상을 반어적인 수법을 구사하여 표현함

작품 해제

응칠과 응오 형제의 삶을 통해 일제 강점기의 농촌 사회의 구조적 모순을 폭로하고 있는 작품이다. 형인 응칠은 떠돌이가 되어 도박과 절도를 일삼는 만무방이 되고, 성실한 농군인 동생 응오는 농사를 지어 봤자 남는 것 없이 오히려 빚만 늘게 될 것을 알고 추수를 하지 않고 밤에 몰래 자기 논의 벼를 도둑질한다. 이 작품은 이러한 비극적인 식민지 농촌 사회의 모습을 아이러니한 상황을 통해 해학적으로 그려 내고 있다.

작품 핵심

시대적 상황에 따른 인물의 갈등 양상

식민지 농촌 사회의 구조적 모순

↓

- 떠돌이 생활을 하며 도박과 절도를 일삼는 응칠
- 비참한 상황에 처하여 자신이 경작한 벼를 훔치는 응오

↓

만무방

실투실한 그 황소. 아무렇게 따지든 70원은 갈 데 없으리라. 그는 부리나케 아우의 뒤를 밟았다.

공동묘지까지 거반* 왔을 때에야 가까스로 만났다. 아우의 등을 탁 치며,

"㉤ 얘, 좋은 수 있다. 네 원대로 돈을 해 줄게 나하구 잠깐 다녀오자."

씩씩한 어조로 기쁘도록 달랬다. 그러나 아우는 입 하나 열려 하지 않고 그대로 실쭉하였다. 뿐만 아니라 어깨 위에 올려놓은 형의 손을 부질없다는 듯이 몸으로 털어 버린다. 그리고 삐익 달아난다. 이걸 보니 하 엄청나고 기가 콱 막혔다.

"이놈아!"

하고 악에 받치어,

"명색이 성이라며?"

대뜸 몽둥이는 들어가 그 볼기짝을 후려갈겼다. 아우는 모로 몸을 꺾더니 시나브로 찌그러진다. 뒤미처 앞정강이를 때렸다. 등을 팼다. 일어나지 못할 만큼 매는 내렸다. 체면을 불구하고 땅에 엎드려 엉엉 울도록 매는 내렸다.

홧김에 하긴 했으되 그 꼴을 보니 또한 마음이 편할 수 없다. 침을 퉤, 뱉어 던지곤 팔자 드센 놈이 그저 그렇지 별수 있냐. 쓰러진 아우를 일으켜 등에 업고 일어섰다. 언제나 철이 날는지 딱한 일이었다. 속 썩는 한숨을 후-하고 내뿜는다. 그리고 어청어청 고개를 묵묵히 내려온다.

* 도지 : 남의 논밭을 빌려서 부치고 논밭을 빌린 대가로 해마다 내는 벼
* 장리쌀 : 장리로 빌려 주거나 또는 장리로 갚기로 하고 꾸는 쌀
* 한고 : 심한 추위로 인한 괴로움
* 여깽이 : '여우'의 방언
* 기화 : 뜻밖의 이익을 얻을 수 있는 물건. 또는 그런 기회. '핑계'로 순화
* 격장 : 담 하나를 사이에 두고 이웃함
* 말가웃 : 한 말 반쯤의 분량. 한 말은 한 되의 열 배로 약 18리터에 해당한다.
* 거반 : 거의 절반 가까이

한눈에 보기

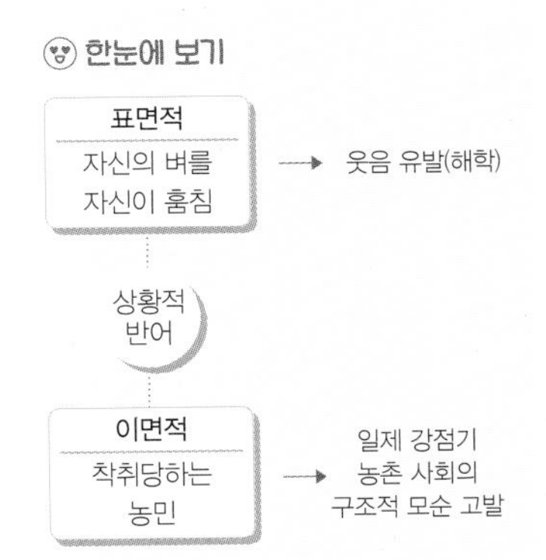

지문 Master

1 응칠은 응오가 응오 자신의 (　　) 를 훔친 도둑이라는 것을 알고 당황하였다.

2 응칠은 어느 집 황소를 떠올리고 응오에게 (　　　　)가 있다며 돈을 해 주겠다고 제안한다.

1

서술상의 특징 파악

이 글에 대한 설명으로 적절하지 <u>않은</u> 것은?

① 시간의 흐름에 따라 사건을 서술하고 있다.
② 등장인물에 대한 풍자적 어조가 드러나 있다.
③ 내적 독백을 통해 인물의 심리를 드러내고 있다.
④ 특정 인물의 시각에 의해 사건을 전달하고 있다.
⑤ 방언과 구어체를 사용하여 현장감을 드러내고 있다.

2

판단의 적절성 평가

<보기>를 바탕으로 이 글을 정리한 내용으로 적절한 것은?

보기

- 언어적 반어(verbal irony) : 겉으로 드러난 말과 실질적 의미 사이에 반의 관계가 있는 경우이다. 예를 들어 '잘못했다'를 '잘했다'라고 표현하는 것이 이에 해당한다.
- 상황적 반어(situational irony) : 보편적으로 예상할 수 있는 상황과는 정반대의 상황이 벌어지는 경우이다. 예를 들어 <운수 좋은 날>의 경우 김 첨지는 돈을 많이 벌게 되어 운수가 좋은 날이라고 생각하지만, 아내의 죽음이라는 비극적인 결말을 맞이하게 되는 것이 이에 해당한다.

① 억울하게 맞은 응오가 응칠에게 반격하지 않고 그냥 가 버리는 것에서 상황적 반어가 드러난다.
② 응칠이 벼를 훔치는 도둑에게 '남의 벼를 훔쳐 가니!'라고 소리치는 것에서 언어적 반어가 드러난다.
③ 부조리한 시대 현실에서도 응칠이 개인적인 생계만 걱정하고 있는 것에서 상황적 반어가 드러난다.
④ 응오의 논에서 벼를 훔쳐 간 범인이 바로 그 벼를 길러 낸 응오라는 것에서 상황적 반어가 드러난다.
⑤ 실제로는 가족을 돌보고자 애쓰는 응칠이 그동안 '만무방'으로 불렸다는 것에서 언어적 반어가 드러난다.

3

구절의 의미 파악

㉠~㉤에 대한 설명으로 적절하지 않은 것은?

① ㉠ : 응칠은 동네 사람들 중 한 명을 벼 도둑이라고 의심하고 있다.
② ㉡ : 응칠은 비명 소리의 임자가 자신이 생각하는 사람이 맞는지 확인하려 하고 있다.
③ ㉢ : 응칠은 자신이 농사지은 벼를 훔쳐야 하는 동생의 상황을 이해하지 못하고 있다.
④ ㉣ : 응칠은 동생에 대한 연민의 감정을 반어적 표현으로 드러내고 있다.
⑤ ㉤ : 응칠은 궁핍한 상황을 벗어나기 위해 소를 훔칠 생각을 하고 있다.

4

갈등의 양상 이해

<보기>의 빈칸에 들어갈 말로 가장 적절한 것은?

보기

동생 응오가 농사짓는 논에 도둑이 들자 응칠은 도둑을 잡아낸다. 이 장면에서 드러나는 갈등의 양상은 '도둑 대 응칠 · 응오 형제'로 정리할 수 있다. 그런데 응오가 벼를 훔쳐 간 도둑임이 밝혀지면서 갈등의 양상이 ______________.

① 자연환경으로 인한 갈등에서 가족 간의 갈등으로 전환되고 있다.
② 인물 간의 갈등에서 인물과 사회 구조 간의 갈등으로 전환되고 있다.
③ 공동체 구성원 간의 갈등에서 개인의 내면적 갈등으로 전환되고 있다.
④ 적대적 관계에 의한 갈등에서 인간의 숙명으로 인한 갈등으로 전환되고 있다.
⑤ 빈부의 격차로 인한 갈등에서 인간적 배신감으로 인한 갈등으로 전환되고 있다.

인간 문제 _강경애

선비가 이 공장에 들어온 지가 벌써 거의 일 년이 되어 온다. 그동안 식비 제하고 그리고 구두 값으로, 일용품 값으로 제하고 겨우 삼 원 오십 전 가량 남아 있다. 이제 그것으로 병원에까지 가면 도리어 빚을 지게 될 것이다. 무슨 병이기에 삼 원씩이나 들까? 그저 극상해야 한 일 원 어치 약 먹었으면 낫겠지? 하였다. 〈중략〉

멀리 서 있는 감독이 그림자같이 눈앞에 희미하게 어른거리므로 그는 정신을 바짝 차렸다. 그때 감독이 그의 앞을 지나치는 듯하여 그는 입을 떼려 하였다. 그 순간 기침이 칵 나오며 가슴에서 가래가 끓어 올라오므로 그는 얼핏 입에 손을 대었다. 기침이 뒤를 이어 자꾸 나오려 하는 것을 참으려고 애를 쓸 때 마침내 그의 입에 댄 다섯 손가락 새로 붉은 피가 주르르 흐르며 선비는 그만 그 자리에 쓰러지고 말았다.

어떤 토굴 속 같은 방 안에 첫째는 우두커니 앉아 있었다. 매일같이 노동하던 그가 이렇게 우두커니 앉아 있으려니 이 이상 더 안타까운 괴롬은 또 없을 것 같았다. 그러나 숨지 않으면 안 될 형편이므로 동무들이 전전 푼푼 갖다 주는 것을 가지고 요새 이렇게 들어앉고만 있었던 것이다. / 잡생각이라고는 해본 적이 없는 그도 하루 종일 하는 일이 없으니 별의별 생각이 다 일어나곤 하였다. 그는 요새 신철이를 몹시 생각하였다. 철수를 통하여 신철의 소식을 가끔 들으나 언제나 시원치 않은 소식이었다. 어서 빨리 나가서 다시 손에 손을 마주잡고 전날과 같이 일을 했으면 좋을 터인데…… 여기까지 생각한 첫째는 월미도를 향하여 가던 긴 행렬을 다시금 눈앞에 그려 보았다. 그리고 선비의 놀라던 모양이 문득 생각난다. 참말 선비였던가? 그가 참말 선비라면 어느 때든지 만나 볼 것 같았다. 그때 그는 어젯밤 철수에게로 나왔을 대동방적공장의 보고를 듣고 싶은 생각이 부쩍 났다. ㉠그리고 속이 달아 못 견디겠으므로 밖으로 나왔다.

그가 철수의 집까지 오니, 마침 철수는 집에 있었다. 철수는 소리를 낮추어,

"서울서 어떤 동무 편에 신철의 소식을 알았소……."

㉡첫째는 머리를 번쩍 들었다. 그리고 그 커다란 눈을 둥그렇게 떴다.

"불기소가 되어서 나왔대우…… 이유는 사상 전환이라우." / "전환……?"

첫째도 무의식간에 그의 말을 받고 나서 이 말을 믿어야 할까? 믿지 않아야 옳을까? 갈피를 잡을 수가 없었다. 그리고 갑자기 뭐라고 형용할 수 없는 힘이 그의 가슴을 짝 채우고 말았다. 철수는 첫째의 낙심하는 모양을 살피고,

"동무! 신철이가 전향했다는 것이 그리 놀랄 것이 아닙니다. 소위 지식계급이란 그렇지요. 신철이는 나오자 M국에 취직하고 더욱 돈 많은 계집을 얻고 했다우."

취직하고…… 돈 많은 계집을 얻구……? 이 새로운 말에 첫째는 무엇인가 번개같이 그의 머리를 찔러 주는 것이 있었다. 그러나 무엇이라고 꼭 집어 대어 철수와 같이 술술 지껄일 수는 없었다. / ㉢그때 밖에서 신발 소리가 벼락치듯 나더니 문이 홱 열리었다. 그들은 벌떡 일어났다. / 그들은 뒷문 편으로 다가서며 바라보았다.

간난이였다. 철수는 나무라듯이 간난이를 보았다. 간난이는 숨이 차서 한참이나 머뭇머뭇하다가, / "지금…… 곧 와주셔야 하겠수, 네? 빨리……."

간난이는 겨우 이렇게 말하고 홱 돌아서 나가 버렸다. 그들의 놀란 가슴은 아직도 벌렁

수능 연계 포인트

① 제목 '인간 문제'의 의미 이해
② 작품의 시대적 배경 파악
③ 인물의 특징 및 성격 이해

핵심 정리

- **갈래** 장편 소설, 노동 소설
- **시점** 전지적 작가 시점
- **주제** 식민지 시대의 농민과 노동자의 비참한 삶을 통한 사회 고발
- **특징** ① 지주 정덕호 일가와 마을 사람들 사이의 대립을 다룬 전반부와 인천 지역 노동 현장을 배경으로 한 후반부로 이루어짐. ② 1930년대의 현실을 사실적 기법으로 상세히 묘사하여 비극성을 부각함. ③ 인물의 성격을 통해 주제 의식을 효과적으로 구현함.

작품 해제

1930년대 식민지 조선의 참담한 현실을 비판적으로 그려 낸 사실주의 계열의 작품이다. 전반부는 가난한 소작농의 자식인 선비와 첫째가 지주의 횡포에 의해 고향을 떠나는 상황을, 후반부는 이들이 도시에서 노동자로 겪는 고충을 그림으로써 농민과 도시 빈민, 노동자, 여성 문제 등 1930년대의 우리 민족의 삶을 총체적이고 사실적으로 담아내고 있다.

작품 핵심

선비의 죽음과 의미

선비는 열악한 노동 환경으로 병에 걸려 죽음에 이름

↓

- 당시 노동자들의 생활 모습을 보여 줌
- 삶의 비참함에서 벗어날 수 없는 조선 민중의 현실을 나타냄
- 일제에 의해 착취당하는 조선인의 현실이 인간 문제임을 간접적으로 암시함

거린다. 첫째는 간난이를 바라볼 때, 몹시 낯이 익어 보이는데도 얼핏 누구인지는 생각나지 않았다. 철수는 첫째를 돌아보았다. / "같이 갑시다…… 아마 죽어 가는 모양이오!"

첫째는 철수의 눈치를 살피며 그의 뒤를 따라 밖으로 나왔다. 철수는 급하게 걸으며 앞뒤를 흘금흘금 돌아본 후에 가만히 말을 꺼냈다. / "어젯밤 대동방적공장에서 여성 동무 하나가 병으로 인하야 해고되었는데……." 〈중략〉 / ㉣ 그들이 간난이 집까지 왔을 때 간난이는 맞받아 나왔다. 그리고 입을 실룩거리며 무슨 말을 하기는 하나 음성이 탁 갈리어서 무슨 소리인지 알아들을 수가 없었다. 그들은 벌써 눈치를 채고 나는 듯이 방으로 뛰어들었다. 철수는 병자의 곁으로 와서 들여다보며 흔들었다. / "동무! 정신 좀 차리우, 동무!"

병자의 몸은 벌써 싸늘하게 식었으며 얼굴이 파랗게 되었다. ㉤ 철수는 후 하고 한숨을 쉬고 첫째를 돌아보았다. 가슴을 졸이고 섰던 첫째가 한 걸음 다가서며 들여다보는 순간, / "선비!" / 그도 모르게 그는 소리를 지르고 나서 우뚝 섰다. 그의 앞은 아득해지며 어떤 암흑한 낭 아래로 채어 떨어지는 것을 느꼈다. 그가 어려서부터 그리워하던 이 선비! 한번 만나 보려니…… 하던 이 선비, 이 선비가 이젠 저렇게 죽지 않았는가! 찰나에 그의 머리에는 아까 철수에게서 들었던 말이 번개같이 떠오른다.

"돈 많은 계집을 얻구, 취직을 하구……."

그렇다! 신철이는 그만한 여유가 있었다! 그 여유가 그로 하여금 전향을 하게 한 게다. 그러나 자신은 어떤가? 과거와 같이, 그리고 눈앞에 나타나는 현재와 같이 아무러한 여유도 없지 않은가! 그러나 신철이는 길이 많다. 신철이와 나와 다른 것이란 여기 있었구나!

이렇게 생각한 첫째는 눈을 부릅뜨고 선비를 바라보았다. 어려서부터 그렇게 사모하던 저 선비! 아내로 맞아 아들딸 낳고 살아 보려던 선비! 한번 만나 이야기도 못 해본 그가 결국은 시체가 되어 바로 눈앞에 놓이지 않았는가! / 이제야 ⓐ 죽은 선비를 옜다 받아라! 하고 던져 주지 않는가. / 여기까지 생각한 첫째의 눈에서는 불덩이가 펄펄 나는 듯하였다.

그리고 불불 떨었다. 이렇게 무섭게 첫째 앞에 나타나 보이는 선비의 시체는 차츰 시커먼 뭉치가 되어 그의 앞에 칵 가로질리는 것을 그는 눈이 뚫어져라 하고 바라보았다.

이 시커먼 뭉치! 이 뭉치는 점점 크게 확대되어 가지고 그의 앞을 캄캄하게 하였다. 아니, 인간이 걸어가는 앞길에 가로질리는 이 뭉치…… 시커먼 뭉치, 이 뭉치야말로 인간 문제가 아니고 무엇일까? / 이 인간 문제! 무엇보다도 이 문제를 해결하지 않으면 안 될 것이다. 인간은 이 문제를 위하여 몇 천만 년을 두고 싸워 왔다. 그러나 아직 이 문제는 풀리지 않고 있지 않은가! 그러면 앞으로 이 당면한 큰 문제를 풀어 나갈 인간이 누굴까?

한눈에 보기

신철의 전향		선비의 죽음
지식인으로 노동 운동에 뛰어들었지만 전향함	+	공장에서 얻은 폐병으로 죽음

↓

첫째의 각성
해결해야 할 인간 문제를 분명히 깨달음

지문 Master

1 선비는 당시 식민지 자본주의에 희생된 ( ) 계급을 상징한다.

2 첫째는 ( )처럼 궁핍함을 모르는 지식인 계급은 노동 문제를 해결할 수 없다는 것을 깨닫는다.

1

서술상의 특징 파악

이 글에 대한 설명으로 가장 적절한 것은?

① 인물의 시각을 통해 상황에 대한 비판적 인식이 드러나고 있다.

② 인물의 과장된 행동을 통해 비극적 분위기에 반전을 꾀하고 있다.

③ 현학적인 표현을 사용하여 사건을 보는 다양한 관점을 제시하고 있다.

④ 액자 구조를 통해 상이한 이야기가 갖는 유사한 의미를 강조하고 있다.

⑤ 시간의 역전적 구성을 통해 인물이 처한 문제 상황의 원인을 보여 주고 있다.

2

외적 준거를 통한 작품 이해

〈보기〉를 바탕으로 이 글을 감상한 내용으로 적절하지 않은 것은?

보기

이 작품은 첫째와 선비를 통해 도시 노동자의 고통과 자본의 부당한 위력을 비판한다. 방적공장 노동자가 된 선비의 노동 체험은 1930년대 여성 노동자가 겪는 현실을 적나라하게 보여 준다. 인간으로서 보장받아야 할 최소한의 삶의 조건도, 기본적인 욕망도 충족되지 않는 노동자의 비참한 삶을 통해 노동에 따른 정당한 보상이 이루어지지 않는 문제를 제시한다. 고향을 떠나 부두 노동자가 된 첫째는 도시 노동자로는 하층민을 벗어날 수 없는 현실이 자본가 혹은 이와 결탁한 일제의 지배 정책 때문임을 깨닫는다. 여기에 신철과 같은 지식인에게 교육을 받으며 비판적 사회의식과 현실 변혁의 의지가 더해지고 자신의 권리를 적극적으로 주장하는 인물로 거듭난다. 이 과정에서 하층민 노동자를 교육하는 지식인의 한계가 신철을 통해 제시되는데, 이는 노동자 자신의 체험이 이념이나 지식보다 더 현실의 모순을 강렬하게 인식하고 비판적 항거를 가능케 한다고 보는 것으로 이를 통해 문제 극복의 길을 제시하는 것으로 볼 수 있다.

① 사상 전환을 한 후 취직도 하고 돈 많은 계집을 얻은 신철의 모습을 통해 현실의 인식보다 이념이나 지식이 하층민이 겪는 문제를 극복하는 길임을 제시하고 있군.
② 공장에서 일한 지 일 년이 되어 가는 선비가 생계유지를 위한 비용만 지출하였음에도 가진 돈이 얼마 되지 않는 모습을 통해 노동에 대한 정당한 보상이 이루어지지 않는 문제를 제시하고 있군.
③ 피를 토하며 쓰러질 정도로 병세가 심각하지만 노동을 지속하는 선비의 모습을 통해 인간으로서 보장 받아야 할 최소한의 삶의 조건도 충족되지 않는 노동자의 비참한 삶을 보여 주고 있군.
④ 첫째가 선비의 시체를 시커먼 뭉치처럼 느끼며 이러한 인간 문제를 풀어 나갈 인간이 누구인지 묻는 모습을 통해 노동자의 체험이 현실의 모순을 강렬하게 인식하고 비판적 항거를 가능케 함을 보여 주고 있군.
⑤ 은신처에서 신철을 생각하며 다시 전날과 같이 함께 일을 하기를 바라는 첫째의 모습을 통해 지식인의 교육으로 현실 변혁의 의지가 더해진 노동자들이 그들에게 긍정적임을 드러내고 있군.

3

외적 준거에 따른 서술상의 특징 이해

㉠~㉤ 중 〈보기〉의 ㉮에 해당하지 않는 것은?

보기

한 편의 서사물이 제시하는 정보가 독자에게 직접 전달되느냐 또는 간접적으로 드러나느냐에 따라 직접 제시 또는 ㉮ 간접 제시라고 한다. 간접 제시는 작가 개입의 흔적을 지우고 객관적으로 서술하여 독자가 스스로 정보를 알게 하는 방식으로, 등장인물의 성격이나 심리를 작가가 직접적으로 말하는 것이 아니라 대화나 행동을 통해서 간접적으로 제시하는 것이다.

① ㉠ ② ㉡ ③ ㉢ ④ ㉣ ⑤ ㉤

4

사건의 서사적 기능 파악

ⓐ의 서사적 기능에 대한 설명으로 가장 적절한 것은?

① 첫째가 겪고 있던 외적 갈등을 해소하는 동시에 내적 갈등을 심화하는 계기가 되고 있다.
② 첫째가 자신들이 당면한 인간 문제가 해결되어야 함을 분명하게 자각하는 계기가 되고 있다.
③ 첫째가 간난이가 자신들을 찾아온 이유를 짐작하면서도 애써 부인하고자 했음이 밝혀지고 있다.
④ 신철이 사상 전환을 하게 된 원인인 동시에 첫째 또한 동일한 선택을 하게 될 것임을 암시하고 있다.
⑤ 첫째가 토굴 속 같은 방에서 지내던 무기력한 삶에서 벗어나 진취적으로 살게 되는 전환점이 되고 있다.

소설가 구보 씨의 일일 _박태원

구보는

㉠갑자기 걸음을 걷기로 한다. 그렇게 우두커니 다리 곁에 가 서 있는 것의 무의미함을 새삼스러이 깨달은 까닭이다. 그는 종로 거리를 바라보고 걷는다. 구보는 종로 네거리에 아무런 사무(事務)도 갖지 않는다. 처음에 그가 아무렇게나 내어놓았던 바른발이 공교롭게도 왼편으로 쏠렸기 때문에 지나지 않는다.

갑자기 한 사람이 나타나 그의 앞을 가로질러 지난다. ㉡구보는 그 사내와 마주칠 것 같은 착각을 느끼고, 위태롭게 걸음을 멈춘다.

그리고 다음 순간, 구보는, 이렇게 대낮에도 조금의 자신을 가질 수 없는 자기의 시력을 저주한다. 그의 코 위에 걸려 있는 24도의 안경은 그의 근시를 도와주었으나, 그의 망막에 나타나 있는 무수한 맹점(盲點)을 제거하는 재주는 없었다. 총독부 병원 시대의 구보의 시력 검사표는 그저 그 우울한 '안과 재래(眼科再來)'의 책상 서랍 속에 들어 있을지도 모른다.

R, 4　　L, 3

구보는, 이 주일간 열병을 앓은 끝에, 갑자기 쇠약해진 시력을 호소하러 처음으로 안과의와 대하였을 때의, 그 조그만 테이블 위에 놓여 있던 '시야 측정기'를 지금 기억하고 있다. 저 자신 강도(强度)의 안경을 쓰고 있던 의사는, 백묵을 가져 그 위에 용서 없이 무수한 맹점을 찾아내었었다.

그래도, 구보는, 약간 자신이 있는 듯싶은 걸음걸이로 전차 선로를 두 번 횡단하여 화신 상회 앞으로 간다. 그리고 저도 모를 사이에 그의 발은 백화점 안으로 들어서기조차 하였다. 〈중략〉

구보는 다시 밖으로 나오며, 자기는 어디 가 행복을 찾을까 생각한다. 발 가는 대로, 그는 어느 틈엔가 안전지대에 가 서서, 자기의 두 손을 내려다보았다. ㉢한 손의 단장과 또 한 손의 공책과 — 물론 구보는 거기에서 행복을 찾을 수는 없다.

안전지대 위에, 사람들은 서서 전차를 기다린다. 그들에게, 행복은 알 수 없다. 그러나 그들은 분명히, 갈 곳만은 가지고 있었다.

전차가 왔다. 사람들은 내리고 또 탔다. 구보는 잠깐 머엉하니 그곳에 서 있었다. 그러나 자기와 더불어 그곳에 있던 온갖 사람들이 모두 저 차에 오르는 것을 보았을 때, 그는 저 혼자 그곳에 남아 있는 것에, 외로움과 애달픔을 맛본다. 구보는, 움직인 전차에 뛰어올랐다.

전차 안에서

㉣구보는, 우선, 제 자리를 찾지 못한다. 하나 남았던 좌석은 그보다 바로 한 걸음 먼저 차에 오른 젊은 여인에게 점령당했다. 구보는, 차장대(車掌臺) 가까운 한구석에 가 서서, 자기는 대체, 이 동대문행 차를 어디까지 타고 가야 할 것인가를, 대체, 어느 곳에 행복은 자기를 기다리고 있을 것인가를 생각해 본다.

이제 이 차는 동대문을 돌아 경성 운동장 앞으로 해서…… 구보는, 차장대, 운전대로 향한, 안으로 파아란 융을 받쳐 댄 창을 본다. 전차과(電車課)에서는 그곳에 뉴스를 게시

수능 연계 포인트
① 서술상의 특징 파악
② 의식의 흐름 기법의 구성 방식 이해
③ 작품에 반영된 당시 시대상 이해

핵심 정리
- **갈래** 중편 소설, 자전적 소설
- **시점** 전지적 작가 시점
- **주제** 무기력한 소설가의 눈에 비친 1930년대 서울의 일상과 그의 내면 의식
- **특징** ① 자전적 성격의 소설임 ② 의식의 흐름 기법과 몽타주 기법을 사용하여 내면 의식을 표출함 ③ 원점 회귀의 여로형 구성임

작품 해제
이 작품은 무기력한 소설가인 구보가 하루 동안 경성 거리의 풍물 및 사람들을 관찰하고 느낀 것을 기록한 내용으로, 작가의 실제 생활을 바탕으로 한 자전적 소설이다. 당시 서울 거리의 모습이 잘 드러나 있으며, 허무주의와 냉소주의에 빠져 살아가는 1930년대 지식인의 내면을 의식의 흐름 기법과 몽타주 기법을 통해 드러내고 있다.

작품 핵심
의식의 흐름 기법
의식의 흐름 기법을 통해 시간의 순서와 논리성을 무시한 채 인물의 생각의 흐름에 따라 구성함. 이러한 기법을 사용하여 구보의 내면 의식을 효과적으로 보여 줌

한다. 그러나 사람들은, 요사이 축구도 야구도 하지 않는 모양이었다.

장충단으로, 청량리로, 혹은 성북동으로……. 그러나 요사이 구보는 교외를 즐기지 않는다. 그곳에는, 하여튼 자연이 있었고, 한적(閑寂)이 있었다. 그리고 고독조차 그곳에는, 준비되어 있었다. 요사이, 구보는 고독을 두려워한다.

일찍이 그는 고독을 사랑한 일이 있었다. 그러나 고독을 사랑한다는 것은 그의 심경의 바른 표현이 못 될 게다. 그는 결코 고독을 사랑하지 않았는지도 모른다. 아니 도리어 그는 그것을 그지없이 무서워하였는지도 모른다. 그러나 그는 고독과 힘을 겨루어, 결코 그것을 이겨 내지 못하였다. 그런 때 구보는 차라리 고독에게 몸을 떠맡기어 버리고, 그리고, 스스로 자기는 고독을 사랑하고 있는 것이라고 꾸며 왔는지도 모를 일이다…….

표, 찍읍쇼. 차장이 그의 앞으로 왔다. 구보는 단장을 왼팔에 걸고, 바지 주머니에 손을 넣었다. 그러나 그가 그 속에서 다섯 닢의 동전을 골라내었을 때, 차는 종묘(宗廟) 앞에 서고, 그리고 차장은 제자리로 돌아갔다.

구보는 눈을 떨어뜨려, 손바닥 위의 다섯 닢 동전을 본다. 그것들은 공교롭게도 모두가 뒤집혀 있었다. 대정(大正)* 12년, 11년, 11년, 8년, 12년, 대정 54년— 구보는 그 숫자에서 어떤 한 개의 의미를 찾아내려 들었다. ㉤그러나 그것은 부질없는 일이었고, 그리고 또 설혹 그것이 무슨 의미를 가지고 있었다 하더라도, 그것은 적어도 '행복'은 아니었을 게다.

[뒷부분 줄거리] 구보는 밤이 되어 벗과 함께 술집으로 간다. 그곳에서 구보는 세상 사람들을 모두 정신병자로 취급하고 싶은 충동을 느끼기도 하고, 술집 여급과 유희에 빠지기도 한다. 그러나 새벽 두 시, 거리에서 이제는 어머니의 걱정을 덜어 드리기 위해 정상적인 생활을 해야겠다고 다짐하며 벗과 헤어진다.

* 대정 : '다이쇼(일본 다이쇼 천황 시대의 연호, 1912~1926)'를 우리 한자음으로 읽은 이름

한눈에 보기

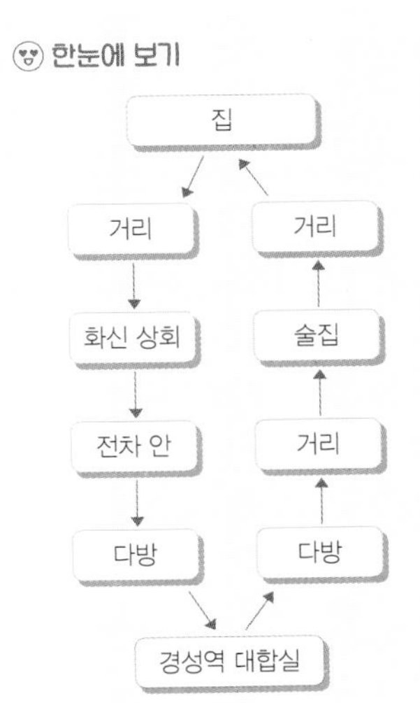

지문 Master

1 구보는 거리를 걸으며 자신의 좋지 않은 (　　　　)에 대해 생각한다.

2 구보는 전차 안에서 어느 곳에 (　　　　)은 자기를 기다리고 있을 것인가를 생각해 본다.

1

서술상의 특징 파악

이 글의 서술상 특징으로 가장 적절한 것은?

① 간결한 문체를 통해 사건 전개에 속도감을 주고 있다.
② 서술자가 관찰한 내용만을 객관적으로 서술하고 있다.
③ 예기치 못한 반전을 통하여 긴장된 분위기를 형성하고 있다.
④ 현재형 어미를 사용하여 인물의 내면과 행동을 생생하게 제시하고 있다.
⑤ 이야기 속에 다른 이야기를 삽입시켜 주제 의식을 효과적으로 드러내고 있다.

2

구성상의 특징 파악

〈보기〉는 '구보'의 이동 경로를 도식화한 것이다. 이를 바탕으로 이 글을 감상한 내용으로 적절하지 않은 것은?

보기

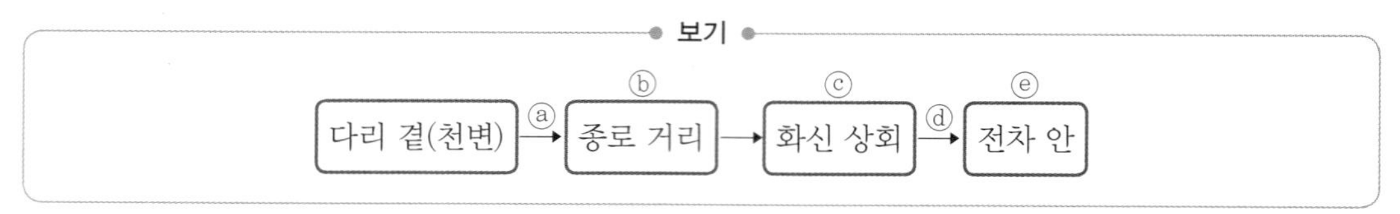

① ⓐ: 구보는 특별한 목적 없이 발길이 향하는 쪽으로 이동하고 있다.
② ⓑ: 구보는 길을 걷던 중 안과 진료를 받았던 일을 떠올리고 있다.
③ ⓒ: 구보는 이곳에서 발견한 자신의 행복을 소중하게 여기고 있다.
④ ⓓ: 구보는 목표 의식이 없는 자신을 생각하며 외로움을 느끼고 있다.
⑤ ⓔ: 구보는 이곳으로의 이동을 사전에 계획하고 있지 않았다.

3

인물의 태도와 심리 파악

㉠~㉤에서 알 수 있는 인물의 태도나 심리로 알맞지 않은 것은?

① ㉠: 우두커니 서 있는 행동이 의미 없음을 깨닫고 이에서 벗어나려고 하고 있다.
② ㉡: 감각 기관의 이상으로 인해 느끼는 불안한 심리가 드러나 있다.
③ ㉢: 자신의 삶에 만족하지 못하고 정서적 결핍을 느끼고 있다.
④ ㉣: 어디에도 안주할 곳이 없이 방황하는 인물의 모습이 드러나 있다.
⑤ ㉤: 자신의 행동이 무의미한 것임을 깨닫고 작은 것에서 행복을 찾으려는 일을 그만두려 하고 있다.

4

구성상의 특징 파악

이 글의 구성과 시점을 〈보기〉와 같이 정리한다고 할 때, 이를 바탕으로 감상한 내용으로 가장 적절한 것은?

보기

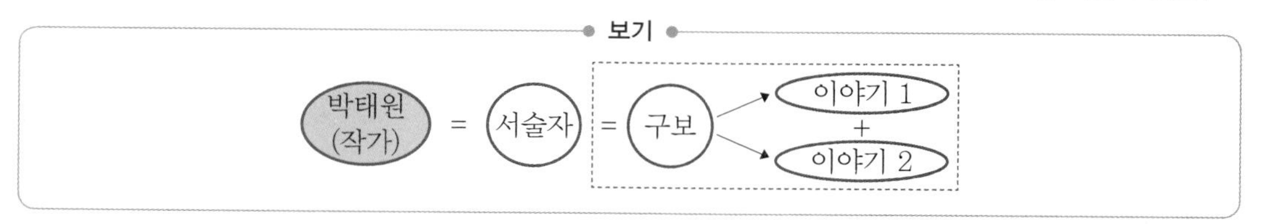

① 특정 인물의 시각으로 이야기가 서술되어 서술자와 인물의 간격이 좁혀져 있다.
② 서술자가 작품 밖에 위치하는 것으로 설정되어 제한적으로 이야기에 개입하고 있다.
③ 이야기 1과 이야기 2의 시간적 배경이 동일하게 설정되어 사건의 긴밀성을 높이고 있다.
④ 이야기 1과 이야기 2의 공간적 배경이 다르게 설정되어 작품의 입체성이 강화되고 있다.
⑤ 이야기 1과 이야기 2의 주요 인물이 다르게 설정되어 다양한 갈등 관계가 드러나고 있다.

큰 산 _이호철

[앞부분 줄거리] 어느 날, 아내와 '나'는 담 위에 놓인 흰 고무신짝을 발견한다. 아내는 '나' 몰래 그것을 다른 집 담장 너머로 던져 버렸는데, 열흘 후 담 밑에서 다시 그 고무신짝이 발견된다.

"ⓐ고무신짝이에요. 또 그, 그, 고무신짝."

아내의 목소리는 완연히 떨고 있었다. 거의 헐떡거리듯 하였다.

맞다, 그 고무신짝이었다. 그 새하얗게 씻은 남자 고무신짝.

"……."

㉠나는 마치 머릿속의 저 아득한 맨 끝머리에 쩌엉스런 깊고 빈 들판이 있다가, 그것이 또 확 열려 오는 듯한 공포 속으로 휘어 감겼다.

아내도 까맣게 질린 얼굴이다. 〈중략〉

그러니까 이렇게 된 모양이다. 새벽 일찍 뜰 한가운데 그 고무신짝이 떨어진 것을 본 그 어느 집의 부부들도 찡한* 느낌에 휘어 감기며 간밤 내 근처에서 들리던 굿하는 꽹과리 소리 같은 것을 떠올리며 공포감에 사로잡혔을 것이다. 별로 복잡하게 궁리할 것도 없이, 그날 낮이든가 밤에, 이웃집 아무 집에건 담장 너머로 그 고무신짝을 훌쩍 던졌을 것이다. 남편 모르게 아내가, 혹은 아내 모르게 남편이. 그만한 자존심들은 있었을 것이다. ㉡그렇게 액은 이웃집으로 옮아 보내고, 제집은 일단 마음을 놓았을 것이다. 그러자 담장 안에 웬 고무신짝 하나가 떨어진 것을 본 그 집에서도, 그렇게 제집으로 들어온 액을 멀리는 못 쫓고 그날 낮이면 낮, 밤이면 밤에, 근처 이웃집으로, 또 던져 버렸을 것이다. 그 이웃집에서는 다시 이웃집으로, 또 그 이웃집으로, 순이네 집에서 영이네 집으로, 영이네 집에서 웅이네 집으로, 웅이네 집에서 건이네 집으로, 이런 식이었을 것이다. 모두 현대적인 교육을 받은 터여서 자존심들은 있었을 것이다. 모두가 합리적인 사람대우는 대우대로 받고 싶었을 것이다. 그러나 대우는 대우고, 겪는 것은 겪는 것이다. 그들은 서로 상처 한 군데 입음이 없이 그 고무신짝만 이웃집 담장 너머로 던지면 되었던 것이다.

이렇게 합리적으로 생각하면서 합리적으로 웃음도 나왔지만, 아내는 당장은 웃을 경황이 아니었다. 두 번째로까지 극성맞게 들어온 이놈의 고무신짝을 대체 어쩐단 말인가. 이 액을 우리 부부끼리만 감당할 자신이 우리는 이미 없었다.

"대체 저놈의 것을 어쩌지?"

나는 이미 액투성이 때가 엉기엉기 묻은 듯한 그 고무신짝을 만지기도 싫어서, 엇비슷이 건너다보며 투덜거렸다.

"어쩌긴 어째요, 놔두세요, 내가 처리할게."

㉢아내는 독 오른 표정이 되며, 악착같이 해보겠다는 듯이 중얼거렸다. 〈중략〉

동시에 초등학교 4학년 적의 그 '지까다비*' 짝과 그때 그 '큰 산'이 구름에 깜북 가려졌던 교교한* 산천을 떠올렸다.

"ⓑ'큰 산'이 안 보여서 이래, 모두가."

내가 나지막하게 혼잣소리로 중얼거리자, 아내도 나를 귀신 내리고 있는 박수* 쳐다보듯이 쳐다보고 있었다.

수능 연계 포인트

① 서술상의 특징 파악
② 소재의 상징적 의미 파악
③ 시대적 상황과 관련한 비판의 대상 이해

핵심 정리

- **갈래** 단편 소설, 세태 소설
- **시점** 1인칭 주인공 시점
- **주제** 현대인의 이기심과 소시민적 태도에 대한 비판
- **특징** ① 상징적 소재를 활용하여 주제 의식을 나타냄 ② 현재의 사건과 과거 회상을 교차하여 서술함

작품 해제

이 작품은 어느 날 갑자기 집 안에 던져진 '고무신짝'과 관련된 일화를 통해 현대인들의 이기심을 비판하고 있는 소설이다. 현대적인 교육을 받은 합리적인 사람들이 '고무신짝'을 보고 미신적인 두려움을 느끼고 있다. 이러한 현대인들의 불안과 이기심의 원인을 '큰 산'의 부재에서 찾는 주인공의 모습을 통해 윤리성의 회복과 질서를 유지하는 존재의 필요성을 부각하고 있다.

작품 핵심

'고무신짝'과 '큰 산'의 의미

고무신짝	• 느닷없이 닥친 액운 • 아내의 불안감과 공포심을 유발함 • 나만 아니면 된다는 동네 사람들의 극단적 이기주의를 상징함
큰 산	• '나'의 고향에 존재하며 산이라는 구체적인 의미를 초월함 • 평온함을 주는 청색의 이미지 • 사람들에게 넉넉함과 안정을 주는 존재

"당신 이제 무슨 소리 했수. 대체 '큰 산'이 뭐유, '큰 산'이?"

"……."

그 '큰 산'은 청빛이었다. 서쪽 하늘에 늘 덩더룻이 웅장하게 펴져 있었다. 아침저녁으로 혹은 네 철을 따라 표정은 늘 달랐지만, 근원은 뿌리 깊게 일관해 있었다. 해 뜨기 전 새벽에는 청청한 빛으로 싱싱하고, 첫 햇볕이 쬐면 산머리에서부터 백금색으로 빛나고, 햇볕 속의 한낮에는 멀리 물러앉은 청빛이었다. 해 질 녘 저녁에는 골짜기 하나하나가 손에 잡힐 듯이 거멓게 윤곽을 드러내고, 서서히 보랏빛으로 물들어 간다. 봄에는 봉우리부터 여드러워지고, 겨울이면 흰색으로 험준해진다. 가을에는 침착하게 물러앉고, 여름이면 더 높아 보인다. 그 '큰 산' 쪽으로 샛바람이 불면 비가 왔고, '큰 산' 쪽에서 바다 쪽으로 맞바람이 불면 비가 그치고 하늘이 개었다. ㉣그 '큰 산'은 늘 우리 모든 사람의 마음속에 형태 없는 넉넉함으로 자리해 있었다. 그 '큰 산'이 그곳에 그렇게 그 모습으로 뿌리 깊게 웅거해 있다는 것이 늘 안심이 되었던 것이다.

깊숙하게 늘 안심이 되었던 것이다.

아, 그 '큰 산', '큰 산'.

그날 밤 아내는 악착같이 해볼 기세로, 시뻘게진 얼굴로, 그 고무신짝을 신문지에 둘둘 말아 싸 가지고 어디론가 나갔다가, 아홉 시가 지나서야 비시시 웃으며 들어섰다. ㉤과연 나갈 때의 뭉뚱그려진 표정은 가셔지고, 무거운 짐이라도 벗어 놓은 듯이 분위기가 한결 개운해져 있었다.

그러나 나는 아무 소리도 안 물었고 아내도 구태여 아무 소리도 안 하였다. 우리는 이렇게 이 정도로는 서로 존중해 줄 줄을 알고 있었다.

* 쩡하다: 정신이 번쩍 들 정도로 자극이 심하다.
* 지까다비: 일본 버선 모양의 노동자용 작업화
* 교교하다: 매우 조용하다.
* 박수: 남자 무당

한눈에 보기

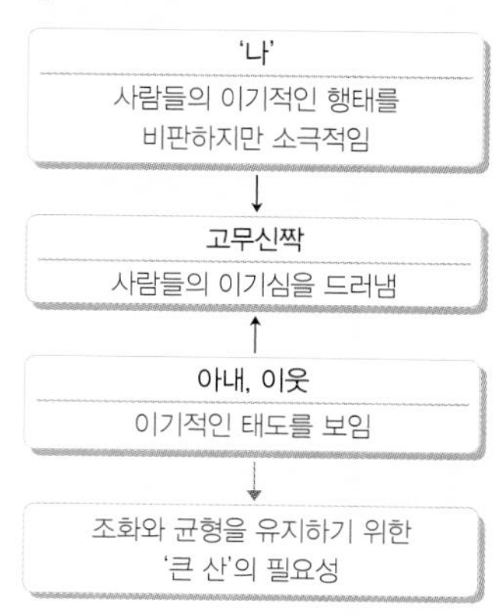

지문 Master

1 '나'는 (   )의 부재로 인해 현대인들이 불안해하고 이기적이 된 것이라 생각한다.

2 '나'는 고무신짝을 또다시 다른 집에 버리고 온 (   )의 행동을 묵인한다.

1 표현상의 특징 이해

이 글의 표현상의 특징으로 적절하지 않은 것은?

① 상징적인 소재를 통해 주제 의식을 드러내고 있다.
② 색채 이미지를 활용하여 특정 대상이 지닌 특성을 생생하게 그려 내고 있다.
③ 서술자가 특정 사건의 발생 원인을 추측하여 이를 주관적으로 해설하고 있다.
④ 아내의 외양을 묘사하여 특정 사건을 대하는 아내의 심리를 간접적으로 드러내고 있다.
⑤ 인물 간의 대화를 중심으로 서술되며 대화를 통해 인물 간 갈등이 고조되는 양상을 보여 주고 있다.

세부 내용의 이해

2 **이 글의 내용에 대한 이해로 가장 적절한 것은?**

① '나'와 아내는 고무신짝을 처리하는 방법에 대해 서로 다른 의견을 지녀 상호 갈등을 겪었다.
② '나'는 고무신짝이 자신의 집으로 다시 돌아온 이유를 깨닫고 고무신짝에 대한 거부감을 극복하였다.
③ 아내는 큰 산의 부재를 안타까워하는 '나'의 의견에 동조하며 과거의 삶에 대한 그리움을 드러내었다.
④ '나'는 이웃들이 다른 집 담장 너머로 고무신짝을 던지는 행위에 대해 양심의 가책을 느꼈으리라 생각하였다.
⑤ '나'는 현대적인 교육을 받은 이웃들이 미신에 좌우되는 자신들의 비합리적인 모습을 타인에게 숨기고 싶어 한다고 생각하였다.

시대적 배경을 고려한 감상의 적절성 판단

3 **〈보기〉를 참고하여 ㉠~㉤을 감상한 내용으로 적절하지 않은 것은?**

보기

이 작품은 1970년대 군사 정권이 독재 체제를 연장하기 위해 3선 개헌을 강행하면서 극도로 불안해진 사회를 배경으로 하고 있다. 이러한 사회적 분위기는 힘없는 개인들에게 스며들어 자신의 안위만을 생각하는 이기심을 만연하게 하였다. 작가는 이러한 정치적인 상황을 직접적으로 언급하지 않고, '고무신'과 관련된 일화를 통해 소시민들의 불안과 이기심을 간접적으로 드러내고 있다.

① ㉠: 고무신짝에 불과하지만 느닷없이 닥친 일에 대한 소시민의 두려움을 드러내고 있다.
② ㉡: 다른 사람들이야 어쨌든 자신의 안위만을 생각하는 소시민의 이기적인 모습을 고발하고 있다.
③ ㉢: 부정적 현실에 대한 극복 의지가 소시민의 마음속에 잠재하고 있음을 간접적으로 드러내고 있다.
④ ㉣: 자신의 안위보다 공동체적 윤리를 먼저 생각하던 사람들이 살아가던 시대를 그리워하고 있다.
⑤ ㉤: 아내가 고무신을 처리한 방법은 소시민들의 불안과 이기심에 대한 근본적 해결책이라고 보기 어렵다.

소재의 상징적 의미와 기능 이해

4 **ⓐ와 ⓑ에 대한 설명으로 가장 적절한 것은?**

① ⓐ는 '나'와 아내의 갈등을 유발하는 소재이다.
② ⓐ는 방황하는 현대인의 삶을 상징하는 소재이다.
③ ⓑ는 아내가 막연히 동경하는 이상향이다.
④ ⓑ는 '나'가 현실에서 벗어나 도피하려는 공간이다.
⑤ ⓑ는 현대인의 이기적인 생각을 치유할 수 있는 소재이다.

역마 _김동리

[앞부분 줄거리] 화개장터에서 주막을 하는 옥화는 아들 성기의 역마살을 없애기 위해 온갖 노력을 기울인다. 어느 날, 체 장수 영감이 옥화의 주막에 들러 36년 전 이 주막에 머문 적이 있다고 말하고는 딸 계연을 맡기고 장삿길을 나선다. 성기를 결혼시켜 역마살을 막고자 하는 옥화의 바람대로 성기와 계연이 가까워질 즈음, 옥화는 계연의 귓바퀴에 자신과 같은 사마귀가 있는 것을 발견하고 불길한 예감을 갖는다. 이후 옥화는 계연과 성기가 가깝게 지내는 것을 달가워하지 않고, 체 장수 영감은 계연을 데리고 떠나게 된다.

성기가 다시 자리에서 일어나게 된 것은 이듬해 우수(雨水)도 경칩(驚蟄)도 다 지나, 청명(淸明) 무렵의 비가 질금거릴 즈음이었다. 주막 앞에 늘어선 버들가지는 다시 실같이 푸르러지고 살구, 복숭아, 진달래 들이 골목 사이로 산기슭으로 울긋불긋 피고 지고 하는 날이었다.

아들의 미음상을 차려 들고 들어온 옥화는 성기가 미음 그릇을 비우는 것을 보자, 이렇게 물었다.

"아직도 너, 강원도 쪽으로 가 보고 싶냐?" / "……."

성기는 조용히 고개를 돌렸다.

"여기서 ⓐ장가들어 나랑 같이 살겠냐?" / "……."

성기는 역시 고개를 돌렸다.

— 그해 아직 봄이 오기 전, 보는 사람마다 성기의 회춘을 거의 다 단념하곤 하였을 때, 옥화는, 이왕 죽고 말 것이라면, 어미의 맘속이나 알고 가라고, 그래 그 체 장수 영감은, 서른여섯 해 전 남사당을 꾸며 와 이 화개장터에 하룻밤을 놀고 갔다는 자기의 아버지임에 틀림이 없었다는 것과, 계연은 그 왼쪽 귓바퀴 위의 사마귀로 보아 자기의 동생임이 분명하더라는 것을 통정하노라면서, 자기의 왼쪽 귓바퀴 위의 같은 검정 사마귀까지를 그에게 보여 주었다.

"나도 처음부터 영감이 '서른여섯 해 전'이라고 했을 때 가슴이 섬찍하긴 했다. 그렇지만 설마 했지, 그렇게 남의 간을 뒤집어 놀 줄이야 알았나. 하도 아슬해서 이튿날 악양으로 가 명도까지 불러 봤더니, 요것도 남의 속을 빤히 들여다보는 듯이 재잘대는구나, 차라리 망신을 했지."

옥화는 잠깐 말을 그쳤다. 성기는 두 눈에 불을 켜듯 한 형형한 광채를 띠고, 그 어머니의 얼굴을 쳐다보고 있었다.

"차라리 몰랐으면 또 모르지만 한번 알고 나서야 인륜이 있는데 어쩌겠냐."

그리고 부디 어미 야속타고나 생각지 말라고, 옥화는 아들의 뼈만 남은 손을 눈물로 씻었다.

옥화의 이 마지막 하직같이 하는 통정 이야기에 의외로 성기는 도로 힘을 얻은 모양이었다. 그 불타는 듯한 형형한 두 눈으로 천장을 한참 바라보고 있던 성기는 무슨 새로운 결심이나 하듯 입술을 지그시 깨물고 있었다.

아버지를 찾아 강원도 쪽으로 가 볼 생각도 없다, 집에서 장가들어 살림을 할 생각도 없다, 하는 아들에게 그러나, 옥화는 이제 전과 같이 고지식한 미련을 두는 것도 아니었다.

"그럼 어쩔랴냐? 너 좋 대로 해라."

"……."

수능 연계 포인트

① 서술상의 특징 파악
② 개인과 운명의 갈등 파악
③ 공간적 배경의 상징적 의미 파악

핵심 정리

- **갈래** 단편 소설, 순수 소설
- **시점** 전지적 작가 시점
- **주제** 운명에 대한 순응과 그로 인한 인간의 구원
- **특징** ① 특정한 공간의 의미를 인생과 연결 지어 형상화함 ② 한국적 운명관을 보여 줌

작품 해제

'역마살'을 소재로 하여 운명에 의해 상처받고 좌절하면서도 이에 순응해 나가는 인물들의 모습을 통해 인간과 운명의 문제를 다루고 있는 작품이다. 이 소설의 주된 갈등은 운명에 맞서는 인물들의 노력과 대결 과정으로, 이를 통해 전통적인 한국의 운명관에 대해 성찰하고 있다.

작품 핵심

작품의 주요 갈등

성기가 바라는 삶
사랑하는 계연과 결혼하여 한곳에 정착하는 삶

↕

성기의 운명
역마살 때문에 여기저기 떠돌아다니는 삶

성기는 아무런 말도 없이 도로 자리에 드러누워 버렸다.

그러고 나서 한 달포나 넘어 지난 뒤였다.

성기가 좋아하는 여러 가지 산나물이 화갯골에서 연달아 자꾸 내려오는 이른 여름의 어느 장날 아침이었다. 두릅회에 막걸리 한 사발을 쭉 들이켜고 난 성기는 옥화에게,

"어머니, ⓑ 나 엿판 하나만 맞춰 주."

하였다.

"……."

옥화는 갑자기 무엇으로 머리를 얻어맞은 듯이 성기의 얼굴을 멍하니 바라보고 있었다.

그런 지도 다시 한 보름이나 지나, 뻐꾸기는 또다시 산울림처럼 건드러지게 울고, 늘어진 버들가지엔 햇빛이 젖어 흐르는 아침이었다. 새벽녘에 잠깐 가는 비가 지나가고, 날은 다시 유달리 맑게 갠 화개장터 삼거리 길 위에서, 성기는 그 어머니와 하직을 하고 있었다. 갈아입은 옥양목 고의적삼에, 명주 수건까지 머리에 질끈 동여매고 난 성기는, 새로 맞춘 새하얀 나무 엿판을 질빵해서 느직하게 엉덩이 즈음에다 걸었다. 윗목판에는 새하얀 가락엿이 반 넘어 들어 있었고, 아랫목판에는 팔다 남은 이야기책 몇 권과 간단한 방물이 좀 들어 있었다.

그의 발 앞에는, 물과 함께 갈리어 길도 세 갈래로 나 있었으나, 화갯골 쪽엔 처음부터 등을 지고 있었고, 동남으로 난 길은 하동, 서남으로 난 길이 구례, 작년 이맘때도 지나 그녀가 울음 섞인 하직을 남기고 체 장수 영감과 함께 넘어간 산모퉁이 고갯길은 퍼붓는 햇빛 속에 지금도 환히 장터 위를 굽이돌아 구례 쪽을 향했으나, 성기는 한참 뒤 몸을 돌렸다. 그리하여 그의 발은 구례 쪽을 등지고 하동 쪽을 향해 천천히 옮겨졌다.

한 걸음 한 걸음 발을 옮겨 놓을수록 그의 마음은 한결 가벼워져, 멀리 버드나무 사이에서 그의 뒷모양을 바라보고 서 있을 어머니의 주막이 그의 시야에서 완전히 사라져 갈 무렵 하여서는, 육자배기 가락으로 제법 콧노래까지 흥얼거리며 가고 있는 것이었다.

한눈에 보기

운명과의 대결
계연과의 사랑, 정착

↓

계연과의 이별

↓

운명에의 순응
떠돌아다님

지문 Master

1 옥화가 성기와 계연이 가깝게 지내는 것을 달가워하지 않았던 것은 계연이 자신의 (　　　　)임이 분명하다는 생각이 들었기 때문이다.

2 성기는 자신의 역마살을 받아들여서 어머니께 (　　　　) 하나를 맞춰 달라고 한다.

1 서술상의 특징 파악

이 글의 서술상 특징으로 적절하지 않은 것은?

① 인물의 행동에 대한 서술자의 평가가 나타나 있다.
② 대화와 행동을 통해 인물의 심리가 드러나고 있다.
③ 구체적 지명을 제시함으로써 현장감을 드러내고 있다.
④ 인물이 과거에 겪었던 사건을 요약적으로 제시하고 있다.
⑤ 우리 민족의 전통적 소재를 활용하여 사건을 전개하고 있다.

> 정답과 해설 28쪽

갈등의 양상 파악

2

〈보기〉의 관계도를 바탕으로 이 글을 이해한 내용으로 적절하지 않은 것은?

보기

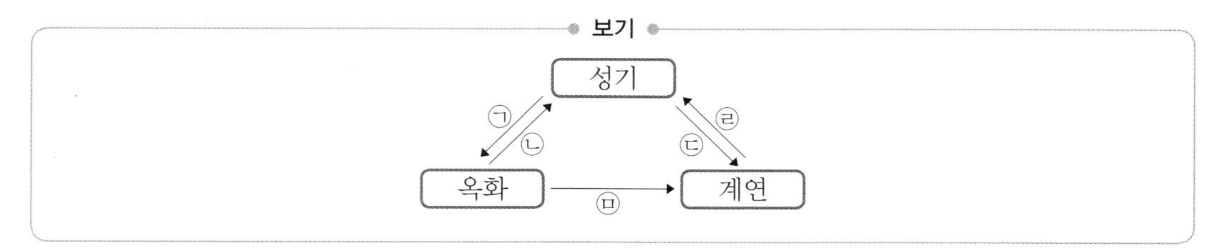

① ㉠: 어머니와 갈등을 겪지만 속 이야기를 들은 후 평정심을 찾는다.
② ㉡: 아들의 운명을 바꾸기 위해 노력하지만 결국 체념한다.
③ ㉢: 어머니와의 갈등을 해결하기 위해 도움을 청하지만 거절당한다.
④ ㉣: 이루어질 수 없는 사랑 때문에 아버지를 따라 떠나게 된다.
⑤ ㉤: 인륜을 지키기 위해 성기를 떠나도록 체 장수 영감을 따라가게 한다.

대화의 기능 파악

3

이 글에서 ⓐ와 ⓑ의 기능으로 가장 적절한 것은?

① ⓐ는 운명을 수용하는 선택에 해당하고, ⓑ는 운명을 거역하는 선택에 해당한다.
② ⓐ는 인물 간의 갈등을 심화시키는 계기가 되고, ⓑ는 인물 간의 갈등이 해소되는 계기가 된다.
③ ⓐ는 일반적인 삶의 방식에 대한 권유에 해당하고, ⓑ는 사건의 분위기를 반전시키는 단서가 된다.
④ ⓐ는 인물이 처한 상황을 보여 주는 단서가 되고, ⓑ는 인물의 순수한 내면세계를 보여 주는 매개체가 된다.
⑤ ⓐ는 인물이 심리적으로 안도하게 되는 계기가 되고, ⓑ는 인물과의 또 다른 갈등을 야기하는 원인이 된다.

공간의 의미 파악

4

〈보기〉의 ㉮~㉰를 인물의 심리와 삶을 중심으로 정리해 보았다. 다음 중 적절하지 않은 것은?

보기

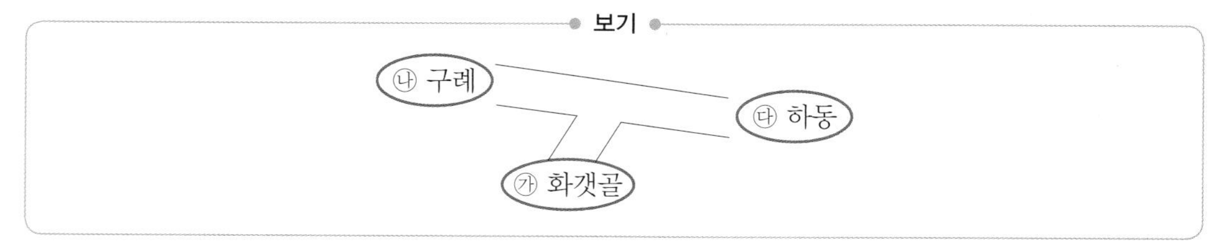

① ㉮에 남은 옥화는 성기를 정착시키지 못한 아쉬움을 지니고 있을 것이다.
② 성기가 ㉮에 남았다면 옥화는 자신이 바라던 바를 성취하게 되는 셈이다.
③ 성기는 ㉮를 떠나며 언젠가는 계연을 만날 수 있을 것이라고 생각할 것이다.
④ 성기가 ㉯로 향하지 않은 것에는 옥화의 통정 이야기가 크게 작용했을 것이다.
⑤ ㉰로 향하는 성기의 마음에는 저항보다는 순응이라는 생각이 더 크게 자리하고 있었을 것이다.

화랑의 후예 _김동리

[앞부분 줄거리] '나'는 숙부인 완장 선생의 소개로 가문에 대한 자부심이 강한 조선 양반의 전형인 황 진사를 만나게 된다. 황 진사는 알량한 한문 실력으로 사주를 봐 주며 생계를 잇는데, 돈이 떨어질 때마다 숙부를 찾아와 온정에 호소하는 듯했다. 장가도 못간 채 사십이 넘은 그를 불쌍히 여긴 숙모는 과수댁을 중매하지만, 그는 자존심만 내세운다.

봄도 지나 여름이 되었다. 새는 녹음 속에 늙고 물은 산골을 훑으며 흘렀다.

그때 돌연히 숙부님이 어떤 사건으로 피검(被檢)이 되자, 나는 시골 어느 절간에 가 지내려던 피서 계획을 포기하고 괴로운 여름 한철을 서울서 나게 되었다. 물론 숙부님의 사건이란 건 당시 나도 잘 몰랐는데, 세상에서 들리는 말로는 만주에서 발단된 '대종교 사건'의 연루라는 것으로 숙부님 검거, 금광 채굴 중지, 가택 수색, 이 세 가지를 한꺼번에 당하게 되었던 것이었다.

어느 날은 서대문 밖의 숙부님을 면회하고 돌아오는 길 광화문통을 지나오려니까,

"아, 이건 노상 해후로구랴!"

하는 소리가 났다. 고개를 들어 보니, 연록색 인조견 조끼에 검은 유리 안경을 쓴 황 진사가 빨아 말린 두루마기를 왼쪽 팔에 걸고, ㉠ 해묵은 누렁 맥고모는 뒤통수에 잦혀 쓰고, 그 벗겨진 앞이마를 햇살에 번쩍거리며 총독부 쪽에서 걸어오고 있는 것이다.

"네, 일재 선생 오래간만이올시다."

하고 내가 인사를 한즉,

"댁에서들 모두 태평하시구, 완장 선생께도 소식 자주 듣고…… 아 이건 참 노상 해후로구랴!"

또 한번 감탄하고 나더니,

"이리 잠깐 오, 날 좀 보."

하고, ㉡ 그는 나를 한쪽 구석에 불러 놓고 지극히 중대한 사실을 발견했노라고 한다. 나는 사정이 전과 다른 형편에 있던 터이라 혹시나 이런 데서 무슨 숙부에 대한 자세한 내용이나 알게 되나 하여 두근거리는 가슴을 누르며 긴장한 낯으로 그를 쳐다보고 있는 것인데, 그는,

"아, 내 조상께서도 모르고 지낸 윗대 조상을 근일에 와서 상고했구랴."

㉢ 이런 엉뚱한 소리를 하였다. 나는 너무 어이가 없어 어리둥절해 있노라니,

"왜 그루, 어디 편찮우?"

한다. 괜찮으니 얼른 마저 이야기하라고 하니,

"아, 이런 수가…… 온, 내 조상이 대체 신라 적 화랑이구랴!"

하고 ㉣ 혼자 감개해서 못 견디는 모양이었다. 그건 또 어떻게 알아냈냐고 한즉, 근일에 여러 가지 서적을 상고하던 중 우연히 발견하게 된 것이라 하였다.

황 진사를 광화문통에서 만난 뒤, 두 달이 지난 어느 날 나는 숙모님을 모시고 병원에 갔다가 총독부 앞에서 전차를 내려 필운동으로 들어가노라니 모르핀 중독 환자 치료소 옆에서 자칫하면 모르고 지나칠 뻔하다가 그를 보게 되었다.

머리가 더부룩한 거지 아이 몇 놈과 아편 중독자 몇과 그 밖에 중풍쟁이, 앉은뱅이, 수족 병신 들이 몇 둘러싼 가운데에 한 두어 뼘 길이쯤 되는 무슨 과자 상자 같은 것을 거꾸로 엎어 놓고 그 위에 삐쩍 마른 두꺼비 한 마리와 그 옆의 똥그란 양철통에 흙빛 연고

수능 연계 포인트
① 서술자의 태도 파악
② 인물의 유형과 제목의 의미 파악
③ 작품에 반영된 시대적 상황 이해

핵심 정리
- **갈래** 단편 소설, 풍자 소설
- **시점** 1인칭 관찰자 시점
- **주제** 몰락한 양반 계층의 시대착오적 허세와 이에 대한 연민, 비애
- **특징** ① 희극적 소재와 행동으로 인물을 희화화함 ② 일화를 통해 인물의 성격을 드러냄 ③ 과거의 사건을 회상하며 서술함

작품 해제
1930년대 봉건적 의식을 고수하고 신라 화랑의 후손임을 자처하며 살아가는 황 진사라는 인물을 통해, 경제적으로 완전히 몰락한 일제 강점기 양반 계층의 현실을 풍자적으로 비판하면서도 연민 어린 시선으로 바라보고 있는 작품이다.

작품 핵심
제목 '화랑의 후예'의 의미
- 황 진사가 가진 문벌 의식을 보여 줌
- 시대 변화를 파악하지 못한 채 궁핍하고 구차하게 살아가는 황 진사의 모습과 대비됨
- 봉건적 문벌 의식에 사로잡혀 시대착오적인 삶을 살고 있는 당시 인물들을 비판하는 의미를 담고 있음

약을 넣어 두고 약 쓰는 법을 설명하는 위인이 있다. 〈중략〉

그는 약물에다 흙빛 고약을 찍어 넣어서 저으며,

"자아, 단단히 보시오, 우리 몸에 있는 썩은 피가 두꺼비 코끝만 들어가면 그만 이렇게 홍로일점설, 봄철의 눈과 같이 흔적도 없이 사라져 버립니다!"

하고, 약물 접시를 들어 여러 사람 앞에 한번 내두르고 나서 기침을 한번 새로 하더니,

"여러분, 여기 계시는 이분은 우리나라에서 유명한 선생이올시다. 그런데 선생께서는 두 달 전부터 충치를 앓으셔서 병석에 누워 계시다가 이 약으로 말미암아 어저께 벌레를 내고 오늘부터 이렇게 이곳까지 나와 주시게 되었습니다."

하고, 궐자가 손으로 가리키는 바로 그 곁에는, 전날에 보던 그 ㉤검정색 안경을 쓴 우리 황 진사가 점잖게 먼 산을 바라보고 앉아 있었다. / 궐자는 다시 말을 이어,

"선생께서는 또 이 방면에 대한 연구가 대단히 깊으실 뿐 아니라 곰의 쓸개, 오리의 혀, 지렁이 오줌, 쥐의 똥, 고양이 간 같은 걸로 훌륭한 약을 지어서 일만 가지 병마를 퇴치시킬 수도 있는, 말하자면 이인과 같은 능력을 가지신 어른이올시다!"

할 즈음에 순사가 왔다. 에워싸고 있던 거지, 아편쟁이, 수족 병신 들은 각기 제 구석을 찾아 헤어졌다.

이 꼴을 보신 숙모님은 나에게 눈짓을 하시며 앞서 가셨다. 나도 숙모님 뒤를 쫓아 한참 오다 돌아다본즉, 아까 연설을 하던 작자는 빈 과자 상자에 마른 두꺼비와 고약 통을 담아 가슴에 안고, 황 진사는 점잖게 두 손을 두루마기 옆구리에 찌른 채 순사를 따라 건너편 파출소로 향해 걸어가고 있었다.

한눈에 보기

황 진사(주인공)
시대착오적 사고방식을 지닌 인물로, 비굴하고 몰염치한 모습이 드러남

↑

'나'(서술자)
황 진사를 희화화하고 비판하지만 연민의 대상으로 여김

지문 Master

1 황 진사는 자신의 조상이 신라 적 (　　　　)이었다는 것을 알고 가문에 대한 자부심이 더욱 높아진다.

2 황 진사는 가짜 (　　　　)을 팔다가 순사에게 잡혀간다.

1

서술상의 특징 파악

이 글의 서술상 특징으로 적절한 것은?

① 서술자가 등장인물의 행동에 대해 논평하고 있다.
② 외양 묘사를 통해 주인공의 내면이 드러나고 있다.
③ 일화적 구성을 통해 등장인물의 특성을 부각하고 있다.
④ 시간의 흐름에 따라 인물의 내적 갈등이 고조되고 있다.
⑤ 빠른 장면의 전환을 통해 긴박한 분위기를 조성하고 있다.

등장인물에 대한 이해

2 **이 글의 등장인물에 대한 설명으로 적절하지 않은 것은?**

① '나'는 황 진사의 '엉뚱한 소리'에 흥미를 가지게 되었다.
② 숙부님은 만주에서 발단된 독립운동에 연루되어 피검되었다.
③ '나'는 황 진사를 통해 숙부님의 소식을 들을 수 있을까 기대했다.
④ 황 진사는 '나'에게 숙부님과 관련 없는 가문 이야기만 늘어놓았다.
⑤ 약장수와 함께 가짜 약을 팔다가 순사에게 잡혀가는 황 진사의 모습은 그의 비참함을 보여 준다.

서술자의 태도 파악

3 **㉠~㉤ 중, 〈보기〉의 밑줄 친 내용이 가장 잘 드러나는 것은?**

보기

이 소설의 서술자는 소설 속에 뛰어들어 사건의 일부를 이루는 인물이다. 서술자인 '나'는 새로운 학문과 세계관을 섭렵한 지식인으로 처음에는 관찰 대상인 황 진사를 부정적으로 생각한다. 그러나 황 진사에 대해 비판적 시각만 드러내는 것은 아니다. '나'는 황 진사에 대해 풍자적이면서도 점차 심리적 거리가 가까워지며 따뜻한 연민의 정서를 드러내기도 한다.

① ㉠ ② ㉡ ③ ㉢ ④ ㉣ ⑤ ㉤

작품의 종합적 감상

4 **이 글을 읽고 느낀 점을 설명하는 모둠 학습을 하였다고 할 때, 다음 중 가장 적절한 것은?**

① 민중들의 고통스러운 생활을 통해서 일제의 수탈을 사실적으로 그려 내고 있다고 생각합니다.
② 문벌 의식에 사로잡힌 인물의 일그러진 모습을 통해 우리 자신을 되돌아보게 했다고 생각합니다.
③ 현재와 과거 사이에서 갈등하는 인물을 통해서 인간의 나약함을 상징적으로 그려 냈다고 생각합니다.
④ 시대상이 반영된 풍물의 세밀한 묘사를 통해서 전통의 소중함과 가치를 환기시키고 있다고 생각합니다.
⑤ 속고 속이는 군상들의 암담한 모습을 통해 혼탁한 사회의 단면을 적나라하게 보여 주었다고 생각합니다.

감자 _김동인

싸움, 간통, 살인, 도적, 구걸, 징역 이 세상의 모든 비극과 활극의 근원지인, 칠성문 밖 빈민굴로 오기 전까지는, 복녀의 부처는 (사농공상의 제2위에 드는) 농민이었었다.

복녀는, 원래 가난은 하나마 정직한 농가에서 규칙 있게 자라난 처녀였었다. 이전 선비의 엄한 규율은 농민으로 떨어지자부터 없어졌다 하나, 그러나 어딘지는 모르지만 딴 농민보다는 좀 똑똑하고 엄한 가율이 그의 집에 그냥 남아 있었다. 그 가운데서 자라난 복녀는 물론 다른 집 처녀들과 같이 여름에는 벌거벗고 개울에서 멱 감고, 바짓바람으로 동리를 돌아다니는 것을 예사로 알기는 알았지만, 그러나 ㉠그의 마음속에는 막연하나마 도덕이라는 것에 대한 저품을 가지고 있었다.

[A]

그는 열다섯 살 나는 해에 동리 홀아비에게 팔십 원에 팔려서 시집이라는 것을 갔다. 그의 새서방(영감이라는 편이 적당할까)이라는 사람은 그보다 이십 년이나 위로서, 원래 아버지의 시대에는 상당한 농군으로서 밭도 몇 마지기가 있었으나, 그의 대로 내려오면서는 하나 둘 줄기 시작하여서 마지막에 복녀를 산 팔십 원이 그의 마지막 재산이었었다. 그는 극도로 게으른 사람이었었다. ㉡동리 노인들의 주선으로 소작 밭깨나 얻어 주면, 종자만 뿌려 둔 뒤에는 후치질도 안 하고 김도 안 매고 그냥 내버려 두었다가는, 가을에 가서는 되는 대로 거두어서 '금년은 흉년이네' 하고 전주집에는 가져도 안 가고 자기 혼자 먹어 버리고 하였다. 그러니까 그는 한 밭을 이태를 연하여 부쳐 본 일이 없었다. 이리하여 몇 해를 지내는 동안 그는 그 동리에서는 밭을 못 얻으리만큼 인심을 잃고 말았다.

복녀가 시집을 간 뒤 한 삼사 년은 장인의 덕택으로 이렁저렁 지나갔으나, 이전 선비의 꼬리인 장인은 차차 사위를 밉게 보기 시작하였다. 그들은 처가에까지 신용을 잃게 되었다.

그들 부처는 여러 가지로 의논하다가 하릴없이 평양성 안으로 막벌이로 들어왔다. 그러나 게으른 그에게는 막벌이나마 역시 되지 않았다. 하루 종일 지게를 지고 연광정에 가서 대동강만 내려다보고 있으니, 어찌 막벌이인들 될까. 한 서너 달 막벌이를 하다가, 그들은 요행 어떤 집 막간(행랑)살이로 들어가게 되었다.

그러나 그 집에서도 얼마 안 하여 쫓겨나왔다. 복녀는 부지런히 주인집 일을 보았지만, 남편의 게으름은 어찌할 수가 없었다. ㉢매일 복녀는 눈에 칼을 세워 가지고 남편을 채근하였지만, 그의 게으른 버릇은 개를 줄 수는 없었다.

[중략 부분 줄거리] 당국에서 벌인 송충이 잡이에 나간 복녀는 감독의 눈에 들어 매춘을 하게 되며 점점 타락하게 된다. 중국인 왕 서방의 정부(情婦) 노릇을 하던 복녀는 왕 서방이 어떤 처녀를 아내로 사 오자 강한 질투를 느낀다.

다른 중국인들은 새벽 두 시쯤 하여 돌아갔다. 그 돌아가는 것을 보면서 복녀는 왕 서방의 집 안에 들어갔다. ㉣복녀의 얼굴에는 분이 하얗게 발리어 있었다.

신랑, 신부는 놀라서 그를 쳐다보았다. 그것을 무서운 눈으로 흘겨보면서, 그는 왕 서방에게 가서 팔을 잡고 늘어졌다. 그의 입에서는 이상한 웃음이 흘렀다.

"자, 우리 집으로 가요."

왕 서방은 아무 말도 못 하였다. 눈만 정처 없이 두룩두룩하였다. 복녀는 다시 한 번

수능 연계 포인트

① 사건의 전개와 결말의 상징성 이해
② 시대적·공간적 배경이 갖는 의미 파악
③ 서술 방식과 문체의 특징 이해

핵심 정리

- **갈래** 단편 소설
- **시점** 전지적 작가 시점
- **주제** 환경에 의해 타락해 가는 한 여인의 비극
- **특징** ① 환경론적 관점에서 환경에 따라 한 인물의 운명이 어떻게 변하는가를 보여 줌 ② 인생의 한 단면을 제시함으로써 이야기의 극적 완결성을 확보함

작품 해제

인간의 삶과 가치관은 환경의 영향을 받는다는 '환경 결정론'을 바탕으로 한 자연주의 경향의 작품으로 가난하지만 정직하고 정숙했던 복녀가 환경에 의해 도덕적으로 타락해 가는 과정을 그리고 있다. 복녀의 도덕적 타락과 비극적 죽음의 원인은 1920년대의 식민지 사회가 빚어 낸 빈곤과 불우한 환경 때문이라고 볼 수 있다.

작품 핵심

'복녀'라는 이름의 상징성

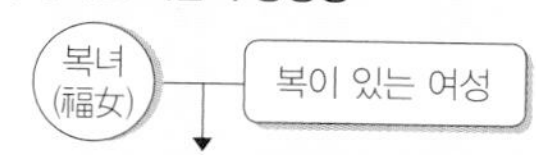

반어적 명명

주인공의 운명과는 어울리지 않는 반어적 성격의 이름으로 1920년대 당시 서민 여성의 흔한 이름이었음. 따라서 주인공의 비극적인 삶이 바로 1920년대 하층민 여성들의 삶의 모습임을 보여 줌

정답과 해설 29쪽

왕 서방을 흔들었다.

"자, 어서." / "우리, 오늘 밤 일이 있어 못 가."

"일은 밤중에 무슨 일." / "그래두, 우리 일이……."

복녀의 입에 아직껏 떠돌던 이상한 웃음은 문득 없어졌다.

"이까짓 것."

그는 발을 들어서 치장한 신부의 머리를 찼다.

"자, 가자우, 가자우."

왕 서방은 와들와들 떨었다. 왕 서방은 복녀의 손을 뿌리쳤다. 복녀는 쓰러졌다. 그러나 곧 다시 일어섰다. 그가 다시 일어설 때는 그의 손에 얼른얼른하는 낫이 한 자루 들리어 있었다.

"이 되놈, 죽어라, 죽어라, 이놈, 나 때렸디! 이놈아, 아이구, 사람 죽이누나."

그는 목을 놓고 처울면서 낫을 휘둘렀다. 칠성문 밖 외딴 밭 가운데 홀로 서 있는 왕 서방의 집에서는 일장의 활극이 일어났다. 그러나 그 활극도 곧 잠잠하게 되었다. 복녀의 손에 들리어 있던 낫은 어느덧 왕 서방의 손으로 넘어가고, 복녀는 목으로 피를 쏟으면서 그 자리에 고꾸라져 있었다.

복녀의 송장은 사흘이 지나도록 무덤으로 못 갔다. 왕 서방은 몇 번을 복녀의 남편을 찾아갔다. 복녀의 남편도 때때로 왕 서방을 찾아갔다. 둘의 사이에는 무슨 교섭하는 일이 있었다. 사흘이 지났다.

㉤밤중 복녀의 시체는 왕 서방의 집에서 남편의 집으로 옮겨졌다. 그리고 그 시체에는 세 사람이 둘러앉았다. 한 사람은 복녀의 남편, 한 사람은 왕 서방, 또 한 사람은 어떤 한방 의사. 왕 서방은 말없이 돈주머니를 꺼내어 십 원짜리 지폐 석 장을 복녀의 남편에게 주었다. 한방 의사의 손에도 십 원짜리 두 장이 갔다.

이튿날 복녀는 뇌일혈로 죽었다는 한방의의 진단으로 공동묘지로 실려 갔다.

한눈에 보기

정직한 농가에서 규칙 있게 자라나 도덕적 의식을 지닌 복녀

↓

복녀가 처한 환경
- 가난한 생활
- 게으르고 무책임한 남편
- 비극과 활극의 근원지인 칠성문 밖 빈민굴의 생활

↓

환경에 의한 복녀의 타락

지문 Master

1 이 글은 환경에 의해 타락해 가는 (   )의 삶을 조명하고 있다.

2 복녀의 죽음을 두고 왕 서방, 복녀의 남편, 한방 의사의 뒷거래가 이루어진 이튿날, 복녀는 (   )로 죽었다는 진단과 함께 공동묘지로 실려 갔다.

1

서술상의 특징 파악

[A]에 대한 설명으로 가장 적절한 것은?

① 시간을 역순행적으로 배치하여 사건을 입체적으로 부각하며 전달하고 있다.
② 구체적 상황 묘사를 통해 인물의 과거 이력을 정리하고 결말을 예고하고 있다.
③ 인물 간의 갈등 상황을 소개하며 갈등의 원인과 해결의 실마리를 제시하고 있다.
④ 요약적 서술을 통해 복녀가 칠성문 밖 빈민굴로 갈 수밖에 없었던 이유를 짐작하게 한다.
⑤ 사건이 일어난 공간적 배경의 상세한 묘사를 통해 인물의 심리를 간접적으로 드러내고 있다.

▶ 정답과 해설 29쪽

2

인물에 대한 이해

복녀에 대한 설명으로 가장 적절한 것은?

① 작품 속 인물들의 소망을 수렴한 명명이다.
② 어린 시절의 유복했던 삶을 환기하는 명명이다.
③ 비극적인 삶을 부각하기 위한 반어적 명명이다.
④ 죽음을 불사한 사랑의 가치를 강조하는 명명이다.
⑤ 왕 서방과의 관계가 갖는 의미를 반영한 명명이다.

3

세부 내용의 이해

㉠~㉤을 이해한 내용으로 적절하지 않은 것은?

① ㉠: 복녀가 정직한 농가에서 규칙 있게 자랐기에 도덕적 의식이 남아 있는 것이군.
② ㉡: 복녀의 남편이 얼마나 무책임한 사람인지 구체적으로 보여 주고 있군.
③ ㉢: 복녀는 남편의 부정적인 행실을 고치려고 했으나 소용이 없었군.
④ ㉣: 복녀는 자신의 죽음을 예감하고 왕 서방의 집 안으로 들어간 것이군.
⑤ ㉤: 복녀의 남편은 왕 서방의 살인을 은폐하기 위한 모의에 협력하고 있군.

4

외적 준거를 통한 작품 이해

〈보기〉의 밑줄 친 질문에 대한 답으로 적절하지 않은 것은?

> 보기
>
> 선생님: 일반적으로 자연주의 소설은 하층민의 생활, 현실의 어두운 측면, 인간의 본능을 적나라하게 그린다는 점에서 사실주의를 계승한다고 보기도 합니다. 또한 유전자가 모든 행동을 지배한다는 유전자 결정론과 환경이 사고와 행동을 지배한다는 환경 결정론의 사고방식을 드러내는 점에서 과학성을 확보한다고 평가받지만, 미래에 대한 희망을 보여 주지 못한다는 점에서 아쉽다는 평가도 있습니다. 이제 선생님의 설명을 바탕으로 <u>이 작품이 왜 자연주의적인 성격의 작품으로 평가될 수 있는지 이야기해 볼까요?</u>

① 규칙 있게 자란 복녀가 매춘을 할 정도로 타락된 것을 환경 결정론적인 입장에서 보여 주었기 때문입니다.
② 칠성문 밖 빈민굴로 밀려나 극한 가난 속에서 비극적으로 살아가는 하층민의 생활을 적나라하게 그렸기 때문입니다.
③ 매춘과 살인, 그리고 부정한 돈으로 살인을 무마하는 등 현실의 어두운 측면을 부각하기 때문입니다.
④ 복녀의 남편이 복녀의 죽음을 대하는 부도덕한 행동은 유전자 결정론적 사고방식과 비관적 전망을 보여 주기 때문입니다.
⑤ 왕 서방이 어떤 처녀를 아내로 사 오자 복녀가 질투심을 느끼는 것은 인간의 본능을 적나라하게 보여 주는 것이기 때문입니다.

태형 _김동인

저녁을 먹은 뒤에 더위에 쓰러져 있던 ⓐ나는, 아직 내어 가지 않은 밥그릇에서 젓가락을 꺼내어 손수건 좌우편 끝을 조금씩 감아서 부채와 같이 만들어 부쳐 보았다. 훈훈하고 냄새나는 바람이 땀 위를 살짝 스쳐서, 그래도 조금의 서늘함을 맛볼 수가 있었다. 이깟 지혜가 어찌하여 아직 안 났던고? 나는 정신 잃은 사람같이 팔을 들었다. 이 감방 안에서는 처음의 냄새는 나지만 약간의 바람이 벌레 기어 다니는 것같이 흐르던 가슴의 땀을 증발시키느라고 꿈같은 냉미를 준다. 천장에 딱 붙은 전등이 켜졌다. 그러나 더위는 줄지 않았다. 손수건의 부채는 온 방 안이 흉내 내어, 나의 뒤의 사람으로 말미암아 등도 부쳐졌다. 썩어진 공기가 움직인다.

그러나 ⓑ우리들의 부채질은 재판소에서 돌아오는 사람들 때문에 중지되지 않을 수가 없었다. 우리 방에서 나갔던 서너 사람도 돌아왔다. ⓒ영원 영감도 송장 같은 얼굴로 돌아왔다.

나는 간수가 돌아간 뒤에 머리는 앞으로 향한 대로 손으로 영감을 찾았다.

"형편 어떻습디까?" / "모르갔소." / "판결은 어떻게 됐소?"

영감은 대답이 없었다. 그의 입은 바늘로 호라메우지나 않았나? 그러나 한참 뒤에 그는 겨우 대답하였다. 그의 목소리는 대단히 떨렸다.

"태형 구십 도랍니다."

"거 잘됐구려! 이제 사흘 뒤에는 담배도 먹구 바람도 쏘이구. 난 언제나……."

"여보, 잘됐시오? 무어이 잘되었단 말이오? 나이 칠십 줄에 들어서 태 맞으면……. 말하기두 싫소. 난 아직 죽긴 싫어! 공소했쉐다."

그는 벌컥 성을 내어 내게 달려들었다. 그러나 그의 말 뒤에 이은 내 성도 그에게 지지를 않았다.

"여보! 시끄럽소. 노망했소? 당신은 당신이 죽겠다구 걱정하지만, 그래 당신만 사람이란 말이오? 이 방 사십여 명이 당신 하나 나가면 그만큼 자리가 넓어지는 건 생각지 않소? 아들 둘 다 총에 맞아 죽은 다음에 뒤상 하나 살아 있으면 무얼 해? 여보!"

나는 곁에 있는 다른 사람에게로 향하였다.

"여기 태형 언도에 공소한 사람이 있답니다."

나는 이상한 소리로 껄껄 웃었다.

다른 사람도 영감을 용서치 않았다. 노망하였다, 바보로다, 제 몸만 생각한다, 내어쫓아라, 여러 가지의 평이 일어났다.

영감은 대답이 없었다. 길게 쉬는 한숨만 우리의 귀에 들렸다. 우리들도 한참 비웃은 뒤에는 기진하여 잠잠하였다. 무겁고 괴로운 침묵만 흘렀다.

바깥은 어느덧 어두워졌다. 대동강 빛과 같은 하늘은 온 세상을 덮었다. 우리들의 입은 모두 바늘로 호라메우지나 않았나? 그러나 한참 뒤에 마침내 영감이 나를 찾는 소리가 겨우 침묵을 깨뜨렸다.

"여보!"

"왜 그러오?"

수능 연계 포인트

① 공간적 배경 파악
② 인물의 심리와 태도 파악
③ 갈등의 양상 파악

핵심 정리

- **갈래** 단편 소설
- **시점** 1인칭 주인공 시점
- **주제** 극한 상황 속에서 드러나는 인간의 본성
- **특징** ① 간결한 호흡의 문장을 사용함 ② 1인칭 주인공 시점이면서도 객관성과 사실성을 유지하면서 서술함

작품 해제

이 작품은 열악한 상황에 놓인 사람들의 언행을 통해 인간의 부정적인 본성을 명료하게 부각시키고 있다. '나'를 비롯한 수감자들은 더운 여름날 좁은 감방에서 아주 조금의 공간이라도 확보하기 위해서, 태형을 거부하고 공소를 한 영감을 이기적인 인간으로 매도하여 태형장으로 내몬다. 이렇듯 이 작품에는 이성적 판단보다는 충동적이고 실제적인 욕구에 따라 행동하는 인간의 부정적 측면이 적나라하게 드러나고 있다.

작품 핵심

공간적 배경인 '감방'의 의미

- 극한의 상황: 더운 여름날 죄수들로 가득함
- 인간의 이기적이고 야만적인 본성이 드러남을 보여 주는 공간

"그럼 어떡하란 말이오?"

"이제라두 공소를 취하*해야지!"

영감은 또 먹먹하다. 그러나 좀 뒤에 그는 다시 나를 찾았다.

"노형 말이 옳소. 아들 두 놈은 덩녕쿠 다 죽었쉐다. 난 나 혼자 이제 살아서 무얼 하갔소? 취하하게 해 주소."

"진작 그럴 게지. 그럼 간수 부릅니다."

"그래 주소."

영감은 떨리는 소리로 말했다.

나는 패통*을 쳤다. 간수는 왔다. 내가 통역을 서서 그의 뜻(이라는 것보다 우리의 뜻)을 말하매 ⓓ간수는 시끄러운 듯이 영감을 끌어내어 갔다.

자리에 돌아올 때에 방 안 사람들의 얼굴을 보니, 그들의 얼굴에는 자리가 좀 넓어졌다는 기쁨이 빛나고 있었다. 〈중략〉

우리는 그 소리의 주인을 알았다. 그것은 어젯밤 우리가 내어쫓은 그 영원의 영감이었었다. 쓰린 매를 맞으면서도 우렁찬 신음을 할 기운도 없이 '아유' 외마디의 소리로 부르짖는 것은 우리가 억지로 매를 맞게 한 그 영감이었다.

"요오쓰(넷)." / "아유!" / "이쓰으쓰(다섯)." / "후……."

나는 저절로 목이 늘어지는 것을 깨달았다. 나의 머리에는 어젯밤 그가 이 방에서 끌려 나갈 때의 꼴이 떠올랐다.

"칠십 줄에 든 늙은이가 태 맞고 살길 바라갔소? 난 아무케 되든 노형들이나……."

그는 이 말을 맺지 못하고 초연히 간수에게 끌려 나갔다. 그리고 그를 내어쫓은 장본인은 이 나였었다. / 나의 머리는 더욱 숙여졌다. 멀거니 뜬 눈에서는 눈물이 나오려 하였다. 나는 그것을 막으려고 눈을 힘껏 감았다. 힘 있게 닫힌 눈은 떨렸다.

* 취하(取下): 신청하였던 일이나 서류 따위를 취소함
* 패통: 교도소에서, 재소자가 용무가 있을 때에 담당 교도관을 부를 수 있도록 벽에 마련한 장치

한눈에 보기

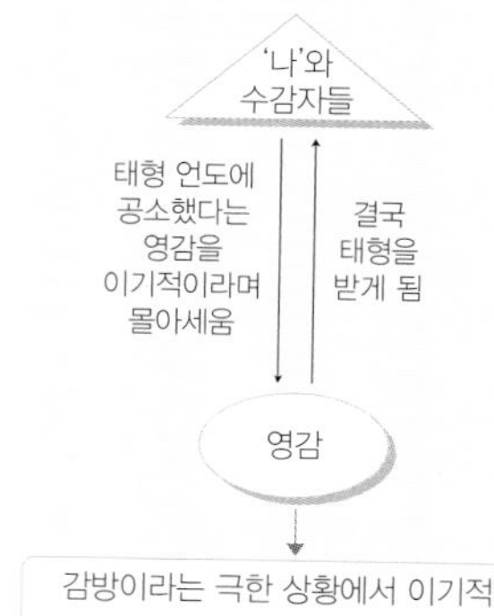

감방이라는 극한 상황에서 이기적인 인간의 본성이 드러나게 됨

지문 Master

1 영감이 판결에 대해 (   )했다는 말을 들은 '나'는 이기적인 모습을 보이며 영감을 비판하였다.

2 '우리들'의 비난을 이기지 못한 영감은 (   )을 받기로 결심하고 간수에게 끌려 나간다.

1 서술상의 특징 파악

이 글의 서술상 특징을 〈보기〉에서 골라 바르게 묶은 것은?

보기

㉠ 시간의 흐름에 따라 사건을 전개하고 있다.
㉡ 간결한 호흡의 문체를 통해 사건을 사실적으로 전달하고 있다.
㉢ 1인칭 관찰자 시점을 통해 등장인물 간의 갈등을 드러내고 있다.
㉣ 서술자의 설명보다는 인물 간의 대화를 통해 상황을 묘사하고 있다.

① ㉠, ㉡　② ㉠, ㉢　③ ㉡, ㉢　④ ㉡, ㉣　⑤ ㉢, ㉣

2

세부 내용의 파악

이 글의 구조를 〈보기〉와 같이 나타낼 때, [A]~[D]에 대한 설명으로 적절하지 않은 것은?

보기

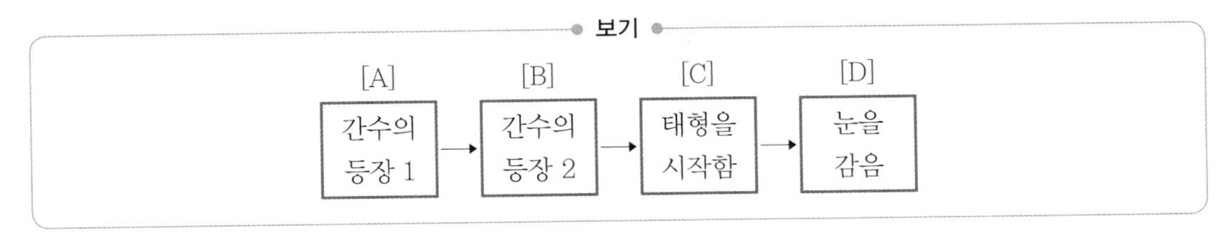

① [A]에서 '재판소에서 돌아오는 사람들'의 등장은 '나'에게 달갑지 않은 일이다.
② [A]와 [B] 사이에는 '나'와 감방 안의 다른 사람들의 이기적인 모습이 적나라하게 드러난다.
③ [B]에서 '영감'이 끌려 나간 것은 감방 안의 다른 사람들에게 반가운 일이다.
④ [C]에서 '나'는 신음 소리를 듣고 영감이 태형을 견디지 못할 것임을 짐작하고 있다.
⑤ [D]에서 '나'가 죄책감으로 인해 앞으로의 행동에 변화를 보일 것임을 암시하고 있다.

3

인물 간의 관계 이해

ⓐ~ⓓ에 대한 설명으로 적절하지 않은 것은?

① ⓐ는 ⓑ의 생각을 대변한다.
② ⓐ는 ⓓ에게 ⓒ의 의사를 전달한다.
③ ⓐ의 시선을 통해 ⓑ, ⓒ, ⓓ의 행동이 독자에게 전달된다.
④ ⓐ와 ⓑ가 ⓒ를 대하는 모습에서 글의 주제가 부각된다.
⑤ ⓐ, ⓑ와 달리 ⓒ는 ⓓ와 적대적 관계를 이룬다.

4

외적 준거를 통한 작품 감상

〈보기〉는 이 글의 앞부분에 해당하는 내용이다. 이를 참고할 때, 이 글의 공간적 배경이 갖는 상징성에 대해 바르게 설명한 것은?

보기

지금 그들의 머리에는 독립도 없고, 민족 자결도 없고, 자유도 없고, 사랑스러운 아내며 아들이며 부모도 없고, 또는 더위를 깨달을 만한 새로운 신경도 없다. 무거운 공기와 더위에 괴로움 받고 학대받아서, 조그맣게 두개골 속에 웅크리고 있는 그들의 피곤한 뇌에 다만 한 가지의 바람이 있다 하면, 그것은 냉수 한 모금이었다. 나라를 팔고 고향을 팔고 친척을 팔고 또는 뒤에 이를 모든 행복을 희생하여서라도 바꿀 값이 있는 것은 냉수 한 모금밖에는 없었다.

① 일제에 억압당하던 우리 민족의 비극을 상징하고 있다.
② 자유를 갈망하는 인간의 본능을 억압하는 공간을 상징하고 있다.
③ 사상과 관계없이 인간의 야만성이 표출되는 공간을 상징하고 있다.
④ 노인에 대한 공경심이 사라진 현대 사회의 문제점을 상징하고 있다.
⑤ 자신을 둘러싼 시대적 환경의 영향을 받는 인간의 속성을 상징하고 있다.

고향 _현진건

[앞부분 줄거리] '나'는 대구에서 서울로 올라오는 기차 안에서 두루마리 격으로 기모노를 두르고, 그 안에 옥양목 저고리를 입고, 중국식 바지를 입은 한 남자를 보게 된다.

그때 나는 그의 얼굴이 웃기보다 찡그리기에 가장 적당한 얼굴임을 발견하였다. 군데군데 찢어진 경성드뭇한 눈썹이 올올이 일어서며 아래로 축 처지는 서슬에 양미간에는 여러 가닥 주름이 잡히고 광대뼈 위로 뺨살이 실룩실룩 보이자 두 볼은 쪽 빨아든다. 입은 소태나 먹은 것처럼 왼편으로 삐뚤어지게 찢어 올라가고 조이던 눈엔 눈물이 괸 듯, 삼십 세밖에 안 되어 보이는 그 얼굴이 십 년가량은 늙어진 듯하였다. 나는 그 신산스러운 표정에 얼마쯤 감동이 되어서 그에게 대한 반감이 풀려지는 듯하였다.

"글쎄요, 아마 노동 숙박소란 것이 있지요." / 노동 숙박소에 대해서 미주알고주알 묻고 나서, / "시방 가면 무슨 일자리를 구하겠는기오." / 라고 그는 매달리는 듯이 또 재우쳤다.

"글쎄요, 무슨 일자리를 구할 수 있을는지요." / 나는 내 대답이 너무 냉랭하고 불친절한 것이 죄송스러웠다. 그러나 일자리에 대하여 아무 지식이 없는 나로서는 이 외에 더 좋은 대답을 해 줄 수가 없었던 것이다. 그 대신 나는 은근하게 물었다.

"어디서 오시는 길입니까." / "흥, 고향에서 오누마." / 하고 그는 휘 한숨을 쉬었다. 그러자 그의 신세타령의 실마리는 풀려나왔다. / 그의 고향은 대구에서 멀지 않은 K군 H란 외딴 동리였다. 한 백 호 남짓한 그곳 주민은 전부가 역둔토를 파먹고 살았는데 역둔토로 말하면 사삿집 땅을 부치는 것보다 떨어지는 것이 후하였다. 그러므로 넉넉지는 못할망정 평화로운 농촌으로 남부럽지 않게 지낼 수 있었다. 그러나 세상이 뒤바뀌자 그 땅은 전부가 동양 척식 회사의 소유에 들어가고 말았다. 〈중략〉

그의 집안은 살기 좋다는 바람에 서간도로 이사를 갔었다. 쫓겨 가는 운명이거든 어디를 간들 신신하랴. 그곳의 비옥한 전야도 그들을 위하여 열려질 리 없었다. 조금 좋은 땅은 먼저 간 이가 모조리 차지를 하였고 황무지는 비록 많다 하나 그곳 당도하던 날부터 아침거리 저녁거리 걱정이라 무슨 행세로 적어도 일 년이란 장구한 세월을 먹고 입어 가며 거친 땅을 풀 수가 있으랴. 남의 밑천을 얻어서 농사를 짓고 보니 가을이 되어 얻는 것은 빈주먹뿐이었다. 이태 동안을 사는 것이 아니라 억지로 버티어 갈 제 그의 아버지는 우연히 병을 얻어 타국의 외로운 혼이 되고 말았다. 열아홉 살밖에 안 된 그가 홀어머니를 모시고 악으로 악으로 모진 목숨을 이어 가는 중 사 년이 못 되어 영양 부족한 몸이 심한 노동에 지친 탓으로 그의 어머니 또한 죽고 말았다.

"모친꺼정 돌아갔구마.", "돌아가실 때 흰 죽 한 모금 못 자셨구마." 하고 이야기하던 이는 문득 말을 뚝 끊는다. 그의 눈이 번들번들함은 눈물이 쏟아졌음이리라. 나는 무엇이라고 위로할 말을 몰랐다. 한동안 머뭇머뭇이 있다가 나는 차를 탈 때에 친구들이 사준 정종병 마개를 빼었다. 찻잔에 부어서 그도 마시고 나도 마셨다. 악착한 운명이 던져 준 깊은 슬픔을 술로 녹이려는 듯이 연거푸 다섯 잔을 마신 그는 다시 말을 계속하였다. 그 후 그는 부모 잃은 땅에 오래 머물기 싫었다. 신의주로 안동현으로 품을 팔다가 일본으로 또 벌이를 찾아가게 되었다. 구주 탄광에 있어도 보고 대판 철공장에도 몸을 담아 보았다. 벌이는 조금 나았으나 외롭고 젊은 몸은 자연히 방탕해졌다. 돈을 모으려야 모을 수 없고 이따금 울화만 치받치기 때문에 한곳에 주접을 하고 있을 수 없었다. 화도 나

수능 연계 포인트

① 액자식 구성의 특징 파악
② 인물의 심리 및 태도의 변화 파악
③ 작품에 반영된 시대상 이해

핵심 정리

- **갈래** 단편 소설, 액자 소설
- **시점** 1인칭 관찰자 시점
- **주제** 일제 시대를 살아가는 민중들의 비참한 삶의 모습
- **특징** ① 사투리와 동정적, 영탄적 어조를 효과적으로 사용함 ② 대화를 통해 글의 내용을 효과적으로 전개함

작품 해제

이 작품은 1920년대 일제의 식민 통치로 인해 삶의 터전을 잃고 떠돌아다니는 '그'와 수탈당한 조선 농촌의 모습을 보여 주는 사실주의 소설이다. 액자식 구성으로 비참한 조선 민중의 현실을 효과적으로 드러내고 있다.

작품 핵심

액자식 구성

〈외화〉
'나'와 '그'가 기차에서 만나게 된 사연

〈내화〉
'그'가 털어놓은 지난 삶

한눈에 보기

'그'의 고향 이야기를 듣기 전
'그'에 대해 거부감과 거리감을 가지는 '나'

↓

'그'의 고향 이야기를 들은 후
'그'와 심리적 일체감을 가지는 '나'

고 고국산천이 그립기도 하여서 훌쩍 뛰어나왔다가 오래간만에 고향을 둘러보고 벌이를 구할 겸 서울로 올라가는 길이라 한다. / "고향에 가시니 반가워하는 사람이 있습디까?"

나는 탄식하였다. / "반가워하는 사람이 다 뭐기오, 고향이 통 없어졌더마."

"그렇겠지요. 구 년 동안이면 퍽 변했겠지요."

"변하고 뭐고 간에 아무것도 없더마. 집도 없고 사람도 없고 개 한 마리도 얼씬을 않더마."

"그러면 아주 폐농이 되었단 말씀이오." 〈중략〉

"참! 가슴이 터지더마, 가슴이 터져." / 하자마자 굵직한 눈물 둬 방울이 뚝뚝 떨어진다.

나는 그 눈물 가운데 음산하고 비참한 조선의 얼굴을 똑똑히 본 듯싶었다.

지문 Master

1 '그'는 '나'에게 (　　　　)에서 오는 길이라고 말하며 신세타령을 시작하였다.

2 '나'는 '그'를 위로하기 위해 (　　　)을 꺼내 잔을 나눴다.

1

서술상의 특징 파악

이 글에 대한 설명을 〈보기〉에서 골라 바르게 묶은 것은?

보기

ㄱ. 시간의 순차적 흐름에 따라 사건이 서술되고 있다.
ㄴ. 특정한 어휘를 통해 시대적 배경을 짐작할 수 있다.
ㄷ. 대화가 진행되면서 인물 간의 갈등이 심화되고 있다.
ㄹ. 회상의 기법을 활용하여 현재와 과거의 화해를 지향하고 있다.
ㅁ. 인물에 대해 서술자가 관찰한 사실과 판단한 내용이 함께 기술되고 있다.

① ㄱ, ㄴ　② ㄴ, ㅁ　③ ㄹ, ㅁ　④ ㄱ, ㄷ, ㄹ　⑤ ㄴ, ㄷ, ㅁ

2

구성상의 특징 파악

이 글의 구성 방식을 다음과 같이 도식화할 때, ㉠과 ㉡에 대한 설명으로 적절하지 않은 것은?

보기

㉠ 이야기 1 [㉡ 이야기 2]

① ㉠은 ㉡의 도입을 자연스럽게 유도하는 역할을 한다.
② ㉠은 ㉡에 대한 신뢰성을 높이고 흥미를 불러일으킨다.
③ ㉡은 사건 전개에 핵심적 역할을 담당하는 이야기이다.
④ ㉠은 주로 요약적 제시로, ㉡은 극적 제시로 서술되어 있다.
⑤ ㉡은 ㉠에 등장하는 인물 간의 심리적 거리감에 영향을 미친다.

3

작품의 종합적 이해와 감상

이 글에 대해 학생들이 이해한 내용으로 적절하지 않은 것은?

① 윤정: 당시의 농촌에서는 일제의 착취 때문에 농토를 잃고 고향을 떠나야 하는 사람들이 많았겠어.
② 예선: 타지에서 부모를 모두 여의고 유랑 생활을 해야만 했던 '그'의 삶은 도대체 얼마나 힘들었을까?
③ 주연: '웃기보다 찡그리기에 가장 적당한 얼굴'에서 비참하게 살아온 '그'의 내력을 짐작할 수 있지.
④ 민영: '비참한 조선의 얼굴'이라는 표현을 보니, '그'에게서 나라를 잃은 민중의 모습을 느끼고 있어.
⑤ 옥란: '그'가 고등 교육을 받지 못한 가엾은 처지임을 부각하기 위해 지식인인 '나'를 서술자로 내세운 거야.

할머니의 죽음 _현진건

㉠ 모였던 자손들이 제각기 돌아간 뒤에도 중모만은 할머니 곁을 떠나지 않았다. 불교의 독신자인 그는 잠 오는 눈을 비비기도 하고 기침으로 목청을 가다듬기도 하면서 밤새도록 ㉮ 염불을 그치지 않았다. 그 소리는 적적한 새벽녘에 해로가와 같이 처량히 들렸다. 나는 새삼스럽게 그 효심의 지극함과 그 정성의 놀라움에 탄복하였다. 〈중략〉

"할머니 병환이 이렇듯 위중하신데 너희는 태평치고 잠을 잔단 말이냐."

우리가 건넌방에 들어서면 중모는 다짜고짜로 야단을 쳤다. 그중에도 가장 나이 어리고 만만한 내가 이 꾸중받이가 되었다. 인정사정없는 그의 태도가 불쾌하기는 하였지만 도덕적 우월을 빼앗긴 우리는 대꾸 한마디 할 수 없었다.

㉡ "다들 뭐란 말이냐. 나는 한 달이나 밤을 새웠다. 며칠들이나 된다고." / 졸음 오는 눈을 비비는 우리를 보고 그는 자랑스럽게 또 이런 꾸중도 하였다.

'놀라운 효성을 부리는 게 도무지 우리 야단칠 밑천을 장만하는 게로구나.' / 나는 속으로 꿀꺽꿀꺽하며 이런 생각을 하였다.

한 번은 또 그의 명령으로 우리는 건넌방에 모여들었다. 그 방문은 열어젖히었는데 문지방 위에 할머니의 지팡이가 놓이고 그 밑에 또 신으시던 신이 놓여 있었다. 방 안 할머니의 머리맡에는 다라니가 걸려 있다. / '할머니가 운명을 하시나 보다!'

우리는 번개같이 이런 생각을 하며 할머니 곁으로 다가들었다. 그는 담을 그르렁그르렁거리며 혼혼히 누워 있었다. ㉢ 중모는 흐르는 눈물을 걷잡지 못하며 그의 귀에 들이대고 울음소리로 아미타불과 지장보살을 구슬프게 부르짖고 있었다.

한동안 엄숙한 긴장이 여기 있었다. 모두 같은 일을 기대하면서.

십 분! 이십 분! 환자의 신상에는 아무 별증이 나타나지 않았다.

"아마, 잠이 드신 모양입니다."

이윽고 아버지가 이 긴장한 침묵을 깨뜨렸다. 그리고 중모를 향하여, / "잠 주무시게스리 염불(念佛)을 고만 뫼십시오."

하고, 나가 버렸다. 그 뒤를 따라 빽빽하게 들어섰던 자손들이 하나씩 둘씩 헤어졌다.

그래도 눈물을 섞어 가며 염불을 멈추지 않던 중모가 얼마 뒤에 제물에 부처님 찾기를 그치었다. 그리고 끝끝내 남아 있던 나에게 할머니가 중부가 왔다고 하던 일, 자기를 데리고 교군이 왔다던 일, 중모의 손을 비틀며 어서 가자고 야단을 치던 일을 이야기하였다. 그러다가 숨구멍에서 무엇이 꿀꺽하더니 그만 저렇게 정신을 잃으신 것을 설명해 듣기었다.

그날 저녁때에 할머니는 여상히 깨어나셨다. 이런 일이 한두 번이 아니었다. 몇 번이나 신과 지팡이가 놓였다 치였다, 다라니가 벽에 걸리었다 떼었다 하였다. 그러는 동안에 자손의 얼굴은 자꾸자꾸 축이 나갔다. 말하기는 안되었지만 모두 불언(不言) 중에 할머니가 하루바삐 끝장나기를 기다리고 있었다. 관조차 맞추어서 칠까지 먹여 놓았다. 내가 처음 오던 날 상청(喪廳)*이 아닌가 하고 놀래던 그 울 막도 이 관을 놓아두려는 의지간이었다.

그러하건만 할머니는 연하 한 모양으로 그물그물하다가 또 정신을 차리었다. 아니 정

수능 연계 포인트

① 인물의 행동이 나타내는 의미 파악
② 인물의 심리 변화 파악
③ 인물 간의 관계 파악

핵심 정리

- **갈래** 단편 소설
- **시점** 1인칭 관찰자 시점
- **주제** 인간의 허위(虛僞)의식 풍자
- **특징** ① 서술자인 '나'가 객관적 입장에서 인물들의 행동을 관찰함 ② '죽음'이라는 소재를 통해 인간의 이기적 면모를 드러냄

작품 해제

이 작품은 임종을 앞둔 할머니의 모습과 이를 대하는 가족들의 이기적인 행동을 통해 인간의 본성을 드러내고 있는데, 할머니의 죽음 그 자체보다는 이에 임하는 가족의 반응에 초점을 맞추고 있다. '효'를 도덕적 우월 의식을 갖기 위한 수단으로 여기는 중모의 모습이나 형식적 행위로 생각하는 자손들의 모습은 이기심과 욕망으로 얼룩진 세태를 잘 드러내고 있다.

작품 핵심

인물의 특성

중모	• 효성이 지극해 보이지만 이를 수단으로 자신의 도덕적 우월성을 드러냄 • 할머니가 임종하길 바라는 본심을 드러냄
자손들	• 할머니의 병환보다 자신의 안위를 더 걱정함 • 할머니가 빨리 임종하기를 바라고 있음
아버지	중모의 속마음을 알고 있음
할머니	갈등의 요인이 됨
'나'	중모와 자손들의 태도에 거부감을 느낌

정답과 해설 32쪽

신이 돌아오는 때가 도리어 많아 간다. 자기 앞에 들어서는 자손들을 거의 틀림없이 알아맞혔다.

그리고 가끔 몸부림을 치면서 일으켜 달라고 야단을 쳤다. 이럴 때에 중모는 거북스럽게도 ㉯ 염불을 모시었다.

"어머니 어머니, 가만히 계셔요. 가만히 계셔요."

그는 몸부림하는 할머니를 제지하면서 이렇게 타일렀다.

"저를 따라 염불을 뫼셔요. 나무아미타불, 나무아미타불."

"나 일어날란다." / "에그, 왜 그러셔요. 가만히 계셔요, 제발 덕분에. 나무아미타불, 나무아미타불……."

"나무아미타불, 나무아미타불."

할머니는 마지못하여 중모를 따라 두어 번 입술을 달싹달싹하더니 또 얼굴을 찡그리며 애원하는 어조로,

"인제 고만 뫼시고 날 좀 일으켜 다고. 내 인제 고만 가련다."

㉣ "인제 가세요! 가만히 누워 가시지요. 왜 일어나시긴. 나무아미타불…… 왕생극락…… 나무아미타불……."

할머니는 귀찮아 못 견디겠다는 듯이 팔을 내어 저으며,

"듣기 싫다, 염불 소리 듣기 싫다! 인제 고만 해라." 〈중략〉

그러나 가만히 생각해 보면 그를 그르다고도 할 수 없다. ㉤ 위에도 말하였거니와 할머니가 이리 된 지는 하루 이틀이 아니다. 벌써 몇 달이 되었다. 이 긴 시일에 제아무리 효부라 한들 하루도 몇 번을 흘리는 뒤를 그때 족족 빨아낼 수 없으리라. 더구나 밤에 그런 것이야, 일일이 알 수도 없으리라.

＊ 상청 : '궤연'을 속되게 이르는 말. 죽은 사람의 영궤와 그에 딸린 모든 것을 차려 놓은 곳

한눈에 보기

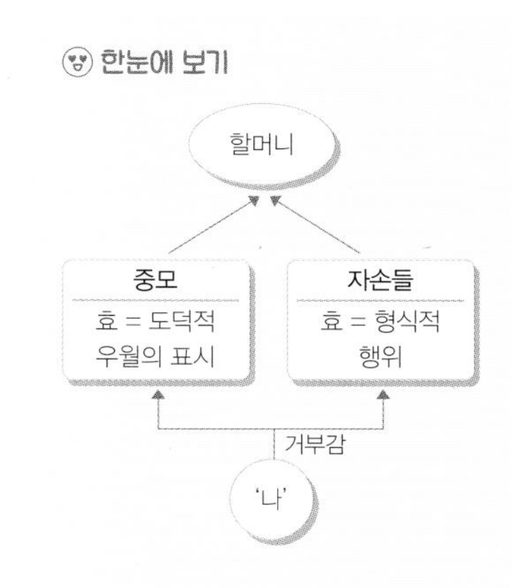

지문 Master

1 (　　　　)가 할머니를 극진히 보살피는 이유는 효심 때문이 아니라 자신의 도덕적 우월을 과시하기 위한 것이다.

2 (　　　　)는 염불을 그치지 않는 중모의 태도를 못마땅하게 여긴다.

1 서술상의 특징 파악

이 글에 대한 설명으로 적절한 것은?

① 작품의 배경이 사건의 흐름에 중요한 역할을 하고 있다.
② 과거와 현재를 넘나들며 사건을 입체적으로 조명하고 있다.
③ 현재형의 진술 방식을 사용하여 박진감 있게 사건을 전개하고 있다.
④ 서술자는 비교적 객관적이고 담담한 태도를 유지하려고 하고 있다.
⑤ 대화와 행동보다는 서술자의 직접적인 설명을 통해 인물들의 성격을 드러내고 있다.

2

인물의 심리 파악

'중모'에 대한 '나'의 심리 변화 양상을 〈보기〉와 같이 정리했을 때, ㉠~㉤ 중 그 근거에 해당하는 것끼리 바르게 짝지은 것은?

보기

[A] : 감탄 → [B] : 비판 → [C] : 수긍

	[A]	[B]	[C]
①	㉠	㉡, ㉢, ㉣	㉤
②	㉠, ㉡	㉢, ㉣	㉤
③	㉡, ㉢	㉠, ㉣	㉤
④	㉢	㉡, ㉣, ㉤	㉠
⑤	㉢	㉡, ㉣	㉠, ㉤

3

인물의 태도 추리

이 글의 인물 관계를 〈보기〉와 같이 도식화했을 때, ⓐ~ⓔ에 대한 설명으로 적절하지 않은 것은?

보기

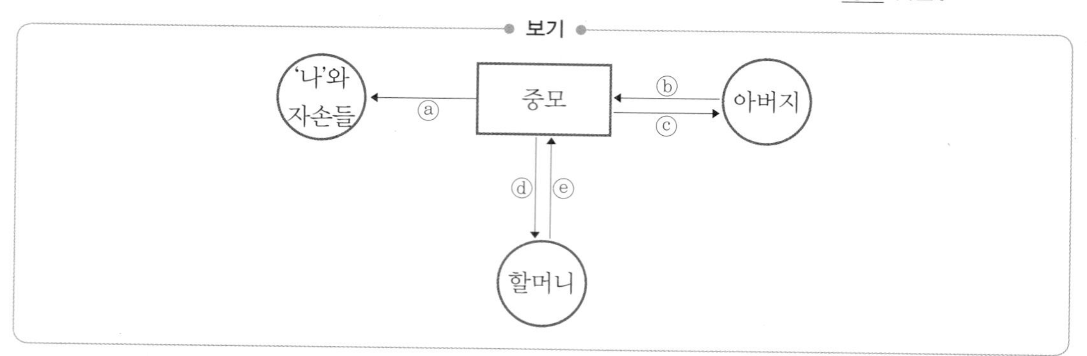

① ⓐ : 대상에 대해 도덕적 우월 의식을 드러내고 있다.
② ⓑ : 대상의 행위에 대한 못마땅한 심정을 표현하고 있다.
③ ⓒ : 대상의 요구와 관계없이 자신의 행위를 지속하고 있다.
④ ⓓ : 대상에 대해 진심으로 걱정하는 모습을 보이고 있다.
⑤ ⓔ : 대상의 행동에 대한 거부감을 드러내고 있다.

4

소재의 의미와 역할 파악

㉮와 ㉯에 대한 설명으로 가장 적절한 것은?

① ㉮와 ㉯는 모두 상황과 조화를 이룬다.
② ㉮와 ㉯에 대한 서술자의 반응은 서로 일치한다.
③ ㉮와 ㉯를 수행하는 인물의 의도는 서로 일치한다.
④ ㉮와 ㉯가 나타내는 사회적 의미와 이를 수행하는 인물의 내면 의식은 서로 일치한다.
⑤ ㉮는 인물 간의 갈등을 유발하는 역할을 하고, ㉯는 인물 간의 갈등을 해소하는 역할을 한다.

명강 문학 시리즈 현대시 | 고전시가 | 현대소설 | 고전산문

현대소설 **출제 예상 필수 작품** 총정리!
문학 고수를 만드는 **명품 실전서!**

현대소설

[정답과 해설]

꿈을담는틀 Dream Matrix

정답과
해설

1부 | 유형 학습

01 인물의 성격과 태도

p. 8~9

대표 기출문제 ③

○ 정답 풀이

③ 방삼복은 서 주사가 두고 간 돈의 액수가 마음에 들지 않아 자신이 미군 헌병에게 말하면 서 주사를 곤경에 처하게 할 수 있다고 백 주사 앞에서 말하며 서 주사를 비난한다. 이는 백 주사에게 자신의 위세를 드러내려는 것으로 볼 수 있다.

✕ 오답 풀이

① 방삼복이 자신의 아내나 백 주사에게 자기 업무를 떠넘기는 뻔뻔함을 보이진 않는다.
② 방삼복이 상대의 말에 대꾸하지 않아 상대가 같은 질문을 반복하는 내용은 찾아볼 수 없다.
④ 방삼복은 차에서 내리고 어쩌다 마주친 백 주사에게 알은체를 하지만 동승자인 '서양 사람'에게 자신의 인맥을 과시하진 않는다.
⑤ 방삼복은 신수가 좋아진 모습으로 백 주사를 만났는데, 그런 자신의 모습을 보고 놀라 이름을 제대로 말하지 못하는 백 주사에게 자신의 이름을 당당히 말한다. 이를 두고 상대에 대한 열등감을 감추는 것으로 보는 것은 적절하지 않다.

02 시점과 서술상의 특징

p. 10~11

대표 기출문제 ②

○ 정답 풀이

② 이 글은 1인칭 관찰자 시점으로, '나'가 주인공 기범의 삶을 관찰하여 서술하고 있다. [A]에서 '나'는 '그는 어쩌면 이 세상을 역순과 역행에 의해 누구보다 열심으로 가장 솔직하게 살다 간 것 같다.'와 같이 기범에 대한 자신의 평가를 관념적으로 서술하고 있다.

✕ 오답 풀이

① 작품 속 인물인 '나'가 관찰한 것을 서술하고 있으므로 '나'는 이야기 내부의 서술자가 맞지만 기범에 대한 '나'의 견해를 중심으로 서술하고 있다.
③, ④, ⑤ 작품 속 인물인 '나'가 관찰한 것을 서술하고 있기 때문에 이야기 외부의 서술자가 서술하고 있다는 설명은 적절하지 않다.

03 사건과 갈등

p. 12~13

대표 기출문제 ③

○ 정답 풀이

③ '아우의 반란'은 아우가 곡식을 도둑맞을까봐 두려워 '나'와 항상 행동을 통일시키던 관행을 깨고 홀로 다락을 지키겠다는 결심이다.

✕ 오답 풀이

① '나'는 곡식 위에 찍힌 어머니의 손자국을 보는 순간 '섬짓한 긴장'을 느꼈고 이는 '함부로 범접할 수 없는 장군의 견장과 같은 것'이라고 생각하였으므로 곡식을 지키겠다는 어머니의 의지를 알 수 있다.
② 아우가 '다급'하게 어머니가 온다는 것을 알렸으므로 아우의 행동에는 다락에 들어온 것을 어머니에게 들킬까 염려하는 마음이 담겨 있음을 알 수 있다.
④ 어머니가 열쇠를 지니고 외출했는지 알 수 없어 난감했다고 표현한 것에서 아이들과 함께 놀고 싶은 생각에 제동이 걸리는 이유 중 하나로 작용하고 있음을 알 수 있다.
⑤ 홀로 다락을 지키겠다고 한 아우의 언행이 '나'와 항상 떨어지지 않으려 했던 아우의 이전 모습과 달랐기 때문에 아우의 언행이 뜻밖이었음을 드러낸다는 것은 적절한 설명이다.

04 구성 방식

p. 14~15

대표 기출문제 ②

○ 정답 풀이

② 장인은 '나'의 뺨을 때리고는 후회를 하고 있으며, 그런 장인을 보며 '나'는 작년 이맘 때쯤 있었던 일을 회상한다. '나'가 장인이 던진 돌멩이에 맞아 태업을 하자, 장인은 점순이와의 혼례를 약속했던 것이다. 이러한 회상을 통해 '나'는 점순이와 혼례를 올리기 위해 장인의 집에서 머슴살이를 하고 있음을 알 수 있다. 또한 '그 전날' 일의 회상을 통해 점순이 역시 '나'와의 혼례를 바라고 있음을 알 수 있다.

✕ 오답 풀이

① 이 글은 동시에 일어나는 두 개의 사건을 병치하는 것이 아니라, 회상을 통해 현재의 사건과 과거의 사건을 보여 주고 있다.
④ 이 글은 서술자 '나'가 겪은 일을 주관적인 시점에서 서술하고 있다.

05 배경과 소재

p. 16~17

대표 기출문제 ④

○ 정답 풀이

④ '경찰에서는 멧돼지 함정이나 여우 덫은 물론이요, 꿩 창애나 옥누 같은 것도 허가 없이는 못 놓는다 하고 금하였다.'라고 했지만 초식만 할 수는 없기에 함정을 만든 것이다. 따라

서 경찰에게 저항하기 위함이 아닌 생계를 위해 함정을 판 것이다.

✖ 오답 풀이

① '자기 아버지 대에까지는 굶지는 않고 남에게 비럭질은 하지 않고 살아왔다.'에서 알 수 있다.
② '둘레가 백 리도 더 될 큰 산을 삼정회사에서 샀노라고 ~ 허가 없이는 못 놓는다 하고 금하였다.'에서 알 수 있다.
③ '산지기와 관청에서 이르는 대로만 지키자면'에서 알 수 있다.
⑤ 안악굴 주민들은 생계유지를 위해 '덫과 함정'을 설치하는 금지된 행위를 할 수 밖에 없음이 나타나 있다.

06 감상의 적절성

p. 18~19

대표 기출문제 ②

○ 정답 풀이

② 용팔이 정일에게 위임장을 주고 도장을 찍으라고 하며 웃음을 짓자, 정일은 불쾌감을 느꼈다. 하지만 이후에 얼굴에 흐르는 미끄러지는 듯한 웃음을 깨닫고 심열에 떠 있다는 생각을 한다. 따라서 상대에 대한 불쾌감을 웃음으로 무마하려는 자신을 의식한다는 설명은 적절하지 않다.

✖ 오답 풀이

① 정일은 용팔이가 따지는 산판알이 거침없이 한 자리씩 올라가는 것을 유심히 바라보고 있는 자신을 의식하는데, 이는 〈보기〉에서 설명하고 있는 자신을 구속하는 속물적 욕망에서 비롯된 것으로 볼 수 있다.
③ 정일은 중문으로 들어가는 용팔을 갑자기 불러내고 싶었지만 그러지 못한 자신을 되돌아보며 자신에게로 관심을 돌리고 있다.
④ 정일은 '애써 살려는 의지력이 없는' 인물임에 비해 정일의 아버지는 살기 위해 고통 속에서 병마와 싸우고 있다. 이런 모습을 바라보는 정일은 아버지에게서 '위대한 의지력'을 느끼고 이를 '우러러보는 듯한 마음으로 아버지의 고통을 바라보고 있는 자기를 발견'하는데 이는 스스로의 내면마저 대상화하는 것으로 볼 수 있다.
⑤ 정일은 아버지가 물줄기를 바라보는 눈을 '동경에 사무친 황홀한 눈'이라고 표현하며 일찍이 그러한 눈을 본 기억이 없다고 생각하였다. 이러한 모습은 주변 대상을 관찰하여 그 의미를 파악한 것이라 볼 수 있다.

2부 | 실전 학습

01 명랑한 밤길

p. 22~24

지문 Master 1 무공해 채소 2 노래

1 ③ 2 ④ 3 ③ 4 ②

1

○ 정답 풀이

③ ㄱ. 이 글은 1인칭 주인공 시점의 소설로, 주로 인물 간의 대화를 중심으로 사건이 전개되지만 서술자의 내면도 직접적으로 드러나고 있다. ㄴ. '나'는 처음에 밤길의 낯선 이들에 대해 두려움을 느꼈지만, 그들의 대화를 듣고 난 후에는 동질감을 느끼게 된다. ㄷ. 위태롭게 반짝거리던 별이 구름 너머로 사라졌다는 배경 묘사를 통해 남자에게 가졌던 '나'의 기대감이 무너졌음을 나타내고 있다. 또한 '비' 내리는 날씨는 남자와의 관계가 끝나고 버림받은 '나'의 절망과 슬픔을 상징한다. ㅁ. '깐쭈'에게 '달'은 희망을 상징한다. 그리고 '나'는 '달'을 향해 나아간다고 하며 희망을 갖고 당당하게 살겠다는 의지를 드러내고 있다. 이러한 상징적 소재는 주제의 형상화와 밀접한 관련을 맺고 있다.

2

○ 정답 풀이

④ '나'는 사랑했던 '그'에게 버림받고 돌아오는 길에 우연히 듣게 된 외국인 노동자 '깐쭈'와 '싸부딘'의 대화를 통해 그들과 동질감을 느끼고 희망을 발견한다. 하지만 두 사람이 '나'에게 직접적인 상처 치유의 방법을 조언해 주고 있지는 않다.

✖ 오답 풀이

① '그'는 '나'가 가지고 간 무공해 채소를 팽개치며 모진 말을 한다. 그리고 '나'에 대한 그의 사랑이 거짓이었음을 직설적으로 드러내고 있다.
② '그'가 팽개친 채소 봉지를 수습하면서 손과 심장이 떨리는 '나'의 모습과 비에 젖어 걸어가는 '나'의 모습에서 확인할 수 있다.
③ '나'는 처지가 비슷한 외국인 노동자들의 이야기를 들으며 동질감을 느끼고, 그들이 부르는 노래를 몰래 따라 부르면서 위안과 희망을 얻고 있다.
⑤ 사장에게 돈을 달라고 못 하겠다는 '깐쭈'와 그래도 말을 해야 한다는 '싸부딘'의 대화 내용으로 미루어 볼 때, 두 사람은 체불된 임금을 받지 못하고 있음을 알 수 있다.

3

○ 정답 풀이

③ 이 글의 ㉠'노래'는 슬플 때 부르는 것이므로 외국인 노동자들에게 위안을 주는 소재이다. 즉, 내면의 고통을 치유하는 수단을 의미한다. 그리고 〈보기〉의 ⓐ 또한 보호받고 주목받

지 못하는 등장인물들이 희망을 가질 수 있기를 바라는 작가의 마음이 담겨 있는 소재이다. 즉, 삶의 상처와 고통을 치유하고 마음을 위로해 주는 수단을 의미한다.

4

정답 풀이

② '나'는 비 내리는 밤길에 집으로 돌아가던 중 뒤에서 걸어오는 두 명의 외국인 노동자들에게 두려움을 느끼지만, 그들의 대화를 통해 상처를 확인하고 동질감을 느끼게 된다. '동병상련'은 같은 병을 앓는 사람끼리 서로 가엾게 여긴다는 뜻으로, 어려운 처지에 있는 사람끼리 서로 가엾게 여김을 이르는 말이다.

오답 풀이

① 새옹지마(塞翁之馬): 인생의 길흉화복은 변화가 많아서 예측하기가 어렵다는 말이다.
③ 창해일속(滄海一粟): 넓고 큰 바닷속의 좁쌀 한 알이라는 뜻으로, 아주 많거나 넓은 것 가운데 있는 매우 하찮고 작은 것을 이르는 말이다.
④ 내우외환(內憂外患): 나라 안팎의 여러 가지 어려움을 이르는 말이다.
⑤ 고진감래(苦盡甘來): 쓴 것이 다하면 단 것이 온다는 뜻으로, 고생 끝에 즐거움이 옴을 이르는 말이다.

02 황만근은 이렇게 말했다

p. 25~27

지문 Master 1 경운기 2 생선

1 ⑤ 2 ③ 3 ④ 4 ①

1

정답 풀이

⑤ 이 글에서는 인물의 일대기를 그리는 방식을 통해 '황만근'의 일생을 재구성하여 서술하고, 이에 대한 서술자의 평가를 드러내고 있다. 이를 통해 마을에서 바보 취급을 받던 황만근이 사실은 매우 긍정적인 인물이며, 오늘날의 삶에 결핍된 관용과 도량의 정신을 가진 인물임을 보여 주고 있다.

오답 풀이

① 황만근과 관련된 일화를 소개하면서 인물의 성품을 제시하는 구조로, 각각의 사건은 모두 황만근을 중심으로 긴밀하게 연결되어 있다.
② 이기적인 마을 주민들의 행태를 비판적으로 보여 주고 있을 뿐, 계층 간의 대립 양상은 나타나지 않는다.
③ 황만근을 바라보는 상반된 시각은 존재하지만, 이를 통해 문제를 심층적으로 분석하고 있는 것은 아니다.
④ 서술자가 황만근이라는 인물을 긍정적으로 평가하고 있지만 이것이 황만근에 대한 동질감을 이끌어 내기 위한 것은 아니다.

2

정답 풀이

③ ㉢의 '선생'은 마을 사람들이 황만근을 무시하며 부르는 '반근이', '바보' 등과 대조되는 호칭이다. 이는 겸손하며 성실한 황만근에 대한 서술자의 긍정적인 인식을 드러내는 표현으로, 황만근을 조롱하고자 하는 의도가 전혀 없는 호칭이다.

3

정답 풀이

④ ㉮는 서술자의 황만근에 대한 평가로, 서술자는 성실하며 효성이 지극한 황만근이 다른 사람을 잘 돕고 남들이 꺼리는 일을 하는 모습을 통해 그를 높게 평가하고 있다. 부지런하고 성실한 황만근에게 술이 생활의 활력소가 되기는 했지만, 그가 풍류를 즐긴 것은 아니다.

4

정답 풀이

① 이 글에서 마을 사람들은 황만근을 '반근이', '바보'라고 부르며 무시하고 있다. 반면 〈보기〉에서 주변 사람들은 광문이 빚보증을 서면 담보도 따지지 않을 정도로 그를 믿고 있다. 따라서 두 인물을 대하는 주변 사람들의 태도는 상반된다고 볼 수 있다.

오답 풀이

②, ⑤ 황만근과 광문은 반푼이 같거나 추악한 외모를 가졌지만, 성실하고 남을 위해 행동하는 의롭고 지혜로운 인물들이다. 서술자는 이처럼 두 인물의 내면을 강조해 드러냄으로써 작가가 추구하는 바람직한 인간형을 제시하고 있다.
③, ④ 이 글은 남들이 꺼리는 일을 하는 황만근의 모습, 황재석 씨의 부당한 말을 들으면서도 벙글거리는 모습, 일이 끝나면 춤을 추듯이 흥겹게 굽신굽신 인사를 하는 모습 등 황만근의 희화화된 행동을 중심으로 서술되고 있다. 〈보기〉 또한 싸움을 말리기 위해 우스꽝스러운 행동을 하는 광문의 모습이 제시되어 있다. 이를 통해 황만근의 순수하고 이타적인 성격을 알 수 있으며, 광문의 지혜로움을 파악할 수 있다.

03 은어 낚시 통신

p. 28~30

지문 Master 1 은어 낚시 통신 2 은어

1 ⑤ 2 ④ 3 ④ 4 ④

1

정답 풀이

⑤ 제시된 부분에서는 대화를 인용 부호 없이 삽입하여 대화와 서술이 구분되지 않는다. 이를 통해 현실과 비현실을 오가

는 신비로운 분위기와 함께 존재의 근원에 대해 탐구하고자 하는 인물들의 내면 심리를 효과적으로 드러내고 있다.

✖오답 풀이

① '나'가 그녀와의 과거를 회상하는 부분이 나타나 있다. 그러나 이를 통해 '나'의 심리 변화를 암시하고 있을 뿐, 과거 회상과 절망적 분위기의 조성과는 관련이 없다.

② 이 글은 1인칭 주인공 시점으로, 인물의 내면 심리를 주관적으로 서술하고 있다.

③ 이 글은 '나'의 시각으로 사건이 전개되고 있으며, 상황에 따라 서술자가 달라지지 않는다.

④ 인물의 심리에 초점을 맞추어 서술하고 있는 것은 맞지만, 성격과 행위의 괴리를 보여 주는 장면은 나타나 있지 않다.

2

○정답 풀이

④ '나는 그녀가 나를 만나던 날들에 나에게서 지울 수 없는 상처를 입었음을 깨달았다.'에서 첫 만남이 아닌 만남의 과정에서 상처를 주었음을 알 수 있으며 이에 대한 용서를 구했다고 보기도 어렵다.

✖오답 풀이

① '그녀'는 '나'에게 '당신은 지금까지 너무 먼 곳에 가 있었던 거예요. 그러다간 돌아오는 길을 영영 잊어버리게 될지도 몰라요.', '원래 당신이 있던 장소까지 와야만 해요.'라며 '나'가 존재의 근원을 찾을 것을 주장하고 있다.

② '나'는 '그녀'와의 대화 과정에서 자신이 지금까지 아주 낯선 곳, 이를테면 '존재의 외곽'에 있었음을 깨닫고, 자신이 원래 있어야만 하는 장소인 그 먼 '존재의 시원'으로 돌아가고자 하는 모습을 보이고 있다.

③ 은어 낚시 모임은 '귀하가 쓴 훌륭한 낚시 기사를 읽지 않았더라면 지난여름 우리는 은어 낚시 여행을 다녀오지 못했을 겁니다.'라고 말하면서 앞으로 매년 여름 은어 낚시를 다녀올 계획이고 이러한 계획에 '나'가 동참해 줄 것을 제안하고 있다.

⑤ 은어 낚시 모임은 '나'에게 '그 사람을 기억하게 되고 더불어 만나고 싶다면 아래에 적힌 날짜와 시간에 지정된 장소로 나오시기 바랍니다.'라며 과거에 인연을 맺은 적이 있는 인물과의 만남을 조건으로 모임에의 참석을 요청하였다.

3

○정답 풀이

④ '나'가 '은어 낚시 모임'의 두 번째 통신을 수신하는 것은, 〈보기〉의 인물들과 함께한다는 것을 의미한다. 따라서 '나' 역시 '존재의 근원'을 찾기 위한 노력을 지속해 나갈 것임을 알 수 있다.

✖오답 풀이

① '나'가 자신들과 밀접하게 연결되어 있다는 '은어 낚시 통신'의 엽서 내용과 모임에 참석한 '나'가 그녀와 대화를 나누는 모습을 통해 '나' 역시 〈보기〉의 인물들과 마찬가지로 무미건조한 삶을 살아왔다는 것을 짐작할 수 있다.

② '은어 낚시 모임'에서 그녀를 만났다는 사실과, '나는 원래 내가 있던 장소로 돌아온 거예요.'라는 그녀의 말을 통해 그녀가 '존재의 근원'으로 회귀하기 위한 노력을 계속해 왔음을 알 수 있다.

③ 작가는 회귀 본능을 가진 '은어'를 통해 무의미한 일상에서 벗어나 원래 있어야만 하는 장소로 돌아가고자 하는 인물의 심리를 드러내고 있다.

⑤ 작가는 '은어 낚시 모임'을 통해 '존재의 근원'으로 돌아가려고 노력하는 다양한 사람들의 모습을 드러내면서 무미건조한 삶을 살아가는 현대 도시인들의 소외와 고독감에 대해 이야기하고 있다.

4

○정답 풀이

④ '나'는 그녀에게 근원으로 돌아가고 싶다고 말하며 '제주 밤바다'를 떠올리는데, 이곳은 '나'와 그녀가 만났던 과거의 공간이다. 이는 자신이 무미건조한 일상을 살아왔음을 깨달았기 때문에 과거의 공간을 떠올린 것이다. '제주 밤바다'가 그녀를 만난 아름다운 공간이기는 하지만 그렇다고 해서 '나'를 비롯해 삶에 적응하지 못한 사람들이 치유받을 수 있는 공간이라고 할 수는 없다.

✖오답 풀이

① 모임에서 은어를 문장으로 사용하는 것은 은어처럼 근원으로 회귀하고 싶어 하기 때문이다. 따라서 은어는 모임의 성격과 목적을 상징적으로 보여 준다고 할 수 있다.

② 그녀는 생의 본질적 의미를 찾기 위해 건조한 현실에서 벗어나 근원으로 돌아왔음을 이야기하고 있다. 그러므로 '원래 내가 있던 장소'라는 것은 그녀가 찾은 존재의 시원, 즉 근원을 의미하는 것이다.

③ 그녀를 만난 '나'는 자신이 무미건조한 일상을 살아왔음을 깨닫고 있으므로 '삶의 사막'은 근원과 거리가 먼 무미건조한 현실의 삶을 의미한다.

⑤ '나'가 근원으로 회귀하는 과정에서 떠올린 공간이므로, 근원을 찾아가는 과정과 이러한 인물의 의지를 엿볼 수 있는 공간이라고 할 수 있다.

04 티타임을 위하여

p. 31~33

지문 Master 1 '나'의 아내 2 떡

1 ⑤ 2 ② 3 ④ 4 ①

1

○정답 풀이

⑤ "그날 밤 일은 아무도 꺼내지 않았어요.~얼마나 신이 나던지……."와 같이 아내는 '나'에게 동네 사람들과 티타임에서 있었던 일을 요약적으로 말하고 있다.

✖오답 풀이

① '나'의 가족이 아파트로 이사하면서 벌어진 사건이 제시되어 있을 뿐 여러 다른 사건을 병치하여 입체적으로 제시하고 있지 않다.

② 구체적인 외양 묘사는 나타나 있지 않다.

③ '티타임', '자몽', '떡' 등 상징적인 소재가 나타나지만 이를 통해 인물 간 갈등 발생을 암시하고 있는 것은 아니다.
④ 우리 주변에서 흔히 볼 수 있는 일상적인 모습을 그리고 있지만 비현실적인 설정은 찾을 수 없다.

2

O 정답 풀이

② 티타임을 준비하면서 불필요한 지출을 하고 있는 것에 대해 아내가 자성하고 있을 뿐, '나'는 티타임 준비를 위한 지출에 비판적인 반응을 보이고 있지 않다. '아내에게 내색은 하지 않았지만 그 시간이 되면 은근히 오늘은 무엇을 내줄 것인지 궁금해하기도 했다.'에서 알 수 있듯이 티타임 준비를 위해 사 오는 간식을 기대하는 모습도 나타난다.

X 오답 풀이

① '티타임이면 난 그냥 차만 마시는 줄 알았거든요.'라는 아내의 말에서 확인할 수 있다.
③ '그날 밤 일은 아무도 꺼내지 않았어요.'라는 아내의 말에서 확인할 수 있다.
④ '이젠 망년회를 가느라고 다들 좀 바쁜가 봐요.'라는 아내의 말에서 확인할 수 있다.
⑤ '우리 애들이 여기 식탁에서 점심으로 떡을 먹고 있더라구요.~억울하고 부끄럽고 쓸쓸하고 참담했을 그 기분을…….'에서 확인할 수 있다.

3

O 정답 풀이

④ 아내가 무작정 티타임을 기다리다가는 가계부가 엉망이 되겠다고 자성한 후 꾀를 내어 13호 여자를 만나고 망년회가 밀려 있어 티타임 시간을 내기 힘들다고 거짓말을 한 내용을 통해 알 수 있다.

X 오답 풀이

① 아내가 평소에 먹지 않던 밤참을 내온 것에 대해 바로 말하지 않고 돌려서 표현한 것으로 볼 수 있다.
② '이쪽 동네'를 지나치게 긍정적으로 바라보는 것에 대한 '나'의 지적을 듣고 민망해하는 아내의 모습을 표현한 것이다.
③ '나'와 달리 아내와 체면 차릴 사이가 아닌 아이들은 맛있는 밤참을 빨리 먹고 싶어 독촉하는 것이다. 또한 아내의 모습에서 아파트의 삶을 포기하려는 의도는 나타나지 않는다.
⑤ 아내는 그동안 자신이 아파트 주민들에 대한 허상에 사로잡혔음을 깨닫고 허탈감을 느끼고 있다. 이 상황에서 기쁨을 느꼈다는 것은 적절하지 않다.

4

O 정답 풀이

① 티타임이 차만 마시는 것으로 생각했던 아내가 '화보'를 통해 티타임에 간식을 곁들여야 한다는 것을 알게 된 계기가 된 것이므로, '화보'가 아내로 하여금 티타임을 갖겠다고 결심하게 하는 소재라는 설명은 적절하지 않다.

X 오답 풀이

② 아내가 아파트가 있는 동네를 '이쪽 동네'로, 전에 살던 곳을 '저쪽 동네'라고 지칭하며 공간을 이분법적으로 구분하고 있음을 알 수 있다.
③ 아내는 언제 있을지 모를 티타임으로 불필요한 지출을 하고 있던 상황이었기 때문에 티타임을 언제할지 몰라 답답해 우연을 가장하여 13호 여자를 만나기 위해 그녀의 동태를 살피고 있는 것이다.
④ 아파트 주민들은 아내의 모방 심리를 불러일으켜 간접화된 욕망을 가지도록 하는 매개자이지만 동시에 아내는 이들에게 경쟁 심리를 느꼈기 때문에 망년회가 밀려 있다고 거짓말을 한 것이다.
⑤ 13호 여자가 손으로 떡을 집어 먹는 것은 그동안 아내가 간접화된 욕망의 대상인 중산층의 삶에 대하여 허상을 지니고 있었음을 자각하게 해 준다.

05 사평역

p. 34~36

지문 Master　**1** 사평역　**2** 톱밥 난로

1 ⑤　**2** ④　**3** ④　**4** ④

1

O 정답 풀이

⑤ 처음에는 대합실의 풍경을 서술한 후 대합실 안의 사람들이 갖는 감상과 회의를 서술하고 있다. 이처럼 이 글은 서술자의 관심에 따라 시선이 이동하고 있으며, 이를 통해 인물들의 다양한 삶의 모습을 드러내고 있다.

X 오답 풀이

① 회상의 형식을 통해 다양한 인물들의 삶을 제시하고 있으나, 갈등 상황이나 갈등의 원인을 밝히고 있지는 않다.
② 이 글은 사실적이고 직접적인 묘사보다는 각각의 인물들의 과거에 대한 회상을 통해 인물의 성격과 인물이 처한 상황을 짐작할 수 있게 유도하고 있다.
③ 인물들의 성격과 각기 다른 상황이 나열되고 있을 뿐, 인물들이 대립적인 상황에 있는 것은 아니다.
④ 이 글의 소재들은 사건의 배경을 간접적으로 드러내기보다는 소설 속의 공간인 사평역의 분위기를 효과적으로 드러내는 데 일조하고 있다.

2

O 정답 풀이

④ '술 취해 두들기는 젓가락 장단'이라는 표현으로 보아 춘심이가 술집 작부임을 짐작할 수 있다. 그런데 춘심이는 삶을 별다를 것 없는 것으로 인식하며 허무함을 느끼고 그러한 자신의 처지에 때로 울며 연민을 드러낸다.

X 오답 풀이

① 중년 사내는 '특급 열차'로 표현된 급격한 변화가 진행되는 현실에

서 삶을 '벽돌담'처럼 막막한 것으로 인식하고 있는데, '열차를 세울 수도 탈 수도 없다'며 삶에 수동적 태도를 보이고 있다.
② 삶이 흙과 일뿐이라고 생각하는 농부는 늘 고달프고 가난한 농촌에서의 삶을 힘들고 괴로운 것으로 인식하고 있다.
③ 물질적인 것에서 행복을 찾는 서울 여자의 모습은 타인을 진정으로 사랑하는 태도와 거리가 멀다. 그녀는 두 아들과 돈만 사랑할 뿐이다.
⑤ 대학생은 자신의 신념과 다른 모습으로 돌아가는 세상을 보며 갈등과 회의에 빠져 있다. 즉, 대학생은 부조리한 사회의 모습에 가치관의 혼란을 겪고 있는 것이다.

3

O 정답 풀이

④ 시계는 기차의 연착을 알려 줄 수 있는 소재이며, 톱밥은 삶과 사람에 대한 애정을 나타낸다. 또한 시계와 톱밥 모두 전체 분위기를 효과적으로 드러내기 위해 필요한 소품들이기 때문에 이들을 화면에서 배제하기보다는 클로즈업한 뒤, 전체 배경을 훑어가며 보여 주는 것이 적절하다.

✕ 오답 풀이

① '밖은 간간이 어둠 저편으로'를 통해 시간적 배경이 밤이라는 것을 알 수 있으며 '톱밥 난로의 불빛을 은은하게 되비추어 내고 있을 뿐'을 통해 대합실이 다소 어둡다는 것을 알 수 있다. 이를 고려할 때 조명은 어둡게 처리하는 것이 좋다.
② 다른 사람들은 모두 손바닥을 난로의 불빛에 적셔 두고 있다고 했으므로 인물들은 난로를 중심으로 한곳에 모여 앉아 있는 것이 적절하다. 반면 '저만치 홀로 떨어져 앉아 있는 미친 여자'라는 표현으로 보아 미친 여자는 인물들과는 떨어져 앉아 있는 것이 적절하다.
③ 인물들이 모두 난로의 불빛을 들여다보며 각자의 상념에 빠져 있기 때문에 내용상으로도 난로는 중요한 역할을 하고 있다. 그리고 구조상으로도 난로를 중앙에 배치하면 안정감을 줄 수 있다.
⑤ '그때마다 창문이 딸그락거렸다. 전신주 끝을 물고 윙윙대는 바람 소리, ~ 난로에서 톡톡 튀어 오르는 톱밥'이라는 표현으로 보아 창문 소리와 바람 소리, 톱밥 소리 등을 음향으로 처리하여 대합실의 고요하고 적막한 분위기를 살리는 것은 적절한 방법이다.

4

O 정답 풀이

④ 창문 소리와 바람 소리는 대합실 안의 적막한 분위기를 강조할 뿐, 인물들이 소통을 시도하게 되는 데 도움을 주는 역할을 하고 있지 않다.

✕ 오답 풀이

① 도착 시간을 한 시간 반이나 넘겼음에도 아직 도착하지 않는 열차를 기다리고 있다는 서사적 요소를 꾸준히 재깍거리는 시계 소리와 쌓여 가는 송이눈 소리라는 음악적 요소를 통해 표현하고 있다.
② 대합실 외부와 내부의 풍경을 색채 이미지를 활용하여 회화적으로 묘사하고 있으므로 작가의 미적 형상화의 욕구가 반영된 것으로 볼 수 있다.
③ 이 글에서 톱밥 난로의 불빛은 대합실 안에 있는 인물들이 한곳에 모이도록 하는 역할을 하고 있으며, 이때 들려온 누군가의 한 마디로 인하여 각자의 삶을 성찰하게 되었으므로 서사의 인과성에 도움을 주었다고 볼 수 있다.
⑤ 빰이 불빛에 발갛게 상기되어 있는 회화적인 서정적 요소를 고단한 삶을 살아가고 있는 대합실 안의 사람들의 얼굴에서 아늑함과 평화로움을 찾아낸다는 서사적 요소와 결합시키고 있다.

06 아버지의 땅

p. 37~39

지문 Master **1** 철사 줄 **2** 아버지

1 ① **2** ④ **3** ①

1

O 정답 풀이

① 이 글은 우연히 발견한 유해를 수습하는 현재의 상황과 그러한 상황에서 떠올린 어머니와 관련된 과거의 회상, 그리고 어머니와 아버지에 대한 환영이 교차되면서 이야기가 전개되고 있다.

✕ 오답 풀이

② 현재와 과거의 공간이 달라지고 있고, 유해를 수습하는 공간과 노인과 헤어진 후의 공간이 변화되고 있으나 이로 인해 인물 간의 갈등이 심화되고 있는 것은 아니다. 이 글은 '나'의 내적 독백이 드러나는 글로, 구체적으로 인물들 간에 갈등이 드러나 있지 않다.
③ 현재의 상황과 '나'의 환영이 교차되고 있는 것이지 현실과 상상이 대비를 이루고 있는 것이 아니다. 또한 장면이 빈번하게 전환되고 있다고도 할 수 없다.
④ 과거를 회상하는 부분이 있으므로 시간의 흐름에 따른 서술이라고 볼 수 없다.
⑤ 이 글은 사건과 관련한 '나'의 내면 심리를 드러낸 것으로, 의식의 흐름에 따라 구체적 인물의 특성이 나타나고 있는 것은 아니다.

2

O 정답 풀이

④ 이 글은 현재 진행되고 있는 사실, 즉 유골을 발견해 무덤을 만들어 주는 이야기 ㉮와 아버지와 관련된 '나'의 회상과 환영, 즉 주인공의 의식의 세계인 ㉯가 중첩되는 이중 구조로 되어 있다. 이것은 유해를 묶고 있는 철사 줄이 어머니와 나를 얽매고 있는 굴레라는 것을 드러냄으로써 분단의 문제가 과거의 것만이 아니라 오늘날의 것이기도 하다는 사실을 강조하는 효과를 가진다. 그러나 이러한 이중 구조를 통해 '나'의 심리적 혼란이 사실적으로 보이는 것은 아니다.

✕ 오답 풀이

① 이 글은 현재 진행되고 있는 사실 ㉮와 과거의 회상을 통한 '나'의 의식을 그리고 있는 ㉯가 중첩되는 구조로 되어 있다.
②, ③ 노인이 유해를 묶은 철사 줄을 내던지고 유해를 정성스럽게 수습하는 것은 전쟁의 폭력성을 거부하고 전쟁의 상처를 보듬는 것이라고 볼 수 있다.
⑤ ㉯의 '이야기 1'에서 '나'는 아버지를 거부하고 미워한다. 그러나 ㉯

의 '이야기 2'에서는 아버지가 어디에 누워 있을지 궁금해하며 아버지에 대한 연민의 감정을 느끼게 된다. 즉, '나'의 심적 변화가 일어나고 있는 것이다.

3

⭘ 정답 풀이

① 유해를 묶고 있던 ㉠'철사 줄'은 개인을 비롯해 우리를 구속하는 이념의 굴레와 억압을 상징한다. 이러한 철사 줄이 오랜 기간 유해를 묶고 있었다는 것은 그만큼 이념의 굴레가 시간이 흘러도 사라지지 않고 있음을 나타낸다. 그러나 노인에 의해 철사 줄은 풀려져 멀리 던져진다. 그리고 '나'는 내리는 ㉡'함박눈'을 보며 비로소 아버지와 어머니 모두 전쟁의 피해자임을 깨닫는다. 즉, 눈은 '나'가 아버지를 용서하게 됨을 암시하며 세상의 모든 경계를 지움으로써 화해를 상징한다.

07 노찬성과 에반

p. 40~42

지문 Master 1 에반 2 투명한 보호 필름

1 ② 2 ② 3 ③ 4 ③

1

⭘ 정답 풀이

② '찬성은 때로 에반이 자기에게 물어다 주는 게 공이 아닌 다른 것처럼 느껴졌다. 그리고 공인 동시에 공이 아닌 그 무언가가 자신을 변화시켰다는 걸 알았다.', '찬성은 잘못한 것도 없는데 가슴이 뛰었다.', '찬성은 동물 병원 쪽에서 전화를 받지 않았다는 사실에 다시 한번 이상한 안도를 느꼈다.', '그러니까 사흘 정도는…… 에반이 기다려 주지 않을까 하고. 지금껏 잘 견뎌 준 것처럼. 더도 말고 덜도 말고 딱 사흘만 참아 주면 안 될까.' 등에서 인물의 심리나 생각을 직접적으로 제시하고 있음을 알 수 있다.

✖ 오답 풀이

① '우화'란 인격화된 동식물이나 기타 사물을 주인공으로 하여 그들의 행동을 통해 풍자와 교훈의 뜻을 담아내는 이야기인데, 이 작품에는 인간과 동물의 교감이 나타날 뿐 인간을 동물에 빗대고 있지는 않다.
③ 사건마다 서술자를 달리하고 있지 않다.
④ 3인칭 서술자를 내세워 인물의 심리를 전지적 시점에서 전달하고 있다.
⑤ '투명한 보호 필름'은 순수성을 상실한 찬성의 욕망을 상징하는 소재이지만 특정한 공간의 상징성을 부각하여 주제 의식을 드러내고 있지는 않다.

2

⭘ 정답 풀이

② 찬성은 에반의 증세를 말하고 있을 뿐 증세의 원인에 대해 분석하고 있지 않다. 할머니는 에반의 증세가 늙어서 나타나는 것이라고만 말하고 있다. 따라서 찬성과 할머니는 에반의 증세에 대한 원인 분석의 차이로 대립했다는 설명은 적절하지 않다.

✖ 오답 풀이

① '찬성은 때로 에반이 자기에게 물어다 주는 게 공이 아닌 다른 것처럼 느껴졌다. 그리고 공인 동시에 공이 아닌 그 무언가가 자신을 변화시켰다는 걸 알았다.'에서 확인할 수 있다.
③ '개장수한테 백구 팔아 버리기 전에.'에서 알 수 있듯이 할머니는 에반을 보통의 '흰 개'를 칭하는 의미에서 '백구'라고 부른다. 이에 찬성은 '에반이야.'라고 말하고 있다. '백구'라고 부르는 할머니와 달리 찬성이 '에반'이라고 항변하는 것은 찬성에게 있어서 '에반'은 '백구'와는 다른 특별한 의미의 존재이기 때문이다.
④ '찬성은 동물 병원 쪽에서 전화를 받지 않았다는 사실에 다시 한번 이상한 안도를 느꼈다.'에서 확인할 수 있다.
⑤ '당장 가진 돈과 앞으로 모을 돈을 셈하는 사이 찬성은 어느새 계산대 앞에 서 있었다.'에서 찬성은 앞으로 돈을 모아 부족한 에반의 병원비를 충당할 나름대로의 생각을 하고 있음을 알 수 있다.

3

⭘ 정답 풀이

③ 땅에 떨어진 휴대 전화를 보며 찬성의 눈동자가 흔들린 것은 휴대 전화가 떨어져 액정에서 유리 가루 입자가 손끝에 묻어났기 때문이다. 따라서 휴대 전화를 갖고 싶어 한 자신에게 실망감을 느꼈기 때문에 눈동자가 흔들렸다는 감상은 적절하지 않다.

✖ 오답 풀이

① '찬성과 에반은 어느새 서로 가장 의지하는 존재가 됐다.'와 에반이 공을 반드시 찬성에게 물어오는 것을 통해 둘 사이의 친밀감을 확인할 수 있다.
② 에반을 병원에 못 보낸다는 할머니의 반대에도 불구하고 아르바이트를 힘들게 해서 에반의 병원비를 모으는 모습에서 에반에 대한 찬성의 책임감을 확인할 수 있다.
④ 에반의 병원비로 모은 돈을 찬성 자신을 위해 쓰는 것은 에반의 보호자로서의 역할에 소홀해지고 있음을 보여 준다고 할 수 있다.
⑤ 에반이 사흘을 견뎌 줄 수 있을 것이라 생각하는 것은 찬성 자신이 투명한 보호 필름을 사려는 행동을 합리화할 수 있는 근거가 된다.

4

⭘ 정답 풀이

③ 찬성과 달리 할머니는 에반이 이상하다는 것에 별다른 의미를 두지 않기에 찬성의 말에 답을 하지 않고 자신이 하고 싶은 말만 하고 있는 것이다. 따라서 찬성의 말에 대한 응답을 회피함으로써 찬성의 마음을 누그러뜨리고 있다는 설명은 적절하지 않다.

✖오답 풀이

① '인간 시계로 이 년, 개들 시력(時歷)으로 십 년이 흘렀다.'라고 시간을 언급함으로써 찬성과 에반의 관계가 깊어졌음을 드러내고 있다.
② 할머니 뒤를 졸졸 쫓았다는 것은 할머니에게 할 말이 있어서 기회를 엿보고 있는 행동으로 볼 수 있다.
④ 옷에 생긴 음식 얼룩을 처리할 수 없을 정도로 고된 삶을 살고 있음을 드러내고 있다.
⑤ '사흘' 동안 에반이 견뎌 줄 것이라고 생각하며 자신의 행동을 합리화하는 것은 투명 보호 필름 구입과 병원비 사이에서 내적 갈등을 겪고 있음을 보여 준다.

08 우상의 눈물

p. 43~45

지문 Master 1 기표 2 벌레

1 ⑤ 2 ③ 3 ① 4 ③

1

O정답 풀이

⑤ 이 글은 '나'라는 작중 인물이 관찰자의 시각에서 주변 인물이나 사건 등에 대해 서술한 작품이다. 대체로 인물의 말과 행동을 통해 사건이 전개되는 극적 제시의 방식으로 장면을 나타내고 있으나, '그런데 놀라운 일은 ~ 열을 올렸던 것이다.', '형우는 기표네 가정 사정을 ~ 벌레로 변신되어 나타났다.'에서 보이는 것처럼 부분적으로 사건이나 인물에 대한 서술자 '나'의 주관적인 판단과 내면 심리를 드러내고 있다.

✖오답 풀이

① 전체적으로 요약적인 서술보다는 인물의 말을 통해서 사건을 전개하고 있다.
② 이 글에서 특정 인물의 내적 갈등은 드러나지 않는다.
③ 이 글은 시간 순서에 따라 순행적으로 사건이 전개되고 있다.
④ 인물의 외양 묘사는 이 글에 나타나지 않는다.

2

O정답 풀이

③ 기표는 재수파 아이들과 함께 형우를 집단 구타하는 등 물리적 폭력을 휘두르지만 형우는 담임과 함께 기표에게 지능적 폭력을 행사한다. 형우는 아이들에게 기표의 어려운 가정 형편을 이야기하여 두려움의 대상이었던 기표를 동정의 대상으로 만들어 버림으로써 그의 권력을 무너뜨리고 있다.

✖오답 풀이

① 기표의 행위를 감싸주는 것이 아니라 그의 어려운 가정 형편을 말함으로써 아이들이 기표를 두려움의 대상이 아니라 동정의 대상으로 여기게 만들었다.
② 기표에게 반의 일을 맡긴 것은 담임이며, 이것은 기표에게 책임감을 갖게 하기 위한 것이 아니라 기표를 반에서 잠시 나가 있게 하기 위한 것이다.
④ 아이들은 기표를 두려움의 대상으로 여길 뿐, 기표를 신비로운 존재로 여겼던 것은 아니다.
⑤ 재수파 아이들의 행동을 선행으로 포장한 것은 사실이지만 기표가 재수파 아이들을 따돌리고 있는 것은 아니다.

3

O정답 풀이

① 기표의 집안이 가난하다는 사실은 형우의 말을 통해서 충분히 드러난다. 그러나 기표가 집안 환경 때문에 열등감을 지니고 있는지는 이 글에 드러나 있지 않다.

✖오답 풀이

② '기표두 왔었니?~나는 후우 가슴을 쓸어내렸다.'에서 '나'는 자신이 생각하는 것과는 다른 기표의 모습(형우에게 사과를 하러 오는 모습)이 나타날까 봐 가슴을 졸이고 있음을 알 수 있다. 이를 통해 '나'는 기표의 모습이 달라지지 않기를 바라고 있음을 짐작할 수 있다.
③ '내가 병원에 있을 때 그 애들이~하나하나 서로가 모르게 다녀갔다.'라는 형우의 말을 통해 알 수 있다.
④ 형우는 반장으로서 회의를 이끌어 가면서 기표를 돕자고 주장하고 있다. 이때 기표에게 적대감을 지니고 있는 자신의 감정을 드러내지 않으며, 동정심을 유발하여 기표의 권위를 추락시키고자 하는 궁극적인 의도 또한 숨긴 채 사실을 왜곡하면서까지 반 아이들을 설득하고 있다.
⑤ 담임은 학급 회의를 하기 전에 반 아이들의 체력 검사 통계를 내라는 이유로 기표를 체육부실로 내려보낸다. 또한 '여러분의 한 친구가 매우 어려운 처지에 놓여 있다. 그 자세한 얘기는 반장이 해 줄 것이다.'에서 담임이 기표의 사정을 잘 알고 있음이 드러난다. 이를 통해 담임이 형우의 계획을 미리 알고 있었음을 짐작할 수 있다. 따라서 담임은 기표의 권위를 무너뜨리려는 형우의 계산된 행동에 암묵적으로 동조하고 있다고 볼 수 있다.

4

O정답 풀이

③ 〈보기〉에 제시된 기표의 편지는 물리적인 폭력으로 학생들을 지배하던 자신이 담임과 형우의 선의를 가장한 지능적인 억압과 폭력에 더 이상 대응할 수 없는 처지가 되었음을 의미한다. 작가는 이를 통해 물리적인 폭력과 억압도 문제지만, 이보다 본의를 숨긴 눈에 보이지 않는 지능적인 억압과 폭력이 더 문제가 되는 현실 상황을 비판하고 있다.

✖오답 풀이

① 물리적인 폭력을 행사하던 기표의 초라한 말로를 보여 주고 있기는 하지만, 이 글과 〈보기〉의 내용을 고려할 때 작가가 기표를 비판하고자 하는 것이라고 보기는 어렵다.
② 그동안 기표에게 폭력을 당했던 학생들의 입장에서 보았을 때는 맞는 말이다. 그러나 이 글의 작가는 물리적인 폭력을 당한 쪽에 초점을 맞추고 있는 것이 아니라, 선의를 가장한 위선적인 억압에 굴복하는 기표에 초점을 두고 있다.
④ 물리적인 폭력을 행사한 기표는 학생들 위에 군림하지만 결국 지능적인 억압을 이겨 내지 못한다. 즉, 이 글에 물리적인 폭력을 막기 위

한 또 다른 물리적인 폭력은 나타나지 않는다. 오히려 물리적인 폭력보다 무서운 지능적인 폭력이 나타나는 것으로 볼 수 있다.
⑤ 포괄적으로는 작가의 의도에 해당한다고 볼 수도 있지만, 〈보기〉의 '무섭다. 나는 무서워서 살 수가 없다.'는 기표의 말에서 유추할 수 있는 내용은 아니다. 기표는 물리적인 폭력 때문에 가출한 것이 아니기 때문이다.

09 어둠의 혼

p. 46~48

지문 Master 1 죽음 2 이모부

1 ① 2 ④ 3 ② 4 ④

1

O 정답 풀이

① 이 글에서 인물의 말투를 통해 인물의 성격이나 작품의 지역적 배경을 알 수는 있지만, 사회적 배경을 알 수는 없다.

✖ 오답 풀이

② '나'는 아버지의 죽음 앞에서 심한 정신적 충격을 받는다. 이러한 '나'의 심리 상태를 파악하는 것은 작품을 이해하는 데 있어 매우 중요하다.
③ '달빛'의 희미함은 이 글에 신비스러운 분위기를 조성함으로써 사건이 '나'의 기억에 의해서 회상되고 있다는 것을 보여 준다.
④ 아버지의 부릅뜬 눈을 통해서 아버지가 강인한 의지를 가진 인물이라는 것을 알 수 있다.
⑤ 이모부가 왜 '나'에게 아버지의 시체를 보여 주었는지 그 이유를 설명해 주지는 않았다. 그러나 '나'는 아버지의 죽음을 확인함으로써 아버지를 죽음으로 이끈 역사적 현실이 초래한 비극에 대해 인식하게 되고, 집안의 가장으로서 살아가야 한다는 것을 깨닫게 된다. 이러한 '나'의 깨달음과 다짐은 이 글을 이해하는 데 중요한 요소가 된다.

2

O 정답 풀이

④ 이 글에는 아버지의 죽음을 맞이한 '나(갑해)'의 심리적 갈등이 묘사되어 있을 뿐, 인물 간의 갈등은 나타나지 않는다.

✖ 오답 풀이

① 실제 있었던 사건을 제시함으로써 작품의 사실성을 강화한다.
②, ⑤ 아버지의 죽음을 객관적으로 서술함으로써 앞의 격앙된 분위기를 차분하게 전환시키고 있으며, 이를 받아들이는 주인공 '나' 역시 냉정함을 되찾았음을 나타낸다.
③ 아버지의 죽음을 과거의 사건으로 처리함으로써 그것이 이미 완결된 사건이라는 것을 보여 준다.

3

O 정답 풀이

② 강 건너의 장승처럼 서 있는 키 큰 포플러가 아버지 같이 느껴지는 것은 아버지에 대한 '나'의 그리움으로 인한 정서일 뿐, 이를 '나'의 상태가 결핍에서 충족으로 변화하는 과정으로 보기는 어렵다.

✖ 오답 풀이

① '나'는 아버지의 죽음을 계기로 정신적 성장을 거두고 있다.
③ '나'는 역사적 현실이 초래한 비극을 온전히 이해하지 못한 채 두려움을 느끼고 있으므로 순진한 시선을 통해 세계를 제한적으로 인식하여 전달함으로써 어른들의 세계가 지닌 부조리함을 폭로하고 있다는 이해는 적절하다.
④ 아버지의 죽음을 인정하고 집안의 가장으로서 살아갈 것을 다짐하고 있으므로 성장 과정에서 겪는 갈등을 통해 정신적 성장이 이루어졌다는 이해는 적절하다.
⑤ 성인인 '나'가 과거 이모부의 행동에 대해 언급하고 있는 것에서 아버지의 시체를 확인한 어릴 적 경험이 회고적 시점에서 경험적 자아를 바라보는 형태로 서술되었음을 알 수 있다.

4

O 정답 풀이

④ '나'는 아버지와 함께 '강둑'을 거닐면서 나누었던 이야기를 긍정적으로 회상하고 있으므로 ⓐ는 아버지와의 즐거웠던 추억을 떠올리게 하는 소재이다. 그리고 아버지는 '나'에게 '강물'처럼 쉬지 않고 자라야 한다고 당부하였으므로 ⓑ는 끊임없이 열심히 살아야 한다는 아버지의 교훈을 상징한다.

✖ 오답 풀이

②, ③ ⓐ가 아버지와 함께했던 어린 시절의 즐거운 기억인 것은 맞지만, ⓑ는 강물이 흐르는 것과 같이 사람도 끊임없이 열심히 살아야 한다는 것이지, 현재의 힘든 생활이나 아버지에 대한 망각을 의미하는 것은 아니다.

10 나목

p. 49~51

지문 Master 1 옥희도 2 나목

1 ④ 2 ② 3 ⑤ 4 ③

1

O 정답 풀이

④ 이 글은 서술자인 '나'가 관찰한 것과 그에 대한 자신의 내면 의식을 중심으로 서술하고 있다. '나'는 옥희도의 집에서 나무 그림을 보고 죽음의 이미지를 떠올려 '고목'이라고 생각하지만, 세월이 흘러 유작전에서 나무 그림을 봤을 때는 희망의 이미지를 떠올려 '나목'이라고 생각한다.

✖ 오답 풀이

① 남편과 대화하는 부분이 있으나 주된 것은 아니며, 이를 통해 인물 간의 가치관의 차이가 드러나는 것도 아니다.
② '고목'과 '나목'이라는 상징적인 소재가 등장하지만, 이는 인물 간의

갈등을 드러내는 것이 아니라 인물의 인식이 변화된 것을 보여 준다.

③ 과거와 현재의 장면이 제시되어 있지만 장면이 빠르게 전환되고 있는 것은 아니다.

⑤ 1인칭 주인공 시점의 소설로, 서술자 '나'는 자신의 이야기를 하고 있다. 인물을 바라보는 이질적 시각이 드러난 것이 아니라 대상(나무)을 해석하는 '나'의 변화된 인식이 드러나 있다.

2

정답 풀이

② ㉡은 현재 옥희도의 유작전이 열리는 공간으로 '나'는 그곳에서 과거에 봤던 나무 그림을 다시 보고 고목이 아니라 나목이라고 생각하고 있다. 즉, ㉡은 옥희도의 예술가로서의 진정한 삶을 이해하게 되는 공간이지, '나'에 대한 옥희도의 사랑을 확인할 수 있는 공간이 아니다.

오답 풀이

① ㉠은 전등의 유무도 확인할 수 없이 어두우며 넓지 않은 공간으로 방의 주인인 옥희도의 가난한 형편을 짐작하게 하는 곳이다.

③ ㉢에서 '나'는 일상으로 돌아와 남편에게서 느껴지는 낯설음과 이질감을 극복하기 위해 남편의 이마에 키스를 하고 있다.

④ ㉠은 과거 옥희도의 집에서 나무 그림을 본 곳이며, ㉡은 현재 옥희도의 유작전을 방문하여 그의 그림을 본 곳이다.

⑤ ㉠은 과거의 옥희도의 방으로, '나'의 기억 속 공간이다. 반면 ㉢은 현재 남편과 함께 있는 공간으로 '나'가 살아가고 있는 일상적 세계이다.

3

정답 풀이

⑤ '나'는 그림에 대한 전문적인 감상안이 없이 그림의 빛과 빛깔을 즐기는 인물로, 색채가 밝은 그림들을 좋아한다. 하지만 그의 그림은 부연 화면에 흑백의 농담으로만 그려져 있어 그동안 '나'가 알고 있던 그림 세계와는 다른 모습이며, 이에 '나'는 섬뜩함과 당혹스러움을 느끼고 있는 것이다.

오답 풀이

① 옥희도의 방에서 나무 그림을 본 당시의 '나'는 풍성한 빛으로 그려진 그림을 사랑한다. 따라서 그의 그림이 삶의 모습을 담아내고 있는지 파악할 수 없고, 단지 어둡고 색채감도 없어서 그림을 보고 당황한 것이다.

② 그의 그림은 꽃도 잎도 열매도 없는 하나의 나무를 그린 것이므로 복잡한 구조라고 볼 수 없다.

③ 그림의 소재인 나무는 소박한 것이라고 볼 수 있으나 '나'가 소박함 때문에 당혹감을 느낀 것은 아니다.

④ '오색 풍선을 동경하는 아이의 시선'은 '나'가 가지고 있는 그림에 대한 심미안으로, 그의 그림에 나타나 있지 않은 모습이다.

4

정답 풀이

③ 과거 심리적으로 황폐했던 '나'는 옥희도의 나무 그림을 보고 절망감과 당혹스러움을 느끼며, 가뭄에 말라 버린 ⓐ'고목'이라고 생각한다. 하지만 시간이 흘러 전쟁의 황량함을 극복하고 의식이 성장한 '나'는 나무를 생명력을 지니고 있는 ⓑ'나목'으로 느끼고 있다. 힘든 현실 속에서도 봄에 대한 희망을 간직하고 있는 그림의 의미를 깨닫고 공감하고 있는 것이다.

해산 바가지

p. 52~54

지문 Master 1 박 2 생명

1 ④ 2 ② 3 ⑤ 4 ⑤

1

정답 풀이

④ 치매에 걸린 시어머니를 노인 수용 기관에 맡기려던 '나'는, 아들과 딸을 차별하지 않고 생명을 존중하던 시어머니의 모습을 회상하며 자신의 태도를 반성하고 있다.

오답 풀이

① 성차별적인 세태와 노인 문제를 안고 있는 현대 사회의 모습에 대해 비판적 태도를 취하고 있으나, 풍자적인 서술은 나타나지 않는다.

② 해산 바가지를 떠올리고 심리적 변화를 겪은 '나'가 시어머니를 진심 어린 마음으로 모시게 되고, 시어머니는 평온하게 세상을 뜨셨다는 내용의 결말을 제시하여 생명을 존중하는 것의 중요성을 독자에게 전달하고 있다.

③ 이 글은 1인칭 주인공 시점으로 서술되고 있다.

⑤ 해산 바가지에 얽힌 시어머니에 대한 일화는 사라지는 전통문화에 대한 아쉬움이 아니라 생명을 소중하게 여겨야 한다는 가치관을 전달하고 있다.

2

정답 풀이

② '나'가 네 번째에도 딸을 낳고 울었던 것은 아들을 선호하는 인식을 가지고 있었기 때문이다. 따라서 아들과 딸의 구분 없이 생명을 존중하는 시어머니의 가치관에 '나'가 심리적으로 공감하고 연대감을 느꼈다고 볼 수 없다.

오답 풀이

① 아들과 딸을 차별하지 않고 생명을 존중하는 시어머니의 모습이 긍정적으로 그려지고 있는 것으로 보아, 시어머니는 작가의 가치관을 대변하고 있는 인물이라고 볼 수 있다.

③ '나'는 치매에 걸린 시어머니를 노인 수용 기관에 맡기려고 했었다. 이러한 모습은 부모님을 모시지 않으려는 현대인의 태도를 문제 삼고자 하는 작가의 문제의식이 표출된 모습이라고 할 수 있다.

④ 이 글은 '나'와 시어머니의 모습을 통해 사회적 문제 중 하나인 노인

문제에 대해서도 다루고 있다. 시어머니를 모시지 않으려던 '나'는 과거에 생명을 존중했던 시어머니의 모습을 떠올리고 심정적 변화를 일으켜 이후 갈등을 원만히 해결하고 있다. 이 글의 이러한 갈등 해결 과정은 현대인들이 현실 세계에서 직면하는 유사한 갈등(노인 문제)을 해결하는 데 시사점을 제시해 줄 수 있다.

⑤ 앞서 며느리가 둘째도 딸을 낳자 불쾌해하는 친구의 모습과 손자를 기대하는 일반적인 시어머니들의 모습, 넷째 딸을 낳고 우는 '나'를 동정하는 의사와 간호사들의 모습은 아들을 선호하는 사회 풍조를 나타낸다. 작가는 이를 통해 남아 선호의 사회 풍조에 대한 문제의식을 드러내는 것이다.

3

○ 정답 풀이

⑤ '해산 바가지'는 아들과 딸을 구별하지 않고 정성껏 '나'의 해산 준비를 해 주었던 시어머니의 생명을 존중하는 삶의 태도를 드러내는 소재이자(ㄷ), 시어머니가 보여 주었던 사랑과 정성을 상징한다(ㄹ). 또한 그것을 통해 '나'가 시어머니를 이해하고 포용하게 되는 계기를 제공하는 소재이다(ㄹ).

✕ 오답 풀이

ㄱ. 이 글은 우리 사회가 가진 성차별적인 세태와 노인 문제에 대해 다루고 있는데, 초가지붕 위의 박을 보고 시어머니의 '해산 바가지'를 떠올린 '나'는 자신의 행동을 반성한다. 즉, 시어머니의 생명 존중 의식을 떠올려 시어머니를 돌보는 것에 대한 내적 갈등이 해소된다. 그러나 '나'와 시어머니 사이에 갈등이 내재되어 있던 것은 아니다.

ㄴ. '해산 바가지'는 사회적 문제의 해결을 위한 하나의 방향을 보여 주고 있기는 하지만, 문제 해결을 위한 직접적인 방법을 제시하고 있지는 않다.

4

○ 정답 풀이

⑤ '나'는 해산 바가지를 통해 과거를 떠올린 이후 다른 사람의 눈을 의식하지 않고 진심을 다하여 시어머니를 모셨다. 그리고 시어머니는 주름살이 가시고 평화로운 얼굴로 임종을 맞았다는 뒷부분의 내용으로 보아, 서글픔이 담긴 '나'의 목소리는 ⓔ 부분에 어울리지 않는다.

✕ 오답 풀이

① ⓐ에서 '나'가 발견한 박은 해산 바가지를 떠올리게 해 이후 사건 전개의 방향이 전환되는 계기를 마련하는 중요한 소재이다. 따라서 대상을 강조할 수 있도록 확대하여 촬영하는 것은 적절한 방법이다.

② 우연히 박을 발견한 '나'는 과거에 시어머니와 해산 바가지에 얽힌 일을 회상하게 된다. 현재에서 과거를 회상하는 장면으로 넘어갈 때에, 하나의 화면이 끝나기 전에 다음 화면이 겹치면서 이전 화면이 점차 사라지게 하는 기법으로 촬영하는 것은 자연스러운 방법이다.

③ 시어머니를 노인 수용 기관에 맡길 생각이었던 '나'는 해산 바가지를 통해 과거를 회상하며 심리적으로 변화한다. ⓒ는 과거 회상을 통해 자신의 심경이 변화된 부분이므로 앞 장면과는 다른 분위기의 배경 음악을 사용하는 것이 적절하다.

④ ⓓ는 시어머니와 보낸 3년의 시간을 보여 주는 장면이다. 이를 다양한 장면으로 짧게 나열하여 제시하는 것은 지나온 시간을 요약적으로 보여 주기에 적절한 방법이다.

토지

p. 55~57

지문 Master **1** 최 참판 댁 **2** 추억

1 ⑤ **2** ② **3** ③ **4** ⑤

1

○ 정답 풀이

⑤ 제시된 장면은 작품의 시간적 · 공간적 배경을 제시하고 있는 도입 부분으로, 1897년 한가위를 맞은 마을의 풍경을 묘사하고 있다. 흥겨운 마을의 분위기와 적막한 최 참판 댁의 분위기를 상세하게 서술하고 있어 사건 전개의 속도가 완만하다는 느낌을 주고 있다.

✕ 오답 풀이

① 민중들의 삶의 비애가 담겨 있어 사건의 전개 방향을 은근하게 암시하고 있기는 하지만, 특별히 상징적 소재를 활용하여 주제를 암시하고 있지는 않다.

② 주로 현재형으로 진술되고 있어, 서술자가 사건 발생 시각과 동시에 현장에서 서술하고 있다고 볼 수 있다.

③ 제시된 부분에서는 전체적으로 한가위를 맞은 마을 풍경을 묘사하고 있어 장면 전환이 잦거나 긴박한 분위기를 조성하고 있다고 보기 어렵다.

④ 한가위를 맞은 마을의 정경이 묘사되고 있지만, 시선의 이동에 따라 서술되고 있지는 않다.

2

○ 정답 풀이

② ㉮'타작마당'은 한가위를 맞아 경쾌하고 신명나는 분위기가 형성되는 반면, ㉯'최 참판 댁 사랑'은 징소리가 흐느낌같이 슬프게 들려오는 암울한 분위기가 드러나고 있다. 이러한 ㉮와 ㉯의 대비적인 분위기는 '최 참판 댁 사랑'의 적막한 분위기를 더욱 부각시키고 있다.

✕ 오답 풀이

① 이 글을 통해서는 한가위를 맞은 ㉮와 ㉯의 풍경과 분위기만 알 수 있을 뿐, 사건의 발생이나 갈등과 관련된 내용은 찾아볼 수 없다.

③ ㉮와 ㉯가 대조적인 분위기로 그려지고 있지만, 대립 관계를 형성하고 있다고 보기는 어렵다.

④ ㉯는 공동체의 규범이 적용되는 공간이라고 보기 어려우며, ㉮와 ㉯에 속한 인물들이 서로에 대해 느끼는 정서도 드러나 있지 않다.

⑤ 이 글의 도입부에 제시된 ㉮와 ㉯는 작품의 분위기 형성에 기여하고 있지만, 이를 통해 희망을 찾아나가는 민중의 모습과 관련한 주제의 함축적 의미를 유추해 내기는 어렵다.

3

○ 정답 풀이

③ 이 글은 '~ 있을 것이다.', '~ 있는지도 모른다.'와 같은 추측성의 말투를 사용하고 있다. 이는 정보를 모르기 때문이 아니라 경험에 비추어 으레 그럴 것이라는 추측으로, 서술자가

마치 평사리의 구성원인 듯한 느낌을 주고 있다. 이러한 추측성 말투가 쓰인 것은 ㉡과 ㉣이다.

✖오답 풀이

㉠, ㉢, ㉤은 서술자가 전지적 위치에서 인물과 사건에 대해 직접적으로 서술하고 있다.

4

○정답 풀이

⑤ 제시된 장면에서는 동학 농민 운동의 실패와 굶주림으로 죽어 간 사람들에 대한 비애와 허무감이 묻어나고 있다. 이를 바탕으로 할 때 '겨울의 긴 밤'은 이러한 민중의 암울한 현실이 앞으로도 이어질 것이라는 사실을 암시하는 복선의 역할을 하고 있음을 알 수 있다.

✖오답 풀이

① '괴롭고 한스러운 일상'이라는 표현은, 당대 농민의 힘겨운 생활에 대한 작가의 부정적 인식을 단적으로 드러내는 표현이라고 할 수 있다.

② '서러운 추억'을 안고 살아가는 마을 사람들의 모습은 당대의 부조리한 현실을 살아가던 우리 민중의 모습을 대변하는 것이라 할 수 있다.

③ 원통하게 맞아 죽거나 가난하게 굶주리며 살다 간 사람들이 많다는 것은, 당대 사회가 동학 농민 운동의 실패로 여전히 모순과 부조리를 안고 있었음을 드러내는 것이다.

④ 이 글은 한가위를 맞아 흥성거리는 마을의 풍경을 그리는 동시에, 저승에 가서 한가위를 함께 누리지 못하는 가족과 이웃을 떠올리는 사람들의 서러운 심정을 함께 그리고 있다.

13 병신과 머저리

p. 58~60

지문 Master	1 김 일병	2 관모	
1 ④	2 ⑤	3 ⑤	4 ⑤

1

○정답 풀이

④ 이 글은 액자식 구성으로, 내부 이야기는 형의 소설 속 이야기이다. 그런데 동생은 김 일병을 죽이는 내용으로 결말을 썼지만, 형은 오관모를 죽이는 내용으로 결말을 썼다. 이처럼 다른 결말을 맺는 두 형제의 모습을 통해 이 글은 현실에 대한 서로 다른 태도와 각각의 대응 방식을 효과적으로 보여 주고 있다.

✖오답 풀이

① 이 글에서 과거와 현재를 넘나드는 시간의 흐름은 드러나지 않는다. 제시된 부분은 내화에 해당하는 형이 쓴 소설의 결말 부분과 이후 외화에 해당하는 형이 소설을 불에 태우는 장면으로, 시간의 흐름에 따라 서술되고 있다. 즉, 과거와 현재를 넘나드는 것이 아니라 내화와 외화가 동시에 진행되는 입체적 구성인 것이다.

② 이 글에서 형이 쓴 소설의 결말을 두 형제가 바꾸는 내용이 있는데, 이와 관련해 전후의 명확한 사건 설명은 제시되어 있지 않다. 그 때문에 동생이 김 일병을 죽였다는 말이나 관모가 형을 보고 모른 척했다는 얘기 등이 무엇을 뜻하는지 독자는 궁금할 수밖에 없다.

③ 형의 소설 속 이야기는 독립적으로 나란히 배치된 사건이 아니라, 액자식 소설의 내부 이야기에 해당한다.

⑤ 이 글은 외부 이야기와 내부 이야기 모두 1인칭 주인공 시점으로, 제시된 부분에서 시점의 변화는 나타나지 않는다.

2

○정답 풀이

⑤ 형은 소설 속에서 오관모를 죽이는 것으로 결말을 맺는다. 하지만 현실에서 오관모가 살아 있는 것을 확인하고 허구적 소설로 현실의 문제를 해결할 수 없음을 깨닫는다. 따라서 형은 '놈이 살아 있는데 이런 게 이제 무슨 소용이냔 말야.'라고 하면서 소설을 불태우고 있는 것이다.

3

○정답 풀이

⑤ 이 글에서 소설의 결말은 형과 동생인 '나'의 다른 삶의 태도와 관련이 있다. 비인간적이고 폭력적인 오관모를 죽인 형과 달리 힘없는 김 일병을 죽이는 것으로 소설을 끝맺은 '나'는 사랑하는 여자에게 버림받을 정도로 소극적인 삶의 태도를 보여 준다.

4

○정답 풀이

⑤ 이 글 속 소설의 결말은 형이 오관모를 죽이는 것이다. 그러나 현실에서 형은 오관모가 살아 있는 것을 목격한다. 이로 보아 소설의 결말과 현실이 일치하지 않는 것을 확인할 수 있다. 그리고 형은 '놈이 살아 있는데 이런 게 이제 무슨 소용이냔 말야.'라고 하며 소설을 불태우고 있으므로, 형이 허구의 세계가 지닌 한계를 깨닫고 있음도 알 수 있다. 하지만 〈보기〉에서 다시 메스를 들겠다고 한 것으로 보아 형은 허구의 세계가 아닌 현실의 세계로 눈을 돌린 것이며, 이를 통해 상처를 극복할 것임을 알 수 있다.

✖오답 풀이

① 〈보기〉에서 형이 전쟁의 아픔을 극복하기 위해 소설 쓰기를 선택했다는 것과, 패배감에 빠져 있는 동생에게 '머저리 병신'이라고 하는 것으로 보아 형은 상처 극복에 적극적임을 알 수 있다.

② 소설 속에서 형이 죽인 오관모를 현실에서 만난 것으로 보아 형의 소설은 전쟁 때의 체험을 바탕으로 쓰인 것임을 알 수 있다.

③, ④ 오관모는 형이 목격한 악마적 인간이라고 볼 수 있다. 그러한 오관모를 소설 속에서 형이 죽인 것은 오관모로 표현되는 부조리한 현실에 대한 형의 저항이라고 볼 수 있다.

장석조네 사람들

p. 61~63

지문 Master	1 깐둥이	2 진씨	
1 ②	2 ③	3 ①	4 ①

1

정답 풀이

② 광수 애비, 끝방 최씨와 같은 사람들의 대화나 행동을 통해서 인물들의 생각이나 입장을 확인할 수 있다.

오답 풀이

① 3인칭 서술자에 의해 사건을 전개하고 있을 뿐 서술자를 교체하고 있지는 않다.

③ 공간의 이동이 뚜렷하게 나타나지 않으며 그에 따른 인물들의 성격 변화도 드러나지 않는다.

④ 주로 인물들의 대화를 통해 이야기가 전달되며 작중 인물로부터 들은 이야기를 전달하는 액자식 구성을 취하고 있지는 않다.

⑤ 이 작품은 3인칭 관찰자 시점으로 서술자가 작품에 등장하지 않는다.

2

정답 풀이

③ '진씨가 아매도 장물애비로 몰린 모양이더라고.'와 '진씨는 간단한 경위서만 받아 쓰고 나와 혼잣소리를 하며 건들건들 올라왔다.'를 통해 확인할 수 있다.

오답 풀이

① 최씨는 사람들이 이득을 얻기 위해 자신의 주장을 늘어놓는 것을 보며 "에그 벼룩이 간을 내먹겠다고 혀는 편들이 나을 성싶네…… 쯧쯧."이라고 말하며 그들의 행태를 비판하고 있을 뿐 자신의 잇속을 챙기고 있지 않다.

② '그러니깐 가설라므네 집주인인 장씨에게도 얼마간 쥐어 줘야 뒤탈이 없다구.'에서 장씨는 대화에만 언급될 뿐 사람들이 서로 갈등하는 장면에 등장하지 않는다.

④ 진씨가 파출소에서 조사를 받는 동안 깐둥이가 노란 대문집 개에게 물려 다친 것이지 장석조네 사람들이 다치게 한 것은 아니다.

⑤ 노란 대문집 개가 깐둥이를 물어 다치게 한 사건에 노란 대문집 사람들이 개입한 정황은 찾을 수 없다.

3

정답 풀이

① 진씨를 연행한 경찰은 신고가 접수되어 진씨를 조사하는 것일 뿐 산동네 사람들이 주류 사회로 진입하는 것을 막는 폭력의 일면으로 볼 수 없다.

오답 풀이

② 깐둥이가 주워 먹었을 것이라고 추측한 금반지 하나에 갈등하고 있는 것은 그만큼 장석조네 사람들의 경제적 결핍이 심하다는 점을 드러낸다.

③ 진씨가 다친 깐둥이를 한강에 풀어 준 행동은 착한 마음에서 나온 것으로 이는 사람들의 갈등이 극한으로 치닫지 않고 종식되도록 한다.

④ 깐둥이가 금반지를 주워 먹었다는 사소한 일도 모두 공유하고 있는 점을 통해 비밀이 거의 없는 마을의 분위기를 짐작할 수 있다.

⑤ 자신들의 몫을 주장하는 데에 서로 갈등하다가도 경찰에 연행되는 진씨를 걱정하는 모습에서 사람들의 인정 넘치는 모습을 확인할 수 있다.

4

정답 풀이

① ㉠은 깐둥이가 주워 먹었다고 생각하고 있는 금반지이다. 장석조네 사람들은 이 금반지와 관련해 자신들의 이익을 얻기 위해 갈등을 겪고 있다.

오답 풀이

② 진씨가 파출소로 연행되자 사람들이 걱정해 주는 장면이 나오고 있지만 ㉠이 연대하는 계기를 마련해 준 것은 아니다.

③ ㉠은 갈등을 유발하는 소재일 뿐 문제 상황을 해결할 실마리를 제공하고 있지 않다.

④ 사람들은 ㉠을 통해 자신들의 욕망을 드러내고 있을 뿐 그들의 가치관의 차이를 나타내고 있지 않다.

⑤ ㉠이 특정 인물의 성격을 상징적으로 보여 주는 내용은 찾을 수 없다.

쥐잡기

p. 64~66

지문 Master	1 흰쥐	2 민홍	
1 ⑤	2 ⑤	3 ④	4 ②

1

정답 풀이

⑤ 민홍은 아버지의 포로수용소 시절 이야기를 듣고 아버지에게 연민과 공감을 느낀다. 즉, 공감에서 연민으로 변화된 것이 아니라 공감과 연민으로 변화된 것이다.

오답 풀이

① '파리 목숨'은 '남에게 손쉽게 죽음을 당할 만큼 보잘것없는 목숨'을 의미하는 관용 표현이다. ㉠은 이러한 표현을 통해 사람 목숨이 파리 목숨과 마찬가지로 여겨졌던 당시의 비정한 시대 상황을 드러내고 있다.

② ㉡은 보통의 쥐와는 다른 색깔을 지닌 흰쥐를, 아버지가 당시의 시대 상황과 연관 지어 생각한 부분이다. 이를 통해 혼란스러운 시대 상황에서 남들 눈에 띄지 않고 살아가려는 아버지의 소시민적 삶의 태도를 짐작할 수 있다. '사람 목숨이 파리 목숨과 진배없던~아버지로서는 당연한 처신으로만 여겨졌다.'에서도 이러한 아버지의 가치관을 확인할 수 있다.

③ '그날 아침따라 유별나게'라는 표현을 통해 평소와는 다른 상황이었음을 알 수 있다. 또한 이후의 내용을 참고할 때, 심상치 않은 일이 일어날 것임을 알려 주는 부분임을 알 수 있다.

④ 남쪽과 북쪽을 선택해야 하는 급박한 상황에서 '창문으로 쏟아져 들어오는 햇살'이 너무 좋다는 생각을 하는 것으로 보아 아버지는 엄청난 상황에서 정작 아무것도 생각나지 않는 심리적 공황 상태임을 알 수 있다.

2

정답 풀이

⑤ 이 글은 전지적 작가 시점으로 서술되고 있는 글로, 인물의 대화를 인용 부호 없이 서술하고 있는 것이 특징적인 작품이다. 즉 [A]와 [B]는 동일한 시점에서 서술되고 있는 것이다.

오답 풀이

① [A]는 민홍이 아버지에게 들은 이야기를 전지적 서술자가 독자에게 전달하는 듯한 느낌을 주고 있다.
② [A]에서는 '너무 서두르는 통에 발목을 접질러 비틀거리자'와 같이 인물의 행동 묘사를 통해 당시의 아버지가 느꼈던 긴박함을 표현하고 있다.
③ [B]에서 아버지의 말을 구어적 표현 그대로 서술함으로써 아버지의 말을 직접 듣는 듯한 생동감을 주고 있다.
④ [B]에서 아버지는 [A]에서 느꼈던 자신의 심정을 직접 진술하고 있다. 이를 통해 독자들은 아버지의 심정을 이해할 수 있게 된다.

3

정답 풀이

④ 아버지는 자신이 본 흰쥐가 헛것이었는지도 모르겠다고 말하면서 '기리고 이젠 모르갔어…… 정짜루다 돌아가구 싶은 겐지 그럴 맘이 없는 겐지…… 늙으니까니 암만 해두.'라고 말하고 있다. 이것으로 볼 때 아버지가 고향으로 돌아가지 않은 것을 후회하고 있다고 보기는 어렵다.

오답 풀이

① '어느 집단에서건 별쫑난 건 환영을 못 받는 거라는 생각이 들자 불쌍한 마음이 들어'를 통해 아버지가 당시의 시대상과 연관하여 흰쥐의 유별난 색깔 때문에 더욱 동정심을 느낀 것이라고 볼 수 있다.
② 이 글에서 아버지는 흰쥐가 워커를 갉아먹는 바람에 잠에서 깨어 목숨을 구할 수 있었다고 얘기하고 있다.
③ 이 글에서 아버지는 흰쥐 덕에 생명을 구했던 경험 때문에 절박한 결정의 순간에 나타난 흰쥐의 행로를 따른 것이라고 할 수 있다.
⑤ '여기 한번 나와 있으니까니~맹탕 헷것이 눈에 끼었는지두.'라는 부분에서 아버지는 남쪽에 남고 싶은 마음에 헛것(흰쥐)이 눈에 보였던 것은 아니었는지 모르겠다고 말하고 있다. 이것으로 보아 흰쥐는 아버지가 자신의 선택을 합리화하기 위해 만들어 낸 환상이라고 할 수 있다.

4

정답 풀이

② ⓑ는 겁이 나는 상황 속에서도 가족과 고향을 생각한 것으로 아버지의 무능하고 무기력한 모습과는 거리가 있다.

오답 풀이

ⓐ, ⓒ, ⓓ, ⓔ 겁이 많고 주관이 뚜렷하지 못하며 나약한 아버지의 모습이 드러나 있다.

16 비 오는 날

p. 67~69

지문 Master 1 비 2 동옥

1 ① 2 ⑤ 3 ⑤ 4 ①

1

정답 풀이

① 문단 구분이 없는 것은 사실이나, 이것은 사건의 긴박한 전개보다는 작품의 침체되고 답답한 분위기를 변함없이 유지하는 효과를 준다.

오답 풀이

② 동옥에 대한 외양 묘사나 비가 새는 집에 대한 묘사는 음산하고 우울한 분위기를 조성하고 있다.
③ 주로 '~것이었다.'로 끝나는 과거형의 종결 표현은 원구가 과거에 경험한 일들을 회상하여 전달하는 듯한 어조를 느끼게 하여 사실성을 높이고 있다.
④ '~것이었다.'라는 종결형을 반복적으로 사용하고 있는데, 이 같은 표현은 사건 자체보다 사건을 전달하는 서술자의 우울한 감정을 전달하는 효과가 있다.
⑤ 이 글은 전지적 작가 시점의 글이지만 등장인물인 원구의 시선을 통해 동욱과 동옥 남매의 무기력한 모습을 간접적으로 전달하고 있다. 이로 인해 인물의 내면 심리가 제한된 시점에서 서술되고 있다.

2

정답 풀이

⑤ 이 글에서 그림값 배분에 대한 이야기는 동욱과 원구의 대화를 통해 제시되고 있으므로 동욱과 동옥의 대화 장면을 제시한다는 연출 계획은 적절하지 않으며, '동옥의 심중을 생각할 때, 헤어져 있으면 몹시 측은하기도 하지만'에서 동욱이 동옥의 심중을 이해하고 있음을 알 수 있다.

오답 풀이

① '동옥의 태도는 원구가 찾아가는 횟수에 따라 현저히 부드러워지는 것이었다.'와 '두 번째 찾아갔을 때~해죽이 웃어 보인 것이었다.' 등에서 동옥이네를 찾아오는 원구를 대하는 동옥의 태도가 점차 달라지고 있음을 알 수 있다.
② '천장에서 흘러내리는 빗물은~둔탁한 음향을 남기며 떨어졌다.'를 통해 천장에서 흘러내린 빗물이 떨어지는 장면과 둔탁한 빗소리를 통해 침침한 방 안의 음울한 분위기를 조성한다는 연출 계획은 적절하다.
③ '비가 하도 세차게 퍼부어서~동옥의 음성이 들린 것이었다.'에서 비가 많이 와서 귀가를 망설이는 원구를 동옥이가 만류하고 있음을 알 수 있다.
④ '어렸을 때 얘기가 나와서~동옥의 눈이 처음으로 티없이 빛나는 것이었다.'에서 어린 시절 이야기를 들으며 눈빛을 빛내는 동옥의 순수한 모습을 확인할 수 있다. 따라서 동옥의 얼굴을 화면에 크게 담기게 하여 동옥의 눈빛에 주목하도록 한다는 연출 계획은 적절하다.

3

정답 풀이

⑤ '중중 때때중'이라는 노랫소리는 어린 시절의 기억을 되살리면서 인물들이 일시적이나마 정서적으로 유대감을 갖게 한다. 절망적인 현재의 상황에서 세 사람은 결코 완전히 공감하면서 조화될 수 없지만, 노래를 부르는 순간만큼은 행복했던 과거를 떠올리며 일시적으로 정서적 유대감을 느끼는 것이다.

✖오답 풀이

① 노랫소리가 그치면서 바깥의 빗소리가 더욱 크게 들리는 것은 현실이 변함없이 험난하다는 것을 보여 주지만, 노랫소리를 현실의 험난함과 고통을 담아내기 위한 장치로 사용한 것은 아니다.
② 인물들은 현실에 절망하고 있지만 노래를 부르면서 현실로부터 도피한다고 말하기는 어렵다. 그러기에는 그들의 노래 부르기가 너무 소극적이고 일시적이기 때문이다.
③ 셋이 같이 노래를 부르고 나서 이전보다 더 친밀해졌는지는 나타나 있지 않다. 오히려 동옥에 대한 동욱의 신경질적인 태도가 언급되어 있는 것으로 보아 인물 간의 관계에는 근본적인 변화가 없음을 알 수 있다.
④ 인물들은 노래를 통해 과거를 돌이켜 보게 되지만 그에 대한 안타까운 심정을 드러내고 있지는 않다.

4

정답 풀이

① ㉠에는 원구가 동옥의 냉랭한 태도에도 불구하고 그녀에게 연민과 묘한 매력을 느껴 동욱의 집을 다시 찾아가는 심리가 담겨 있다. 이것을 우연이나 허무로 볼 수는 없다.

✖오답 풀이

② 침침한 방 안에 떨어지는 빗물 소리는 음산하고 우울한 분위기를 형성하여 작품 속 인물들이 처한 전후의 암울하고 침체된 상황을 나타낸다.
③ 동옥은 남에게 웃음을 지어 보일 때에도 우울한 그늘이 보일 정도로 생기와 삶의 의욕이 희박하다.
④ 집으로 빗물이 새어 들어오는 것은 열악한 생활상을 보여 주는 것이다.
⑤ 불구인 동생에게 대수롭지 않은 일에도 욕을 하는 동욱의 태도는 정상적인 인간관계를 맺지 못하는 전후 개인의 상황과 관련된 것으로 볼 수 있다.

17 남한산성

p. 70~72

지문 Master	1 남한산성	2 항	
1 ⑤	2 ③	3 ③	4 ①

1

정답 풀이

⑤ 제시된 부분은 3인칭 관찰자 시점(작품 전체적으로는 전지적 작가 시점)으로, 작품 밖의 서술자가 인물의 대화와 행동을 객관적으로 전달하고 있다. 그리고 표면적 갈등의 주체는 전쟁을 벌이고 있는 청과 조선이지만 실질적으로는 최명길과 김상헌으로 대표되는 주화파와 주전파의 갈등이 대화를 통해 잘 드러나고 있으며, 이는 작품에 극적 긴장감을 조성하는 역할을 한다. 한편, 이 글은 비교적 군더더기 없이 짧고 간결한 문장을 사용하고 있는데, 이러한 문장은 남한산성에 고립되어 청과 대립하고 있는 상황에서 주전파와 주화파의 갈등이라는 사건 전개에 긴박감을 주면서 현장감을 느끼게 한다.

✖오답 풀이

㉠ 인물의 성격 변화가 아니라 두 인물의 대립을 통해 극적 긴장감이 나타나고 있다.
㉡ 남한산성 앞에 당도한 용골대의 군사들, 김상헌과 최명길이 대립하는 모습 등 크게 두 가지 장면이 등장하므로 장면 전환이 빈번하다고 할 수 없다. 또한 이를 통해 사건이 급박하게 전개되고 있는 것도 아니다.

2

정답 풀이

③ 내실을 도모하자는 것은 최명길의 주장이고, 김상헌은 싸움을 포기하고는 내실도 의미가 없다는 입장이다. 따라서 김상헌은 내실을 도모할 수 있는지의 유무는 본질이 아니라고 생각하고 있다.

3

정답 풀이

③ 성안에서 최명길과 대립하고 있는 김상헌은 "싸울 수 없는 자리에서 싸우는 것이 전"이라고 하며 "전이 본이고 화가 말이며 수는 실이옵니다."라고 주장하고 있다. 이는 명분을 중요시하는 김상헌이 남한산성을 끝까지 지키며 청과 싸워야 한다는 주장을 내세우고 있는 것이다.

✖오답 풀이

① 임금은 최명길과 김상헌의 사이에서 결정을 못하고 갈등하고 있다.
② 최명길은 실리를 위해 남한산성을 버릴 수도 있다고 생각한다.
④ 군사들을 산성 쪽으로 압박 배치하자고 한 것으로 보아 용골대는 남한산성을 뺏기 위해 무력을 사용하려고 함을 알 수 있다.
⑤ 칸은 남한산성을 무력으로 굴복시키기보다는 스스로 항복하게 만들려고 한다.

4

정답 풀이

① '사다리'는 '무력을 사용하는 전쟁'을 뜻한다. 즉, 사다리를 쓰지 말라는 것은 무력으로 상대를 제압하지 말라는 뜻으로, 스스로 항복하게 하는 전략을 쓰고자 하는 것이다. 따라서 공격의 속도나 단계와는 관련이 없다.

무기질 청년

p. 73~75

지문 Master	1 이만집	2 출세 지향 주의자	
1 ①	2 ①	3 ④	4 ②

1

정답 풀이

① '쪽문을 들어서는 아버지의 발길이 도살장을 향하는 소처럼 뭉그적거렸고, 돌처럼 각이 진 당신의 등은 뭍에 올라와 뭇사람들의 시선 속에서 죽음을 앞둔 거북의 딱딱한 등딱지를 닮아 있었다.', '풍뎅이처럼 죽은 시늉을 하며 살아가고 있는 양반', '어머니를 모르는 사람은 대체로 푸석한 빵 껍질같이 정서가 꽤나 삭막한 법인데 이만집은 제법 다혈질이랄까', '그들은 분명히 한 시대의, 또 한 사회 환경의 어정쩡한 부산물일 텐데' 등에서 다양한 비유를 통해 인물의 특성을 제시하고 있다.

오답 풀이

② 이 글은 이만집 자신이 겪었던 일과 그에 대한 자신의 생각을 일기 형식으로 쓴 부분과, 서술자 '나'가 이만집의 비망록을 읽으며 자신의 생각을 말하고 있는 부분으로 나누어져 있다. 따라서 객관적인 서술을 통해 주관적 판단을 유보하고 있다는 설명은 적절하지 않다.
③ 이 글은 내화와 외화 모두 1인칭 관찰자 시점에서 서술되므로 전지적 서술자가 인물의 심리를 파고들고 있다고 볼 수 없다.
④ 이만집의 일화가 담긴 비망록의 내용과 그에 대한 서술자의 생각이 전개되고 있다. 다양한 인물들의 경험이 삽화 형식으로 나열되어 있지 않다.
⑤ 인물에 대한 서술자의 논평은 나타나 있지만 인물의 성격 변화는 드러나지 않는다.

2

정답 풀이

① [내화]에서 이만집은 어머니에 대해 언급하고 있지 않다. 이에 대해 [외화]의 '나'는 '이만집의 어머니는 일찍 타계하신 것 같다. 그의 비망록 어느 구석에도 어머니에 대한 언급이 없다.'라고 판단하고 있다.

오답 풀이

② [내화]에서 이만집은 '반풍수 집안 망친다는 속담이 있지만, 그럼에도 불구하고 나는 교육을 받아야 하고 많이 배울수록 좋다고 주장하는 사람이다.'라고 말하며 교육의 필요성을 말하고 있다. 또한 교육이 필요한 것은 아니라고 주장한 것에 대해 [외화]의 '나'가 맏형을 언급하며 동조한 부분은 없다.
③ [내화] 속 이만집과 셋째 형수의 대화를 읽은 [외화]의 '나'는 '내가 보기에는 이만집의 셋째 형처럼 영리한 형제가 집안에 하나쯤은 있어 가문을 덩실하게 살려 주면 좋겠는데 이 셋째 형이라는 위인은 처가 덕에 그리운 것이 없이, 자기 눈앞에 펼쳐진 세상을 야금야금 핥아 대는 이른바 출세 지향 주의자인 것 같다.'라고 평가하고 있다.
④ [외화]에서 '나'는 이만집의 아버지와 맏형에 대해 '이런 답답한 위인들이야말로 사회를 사회답게 굴러가도록 만드는 길라잡이이다.'라고 말하고 있다.
⑤ [외화]에서 '나'가 '남다른 결벽증으로 인해 어떤 부정 사건에 연루되어 혼자 죄를 덮어쓰고 공무원 직에서 파면당한 양반인 것 같다.'라고 이만집의 아버지에 대해 짐작한 것을 보면, '나'는 이만집의 아버지가 부정 사건에 적극 참여한 것이 아니라 부정 사건에 억울하게 연루되었다고 생각하고 있음을 알 수 있다.

3

정답 풀이

④ ㉣은 셋째 형수가 공부를 이유로 취직하지 않고 있는 이만집에 대해 비아냥거리고 있는 것으로 이만집의 태도 변화를 예상하며 현실적 대안을 제시하고 있는 것이 아니다.

오답 풀이

① 세속적 출세를 위해 병든 사회에서 부화뇌동하는 능력을 기르기 위한 수단으로 교육을 생각하는 사람들의 속물적 태도를 비판하고 있다.
② 어떤 일에도 속수무책으로 당하고 있는 무력한 태도를 비유를 통해 제시하고 있다.
③ 부정(父情)과 그것에의 적의는 백지장 한 장 차이임을 깨달은 것을 수확으로 생각하고 있다. 즉 아버지에 대한 인식의 변화를 나타낸 표현이라 할 수 있다.
⑤ 이만집은 돈만 밝히는 셋째 형 내외의 속물적인 태도에 대해 비아냥거리며 대답하고 있다.

4

정답 풀이

② '반풍수 집안 망친다'는 속담은 '못난 것이 도리어 잘난 체하다가 명산을 모르고 묘를 폐한다는 뜻으로, 못난이가 가만히 있지 못하고 오히려 이러쿵저러쿵하다가 일을 그르치는 경우를 비유적으로 이르는 말'이다. 이는 이만집의 아버지는 농사나 지어야 할 사람인데 공연히 상업 학교까지 나와서 평생을 그르쳤다는 것을 비유적으로 드러내기도 한다.

오답 풀이

① '무용지물'이라는 말을 통해 이만집의 아버지에게 있어 학력은 아무 쓸모없었다는 생각을 효과적으로 드러내고 있다.
③ 양심을 지키기보다는 적당주의의 탈을 쓰고 병든 사회에 적절히 맞추는 능력 그 자체로 교육이 전락되었음을 말하기 위해 '부화뇌동'이란 말을 효과적으로 사용하였다.
④ 풍뎅이처럼 죽은 시늉을 하며 살아가고 있는 아버지의 모습을 '속수무책'의 태도로 표현하였다.
⑤ '호의호식'은 물질적 가치를 바라는 셋째 형과 형수의 행태를 효과적으로 보여 주기 위해 활용한 표현이다.

탁류

p. 76~78

지문 Master　1 태수　2 승재

1 ②　2 ②　3 ⑤　4 ③

1

정답 풀이

② '기색을 살핀다', '좌르르 쏟아진다', '우끈우끈한다'처럼 현재형 어미를 사용하여 사건이 바로 앞에서 펼쳐지는 듯한 느낌을 주어 장면의 현장감을 극대화하고 있다.

오답 풀이

① 이 글에 배경 설명을 통한 구체적인 시대상은 드러나 있지 않다.
③ 이 글에서는 서술자의 직접 제시를 통해 초봉의 심리를 드러내고 있다.
④ 시간의 흐름에 따라 서술되고 있을 뿐, 현재와 과거의 교차는 드러나 있지 않다.
⑤ 이 글은 전지적 작가 시점으로, 작품 밖 서술자의 전지적 시점에서 서술되고 있다. 그리고 여러 사건에 대한 일관된 관점이 드러나 있는 것도 아니다.

2

정답 풀이

② 초봉은 어머니(유 씨)와의 대화를 통해 집안의 경제적 형편 때문에 모욕을 당한 아버지의 처지를 알게 된다. 그리고 경제적 지원을 해 주겠다는 태수의 제안을 알게 됨으로써 어머니의 혼사 제안에 갈등한다. 이후 초봉은 이를 수락해 약혼을 하게 된다.

오답 풀이

① ⓐ는 ⓓ를 포기할 수밖에 없는 처지로 인해 괴로워하며 내적 갈등을 겪고 있지만, ⓔ와의 혼인을 결심했기 때문에 혼사를 유보했다고 볼 수는 없다.
③ ⓐ는 봉건적 가치관을 지닌 인물로, 부모의 강요에 순응하고 있다.
④ 재물을 원하는 ⓑ와, 재물을 주고 초봉을 얻으려는 ⓔ의 이해관계가 부합하는 것은 맞지만, 이로 인한 ⓓ와 ⓔ의 갈등은 나타나 있지 않다.
⑤ ⓒ의 한탄은 ⓐ가 자신의 뜻대로 행동하게 만들었기 때문에 갈등 해소에 기여했다고 볼 수 있다. 그러나 ⓒ는 눈물을 흘리지 않았으며, 이는 봉변을 당한 ⓑ에 대한 연민의 결과일 뿐, ⓐ를 원망하는 것이라고 볼 수 없다.

3

정답 풀이

⑤ 정 주사가 '소 갈 데 말 갈 데 안 가는 데 없이 다니면서 할 짓 못할 짓' 다 하고 다닌다는 것은 딸 초봉을 설득하기 위해서 유 씨가 가족을 위한 정 주사의 노력과 희생을 과장되게 말하는 부분이다. 따라서 왜곡된 자본주의가 심화되는 모습이 아니라 경제력 없이 살기 어려운 시대 상황을 드러내 주는 것이고, 이는 비단 1930년대에만 국한된 모습은 아니다.

오답 풀이

① 초봉은 자신의 의사와 무관한 결혼을 부모의 설득에 따라 하게 된다. 이것은 부모와 자식의 수직적 인간관계를 중시하는 봉건적 구습의 단면을 보여 주는 것이라고 할 수 있다.
② 유 씨는 재물을 목적으로 딸의 혼사 문제를 결정하려 한다는 점에서 물신주의와 탐욕의 모습을 드러내고 있다고 볼 수 있다.
③ 태수가 정 주사의 가난한 형편을 이용하여 초봉과의 혼사를 유리한 방향으로 진행시키고자 하는 모습을 통해서 물신주의와 탐욕의 사회상을 확인할 수 있다.
④ 혼인에서 초봉의 사랑보다 경제적 이득을 중요하게 생각하는 식구들의 모습은 인간관계를 물질적 관계로 치환한 것임을 보여 준다.

4

정답 풀이

③ 돈에 대한 욕심으로 딸 초봉을 태수와 결혼시키고 경제적 여유가 생긴 정 주사네 사람들의 들뜬 분위기와는 달리, 초봉은 집안 형편을 위해 사랑 없는 결혼을 해야 하는 상황이므로 '울며 겨자 먹기'라는 속담이 가장 어울린다.

태평천하

p. 79~81

지문 Master　1 종학　2 태평천하

1 ⑤　2 ⑤　3 ⑤　4 ①

1

정답 풀이

⑤ ㄴ. '망진자(亡秦者)는 호야(胡也)니라'라는 소제목을 통해 윤 직원 집안이 몰락하는 이 글의 중심 내용을 집약적으로 드러내고 있다. ㄷ. 사투리와 비속어를 통해 윤 직원의 성격을 생동감 있게 드러내고 있다. ㅁ. '~입니다.'와 같은 경어체 문장과 '~겠다요.'와 같은 판소리적 어투의 사용으로 독자에게 친근감이 들게 하며 동시에 대상을 풍자 · 조롱하고 있다.

오답 풀이

ㄱ. 이 글의 내용은 시간의 흐름과 유사하게 서술되고 있어, 사건이 속도감 있게 전개되고 있다고 볼 수 없다.
ㄹ. 이야기 속에 다른 이야기를 담는 액자식 구성은 이 글에 사용되지 않았다.

2

정답 풀이

⑤ 윤 직원 영감은 자신과 가문을 지킬 수 있는 일제 강점기를 긍정적으로 여기는 왜곡된 역사 인식을 지닌 이기적인 인물이다.

✖오답 풀이

① ㉠은 구한말 화적패의 습격으로 아버지와 재산을 잃은 윤 직원이 내뱉는 말로, 식민지 현실을 부정하는 것이 아니다. 윤 직원은 오히려 일제 강점기를 좋은 세상이라고 생각하고 있다.

② ㉡에서 윤 직원이 종학의 대학교 졸업을 대견스럽게 생각하는 것은, 종학이 일제 체제에 순응하여 경찰서장이 되기를 바라는 마음 때문이다.

③ ㉢에서 윤 직원이 분노하는 것은 종학이 사회주의에 참여하고 있다는 사실 때문이다. 사회주의는 빈부의 차이를 없애는 근본적인 개혁을 추구하지만, 윤 직원은 과거에 재물을 빼앗던 화적패와 사회주의가 다를 바 없다고 생각한다.

④ ㉣에서 윤 직원은 종학의 능력을 무시하는 것이 아니라, 자신이 적대감을 가지는 사회주의에 종학이 참여하는 것을 언짢게 생각하는 것이다.

3

⭘정답 풀이

⑤ 윤종학이 사상 관계로 경시청에 피검되었다는 소식을 알리는 전보로 인해 윤 직원의 역사 인식이 변하고 있는 것은 아니다. 전보는 오히려 윤 직원의 왜곡된 역사 인식이 구체적으로 드러나는 계기를 마련하고 있다.

✖오답 풀이

① 윤종학이 사회주의 운동으로 검거되었다는 전보의 내용으로 보아, 아들과 손자 종수를 못마땅하게 여기며 손자 종학이 경찰서장이 되기만을 바라던 윤 직원의 마지막 희망이 사라지게 되었음을 짐작할 수 있다.

② 윤종학은 이 작품에서 유일하게 긍정적인 인물로 그려지지만, 사상범인 까닭에 작품 전면에 등장하기는 어렵다. 전보는 이러한 종학을 작품에 간접적으로 등장시키는 역할을 한다.

③ 종학이 사회주의 운동으로 검거되었다는 전보를 통해 앞서 윤 직원과 종수의 갈등은 윤 직원과 사회주의(종학)의 갈등 구조로 바뀐다. 또한 자신이 가장 아끼고 믿었던 종학의 검거 소식에 윤 직원은 큰 충격을 받고, 작품의 분위기가 전환되며 사건 전개가 극적으로 반전되고 있다.

④ 전보는 윤종학이 검거되었다는 사실을 인물과 독자에게 간략하고 극적으로 전달하고 있다.

4

⭘정답 풀이

① 이 글에서는 '웅장한 투쟁의 선언이었습니다.'와 같이 윤 직원 영감을 비꼬는 듯한 서술자의 태도를 통해 윤 직원 영감에 대한 풍자를 강화하고 있다. 그리고 〈보기〉에서는 사회의식이 부족한 서술자인 '나'가 아저씨를 한심하게 여기는 듯한 부정적 태도를 드러내어 오히려 '나'에 대한 풍자적 효과를 강화하고 있다.

✖오답 풀이

② 이 글은 작품 밖 서술자가 사건을 서술하고 있다.

③ 이 글은 전지적 작가 시점, 〈보기〉는 1인칭 관찰자 시점으로 상황을 주관적으로 서술하고 있다.

④ 〈보기〉에만 해당하는 설명이다.

⑤ 이 글에서 긍정적으로 그려지는 인물은 종학이나, 서술자가 종학을 직접적으로 옹호하고 있는 것은 아니다. 또한 〈보기〉의 서술자인 '나'는 아저씨에 대해 비판적인 태도를 취하고 있다.

21 돌다리

p. 82~84

지문 Master	1 땅	2 병원	
1 ②	2 ③	3 ⑤	4 ④

1

⭘정답 풀이

② 아버지는 '나무가 돌만 허다든?'이나 '땅이란 걸 어떻게 일시 이해를 따져 사구팔구 허느냐?' 등에서 설의적 표현을 통해 자신의 생각을 강조하고 있다.

✖오답 풀이

① 아버지의 말에서 방언은 나타나지만 이를 통해 해학적인 분위기를 조성하고 있는 것은 아니다.

③ 말줄임표를 사용하고 있지만 이는 아버지가 말끝을 흐리고 있거나 창섭이 아버지의 말에 대꾸할 말이 없음을 나타내고 있을 뿐 인물의 침착하고 신중한 성격을 나타낸 것이 아니다.

④ '돌다리'와 '나무다리'라는 대비되는 소재를 활용하고는 있지만 이를 통해 미래에 대한 인물의 기대감을 드러내고 있는 것은 아니다.

⑤ 이 글에는 고백적 진술이나 과거 행적에 대한 반성의 태도가 나타나지 않는다.

2

⭘정답 풀이

③ 창섭은 땅에 대한 아버지의 신념이 훌륭하다는 것은 인정하지만 자신의 가치관과는 차이가 있음을 깨닫고 '아버지와 자기와의 세계가 격리되는 일종의 결별의 심사를 체험'하고 있다. 따라서 이를 인물들의 갈등이 완전히 해소된 것으로 이해하기는 어렵다.

✖오답 풀이

① 〈보기〉에서 갈등이 인물의 성격을 드러낸다고 한 것을 참고할 때, 돌다리나 땅을 둘러싼 창섭과의 갈등 과정에서 아버지는 자신의 뜻을 끝내 굽히지 않고 있으므로 완고한 성격임을 드러낸다고 볼 수 있다.

② 〈보기〉에서 사건 속 인물 간의 대립과 충돌로 인해 나타나는 복합적 심리 상태를 갈등이라 정의한 것을 참고할 때, 아버지와 창섭은 돌다리를 고치는 문제로 인해 충돌하고 있으므로 인물 간의 갈등이 나타난다고 볼 수 있다.

④ 〈보기〉에서 이익이나 토지 등이 서사 속 갈등의 원인이나 매개 요소로 작용한다고 한 것을 참고할 때, 이 글에서는 아버지와 창섭이 땅을 파는 문제로 대립하고 있으므로 토지가 갈등의 매개 요소로 작용한다고 볼 수 있다.

⑤ 아버지는 땅을 팔자는 창섭의 부탁을 들어주지 못하는 것에 대해 애비 된 마음으로 미안함을 느낀다고 말하고 있으므로 아버지 내부의 감정과 가치관이 충돌하고 있음을 알 수 있다.

3

정답 풀이

⑤ 아버지가 '돈 있다구 땅이 뭔지두 모르구 욕심만 내 문서 쪽으로 사 모기만 하는 사람들'과 '돈놀이처럼 변리만 생각허구 제 조상들과 그 땅과 어떤 인연이란 건 도시 생각지 않구 헌신짝 버리듯 하는 사람들'을 비판하고 있으므로 땅을 장소애의 대상으로 여기는 의식이 당시 사회에 전제되어 있다고 볼 수 없다.

오답 풀이

① 창섭은 땅을 매매의 대상으로 여기기 때문에 땅에 대한 애착을 보이고 있지 않다.
② 아버지가 '내 할아버님 산소에 상돌을 그 다리로 건네다 모셨구, 내가 천잘 끼구 그 다리루 글 읽으러 댕겼다.' 등과 같이 말하고 있는 것에서 아버지에게 돌다리는 추억과 애환이 담긴 공간이라는 것을 알 수 있다.
③ 아버지가 '저 사랑 마당의 은행나무는 아버님께서 심으신 거다. 그 나무 밑에를 설 때마다 난 그 어룬들 동상이나 다름없이 경건한 마음이 솟아 우러러보군 헌다.'라고 말한 것에서 마당의 은행나무가 '아버지'에게 장소애의 대상인 집의 성격을 강화하는 역할을 함을 알 수 있다.
④ '땅이란 천지만물의 근거'라는 아버지의 생각과 땅을 팔자는 아들의 제안을 거절하는 아버지의 행동 등이 땅에 대한 장소애의 의미를 부각하고 있다고 볼 수 있다.

4

정답 풀이

④ ㉣은 땅에 대한 아버지의 애착을 확인하고 자신의 생각이 너무나 자기 본위였던 것을 깨달아 할 말이 없어진 창섭의 모습을 나타낸 것이다.

오답 풀이

① 아버지는 돌다리에서 고기 잡던 일, 서울로 공부 갈 때 돌다리를 건너서 떠나던 일과 같이 돌다리와의 추억을 이야기하며 자연이나 사물에도 인정을 갖고 대해야 한다며 인정을 사람한테만 쓰는 사람들을 비판하고 있다.
② 아버지는 창섭이 의사가 되기 위해 공부를 하는 과정에서 필요했던 자금을 땅을 일구어 얻은 수익으로 충당하였음을 밝히며 땅에게 감사한 마음을 지닐 것을 요구하고 있다.
③ 아버지는 사람은 죽어서 땅으로 돌아간다는 사고를 바탕으로 땅을 홀대하는 사람들은 죽어서 갈 곳이 없을 것이라며 땅을 홀대하는 사람들을 비판하고 있다.
⑤ 아버지는 지금은 땅을 팔 수 없으나 본인이 죽게 된다면 '용문이'나 '문보', '덕길이'처럼 땅을 소중히 여기는 사람들에게 팔겠다고 한다. 따라서 아버지는 땅을 믿고 맡길 수 있는 사람에게 팔고자 하는 자신의 의사를 분명하게 밝히고 있다.

22 복덕방

p. 85~87

지문 Master **1** 복덕방 **2** 안경화

1 ③ **2** ② **3** ③ **4** ⑤

1

정답 풀이

③ 맑은 하늘에 흰 조각구름이 떠 있는 배경은 때 묻은 적삼을 입고 눈물을 흘리는 안 초시와 대비되어 안 초시의 절망적 상황과 비극성을 심화시키고 있다.

오답 풀이

① 이 글은 전지적 작가 시점의 소설로 시점이 변화하고 있지 않으며, [A]에서 새로운 사건이 전개되고 있다고 보기도 어렵다.
② 과거를 회상하는 장면이나 갈등 해결의 실마리는 제시되고 있지 않다.
④ 계절적 배경만 드러날 뿐, 시대적 배경에 대한 묘사는 드러나 있지 않다.
⑤ 이 글은 작품 밖의 서술자가 인물의 심리를 서술하고 있으며, [A]에서는 인물의 행동을 통해 심리를 간접적으로 드러내고 있다.

2

정답 풀이

② ㄱ. 안경화는 자신의 불효가 세상에 알려져 명예를 잃게 될 것을 염려하여 서 참의 앞에서 울면서 안 초시의 자살 사실을 비밀로 해달라고 애원하고 있다. ㄷ. 서 참의는 안경화에게 수의부터 묘지 자리까지 안 초시의 장례에 대해 구체적으로 요구하고 있다. ㅁ. 서 참의는 명예를 지키려는 안경화의 약점을 이용해 안 초시의 장례가 성대하게 치러질 수 있도록 유도하고 있다.

오답 풀이

ㄴ. 서 참의는 자신의 명예만 생각하는 이기적인 안경화의 태도를 비난하고 있지만, 안경화의 생각을 바로잡기 위해 훈계하고 있지는 않다.
ㄹ. 안경화가 장례에 대한 서 참의의 요구에 고분고분 응하는 것은 자신의 잘못을 진심으로 반성하고 있기 때문이 아니라 자신의 명예를 지키려는 목적 때문이다.

3

정답 풀이

③ 서 참의는 안 초시를 만나러 가는 길에 시커멓게 녹아 버린 코스모스를 보게 되고, 곧 비극적 죽음을 맞은 안 초시를 발견하게 된다. 즉, ㉢은 안 초시의 불행한 죽음을 암시하는 분위기를 형성하고 있는 것이다.

오답 풀이

① 앞뒤 상황을 볼 때 ㉠은 부동산 투자로 한몫을 잡으려던 안 초시의 바람이 좌절되었음을 나타내는 것임을 알 수 있다.
② 안경화는 부동산 투자 실패로 금전적 손해를 입자, 그 책임을 아버

지인 안 초시에게 돌리고 매정하게 대하고 있음을 알 수 있다.
④ 안 초시가 이미 죽었으며 약병이 굴러져 있는 것으로 보아 안 초시가 약을 먹고 자살했음을 짐작할 수 있다.
⑤ 안경화는 아버지의 자살이 알려져 자신의 잘못과 불효가 드러나게 될까 봐 두려워하고 있는 것이다.

4

정답 풀이

⑤ 서 참의는 비극적인 죽음을 맞이한 안 초시에 대한 안타까움 때문에 안경화에게 안 초시의 성대한 장례를 당부하고 있는 것이다. 즉, 서 참의가 세대 간 갈등을 해결하거나 세대를 화합하는 인물이라고 보기는 어렵다.

오답 풀이

① 근대화를 받아들인 신세대 안경화는 무용 연구소를 운영하고 있으며, 아버지의 죽음 앞에서도 자신의 명예를 먼저 생각하는 이기적인 인물이다.
② 안 초시는 사업을 잇달아 실패하고 안경다리도 고치지 못할 정도로 궁핍한 삶을 살고 있다. 그리고 결국에는 절망감에 자살하는 인물로 그려져 있다.
③ 안 초시는 시대의 변화에 따라가지 못하고 복덕방에서 소일하며 지내는 인물로, 부동산 투자에 실패하자 스스로 목숨을 끊는 절망적 모습을 통해 근대화에 적응하지 못하는 세대를 대변하고 있다.
④ 부동산 투자에 실패한 안 초시는 금전적 손해로 인한 상심뿐만 아니라 자신을 비난하고 구박하는 딸 때문에 삶에 대한 의욕까지 잃어버리게 된다. 즉, 안 초시의 죽음의 근본적인 원인은 가족 공동체의 붕괴와 그로 인한 소외라고 볼 수 있다.

23 날개

p. 88~90

지문 Master	1 아달린	2 정오 사이렌	
1 ③	2 ②	3 ⑤	4 ④

1

정답 풀이

③ 이 글은 1인칭 주인공 시점의 소설로, 아내가 외출한 방에서의 놀이와 싫증, 아내에게 다가가고 싶은 마음, '미쓰꼬시 옥상'에서의 사유와 아내에 대한 생각, 자유롭고 이상적인 삶을 살아가기를 소망하는 것까지 '나'의 내면세계가 의식의 흐름에 따라 서술되고 있다.

오답 풀이

① 아내의 방에서 미쓰꼬시 옥상으로 공간의 이동이 드러나기는 하나, 공간의 이동을 통해 인물 간의 갈등이 해소되고 있지는 않다.
② 이 작품은 1인칭 주인공 시점으로, '나'는 자신을 둘러싼 세계를 주관적으로 해석하여 서술하고 있다.
④ '나'가 지닌 자의식의 혼란을 의식의 흐름에 따라 서술하고 있을 뿐, 상상과 현실을 넘나들고 있지는 않다.
⑤ '나'가 회탁의 거리를 헤매고 다니는 것은 일상적인 삶의 모습이 아니라 자아 정체성을 회복하기 위한 행동으로 볼 수 있다.

2

정답 풀이

② '나'는 자신과 아내가 '숙명적으로 발이 맞지 않는 절름발이'라고 생각하는데, 이를 통해 '나'가 아내와 정상적인 부부 관계를 맺지 못한 채 아내에게 종속되어 살아가고 있음을 알 수 있다. 또한 '내가 아내나 제 거동에 로직을 붙일 필요는 없다. 변해할 필요도 없다.'라고 한 것으로 보아, '나'가 아내와의 관계를 해명하거나 아내를 이해하려고 하지 않음을 파악할 수 있다. 따라서 아내에 대한 이해를 통해 자아 정체성을 회복하고 있다고 볼 수 없다.

오답 풀이

① '나'는 아스피린으로 알고 아달린을 먹은 사실을 알게 된 후 '이것은 좀 너무 심하다.'라고 하며 아내에게 배신감을 느끼고 있다.
③ '아내'가 '나'에게 아스피린(사실은 아달린)을 먹여 온 것과 '나'가 자신의 존재를 인식하기조차 어려운 무기력한 삶을 살고 있다는 데서 확인할 수 있다.
④ '나'는 미쓰꼬시 옥상에서 자신의 스물여섯 해 삶을 회고해 보지만 이렇다 할 제목을 찾지 못하고 있다. 이는 자신이 의미 없는 삶을 살아왔음을 의미하는 것이다.
⑤ 마지막 부분에서 '나'가 '날자'라고 외치는 것은 무기력한 일상에서 벗어나 자아를 찾고자 하는 의지를 드러낸 것이라 할 수 있다.

3

정답 풀이

⑤ 방 안에 갇혀 단절되고 무기력하게 살던 '나'는 돋보기나 거울, 화장품 병 등을 가지고 논다. 그러나 미쓰꼬시 옥상으로 올라와 회탁의 거리를 내려다보며 지금까지의 삶을 되돌아보고, 자신과 아내의 관계에 대해 성찰하고 있다. 즉 ㉠은 아내에게 의지하는 수동적 공간인 반면, ㉡은 아내에게서 벗어난 공간이다.

오답 풀이

① '아랫방'은 사회에서 소외된 '나'가 있는 공간이지만, 비현실적인 공간은 아니다.
② '아랫방'은 개인적인 공간으로 볼 수 있다. 그러나 이와 대비되는 '미쓰꼬시 옥상'은 자신의 삶의 모습을 깨닫는 공간일 뿐 '나'의 사회성이 드러나는 공간은 아니다.
③ '아랫방'에서 '나'는 무기력하며 자아를 잃은 상태이므로 자아가 분열된 것이라고 할 수 있다. 그러나 '미쓰꼬시 옥상'에서 '나'가 세속적인 꿈을 꾸고 있는 것은 아니다.
④ '아랫방'에서 '나'가 꿈을 꾸고 있지는 않다. 또한 '미쓰꼬시 옥상'에서는 자신의 삶을 되돌아보고 반성하고 있으므로 꿈이 좌절되는 공간이라는 설명은 적절하지 않다.

4

정답 풀이

④ '나'는 정오 사이렌 소리를 기점으로 삶의 의미와 진정한

자아를 찾고자 하는 의욕을 느끼고 있다. 따라서 '나'가 사람들을 '네 활개를 펴고 닭처럼 푸드덕거리는 것'처럼 인식하는 것은 자신을 둘러싼 세상의 활력을 비유적으로 표현한 것으로 이해할 수 있으며 사람이 짐승같이 사육되는 식민지 역사의 부정적 의미를 고발하고 있는 것이라 보기 어렵다.

✕오답 풀이

① '나'는 정상적인 삶을 영위하지 못한 채 유아적인 놀이를 하며 일상을 보내고 있으므로 이를 통해 식민지 지식인의 나태와 무지를 나타내고 있다는 설명은 적절하다.

② 아내와 종속적 관계에 놓여 있는 '나'는 아내에게 속아 '아달린'을 '아스피린'인 줄 알고 복용하고, 이 사실을 알게 된 후에도 진위 여부를 정확히 인지하지 못하고 있으므로 이를 통해 제국주의 권력 앞에 기만당하는 식민지 역사의 부정적 의미를 환기하고 있다는 설명은 적절하다.

③ '나'는 자신의 지난 삶을 돌이켜 보며 특별히 가치 있다 말할 수 있는 순간이나 사건을 떠올리고 있지 못하므로, 이를 통해 주어진 삶에 순응하며 의미 없는 삶을 살아가는 식민지 지식인의 현실을 폭로하고 있다는 설명은 적절하다.

⑤ 삶의 의욕을 상실한 채 살아가고 있던 '나'의 머릿속에서 희망과 야심이 되살아나고 있으므로, 능동적인 삶의 의미를 각성하고 있다는 설명은 적절하다.

24 메밀꽃 필 무렵

p. 91~93

지문 Master	1 메밀밭	2 동이	
1 ①	2 ④	3 ⑤	4 ③

1

○정답 풀이

① 이 글은 봉평에서 대화 장터로 향하는 동안 인물들이 나누는 대화를 중심으로 서술되고 있다. 배경에 대한 묘사가 돋보일 뿐, 장면 전환이 잦거나 사건 전개가 빠르다고 볼 수 없다.

✕오답 풀이

② 이 글은 전지적 작가 시점으로, 작품 밖의 서술자가 허 생원과 조 선달, 동이의 심리를 직접적으로 서술하고 있다.

③ 허 생원이 성 서방네 처녀를 만났던 이야기를 할 때에는, 좁은 산길 탓에 인물들이 외줄로 늘어서 동이가 허 생원의 이야기를 잘 들을 수 없었다. 이 때문에 동이는 나중에 허 생원을 의식하지 않은 채 자신의 어머니에 대한 이야기를 자연스럽게 할 수 있게 되고, 독자들이 허 생원과 동이의 극적인 관계를 짐작하게 하는 효과를 불러온다.

④ 허 생원과 조 선달이 대화하는 형식을 통해, 성 서방네 처녀를 만났던 허 생원의 과거 이야기를 요약적으로 전달하고 있다.

⑤ 이 글은 순수한 우리말과 토속어, 방언 등을 사용하여 향토적인 서정을 자아내고 있다.

2

○정답 풀이

④ 허 생원은 동이가 자신의 아들일지도 모른다는 생각에 따뜻한 혈육의 정을 느끼고, 듬직한 그의 등에 좀 더 업혀 있었으면 하는 바람을 가지고 있는 것이다.

✕오답 풀이

① 앞서 허 생원의 과거 이야기를 잘 듣지 못했던 동이는, 자신의 어머니에 대해 허 생원과 이야기를 나누면서 허 생원이 자신의 아버지일 수도 있다는 사실을 눈치채지 못하고 있다.

② "의부와도 갈라져 ~ 살아갈 수 있겠죠."라는 동이의 말에서 알 수 있듯이, 동이는 빠듯한 형편에도 혼자 계시는 어머니를 모시려는 효심이 깊은 인물임을 짐작할 수 있다.

③ 허 생원은 동이와의 대화를 통해 동이의 어머니 고향이 봉평이라는 점과 동이의 어머니가 제천에서 아비 없이 동이를 낳아 키웠다는 사실을 알게 된다. 이러한 사실 때문에 동이가 자신의 아들일지도 모른다고 짐작하게 된 허 생원은 생각지도 못한 상황에 당황하여 '흐려지는 눈을 까물까물하다가' 발을 헛디디게 된 것이다.

⑤ 원만한 성격을 가진 조 선달은 허 생원의 이야기를 이미 '귀에 못이 박히도록' 들어 왔음에도, "팔자에 있었나 부지.", "제천인지로 줄행랑을 놓은 건 그 다음 날이었나?"라고 말하며 허 생원의 이야기에 장단을 맞추어 주고 있다.

3

○정답 풀이

⑤ 제시된 지문을 통해서는 인물 간에 형성된 갈등 관계를 확인할 수 없으며, [가]에도 인물 간의 갈등 관계가 해소되는 계기가 드러나 있지 않다.

✕오답 풀이

① 메밀꽃이 흐드러지게 핀 달밤의 풍경은 허 생원의 과거와 현재를 이어 주는 배경으로, 성 서방네 처녀와의 추억을 간직한 허 생원의 애틋하고 운명적인 사연을 부각시키고 있다.

② 메밀꽃이 핀 달밤은 허 생원이 현재 일행과 함께 걷고 있는 공간의 풍경인 동시에, 과거에 성 서방네 처녀를 만났을 때의 풍경이기도 하다. 이와 같이 공통된 배경은 허 생원이 성 서방네 처녀와의 추억을 자연스럽게 떠올릴 수 있도록 하여 사건 전개에 필연성을 부여한다고 볼 수 있다.

③ 고요한 달밤에 대한 참신하고 감각적인 묘사로 신비롭고 낭만적인 분위기를 형성하고 있다.

④ 달빛에 감동한 허 생원이나, 허 생원의 이야기가 잘 들리지 않아도 개운한 멋을 느끼는 동이의 모습을 통해 달밤과 메밀밭의 아름다운 정경이 칠십 리의 밤길을 걸어야 하는 인물들의 고단한 여정을 위로해 주고 있음을 짐작할 수 있다.

4

○정답 풀이

③ '첫날 밤이 마지막 밤이었지.'와 같은 문맥을 고려할 때, 허 생원이 제천 장판을 몇 번이나 뒤졌음에도 성 서방네 처녀를 만나지 못하였음을 알 수 있다. '꿩 구워 먹은 자리'는 어떠한 일의 흔적이 전혀 없음을 비유적으로 이르는 말이다.

✖ 오답 풀이

① '귀에 못이 박히다'는 '같은 말을 여러 번 듣다'를 의미하며 이를 활용하여 성 서방네 처녀에 대한 그리운 마음을 지니고 이야기를 반복하는 허 생원의 모습을 효과적으로 나타내고 있다.

② '손에 잡힐 듯하다'는 '매우 가깝게 또는 뚜렷하게 보이다'를 의미하며 이를 활용하여 달밤의 풍경을 보다 생생하게 그려 내고 있다.

④ '이를 (악)물다'는 '힘에 겨운 곤란이나 난관을 헤쳐 나가려고 비상한 결심을 하다'를 의미하며 이를 활용하여 어머니를 모시기 위해 생계에 대한 각오를 다지는 동이의 모습을 효과적으로 드러내고 있다.

⑤ '뼈에 사무치다'는 '뼛속에 파고들 정도로 깊고 강하다'를 의미하며 이를 활용하여 허 생원이 동이에게 강한 정을 느끼게 되었음을 효과적으로 나타내고 있다.

25 산

p. 94~96

지문 Master	1 산	2 노루	
1 ⑤	2 ②	3 ①	4 ①

1

O 정답 풀이

⑤ '여러 자 깊이로 쌓이고 쌓인 깨금잎, 가락잎, 떡갈잎의 부드러운 보료', '소나무, 참나무, 총중의 한 대의 나무다.'에서 열거법, '잠자코 섰는 나무들의 주고받은 은근한 말을, 나뭇가지의 고개짓하는 뜻을, 나뭇잎의 소곤거리는 속심을'에서 의인법, '백일홍같이 새빨간 불꽃', '아귀의 혀끝같이 널름거리는 불꽃', '산호수 같은 불나무'와 같은 직유법, '울밑의 꽃보다도 비단결보다도 무지개보다도 맨드라미보다도 곱고 장하다.'와 같은 비교법을 사용하여 인물이 처한 상황이나 배경을 다양한 표현 기법을 활용하여 묘사하고 있다.

✖ 오답 풀이

① 동시에 일어난 사건을 병치하고 있는 부분을 찾을 수 없다.

② 인물 간의 대화를 직접 인용한 부분을 찾을 수 없다.

③ 서술자가 인물이나 사건을 소개하며 전개하고 있을 뿐 서술자의 교체는 나타나지 않는다.

④ 인물의 외양을 묘사한 부분은 찾을 수 없고, 인물의 행동은 드러나지만 해학적으로 제시하고 있지는 않다.

2

O 정답 풀이

② '다만 한 가지 그리운 것이 있었다. 짠맛 – 소금이었다. 사람은 그립지 않으나 소금이 그리웠다.'에서 소금이 없는 것을 아쉬워하고 있음을 알 수 있다. 따라서 꿀과 소금만으로도 산속에서의 생활을 만족하며 즐기고 있다고 볼 수 없다.

✖ 오답 풀이

① '가살스런 첩의 행실을 휘어잡지 못하고 늘그막판에 속 태우는 영감의 신세가 하기는 가엾기는 하다.'에서 확인할 수 있다.

③ '제일 친한 곳이 늘 나무하러 가던 산이었다.'에서 확인할 수 있다.

④ '싸울래 싸운 것이 아니라 김 영감 편에서 투정을 건 셈이다. 지금 와 보면 처음부터 쫓아낼 의사였던 것이 확실하다. 중실은 머슴 산 지 칠 년에 아무것도 쥔 것 없이 맨주먹으로 살던 집을 쫓겨났다.'에서 확인할 수 있다.

⑤ '그을어 쓰러진 노루 한 마리를 얻은 것이다. 불 테두리를 뚫고 나오지 못한 노루는 산골짝에서 뱅뱅 돌아 결국 불벼락을 맞은 것이다.', '여러 날 동안의 흐뭇한 양식이 되었다.'에서 확인할 수 있다.

3

O 정답 풀이

① 중실은 마을에서 김 영감으로부터 마음의 상처를 받았으나 산에 들어가 자연과 교감하며 행복을 얻고 마음의 상처를 치유받는다고 볼 수 있다. 작가는 이처럼 마을과 산을 대립적인 공간으로 설정하고 있다.

✖ 오답 풀이

② 김 영감이 첩을 배신한 것이 아니라 첩이 김 영감을 배신했으며, 김 영감은 자신의 집안일을 돌보던 중실을 배신하였다.

③ 현실에 염증을 느껴 산으로 들어가 마음의 평안을 찾았을 뿐 산에서 현실 문제에 대한 실질적인 해결책을 찾은 것은 아니다.

④ 자연을 대하는 중실의 태도가 '마을'과 '산'에서 다르다는 점을 찾을 수 없다.

⑤ 산이 중실로 인해서 순수성을 상실하고 있는 내용은 나타나지 않는다.

4

O 정답 풀이

① 중실이 김 영감과의 갈등으로 인해 집에서 쫓겨나게 되고 이런 과정 속에서 마을에 염증을 느껴 산으로 가게 되었음을 알려 주고 있다.

✖ 오답 풀이

② 3인칭 서술자에 의해 중실이 겪은 일들이 전달되고 있다.

③ 중실과 영감 사이의 갈등은 드러나 있으나 이를 해결하는 과정은 나타나지 않는다.

④ 중실이 겪은 일들이 나타나 있을 뿐 중실이 있는 공간의 특성을 설명하여 작품의 분위기를 조성하고 있는 것은 아니다.

⑤ 중실이 겪은 일과 중실의 심리를 서술하고 있으므로 객관적이거나 중립적이라고 할 수 없다.

비 오는 길

p. 97~99

지문 Master	1 독서	2 장마	
1 ①	2 ⑤	3 ⑤	4 ③

1

O 정답 풀이

① 병일은 '스스로 믿고 사는 자기의 담박한 성정을 그리도 못 미더워하는 주인의 태도'를 원망하고 있으므로 병일의 담박한 성정이 마음에 들어 공장 주인이 병일을 채용했다고 보기는 어렵다.

✖ 오답 풀이

② '취직한 첫날부터 지금까지 하루도 변함없이 자기를 감시하는 주인의 꾸준한 태도'에 병일은 꾸준히 불쾌감을 느껴왔다고 하였다.
③ 병일은 사진사와 같이 한담을 주고받을 수 있다는 것에 만족을 느끼면서도 '이것이 무슨 짓이냐!'며 반성을 하고 있다.
④ 병일은 취직한 지 2년이 되도록 신원 보증인을 얻지 못해 신원 보증인을 다시금 궁리하여 보는 것이라고 하였다.
⑤ 사진사는 병일의 방문을 환영하며 술과 한담을 나누고 있으므로 이에 긍정적인 태도를 보이고 있다고 할 수 있다.

2

O 정답 풀이

⑤ 병일은 사진사와 술을 마시고 한담을 주고받으며, 관념 속에서만이라도 자기 정체성을 간신히 유지하던 지식인의 삶에서 벗어나 생활인의 삶을 경험하는 것에 만족하면서도 동시에 송구함을 느끼므로 자기 정체성을 상실했다고 보기는 어렵다.

✖ 오답 풀이

① <보기>에서 작가는 후자(도시화·근대화)에 대해 비판적 태도를 지니고 있다는 내용을 참고할 때, '도시의 발전은 옛 성벽을 깨트리고'라는 표현에서 도시화·근대화가 이전의 삶에 부정적인 영향을 끼친다는 작가의 인식을 엿볼 수 있다.
② <보기>의 '독서와 사색을 한다는 것, 다시 말해 속물적 근대화의 물결 속에서 그는 관념 차원으로만 자기 자신을 지켜 낼 수가 있는 것이다.'를 참고할 때 사무실에서 니체를 떠올리는 것은 사색과 독서로 자신만의 세계를 형성하고 있었음이 드러나는 것이다.
③ <보기>의 '속물적 근대화의 물결 속에서 그는 관념 차원으로만 자기 자신을 지켜 낼 수가 있는 것이다.'를 참고할 때, 병일이 애정을 갖던 책들이 '요즈음에는 무거운 짐같이 겨웠다.'라고 한 것은 병일이 근대화의 물결을 외면하고 책을 읽으며 관념 속에서라도 자기 자신을 지켜 내려고 했던 것에 버거움을 느끼고 있다고 유추할 수 있다.
④ <보기>의 '초라하게 퇴락한 옛 성의 모습이 상징하듯이 물질적 욕망의 실현을 추구하는 도시 생활의 물결 뒤에서 지체된 지식인적 인물이 오로지 관념 속에서만 자기 정체성을 간신히 유지할 수 있다는 것'을 참고할 때, '나의 시간'이라고 생각하며 돌아가는 길에 언제나 발을 멈추고 바라보던 성문을 요즘에는 외면하는 병일의 모습은 물질적 욕망의 실현을 추구하는 도시 생활의 물결 뒤에서 지체된 지식인으로서의 자신을 외면하고자 하는 것으로 볼 수 있다.

3

O 정답 풀이

⑤ 하숙방에서 병일을 기다리는 것은 모기 소리와 빈대 냄새, 벼룩이, 어젯밤 펴놓은 대로 있을 책 정도인데 병일이 이들을 원망하고 있었던 것은 아니다.

✖ 오답 풀이

① '피곤한 병일이는 사무실에서 돌아올 때마다 이 지루한 장마는 언제까지나 계속할 셈인가고 중얼거렸다.'에서 확인할 수 있다.
② 병일은 장마로 인해 박쥐조차 나들지 않는 성문의 누각에서 침울한 인상을 받고 있으므로 병일의 현재 상황에 우울한 분위기를 조성하고 있다고 할 수 있다.
③ 병일은 자신의 향락적 생활에 반성을 느끼지만 '이 생활은 일시적이다. 장마의 탓이다.'라고 생각하고 있으므로 장마가 병일의 일탈을 합리화하는 핑곗거리가 된다고 할 수 있다.
④ '지금부터는 마음대로 할 수 있는 ~ 지나치는 때가 많았다.'에서 확인할 수 있다.

4

O 정답 풀이

③ '하숙방에서 활자로 시꺼멓게 메워진 책과 마주 앉을 용기가 없어진' 병일이 찾아간 공간이 사진관임을 고려할 때, 하숙방은 책을 읽으며 자신을 대면하는 고독한 공간이고 사진관은 자신의 생활에 지친 병일이 일시적으로 도피하는 곳이다.

✖ 오답 풀이

① 병일이 고역을 지속하고 있는 곳은 공장 사무실이며, 사진관에서 병일은 사진사와 술을 마시며 한담을 나누면서도 하숙방의 책을 떠올리고 있을 뿐 자신의 과거를 긍정하고 있지는 않다.
② 주인의 감시가 계속되는 곳은 공장 사무실이며, '아직껏 취흥을 향락해 본 경험이 없던' 병일이 사진관에서 술을 마시며 한담을 나누는 경험을 하고 있으므로 사진관은 병일이 이전에 해 보지 못한 경험을 하는 곳이라고 할 수 있다.
④ 병일의 하숙방은 독서에 매진하는 '나의 시간'을 보내는 공간이므로 사회적 관계를 회복하려고 노력하는 곳으로 보기 어렵다. 그리고 병일은 사진관에서 사진사와 술을 마시며 한담을 주고받을 수 있다는 것에 만족하므로 사진관은 일시적으로나마 병일에게 위안을 주는 곳이라고 할 수 있다.
⑤ 병일이 '니체'에 대해 상상을 하였던 곳은 공장 사무실이었으며, 사진관에서 병일은 사진사와 술을 마시고 한담을 나눌 뿐 그를 동정하고 있지 않다.

만무방

p. 100~102

지문 Master **1** 벼 **2** 좋은 수

1 ② **2** ④ **3** ③ **4** ②

1

O 정답 풀이

② 서술자는 자신이 키운 벼를 훔치는 응오의 아이러니한 상황을 통해 웃음을 유발하며 일제 강점기 농촌 사회의 모순을 그려 내고 있을 뿐, 등장인물에 대해 풍자적 어조를 드러내고 있지 않다.

X 오답 풀이

① 도둑이 오기를 기다리다 도둑을 잡아 그가 동생임을 확인하는 과정 등이 시간의 흐름에 따라 서술되고 있다.

③, ④ 이 글은 전지적 작가 시점의 글이나 형인 응칠의 시각에서 사건이 전개되고 있다. 또한 '여깽이 같은 놈이 궂은 날새를 기화 삼아 맘껏 하겠지. ~ 오냐, 대거리만 있어라.'와 같은 부분에서 내적 독백을 통해 응칠의 심리가 드러나고 있다.

⑤ '여깽이', '날새' 등의 방언이 사용되고 있으며, '이까짓 걸 요렇게까지 해 가려는 그 심정'과 같은 표현에서 구어체를 사용하고 있다. 이러한 방언과 구어체의 사용은 생생한 현장감을 드러내는 역할을 한다.

2

O 정답 풀이

④ 벼를 도둑질한 범인이 바로 그 논의 벼를 농사지은 사람이라는 것(동생을 위해 도둑을 잡았는데 잡고 보니 도둑이 동생이라는 것)은 보편적으로 예상할 수 있는 상황과는 정반대의 상황이 벌어진 경우이므로 상황적 반어라고 할 수 있다.

X 오답 풀이

① 응오가 형인 응칠을 반격하는 것이 보편적으로 기대되는 상황이 아니므로 응오가 반격하지 않고 그냥 가 버리는 것을 상황적 반어라고 할 수 없다.

② 언어적 반어가 되려면 벼를 훔치는 도둑에게 '잘 했다'거나 '또 다시 훔쳐 가라'고 실제 의도와 반대되는 말을 해야 한다.

③ 부조리한 시대 현실에서 개인적인 생계를 걱정하는 것이 보편적으로 예상할 수 없는 상황이라고 볼 수 없다. 따라서 응칠이 개인적인 문제만 걱정하는 것을 상황적 반어라고 할 수 없다.

⑤ 응칠이 성실한 사람이라는 의미로 반의 관계에 있는 '만무방'이라는 말을 사용한 것이 아니므로 언어적 반어라고 할 수 없다.

3

O 정답 풀이

③ 응칠은 '내 걸 내가 훔쳐야 하는' 상황을 '얄궂은 운명'이라고 생각하는 것으로 보아 도지와 장리쌀을 주고 나면 먹을 것이 남지 않기 때문에 동생이 자기 논에서 벼를 훔칠 수밖에 없었다는 것을 이해하고 있음을 확인할 수 있다. 즉, ㉢은 얼마 안 되는 벼를 훔칠 수밖에 없는 동생의 상황에 대한 응칠의 안타까움을 드러낸 부분이라 할 수 있다.

X 오답 풀이

① 응칠은 동생 응오의 논에서 벼를 훔쳐 간 도둑이 같이 굶는 처지의 이웃 중 하나라고 생각하고 있다. 이는 '격장'이라는 단어의 뜻을 통해 알 수 있다. 참고로 제시문의 앞 부분에서 응칠은 이웃인 재성과 성팔 중에 한 명이 도둑일 것이라고 의심하여 논을 지키고 있던 것이다.

② 응칠은 동생의 목소리를 알아차리고, 도둑을 잡자마자 동생 응오인 것을 확인하기 위해 복면한 천부터 벗겨 보고 있다.

④ '에이 고얀 놈.'은 제 논의 벼를 훔칠 수밖에 없는 동생의 현실을 이해했기 때문에 나온 반어적 표현이다.

⑤ 응칠은 산속 어느 집 바깥뜰에 묶여 있던 황소를 떠올리고 그것을 훔칠 생각을 한다. 그래서 응오에게 '좋은 수 있다.'고 한 것이다.

4

O 정답 풀이

② 이 글의 갈등 양상은 '형제'와 '도둑' 사이의 갈등에서 '가난한 소작농'과 '식민지 시대의 수탈 구조' 사이의 갈등으로 전환되고 있다. 처음에는 인물과 인물(농사꾼과 벼 도둑) 간의 문제인 줄 알았으나, 범인이 그 농사꾼 자신이라는 것이 드러남으로써 우리 농민들이 소작인으로 전락하여 농사지은 것을 모두 도지와 장리쌀로 빼앗기고 마는 일제 강점기의 수탈 구조가 문제임이 드러나는 것이다.

X 오답 풀이

① 벼 도둑과 형제 사이의 갈등을 자연환경으로 인한 갈등으로 볼 수 없다. 또한 벼 도둑이 응오라는 것이 밝혀진 후에 응칠이 응오를 때리기는 하지만, 동생에 대한 애정을 가지고 응오의 어려움을 해결해 주기 위한 방안을 모색하므로 가족 간의 갈등으로 전환되고 있다고 볼 수 없다.

③ 벼를 훔쳐 간 도둑인 응오의 내면적 갈등은 드러나 있지 않다.

④ 응오가 자신의 벼를 훔치게 된 것은 식민지 상황에서의 농촌 수탈 구조 때문이지, 응오에게 주어진 숙명 때문이 아니다.

⑤ 논에 도둑이 든 문제는 일제의 수탈 구조 때문이므로 빈부 격차로 인한 갈등으로 볼 수 없다. 응오가 자신의 어려운 처지를 진작 형에게 말하지 않은 것에서 응칠이 인간적 배신감을 느꼈을 수는 있다. 그러나 이 장면에서의 갈등 양상은 '형제간의 배신감'이 아니라 '사회 구조의 모순'이 핵심이다.

28 인간 문제

p. 103~105

지문 Master **1** 노동자 **2** 신철

1 ① **2** ① **3** ① **4** ②

1

O 정답 풀이

① 첫째는 극심한 노동 끝에 병에 걸린 선비의 죽음을 바라보

며 노동자들이 겪고 있는 문제를 반드시 해결해야 함을 깨닫고 있다. 따라서 인물의 시각을 통해 현실 상황에 대한 비판적 인식이 드러나고 있음을 알 수 있다.

✖오답 풀이

② 이 글에서 비극적 분위기가 조성되고 있는 것은 맞지만 이에 반전을 꾀하거나 인물의 과장된 행동이 나타나고 있지는 않다.
③ 이 글은 내용이 깊고 어려워 이해하기 힘든 현학적 표현을 쓰고 있지 않다.
④ 선비, 첫째와 관련된 두 이야기가 유사한 의미를 전달하고 있지만 액자식 구성을 활용하고 있지는 않다.
⑤ 이 글은 시간의 흐름에 따라 전개되고 있으므로 역전적 구성을 통해 인물이 처한 문제 상황의 원인을 보여 주고 있다고 볼 수 없다.

2

⭘정답 풀이

① 노동 운동을 하던 신철이 사상 전환을 한 후 취직도 하고 돈 많은 계집을 얻은 것에 대해 첫째는 신철이 자신과 달리 여유가 있었기 때문이라고 생각하고 있는데, 이는 하층민 노동자로서의 체험을 직접적으로 해 보지 못한 지식인이 지닌 한계를 보여 주는 것이다.

✖오답 풀이

② '선비가 이 공장에 들어온 지가 벌써 거의 일 년이 되어 온다. 그동안 식비 제하고 그리고 구두 값으로, 일용품 값으로 제하고 겨우 삼원 오십 전 가량 남아 있다.'에서 열심히 일한 선비가 제대로 보상받지 못하였음을 알 수 있다.
③ '멀리 서 있는 감독이 그림자같이 눈앞에 희미하게 어른거리므로 그는 정신을 바짝 차렸다.', '그의 입에 댄 다섯 손가락 새로 붉은 피가 주르르 흐르며 선비는 그만 그 자리에 쓰러지고 말았다.'에서 선비는 병세가 악화된 상황에서도 휴식을 취하지 못한 채 고통을 참으며 일하고 있음을 알 수 있다. 이는 〈보기〉에서 설명한 '인간으로서 보장받아야 할 최소한의 삶의 조건도, 기본적인 욕망도 충족되지 않는 노동자의 비참한 삶'을 보여 주는 것이라 할 수 있다.
④ 첫째는 선비의 시체가 점차 시커먼 뭉치로 변하는 것처럼 느끼며 '이 뭉치야말로 인간 문제가 아니고 무엇일까?'라고 인식하고, 이 문제를 풀어 나갈 인간이 누구일지를 묻고 있다. 이는 노동자인 첫째가 노동 착취를 당해 죽어간 선비의 모습에서 노동 문제를 다시금 깨닫고 비판적 항거를 가능하게 함을 보여 주는 것이라 할 수 있다.
⑤ '그는 요새 신철이를 몹시 생각하였다.', '어서 빨리 나가서 다시 손에 손을 마주잡고 전날과 같이 일을 했으면 좋을 터인데'에서 첫째가 신철에게 긍정적인 태도를 지니고 있음을 알 수 있다. 또한 〈보기〉에서 설명한 신철과 같은 지식인의 교육을 통해 노동자인 첫째가 비판적 사회의식과 현실 변혁 의지가 더해지면서 자신의 권리를 적극적으로 주장하는 인물로 거듭나게 된 것으로 볼 수 있다.

3

⭘정답 풀이

① ㉠은 '속이 달아 못 견디겠으므로'와 같이 서술자가 인물의 심리를 직접적으로 말하는 직접 제시에 해당한다.

✖오답 풀이

② 궁금했던 신철의 소식을 듣게 되어 반가운 첫째의 심리를 '머리를 번쩍 들었다'와 '커다란 눈을 둥그렇게 떴다'와 같이 행동 묘사를 통해 간접적으로 드러내고 있다.
③, ④ 간난이의 다급한 심정을 '신발 소리가 벼락치듯 나더니 문이 확 열리었다', '간난이는 맞받아 나왔다'와 같이 행동 묘사를 통해 간접적으로 드러내고 있다.
⑤ 선비의 죽음을 안타까워하는 철수의 심리를 '후 하고 한숨을 쉬고 첫째를 돌아보았다'와 같이 행동 묘사를 통해 간접적으로 드러내고 있다.

4

⭘정답 풀이

② 첫째는 선비의 죽음을 계기로 몇 천만 년을 두고 싸워 와도 풀리지 않고 있는 인간 문제를 해결하지 않으면 안 됨을 분명하게 자각하고 있다.

✖오답 풀이

① 첫째는 선비의 죽음을 계기로 노동 운동의 필요성을 더욱 각성하게 되었으므로 사회와의 갈등 즉 외적 갈등이 해소되고 있다고 보기 어렵다.
③ 철수가 '같이 갑시다…… 아마 죽어 가는 모양이오!'라고 말하기 때문에 첫째는 간난이가 자신들을 왜 찾아왔는지 짐작하지만 그 대상이 선비일 것이라고는 생각하지 못하고 있으므로 이를 애써 부인하고자 했다고 볼 수 없다.
④ 선비의 죽음이 신철이 사상 전환을 하게 된 원인은 아니다. 또한 선비의 죽음을 계기로 첫째는 노동 운동에의 의지를 불태우고 있으므로 신철과 동일한 선택을 하게 될 것임을 암시한다고 볼 수 없다.
⑤ 첫째는 노동 운동을 하다 '숨지 않으면 안 될 형편'이 되어 토굴 속 같은 방 안에서 지낸 것이지 무기력한 삶을 살고 있었던 것은 아니다.

29 소설가 구보 씨의 일일

p. 106~108

지문 Master	1 시력	2 행복	
1 ④	2 ③	3 ⑤	4 ①

1

⭘정답 풀이

④ 이 글은 거리를 걸으며 사람들을 관찰하는 구보의 행동과 생각을 현재형 어미를 통해 서술함으로써 구보의 내면을 생생하게 제시하고 있다.

✖오답 풀이

① 이 글은 문장에 반점(,)을 자주 사용하여 리듬감을 주는 동시에 인물의 내면 의식의 흔들림을 잘 보여 주고 있다. 그러나 제시된 부분의 문장이 일부 간결하기는 하지만 이를 통해 사건이 속도감 있게 진행되고 있는 것은 아니다.
② 이 글은 전지적 작가 시점으로, 인물의 내면에 대한 서술자의 주관적 판단도 드러나고 있다.

③ 구보의 행선지가 갑작스럽게 정해지고 있기는 하지만, 이를 예기치 못한 반전이라고 보기는 어렵다. 또한 이를 통해 긴장된 분위기가 형성되는 것도 아니다.
⑤ 이 글에는 이야기 속에 다른 이야기를 삽입시킨 액자식 구성이 나타나 있지 않다. 길을 걷는 중에 안과 진료를 받았던 일을 회상하는 장면이 제시되어 있기는 하지만, 주제 의식의 형성과는 관련이 없다.

2

○ 정답 풀이

③ 화신 상회에 들어섰다가 밖으로 나서는 구보가 자신의 행복을 어디로 가서 찾을 것인지를 고민하고 있는 것으로 보아, 화신 상회에서 구보가 행복을 발견하였을 것이라고 짐작하기는 어렵다.

✕ 오답 풀이

① 구보는 종로 네거리에 아무런 사무도 갖지 않고 아무렇게나 내어놓았던 발이 그쪽으로 쏠렸기 때문에 걷는다고 하였다. 즉, 특별한 목적 없이 종로 거리를 향해 걷고 있는 것이다.
② 종로 거리를 걷다가 시력이 나쁜 탓에 한 사내와 마주칠 것 같은 착각을 느낀 구보는 과거에 안과 진료를 받았던 기억을 떠올리고 있다.
④ 화신 상회를 나온 구보는 갈 곳을 분명히 가지고 전차를 타고 내리는 사람들을 보며, 목표 의식이 없이 서 있는 자신의 처지를 자각하고 외로움과 애달픔을 느끼고 있다.
⑤ 구보는 전차에 오를 생각으로 안전지대 위에 서 있었던 것은 아니지만, 혼자 남겨지는 상황에 소외감을 느끼며 전차에 올라탄 것이다.

3

○ 정답 풀이

⑤ ㉤에서 구보는 행복을 찾는 일을 그만두려고 하는 것이 아니라, 동전의 숫자에서 의미를 찾으려는 자신의 행동이 무의미함을 깨닫고 있다. 그리고 그것이 적어도 행복은 아니라는 것에서 구보가 여전히 행복을 찾고 있음을 알 수 있다.

4

○ 정답 풀이

① 이 글은 작가의 실제 생활을 바탕으로 한 자전적 소설로, 전지적 작가 시점을 취하고 있다. 즉, 구보의 심리를 모두 파악하고 있는 서술자가 구보의 시각에서 이야기를 서술하고 있어 서술자와 인물 간의 심리적 거리는 좁혀져 있다고 볼 수 있다.

✕ 오답 풀이

② 이 글은 전지적 작가 시점으로, 작품 밖의 서술자가 인물과 사건 전반에 대해 분석하여 서술하고 있다.
③ 이 글은 구보가 아침부터 밤까지 공간을 이동하면서 관찰하고 느낀 이야기들로 구성되어 있다. 또한 시간적 배경이 동일하다고 하여 사건의 긴밀성이 높아지는 것도 아니다.
④ '이야기 1'은 종로 거리와 화신 상회 등을 배경으로 하고 있으며, '이야기 2'는 전차 안을 배경으로 하고 있다. 즉, 이야기의 공간적 배경이 각각 다르게 설정되어 있는 것은 사실이지만 이것이 작품의 입체성을 강화하는 데 영향을 미치고 있지는 않다.
⑤ '이야기 1'과 '이야기 2'의 주요 인물은 모두 구보로 동일하다. 또한 각 이야기에서 구보가 다른 인물들과 갈등 관계를 형성하고 있지도 않다.

 큰 산

p. 109~111

지문 Master	1 큰 산	2 아내	
1 ⑤	2 ⑤	3 ③	4 ⑤

1

○ 정답 풀이

⑤ 인물 간의 대화가 제시되어 있기는 하지만 이를 중심으로 서술되고 있지 않으며 대화를 통한 인물 간 갈등도 나타나고 있지 않다.

✕ 오답 풀이

① 사람들의 이기심을 상징하는 '고무신짝'과 이기주의에 빠진 사람들에게 필요한 정신적 지주를 상징하는 '큰 산'을 통해 현대인의 이기심과 소시민적 태도를 비판하고 있다.
② '청빛', '백금색', '보랏빛', '흰색'과 같은 다양한 색채 이미지를 활용하여 '큰 산'의 모습을 생생하게 묘사하고 있다.
③ '그러니까 이렇게 된 모양이다.~이런 식이었을 것이다.'에서 알 수 있듯이 '나'는 고무신짝이 자신의 집 뜰 안에 떨어져 있는 것을 보고 그 이유를 추측하여 서술하고 있다.
④ '아내의 목소리는 완연히 떨고 있었다.', '아내도 까맣게 질린 얼굴이다.', '그날 밤 아내는 악착같이 해볼 기세로, 시뻘게진 얼굴로' 등 아내의 외양을 묘사하여 고무신짝에 대한 공포감과 고무신짝에서 벗어나고 싶은 아내의 마음을 드러내고 있다.

2

○ 정답 풀이

⑤ '나'는 '남편 모르게 아내가, 혹은 아내 모르게 남편이' '이웃집 아무 집에건 담장 너머로 그 고무신짝을 홀짝 던졌을 것'이라 추측하며 '모두 현대적인 교육을 받은 터여서 자존심들은 있었을 것'이기에 미신에 좌우되는 자신들의 비합리적인 모습을 타인에게 숨기고 싶어 할 것이라 생각하였다.

✕ 오답 풀이

① '나'는 고무신짝을 신문지에 둘둘 말아 싸 가지고 어디론가 나갔다가, 아홉 시가 지나서야 비시시 웃으며 들어서는 아내의 외출 의도를 짐작하면서도 묵인하기 때문에 고무신짝을 처리하는 방법에 대해 서로 다른 의견을 지녀 상호 갈등을 겪었다는 설명은 적절하지 않다.
② '나'는 이미 액투성이 때가 엉기엉기 묻은 듯한 그 고무신짝을 만지기도 싫어하고 있으므로 여전히 고무신짝에 대한 거부감을 지니고 있다고 볼 수 있다.
③ 아내는 큰 산에 관한 '나'의 이야기에 '당신 이제 무슨 소리 했수.'라

며 그 의미를 이해하지 못하는 모습을 보이고 있다.
④ '나'는 이웃들이 '별로 복잡하게 궁리할 것도 없이', '상처 한 군데 입음이 없이' 고무신짝을 이웃집 담장 너머로 던졌을 것이라 추측하고 있다.

3

정답 풀이

③ 이 글에서 '고무신짝'은 불안한 사회를 살아가던 소시민의 공포와 불안, 자신의 안위만을 생각하는 이기적인 태도를 극명하게 드러내는 소재이다. ㉢에서 아내가 독 오른 표정이 된 것은 자신의 집으로 돌아온 고무신짝을 다시 다른 집에 버리겠다는 의지를 표명한 것이다. 그러므로 이기적인 세태에 동참하는 것이지 부정적 현실에 대한 극복 의지를 드러낸 것은 아니다.

오답 풀이

① '나'를 비롯한 아내와 이웃 사람들은 갑작스럽게 마주한 고무신짝을 보고 공포감에 휩싸이고 있다. 즉, 고무신짝은 소시민들이 느끼는 불안과 두려움 등을 드러내는 소재라 할 수 있다.
② ㉡은 불길한 액을 가지고 있다고 여겨지는 고무신짝을 이웃집에 던져 보내는 사람들의 심리를 비판적 시각에서 서술하고 있는 것이다.
④ '나'는 현재의 사회적 불안과 이기심이 '큰 산'의 부재에서 왔다고 생각하며, 모든 일의 균형과 질서를 유지했던 '큰 산'을 회상하며 그리워하고 있다. 이는 공동체적 윤리가 존재했던 과거에 대한 그리움이라고 할 수 있다.
⑤ 아내는 고무신짝을 버리고 와서 액을 떨쳐 버렸다고 만족스럽게 생각하고 있다. 하지만 여전히 사람들의 이기심이 팽배한 세태를 고려해 볼 때, 고무신짝은 계속 옮겨 다니게 될 것임을 짐작할 수 있다. 즉, 아내가 고무신짝을 처리한 방법이 소시민들의 불안과 이기심에 대한 근본적인 해결책이라고 보기는 어렵다.

4

정답 풀이

⑤ '고무신짝'은 현대인의 이기적인 태도를 드러내는 소재이고, '큰 산'은 모든 사람의 마음속에 자리한 넉넉함이므로 사람들을 당시의 시대적 불안감에서 벗어나 안심할 수 있게 하는 근원적인 힘을 가진 상징적 소재이다. 따라서 '큰 산'은 현대인의 공포와 불안, 이기적인 생각을 치유할 수 있는 소재라고 볼 수 있다.

오답 풀이

① 이 글에 '나'와 아내의 갈등은 나타나 있지 않다. '고무신짝'은 '나'와 아내 모두에게 공포와 불안감을 주는 소재이다.
② '고무신짝'은 현대인의 방황하는 삶이 아니라 현대인의 이기적인 삶의 태도를 드러나게 하는 소재이다.
③ 아내는 '큰 산'의 존재에 대해 인식하지 못하고 있다. '큰 산'을 회상하고 그리워하고 있는 것은 '나'이다.
④ '나'는 '큰 산'을 그리워하고 있으나, 현실의 도피처로 여기고 있는 것은 아니다.

31 역마

p. 112~114

지문 Master 1 동생 2 엿판

1 ① 2 ③ 3 ③ 4 ③

1

정답 풀이

① 이 글은 전지적 작가 시점의 소설이다. 일반적으로 전지적 작가 시점의 글은 인물의 행동에 대한 서술자의 평가가 나타나기도 한다. 그러나 제시된 지문에서 서술자가 인물의 행동을 평가하는 부분은 드러나 있지 않다.

오답 풀이

② 엿판을 맞춰 달라는 성기의 말과 하동 쪽으로 걸음을 옮기는 행동을 통해 그가 떠돌이 삶을 선택했음을 알 수 있다. 또한 성기의 말을 듣고 멍하니 성기의 얼굴을 바라보는 옥화의 행동에서 그녀가 심리적 충격을 받았음을 알 수 있다. 이처럼 이 글은 말과 행동을 통해 인물의 심리와 태도 및 성격이 드러나고 있다.
③ '화갯골, 하동, 구례' 등 구체적 지명이 언급됨으로써 현장감이 드러나고 있다.
④ 옥화가 겪은 이야기를 통해, 체 장수 영감이 옥화의 아버지이며 계연이 성기의 이모가 된다는 사실이 요약적으로 제시되고 있다.
⑤ 역마살이라는 우리 민족의 전통적 소재를 활용하여 사건이 전개되고 있다.

2

정답 풀이

③ 계연은 성기를 사랑하지만 체 장수 영감과 함께 화개장터를 떠나고, 성기는 자신의 운명에 의해 계연과 이루어질 수 없는 사이라는 것을 알고 이에 순응한다. 따라서 성기가 어머니와의 갈등을 해결하기 위해 계연에게 도움을 청했으나 거절당한다는 설명은 적절하지 않다.

오답 풀이

① 성기는 계연과의 사랑 때문에 어머니와 갈등하지만, 계연이 옥화의 동생이라는 사연을 듣고 나서는 어쩔 수 없는 운명에 순응해 갈등이 해소되고 있다.
②, ⑤ 옥화는 아들의 역마살을 없애기 위해 처음에는 계연과 결혼시켜 정착된 삶을 살게 하려고 하였다. 그러나 계연이 자신의 이복동생임을 확인하고 인륜이라는 외부적인 요인으로 인해 계연을 떠나보내게 된다. 이에 아들이 충격으로 앓아누운 후 건강을 되찾고 엿판을 달라고 하자 체념하고 있다. 즉, 성기의 운명을 체념하고 받아들이는 것이다.
④ 계연은 옥화의 이복동생이기 때문에 성기와는 이루어질 수 없는 관계이다.

3

정답 풀이

③ ⓐ에서 장가들어 나랑 같이 살겠냐는 옥화의 말은 성기에게 정착의 삶을 권유하는 것으로, 일반적인 삶의 방식을 택하

도록 하는 권유의 말이다. 한편 ⓑ에서 엿판 하나만 맞춰 달라는 성기의 말은 떠돌이의 삶을 살겠다는 의미로 인물이 갈등에서 벗어나 운명에 순응하고자 하는 것을 알려 준다. 이것은 사건의 분위기를 반전시켜 새로운 시작을 알려 주는 단서가 된다.

4

정답 풀이

③ 〈보기〉에서 ㉮는 성기네 삼대의 인연이 이루어진 과거로의 길, ㉯는 계연이 체 장수와 함께 떠나간 정착의 길, ㉰는 운명에 순응하고자 하는 역마살의 길을 의미한다. 그런데 화갯골을 떠난 성기는 계연이 떠나간 구례 쪽을 등지고 하동 쪽을 향하고 있으므로, 이는 성기가 정착이 아닌 역마살의 길을 택했음을 보여 준다. 따라서 성기가 언젠가는 계연을 만날 수 있을 것이라고 생각할 것이라는 ③의 설명은 적절하지 않다.

32 화랑의 후예

p. 115~117

지문 Master	1 화랑	2 약	
1 ③	2 ①	3 ⑤	4 ②

1

정답 풀이

③ 이 글은 1인칭 관찰자 시점의 소설로, 주인공인 '황 진사'의 성격을 일화를 통해 드러내고 있다.

오답 풀이

① 이 글은 1인칭 관찰자 시점의 소설로, 서술자인 '나'가 '황 진사'의 행동을 관찰하여 전달하고 있을 뿐 인물의 행동에 대한 논평은 하고 있지 않다.
② 초라하고 지저분한 '황 진사'의 외양이 묘사된 부분은 있으나, 이를 통해 황 진사의 내면이 드러나지는 않는다.
④ 이 글에서 시간의 흐름에 따른 서술은 있으나, '나'와 '황 진사'의 내적 갈등은 찾아볼 수 없다.
⑤ 빠른 장면 전환이나 긴박한 분위기는 드러나지 않는다.

2

정답 풀이

① '나'는 숙부님이 피검된 상황에서도 자기 가문에 대해서만 생각하는 황 진사의 '엉뚱한 소리'에 너무 어이가 없고 어리둥절해하고 있지 흥미를 가지게 된 것이 아니다.

3

정답 풀이

⑤ '나'는 과거의 권위에 연연하며 엉뚱한 소리만 하는 황 진사를 어이없어 한다. 그러나 황 진사에 대한 '나'의 부정적 생각은 만남의 횟수가 증가하면서 점차 변화를 보이는데, 황 진사를 직접적으로 비판하기보다는 풍자적이면서 연민의 정서를 동시에 드러내기도 한다. '우리 황 진사'라는 표현은 '나'와 황 진사의 심리적 거리가 가까워진 것을 드러내는 것인데, ㉤에서 '나'는 약장수와 함께 약을 팔고 있는 황 진사에 대해 풍자적이면서도 연민의 정서를 드러내고 있다.

4

정답 풀이

② 이 글은 근대적이고 합리적인 사고방식을 가진 '나'를 통해 '황 진사'로 대표되는 시대착오적인 인물을 관찰함으로써 변화된 시대에 적응하지 못하고 낡은 관념에 사로잡힌 채 방황하는 일제 강점기의 몰락한 양반 계층의 현실을 풍자하고 있다.

33 감자

p. 118~120

지문 Master	1 복녀	2 뇌일혈	
1 ④	2 ③	3 ④	4 ④

1

정답 풀이

④ [A]에는 복녀의 결혼에서부터 그간 살아온 여정을 요약적으로 제시하고 있다. 남편과 막벌이를 하다가 어떤 집 막간살이로 들어가게 되지만 남편의 게으름으로 그 집에서도 얼마 안 되어 쫓겨났다는 내용을 통해 복녀가 칠성문 밖 빈민굴로 갈 수밖에 없었음을 짐작할 수 있다.

오답 풀이

① 현재에서 과거로 시간을 역순행적으로 배치한 부분은 나타나지 않는다.
② 구체적 상황 묘사가 제시되어 있지만 이를 통해 과거를 정리하고 결말을 예고하고 있지 않다.
③ 복녀와 복녀의 남편 사이의 갈등이 부분적으로 제시되어 있지만 해결의 실마리를 제시하고 있지 않다.
⑤ 공간적 배경의 상세한 묘사는 제시되지 않았으며, 이를 통해 인물의 심리가 드러나고 있지도 않다.

2

정답 풀이

③ '복녀'는 '복이 있는 여성'이라는 의미의 이름으로, 도덕적 타락에 이를 정도로 극심한 생활고를 겪고 있는 인물의 삶과 반대된다. 즉 복녀의 비참한 삶을 부각하는 반어적 명명이라고 할 수 있다.

오답 풀이

① 작품 속 인물들의 소망을 구체적으로 파악할 수 없으므로 이들의

소망을 수렴한 명명이라고 볼 수 없다.
② 복녀가 홀아비에게 팔려서 시집을 간 것으로 보아 어린 시절에 유복한 삶을 살았다고 볼 수 없다.
④ 복녀는 사랑의 가치를 지키기 위해 죽음을 불사하지는 않았다.
⑤ 왕 서방과의 관계는 부도덕한 것이며 복녀라는 이름의 의미와도 맞지 않다.

3

⭘ 정답 풀이

④ 복녀가 얼굴에 분을 바르고 왕 서방의 집 안에 들어간 것은 질투심을 이기지 못하고 왕 서방의 마음을 자신에게로 돌리기 위한 것이다. 따라서 자신의 죽음을 예감하고 왕 서방의 집 안으로 들어갔다는 설명은 적절하지 않다.

✖ 오답 풀이

① '원래 가난은 하나마 정직한 농가에서 규칙 있게 자라난 처녀였었다.'라고 하였고 따라서 마음속에 도덕적 의식이 남아 있는 것이다.
② 동리 노인들의 주선으로 소작을 주어도 게으름을 피우며 밭을 내버려 두었다가는, 결과가 좋지 않으면 흉년이라고 핑계를 대는 복녀 남편의 모습은 그가 얼마나 무책임한 사람인지를 보여 준다.
③ 복녀가 남편을 채근하여 게으름을 극복하게 하려 했으나 소용이 없었음을 '게으른 버릇은 개를 줄 수는 없었다'라고 표현하고 있다.
⑤ 복녀의 시체를 남편의 집으로 옮긴 것은 왕 서방의 살인을 덮기 위한 행동으로 복녀의 남편도 이 일에 협력하고 있음을 알 수 있다.

4

⭘ 정답 풀이

④ 복녀의 남편이 복녀의 죽음을 은폐하는 과정에서 인간을 거래의 대상으로 여기는 부도덕성이 유전자에 의한 것인지 확인할 수 없으며, 이를 통해 비관적 전망을 보여 주고 있지도 않다.

✖ 오답 풀이

① 규칙 있게 자라난 복녀가 매춘을 할 정도로 타락한 것은 극심한 가난이라는 환경의 산물이라는 점을 보여 주고 있으므로 자연주의적 성격의 작품이라고 할 수 있다.
② 칠성문 밖 빈민굴은 '싸움, 간통, 살인, 도적, 구걸, 징역 이 세상의 모든 비극과 활극의 근원지'라고 설명하고 있다. 복녀의 삶을 통해 이 같은 비극적인 하층민의 삶을 적나라하게 그려 내고 있다는 점에서 자연주의적 성격을 확인할 수 있다.
③ 매춘, 살인, 돈으로 살인을 무마하는 현실의 어두운 측면을 부각하고 있다는 점에서 자연주의적 성격을 확인할 수 있다.
⑤ 왕 서방이 어떤 처녀를 아내로 사 오자 복녀가 질투를 느끼고 신부의 머리를 차는 것과 같이 인간의 본능을 적나라하게 그린다는 점에서 자연주의적 성격을 확인할 수 있다.

태형

p. 121~123

지문 Master 1 공소 2 태형

1 ① 2 ⑤ 3 ⑤ 4 ③

1

⭘ 정답 풀이

① ㉠ 이 글은 "태형을 선고받은 영감이 공소를 함 → '나'를 비롯한 수감자들이 이를 비난함 → 영감이 공소를 취하하고 태형을 받기로 함 → '나'는 영감의 신음 소리를 들으며 죄책감을 느낌"과 같이 시간의 흐름에 따라 사건이 전개되고 있다. ㉡ 이 글에서는 간결한 호흡의 문장을 사용하여 감옥 안에서 벌어지는 사건을 사실적으로 전달하고 있다.

✖ 오답 풀이

㉢ 이 글은 1인칭 주인공 시점으로, 주인공인 '나'가 자신이 겪은 이야기를 서술하고 있다.
㉣ 서술과 인물 간의 대화를 통해 사건이 전개되고 있는데, 대화보다는 주로 서술자의 설명을 통해 감옥 안의 상황이 묘사되고 있다.

2

⭘ 정답 풀이

⑤ 태를 맞는 영감의 신음 소리를 듣고 '나'는 죄책감과 연민을 느껴 눈물이 나려고 한다. 그러나 [D]에서 '나'는 눈물이 나오는 것을 막으려고 눈을 힘껏 감는다. 이는 '나'가 양심의 가책을 느끼긴 하지만 더 이상 감정이 지속되는 것을 막으며 외면하려는 행동으로 볼 수 있다. 따라서 '나'가 죄책감으로 인해 앞으로의 행동에 변화를 보일 것이라고 예상할 수는 없다.

✖ 오답 풀이

① '재판소에서 돌아오는 사람들' 때문에 '나'가 차지할 공간이 비좁아지기 때문에 '나'는 그들의 등장을 달가워하지 않을 것이다.
② '나'와 감방 안의 다른 사람들은 영감의 공소가 이기적인 행동이라며 비난하고 있다. 이는 나이 칠십 줄에 들어선 영감이 태를 맞아 어떻게 되든 자신들의 공간만 넓어지면 된다는 이기적인 모습이 드러난 것이다.
③ 영감이 끌려 나간 것은 공간이 넓어지는 것이므로 감방 안의 다른 사람들에게는 반가운 일이라고 할 수 있다.
④ 영감의 신음 소리를 들은 '나'는 "태 맞고 살길 바라갔소?"라고 한 영감의 말을 떠올린다. 이것은 '나'가 영감이 태형을 견디지 못할 것임을 짐작하고 있음을 보여 주는 것이다.

3

⭘ 정답 풀이

⑤ 이 글에서는 ⓒ와 ⓓ의 관계를 직접적으로 드러낸 서술을 찾아볼 수 없다. 다만 ⓐ, ⓑ, ⓒ는 감옥에 갇힌 수감자이고, ⓓ는 감옥을 지키는 간수이기 때문에 ⓐ, ⓑ, ⓒ와 ⓓ가 서로 대립적 관계를 이룰 것이라 짐작할 수는 있다.

✖오답 풀이

① ⓐ는 ⓒ의 공소 결정에 대해 비판하고 있는데, 이는 ⓑ의 생각과 같은 것이다. ⓐ는 공소 취하라는 ⓑ의 생각을 대신 나타내고 있다.
② ⓐ는 통역을 해서 ⓒ의 공소 취하 의사를 ⓓ에게 전달하고 있다.
③ ⓐ의 시선을 통해 모든 사건이 전달되고 있으므로 적절한 설명이다.
④ ⓒ에 대한 ⓐ와 ⓑ의 태도는 극한 상황 속에서 드러나는 인간의 이기심을 보여 주는 것이다.

4

⭘정답 풀이

③ 〈보기〉는 감방 안에 갇힌 사람들이 '독립'이나 '민족 자결', '자유' 등 어떠한 사상에 대한 것보다는 '냉수 한 모금'과 같은 보다 현실적인 문제에 매달리고 있음을 보여 준다. 이러한 사람들이 감방에서 조금이라도 자리를 더 차지하기 위해 영감을 몰아세우는 모습은 감방이 사상에 관계없이 인간의 본성을 표출하는 공간을 상징한다는 사실을 나타낸다.

✖오답 풀이

① 〈보기〉에서 좁은 감방 안에서 고통받는 사람들에게는 '독립'이나 '민족 자결' 등이 중요하지 않다고 하였으므로, 이 글의 공간적 배경이 일제의 억압을 상징하는 것은 아님을 알 수 있다.
② 서술자가 단순히 자유를 원하는 인간의 본능을 말살하는 공간으로서의 감방을 드러내고자 하였다면, 영감과 다른 감방 안의 사람들이 대립하는 장면은 서술하지 않았을 것이다. 오히려 서술자를 포함한 감방 안의 사람들과 간수의 대립으로 그렸어야 할 것이다.
④ 이 글에서 '나'가 나이 많은 영감을 비난하고 있기는 하지만, 이는 노인에 대한 공경심이 사라진 현대 사회의 문제점을 그리기 위한 것이 아니라 극한 상황에서 인간의 야만적 본성을 표출하는 공간으로서의 감방을 그리기 위한 것이다.
⑤ 이 글에서 시대적 환경의 영향을 받는 인간의 속성은 찾아볼 수 없다.

35 고향

p. 124~125

지문 Master	1 고향	2 정종병
1 ②	2 ④	3 ⑤

1

⭘정답 풀이

② ㄴ. '동양 척식 회사'를 통해 이 글이 1920년대의 조선을 배경으로 하고 있음을 짐작할 수 있다. ㅁ. 이 글의 서술자는 '군데군데 찢어진 ~ 쭉 빨아든다.'와 같이 '그'의 외양을 관찰하여 묘사하고 있는데, '찡그리기에 가장 적당한 얼굴', '음산하고 비참한 조선의 얼굴' 등과 같이 '그'에 대해 판단한 내용도 함께 기술하고 있다.

✖오답 풀이

ㄱ. 이 글은 '나'가 '그'의 과거 이야기를 듣는 액자식 구성으로, '현재-과거-현재'의 역순행적 흐름에 따라 사건이 전개되고 있다.
ㄷ. '그'에게 '반감'을 가지거나 '냉랭하고 불친절'했던 '나'는 '그'의 과거에 대한 이야기를 들은 후에 '정종병' 마개를 빼어 '그'에게 술을 건네며 위로를 하는 등의 태도 변화를 보이고 있다. 따라서 대화가 진행되면서 인물 간의 갈등이 심화되고 있다고 보기 어렵다.
ㄹ. 회상의 기법이 활용되고 있지만, 이를 통해 현재와 과거의 화해를 지향하고 있지는 않다.

2

⭘정답 풀이

④ 이 글은 액자식 구성으로, ㉠은 외부 이야기에 해당하며 주로 인물 간의 대화와 행동을 통해 사건이 간접적 · 극적으로 제시되어 있다. 한편 ㉡은 내부 이야기에 해당하며 '그'의 과거 이야기가 직접적 · 요약적으로 제시되어 있다.

✖오답 풀이

① ㉠은 외부 이야기로, '나'와 '그'의 대화를 통해 내부 이야기인 ㉡의 도입을 자연스럽게 유도한다.
② 액자식 구성에서 외부 이야기는 대체로 내부 이야기의 신뢰성을 높이고 독자의 흥미를 불러일으키며, 독자가 이야기에 깊이 빠져들 수 있도록 돕는 역할을 한다.
③ 액자식 구성에서 사건 전개에 핵심적인 역할을 담당하며, 작가가 궁극적으로 말하고자 하는 이야기는 대체로 내부 이야기에 해당한다. 이 글에서도 내부 이야기인 '그'의 사연이 조선 민중의 참담한 현실을 드러내고 있으므로 중심 내용이라고 볼 수 있다.
⑤ '그'에게 반감을 가지거나 냉랭하게 대했던 '나'는 내부 이야기인 '그'의 사연을 들은 후에 '그'에게 연민을 가지고 위로하게 된다. 때문에 내부 이야기는 '나'와 '그'의 심리적 거리감을 좁히는 데 영향을 미친다고 볼 수 있다.

3

⭘정답 풀이

⑤ '그'는 고등 교육을 제대로 받지 못한 인물로 일제 강점기를 살아간 조선의 민중을 대표한다고 볼 수도 있다. 그러나 작가가 이 글에서 지식인인 '나'를 서술자로 내세운 것은 '그'가 고등 교육을 받지 못한 가엾은 처지라는 것을 부각하기 위한 것이 아니라 일제 강점기의 비참한 현실을 좀 더 객관적이고 생생하게 드러내기 위함이라고 보아야 한다.

✖오답 풀이

① 일제의 식민지하에 놓이며 고향을 떠나게 되었던 '그'의 상황이나, 폐농이 된 '그'의 고향의 모습으로 미루어 볼 때, 일제의 착취 때문에 고향을 떠나야 하는 사람들이 많았겠음을 짐작할 수 있다.
② 고향을 떠난 이후의 '그'의 삶의 여정을 보았을 때, '그'가 비참하고 힘들게 살아왔음을 알 수 있다.
③ 이 글에 묘사된 '그'의 얼굴은 고생스러웠던 그의 삶의 내력을 암시적이고도 압축적으로 보여 주고 있다.
④ '나'는 비참하고 비극적인 삶을 살아온 '그'의 모습에서, 주권을 상실한 조선의 모습과 함께 일제 강점하 민중의 비참하고 침울한 모습을 발견하고 있다.

할머니의 죽음

p. 126~128

지문 Master **1** 중모 **2** 아버지

1 ④ **2** ① **3** ④ **4** ③

1

○ 정답 풀이

④ 이 글은 1인칭 관찰자 시점으로, 할머니의 병환으로 인해 한 가정 내에서 벌어지는 일을 작중 인물인 서술자가 객관적이고 담담한 태도를 유지하며 서술하고 있다.

✕ 오답 풀이

① 이 글에서 배경은 할머니가 앓고 있는 집이지만 그러한 배경 자체가 사건의 흐름에 중요한 역할을 하고 있지는 않다.
② 이 글은 시간의 흐름에 따라 서술되고 있다. 즉, 과거와 현재의 사건이 교차되고 있지 않다.
③ 이 글은 대부분 현재형이 아닌 과거형으로 서술되어 있다.
⑤ 서술자의 직접적인 설명보다는 대화나 행동을 통해 인물들의 성격이 드러나고 있다.

2

○ 정답 풀이

① ㉠에서 '나'는 중모가 할머니를 극진히 간호한다고 생각하여 탄복하였다가, ㉡, ㉢, ㉣에서 그것이 도덕적 우월성을 과시하기 위한 것임을 깨닫고 중모의 행위를 비판적으로 바라본다. 그러나 ㉤에서 할머니가 그리 된 것은 오래전부터이기 때문에 누군가를 탓할 수 없는 문제라며 중모의 행동을 수긍하고 있다.

3

○ 정답 풀이

④ 중모는 할머니를 극진하게 보살피지만, 이는 할머니를 진심으로 걱정하는 마음에서 비롯된 것이 아니다. 중모는 자신의 도덕적 우월을 과시하고 강화하기 위해 할머니를 보살피고 있는 것이다. 이러한 중모의 위선적 효심은 중모가 '나'와 자손들을 비판하는 부분과 할머니가 죽기를 바랐던 본심을 드러내는 부분을 통해 확인할 수 있다.

✕ 오답 풀이

① 중모는 '나'와 자손들에게 "다들 뭐란 말이냐. 나는 한 달이나 밤을 새웠다. 며칠들이나 된다고."라고 말하며 자신의 효심을 내세워 도덕적 우월 의식을 드러내고 있다.
② 할머니가 주무시도록 염불을 그만 뫼시라고 중모에게 요구하는 장면에서 아버지가 중모의 행위를 못마땅하게 바라보고 있다는 사실을 짐작할 수 있다.
③ 중모는 염불을 그만 뫼시라는 아버지의 말에도 불구하고 눈물을 섞어가며 염불을 지속하고 있다.
⑤ 중모는 할머니의 답답함을 이해하지 못하고, 자신의 방식대로만 할머니를 간호하고 있다. 할머니는 이러한 중모의 행위에 대해 "염불 소리 듣기 싫다! 인제 고만 해라."라며 거부 반응을 나타내고 있다.

4

○ 정답 풀이

③ ㉮와 ㉯의 '염불'이 모두 중모의 도덕적 우월 의식을 드러내기 위한 장치라는 측면에서 ㉮와 ㉯를 수행하는 인물의 의도는 서로 일치한다고 볼 수 있다.

✕ 오답 풀이

① 자신을 일으켜 달라는 할머니의 말에도 아랑곳하지 않고 염불(㉯)을 외는 중모의 모습은 상황과 조화를 이루지 않는다고 볼 수 있다. 또한 ㉯를 수식하는 '거북스럽게도'라는 말을 통해 중모가 상황에 맞지 않는 행동을 하고 있다는 것을 짐작할 수 있다.
② 서술자인 '나'는 ㉮에서는 중모의 효심에 감탄하고 있지만, ㉯에서는 중모의 행동을 비판적으로 바라보고 있다. 그러므로 ㉮와 ㉯에 대한 서술자의 반응이 서로 일치한다고 볼 수 없다.
④ 원래 염불은 부처에게 기도하거나 누군가의 극락왕생을 기원할 때 외는 것이다. 그러나 이 글에서는 중모의 도덕적 우월 의식을 나타내는 장치로 사용되고 있다. 따라서 염불이 나타내는 사회적 의미와 이를 수행하는 인물의 내면 의식이 서로 일치한다고 볼 수 없다.
⑤ ㉮에서는 갈등의 양상을 찾아볼 수 없으며, ㉯는 염불을 계속 외우는 중모와 그만 외우라는 할머니 사이의 갈등을 유발하고 있다.

꿈틀 국어 교재 목록

고등 국어 기초 실력 완성

고고 시리즈

고등 국어 공부, 내신과 수능 대비에 필요한 모든 내용을 알차게 정리한 교재

기본
문학
독서
문법

일목요연한 필수 작품 정리

모든 것 시리즈

새 문학 교과서와 EBS 교재 수록 작품, 그 밖에 수능에 나올 만한 작품들을 총망라한 교재

현대시의 모든 것 | 고전시가의 모든 것
현대산문의 모든 것 | 고전산문의 모든 것
문법·어휘의 모든 것

수능 학습의 나침반

첫 기본완성 시리즈

수능의 기본 개념과 핵심 유형별 문제를 수록한 수능의 기본서

수능 국어 기본완성
수능 문학 기본완성
수능 비문학 기본완성

밥 먹듯이 매일매일 국어 공부

밥 시리즈

기출 공부를 통해 수능 필살기를 익힐 수 있도록 돕는 친절한 학습 시스템

처음 시작하는 문학 | 처음 시작하는 비문학 독서
문학 | 비문학 독서
언어와 매체 | 화법과 작문
어휘력

문학 영역 갈래별 명품 교재

명강 시리즈

수능에 출제될 만한 주요 작품과 실전 문제가 갈래별로 수록된 문학 영역 심화 학습 교재

현대시
고전시가
현대소설
고전산문

국어 기본 실력 다지기

국어 개념 완성

국어 공부에 꼭 필요한 개념을 예시 작품을 통해 완성할 수 있는 교재

문이과 통합 수능 실전 대비

국어는 꿈틀 시리즈

문이과 통합 수능 경향을 반영하여 수능 실전에 대비할 수 있도록 구성한 교재

문학
비문학 독서
단기 언어와 매체

내신·수능 대비

고등 국어 통합편

고1 국어 교과서 핵심 내용을 한 권으로 총정리하는 교재

문학 비책

필수&빈출 문학 작품 194편을 한 권으로 총정리하는 교재

고전시가 비책

고전시가 최다 작품의 필수 지문을 총정리한 고전시가 프리미엄 교재